Sterf voor mij

Van dezelfde auteur

Dochter vermist
Donker water
Kwaad licht
De meisjes zonder naam

Wil je meer informatie over onze boeken,
kijk dan op www.scandinavischethrillers.nl,
volg @scandinavische_thrillers op Instagram of like
onze pagina: Facebook.com/ScandinavischeThrillers.

Mikaela Bley

Sterf voor mij

A.W. Bruna Uitgevers

Oorspronkelijke titel
Död för dig
© Mikaela Bley 2021
Published by arrangement with Lennart Sane Agency AB.
Vertaling
Corry van Bree
Omslagbeeld
© Andrew Hemming/Arcangel
Omslagontwerp
Studio Jan de Boer
© 2023 A.W. Bruna Uitgevers, Amsterdam

ISBN 978 94 005 1514 7
NUR 305

Behoudens de in of krachtens de Auteurswet van 1912 gestelde uitzonderingen mag niets uit deze uitgave worden verveelvoudigd, opgeslagen in een geautomatiseerd gegevensbestand, of openbaar gemaakt, in enige vorm of op enige wijze, hetzij elektronisch, mechanisch, door fotokopieën, opnamen of enige andere manier, zonder voorafgaande schriftelijke toestemming van de uitgever. Voor zover het maken van reprografische verveelvoudigingen uit deze uitgave is toegestaan op grond van artikel 16 h Auteurswet 1912 dient men de daarvoor wettelijk verschuldigde vergoedingen te voldoen aan Stichting Reprorecht (Postbus 3060, 2130 KB Hoofddorp, www.reprorecht.nl). Voor het overnemen van gedeelte(n) uit deze uitgave in bloemlezingen, readers en andere compilatiewerken (artikel 16 Auteurswet 1912) kan men zich wenden tot de Stichting PRO (Stichting Publicatie- en Reproductierechten Organisatie, Postbus 3060, 2130 KB Hoofddorp, www.stichting-pro.nl).

'We are what we pretend to be, so we must be careful about what we pretend to be.'
– Kurt Vonnegut, *Mother Night*

Proloog

Het verdriet drukt zwaar op haar en is in elke zenuw te voelen. Het liefst van alles wil ze gewoon in slaap vallen en wakker worden in een andere werkelijkheid.

De ijsblauwe ogen kijken vanaf de andere kant van de tafel met een wantrouwende blik naar haar. Hij vraagt haar opnieuw om te vertellen wat er is gebeurd, alsof hij niet tevreden is over de eerdere versies die ze hem heeft gegeven. Hij wacht tot ze een fout maakt, maar misschien is ze alleen paranoïde.

'Het lichaam lag onder het wateroppervlak,' zegt ze met een verbeten klank in haar stem. 'Ik probeerde het boven water te krijgen... maar er was geen hartslag meer. Het was te laat.'

Ze heeft het scenario in gedachten ontelbare keren gerepeteerd. Als ze ook maar één foutje maakt, zal de zondvloed over haar en alle anderen heen spoelen. Niemand zal er levend van afkomen als ze de waarheid niet vertelt.

De enige waarheid.

Ze zijn allemaal slachtoffers.

Als ze er in de toekomst ooit achter komen wat ze voor hen heeft moeten doen, zullen ze het haar vergeven.

Een zenuwachtig lachje borrelt vanuit het niets op. Het is een dor, krakend geluid dat ze helemaal niet van zichzelf kent.

'Ik begrijp dat dit lastig voor je is,' zegt The Killer.

Ze perst haar lippen op elkaar en snuift. Hij kan zich onmogelijk in haar situatie verplaatsen. Hij heeft tenslotte geen idee hoe het voelt om iemand te vermoorden.

Deel 1

Donderdag 13 augustus

Gustav

De snelheid van het licht is zijn enige beperking, herinnert hij zichzelf terwijl zijn ogen hem aanstaren vanaf de ingelijste omslagen van verschillende zakelijke tijdschriften. Zijn hele carrière met alle successen is in die portretten gebundeld.

De Deense analytici in hun gekreukte, goedkope kostuums observeren hem loom vanaf de andere kant van de mahoniehouten tafel terwijl hij de groeiprognoses bespreekt.

Gustav kijkt op zijn horloge. 'Waar is Rasmussen?' vraagt hij op scherpe toon.

Het lukt hem niet om zijn irritatie nog langer te verbergen. Hij heeft ruim een maand op deze bespreking gewacht en nu neemt Rasmussen niet eens de moeite om zelf te verschijnen. Het is respectloos. Wat moet hij met deze kneuzen die geen mandaat hebben om investeringsbeslissingen te nemen? Game-On is een van de meest capabele groeibedrijven op de gokmarkt en Gustav weet meer over de online gokbranche dan wie dan ook in heel fucking Europa.

Een jaar geleden had hij tegen hen gezegd dat ze moesten oprotten.

Hij heeft een dubbele espresso nodig, of iets nog sterkers.

Op het moment dat hij opstaat wordt er op de deur geklopt.

'Ja?' zegt hij en hij draait zijn hoofd verontwaardigd naar de deur, waar Filippa met een rood hoofd is verschenen.

'Ik... Het spijt me heel erg dat ik stoor, maar ik heb een telefoongesprek waarvan ik denk dat je het moet aannemen.'

Filippa werkt inmiddels ruim twee jaar als zijn assistente en wordt nog steeds zenuwachtig in zijn aanwezigheid en als ze tegen hem praat worden haar wangen rood als twee grote tomaten. Tijdens het sollicitatiegesprek besefte hij meteen dat ze niet de juiste persoon voor de baan was, maar toen ze daar zat met rode ogen van het huilen, het blonde pagekapsel en de volle lippen, en vertelde dat haar moeder net was overleden, had hij het hart niet gehad om haar de baan te weigeren. Dat Filippa nog steeds voor hem werkt komt alleen door het feit dat ze altijd doet wat hij zegt zonder overbodige vragen te stellen.

'Wie is het?' vraagt hij kortaf.

'De Zweedse politie.'

Hij kijkt haar strak aan. Ze is niet eens zo verstandig om een beetje discreet te zijn. Een telefoongesprek van de politie zal hem niet helpen om deze investeringsdeal te sluiten.

'Ze zeggen dat het belangrijk is.'

Gustav zucht en richt zijn aandacht weer op de Denen. 'Het spijt me verschrikkelijk, maar jullie moeten me verontschuldigen. Ik moet dit telefoongesprek aannemen. De nieuwe wet op de kansspelen daagt ons voortdurend uit...' Hij schuift zijn stoel naar achteren. 'Maar misschien zijn we hoe dan ook klaar. Vertel Rasmussen dat de mogelijkheid om te investeren volgende week afloopt.'

Hij speelt hoog spel, maar zijn opties raken op. De financiering moet geregeld worden.

'Filippa, wil je zo vriendelijk zijn de heren naar de receptie te begeleiden?'

Voordat de Denen antwoord kunnen geven verlaat hij de vergaderkamer en loopt door de lange gang naar zijn hoekkantoor. De deur slaat achter hem dicht en hij verschuift de foto van Michael Jordan zodat hij recht hangt. *Don't let them drag you down by rumors, just go with what you believe in*, denkt hij terwijl hij op de stoel achter zijn bureau gaat zitten. Hij voelt zich opgelucht omdat hij niet meer hoeft te kruipen voor die klootzakken die geen enkel begrip hebben voor zijn waarde en wat hij heeft opgebouwd, hoewel hij de enige in Scandinavië is die erin is geslaagd om een online gokbedrijf dat een geschatte beurswaarde van vier miljard heeft met niets op te richten. Gustav Jovanovic hoeft voor niemand te kruipen. Rasmussen en zijn durfkapitalistenbende zouden hem geld achterna moeten gooien en al radslagen makend door de stad moeten rennen omdat ze de kans krijgen om in zijn nieuwe goksoftware te investeren.

Hij werpt een blik op de fotomuur met daarop de portretten van de verschillende sporters die van jongs af aan zijn voorbeelden zijn geweest, maakt zijn stropdas los, leunt met zijn hoofd naar achteren, doet zijn ogen dicht en haalt een paar keer diep adem voordat hij zijn arm uitsteekt en de telefoon van zijn bureau pakt. 'Hallo?'

'Spreek ik met Gustav Jovanovic?' vraagt een vrouw in plat Skåns.

'Dat klopt...' zegt hij terwijl hij opstaat en naar de glazen wand loopt. De zon verblindt hem.

Vanaf zijn kantoor op de vijftiende verdieping kan hij helemaal tot Malmö aan de andere kant van de zeestraat uitkijken. Onder hem zitten de terrassen van Nyhavn vol met lunchgasten.

'Mijn naam is Maria Strand en ik werk voor de politie Malmö. Mijn collega en ik staan voor je woning in de Gustavsgata. Waar ben je?'

'In mijn kantoor in Kopenhagen. Waarom wil je dat weten? Is er iets gebeurd?'

'Weet je waar je vrouw Caroline is?'

'Wat?' Gustav draait aan de lamellen. 'Waar gaat dit over?'

'We hebben een alarmerend telefoontje over je vrouw en jullie twee dochters Astrid en Wilma gekregen. Wanneer heb je je vrouw voor het laatst gesproken?'

Zijn hart bonkt. 'Gisteravond. Een alarmerend telefoontje? Van wie?' Hij kijkt op zijn horloge en ziet dat het net na elf uur is.

'Je hebt je vrouw of je kinderen vandaag dus niet gesproken?'

'Nee, ik heb de hele dag vergaderingen... Is alles goed met ze?'
'Dat weten we nog niet, daarom willen we dat je zo snel mogelijk thuiskomt om de deur te openen zodat we de woning kunnen doorzoeken.'
'Sorry? Ik kan het niet volgen.'
'We moeten zo snel mogelijk de woning in om te controleren of ze gewond zijn en daarom niet kunnen opendoen of contact opnemen. Is er iemand in de buurt die een sleutel heeft?'
'Mijn moeder heeft een sleutel, ik kan haar bellen. Ze woont in Västra hamnen, maar ik weet niet of ze thuis is.'
'Mooi. Kun je de telefoon van je vrouw lokaliseren?'
'Nee, helaas niet. Dat soort apps hebben we niet.'
Gustav probeert zich te herinneren wat zijn vrouw en dochters vandaag zouden gaan doen. 'Het moet een misverstand zijn,' zegt hij.
'Volgens een vriendin van je vrouw had ze twee uur geleden een afspraak met Caroline en jullie dochters,' gaat de politieagente verder. 'Caroline is echter niet verschenen, neemt haar telefoon niet op en doet niet open als we aanbellen.'
'Misschien is ze vergeten dat ze een afspraak had en is ze ergens anders naartoe gegaan?'
'We kunnen zien dat haar handtas in de keuken ligt en de auto in de garage staat. Daardoor werd Carolines vriendin ongerust en dat geldt ook voor ons, met het oog op de gezondheidstoestand van je vrouw. Hoeveel tijd kost het je om hiernaartoe te komen?'
'Ik kan over dertig minuten thuis zijn, maar...'
'Mooi. Tot zo dan.'
De verbinding wordt verbroken en Gustav staart naar zijn telefoon. Het duurt een paar seconden voordat hij in staat is om iets te doen. Hij klapt zijn laptop dicht en trekt zijn colbert recht.
Voordat hij vertrekt kijkt hij naar de foto op zijn bureau. Die is van de vorige zomer, toen het gezin bij de familie in Bosnië

op bezoek was. Wilma was vijf geworden en vierde haar verjaardag op het strand bij Neum. De ronde gezichten van de meisjes zijn kleverig van het chocolade-ijs dat op hun witte kanten jurkjes is gevallen. Carro staat in een zwarte triangelbikini met een glimlach achter de meisjes.

Ze haat de foto omdat ze vindt dat ze er bleek en pafferig uitziet, maar hij wordt er blij van als hij ernaar kijkt. Ze zijn levend. Echt.

Hij legt zijn hand op zijn buik en duwt zijn vingers stevig tegen zijn middenrif om de druk te verlichten. Het komt allemaal goed, denk hij. Hij controleert of zijn sleutels en portemonnee in zijn zak zitten en pakt zijn telefoon. Zijn tweede telefoon is hij blijkbaar vergeten toen hij naar kantoor ging. Hij vloekt zachtjes in zichzelf en loopt snel naar de receptie.

'Ik moet naar Malmö om iets te regelen. Zeg mijn lunchafspraak af en als onze accountant belt, vertel haar dan dat ik mijn handtekening volgende week zet. Ze zal het begrijpen.'

'Oké,' antwoordt Filippa. 'Maar wat doen we met...'

'Los het zelf op,' zegt hij en hij drukt op de liftknop. 'Maak een nieuwe afspraak en zorg ervoor dat Rasmussen daar ook bij aanwezig is.'

In de lege lift naar de parkeergarage bekijkt hij zijn gesprekkenlijst. Hij heeft meerdere gemiste telefoontjes van Ida en van de politie, maar niets van Carro.

Hij haalt het nummer van zijn moeder op en belt haar. Nadat de telefoon tien keer is overgegaan geeft hij het op en verbreekt de verbinding. Een onaangename golf van onrust overspoelt hem. Zijn moeder neemt altijd op als hij belt.

Hij gaat naar de beveiligingsapp. Precies zoals hij al weet zijn de bewakingscamera's thuis uit en hij belt Carro. Het oproepsignaal klinkt hard en hij wordt doorgeschakeld naar haar voicemail. *Hallo, dit is de voicemail van Caroline Hjorthufvud Jovanovic. Ik kan op dit moment helaas niet opnemen...*

Hij verbreekt de verbinding, belt nog een keer en krijgt opnieuw haar voicemail. 'Hallo... met mij. Waar ben je? De politie is bij ons thuis. Bel me zo snel mogelijk. Kus.' Hij veegt het zweet uit zijn nek, belt opnieuw en wacht op de pieptoon. 'Carro, toe, bel me. Ik maak me zorgen. Zijn de meisjes bij je? Bel me… Ik hou van je.'

Caroline

De deur is op slot en de sleutels passen niet.
'Ik ben het! Mama!' roept ze en ze rent om de villa heen. Een zwakke geur van rook en uitlaatgassen prikt in haar neusgaten.
Ze legt haar handen op het glas en kijkt door het raam de woonkamer in.
Die ziet er verlaten uit, alsof ze in allerijl vertrokken zijn. Op tafel staat een halfvol whiskyglas en een lege fles is onder de serveerwagen gerold. In het doek van het enorme schilderij van Muhammad Ali zit een scheur. Op de glazen tafel staat een asbak vol peuken.
Gustav vindt rokers idioten, hij zou het nooit goedvinden dat iemand een sigaret in hun huis opsteekt.
Ze doet een paar stappen naar achteren. Alles ziet er anders uit.
De teakhouten meubels op het terras zijn vies en tussen de kalkstenen schiet onkruid omhoog. De terrasdeuren gaan ook niet open. Iemand moet alle sloten vervangen hebben.
Ze begrijpt het niet.
De ramen trillen als ze op het glas slaat.
Koortsachtig kijkt ze om zich heen naar iets om in te breken en ze ziet dat de tuin verwilderd is, op de boomstammen groeit mos en de grote eik is een enorme tak verloren die op de oranjerie is terechtgekomen, waardoor het glas is gebroken. De planten groeien door het dak en de kieren.
Wat gebeurt er? Ze draait zich om.
In het zwembad zit geen water. Op de bodem liggen rottende

bladeren en de leeggelopen eenhoorn van de meisjes zit onder de aarde.

De trampoline is weg.

'Gustav!' roept ze, maar het gebulder van de golven overstemt alle geluiden.

De witte stenen muur rond de tuin is op meerdere plekken ingestort. Grote gaten bieden uitzicht op het strand en haar hart bonkt in haar borstkas.

Op de grond liggen lege bierblikjes. Er zijn parasieten binnengedrongen. Haar huis is een krot waar uitschot rondhangt. Wat zullen de mensen zeggen als ze de villa zo zien?

De rooklucht wordt doordringender en ze kijkt naar de gevel. Op de bovenverdieping slaan de vlammen tegen de ramen.

De meisjes!

Ze rent naar het huis, glijdt uit op het gladde mos, komt meteen weer overeind en roept om hulp, maar er is niemand in de buurt.

Snel, denkt ze. Denk na. Wat moet ik doen? Ze heeft geen telefoon, niets.

Het vuur dreunt achter de gevel. Haar armen trillen als ze een steen oppakt en die door het raam gooit. Glassplinters vallen op de tegels en de rook wolkt naar buiten. Ze deinst naar achteren door de hitte.

Wilma roept haar vanuit het huis en ze hoort Astrid zachtjes hoesten.

'Ik kom eraan!' roept ze. 'Ik kom!'

Haar handen beginnen te bloeden als ze de scherpe stukken glas wegbreekt om naar binnen te kunnen. De rook prikt in haar ogen en ze wringt zich door het kleine gat in het glas. Het lukt nauwelijks om adem te halen als ze het inferno in kruipt.

'Nee!' schreeuwt ze. Iemand pakt haar vast en trekt haar weg. 'Laat me los! Mijn kinderen zijn daarbinnen!' De persoon trekt aan haar haar en sleept haar over de glassplinters.

Ze zal alles kwijtraken. Echt alles.

Caroline wordt doornat wakker. Het was maar een nachtmerrie, denkt ze.

Gewoon een droom.

Het voelt alsof ze een strakke band rond haar hoofd heeft. Een blinddoek bedekt haar ogen. Haar handen zitten achter haar rug. Ze kan ze niet bewegen, en dat geldt ook voor haar voeten. Iemand heeft haar vastgebonden.

Na een seconde begint ze te schreeuwen, maar het geluid wordt tegengehouden door iets ruws in haar mond. Het lijkt een verfrommeld stuk stof.

De ondergrond vibreert. Het voelt als een motor. Ze probeert zich om te draaien, maar dat lukt niet. De ruimte is te klein.

Ze hapt naar adem.

Waar ben ik, denkt ze. Waar zijn Gustav en de meisjes?

Gustav

Zijn spieren trekken samen als hij de Gustavsgata in rijdt. Hij heeft het traject in twintig minuten afgelegd. Hij rijdt altijd hard, maar deze keer had het helemaal verkeerd kunnen aflopen. Het enige wat hij zich herinnert is dat hij in Kopenhagen door rood is gereden.
De rest is blanco.

Hij passeert de dure villa's die onbereikbaar voor hem waren toen hij klein was en herinnert zich dat hij zich altijd afvroeg wat voor mensen daar woonden en hoe perfect hun levens wel niet waren.

Hij belt Carro voor de dertiende keer en wordt weer doorgeschakeld naar haar voicemail. 'Carro, verdomme, neem op!' schreeuwt hij, waarna hij de verbinding verbreekt.

Een surveillancewagen blokkeert het hek van de villa, zodat Gustav moet parkeren op een kleine plek tussen twee auto's die een stukje verderop staan.

Twee politieagenten in blauwe uniformen lopen over het trottoir in zijn richting.

Hij haalt diep adem en maakt de veiligheidsgordel los.

De warmte slaat hem tegemoet als hij uit de auto stapt en hij heeft het gevoel dat hij moet overgeven. 'Ik ben Gustav Jovanovic. Hebben jullie al iets gehoord?' Hij slaat het portier dicht, trekt zijn colbert recht en kijkt de straat in voordat hij naar de roodharige vrouw en haar mannelijke collega toe loopt.

'Ik ben Maria. We hebben elkaar daarnet aan de telefoon gesproken,' zegt de vrouw. Ze steekt haar hand uit terwijl ze de andere op haar zwangere buik legt.

Gustav zet zijn zwarte zonnebril af en knikt kort naar de vrouw met de hoge jukbeenderen en sproeten, die veel te oud lijkt om zwanger te zijn.

'En dit is mijn collega Karim,' zegt Maria. Ze knikt naar de magere jonge man naast haar.

'Ik kreeg mijn moeder niet te pakken, dus ben ik hier zo snel mogelijk naartoe gekomen.' Gustav heeft nooit vertrouwen in de Zweedse politie gehad. Ze hebben hem altijd wantrouwend behandeld, zodat hun betrokkenheid hem verbaast. 'Er moet een eenvoudige verklaring zijn.'

'Carolines vriendin Ida heeft ons verteld dat je vrouw diabetes heeft en dat er kinderen zijn,' zegt Maria. 'Daarom moeten we zo snel mogelijk de woning in.'

Haar zware Skånse accent verraadt dat ze is opgegroeid in Malmö, de stad van de parken. Hij durft er iets onder te verwedden dat haar vader politieagent is geweest. Ze komt beslist uit een familie met meerdere generaties smerissen die Malmö hebben zien veranderen.

'Hebben jullie bij de ziekenhuizen geïnformeerd?'

'We sluiten niets uit,' zegt Karim. 'Mag ik je ID zien?'

'Natuurlijk.' Gustav haalt zijn portefeuille uit zijn binnenzak en laat zijn rijbewijs zien.

Karim bekijkt het haastig. 'Bedankt. Hebben jullie meer auto's dan die van jou en de witte Land Rover in de garage?'

'Nee,' antwoordt Gustav. Hij loopt achter hen aan naar de villa.

'Kunnen ze ergens naartoe gegaan zijn?' Maria loopt haastig over het stuk voortuin dat bedekt is met grind.

De kinderwagen en de bakfiets staan voor de villa.

'Nee, Carro heeft ernstige bekkeninstabiliteit, ze gaat bijna nooit...'

'Heb je familieleden en vrienden gebeld, mensen bij wie je vrouw zou kunnen zijn?' vraagt Karim, die het Zweeds van de tweede generatie immigranten spreekt. Hij is beslist een Syriër, maar in tegenstelling tot Gustav heeft hij geen naam gekregen die hem moest helpen om met de Zweedse samenleving te versmelten.

'Daar heb ik nog geen tijd voor gehad. Ik ben hier zo snel mogelijk naartoe gekomen...' Gustav wil meer zeggen, maar weet niet waar hij moet beginnen.

'Wie zijn haar beste vrienden?' gaat Karim verder.

'Dat is Ida.'

'Zijn er andere vrienden of vriendinnen bij wie ze kan zijn?'

Gustav denkt na. 'Carro is sociaal, maar ze heeft niet veel goede vrienden.' Hij zwijgt als hij Ida op de trap bij de voordeur ziet zitten.

'Gustav.' Ida komt overeind en trekt haar strakke jeansrok recht. Haar pony hangt voor haar ogen. 'Wat kan er gebeurd zijn?' Ze kijkt met een onrustige blik in haar ogen naar hem. 'Carro en ik hadden om negen uur in Espresso House afgesproken, maar daar kwam ze niet opdagen. Ik heb ruim een uur gewacht en je weet dat Carro nooit laat is en ze neemt haar telefoon niet eens op... Ik werd zo ongerust dat ik de politie gebeld heb.'

'Kalmeer,' snauwt hij en hij loopt de trap naar de voordeur met twee treden tegelijk op.

'Dat gaat niet,' snikt Ida. 'Ze heeft me gisteravond overstuur gebeld, maar wilde niet zeggen wat er aan de hand was. Stel dat er iets ernstigs gebeurd is.'

Zonder te antwoorden haalt hij de sleutels uit zijn zak. Zijn hand trilt als hij het slot opent.

'Carro!' roept hij terwijl hij de hal in loopt. Hij legt de sleutel op de ronde haltafel en ziet Carro's sleutels op de groene aardewerken schaal liggen. Uit pure gewoonte pakt hij de sleutelbos en stopt die in zijn zak.

'Politie! Is er iemand thuis?' roept Maria terwijl ze naar binnen loopt. 'Hallo?!'

Het blijft doodstil.

Gustav trekt zijn colbert uit, gooit het op een stoel en opent het bovenste knoopje van zijn overhemd.

Hij ziet in de spiegel dat Karim eerst naar hem en vervolgens naar de bewakingscamera's aan het zes meter hoge plafond kijkt. Gustav vloekt inwendig, maakt zijn manchetknopen los en legt ze op de aardewerken schaal.

'Ik controleer de bovenverdieping,' zegt Ida en ze loopt snel de trap op.

De zon schijnt fel door de grote ramen die op zee uitkijken en het is hierbinnen zo mogelijk nog warmer dan buiten.

'Waar wonen haar ouders?' vraagt Karim.

'In Stockholm. Ze hebben geen contact met elkaar.'

'Is er een kelder?' Maria opent de kastdeuren in de hal.

Gustav wijst naar de deur ernaast. 'Daar is de keldertrap.'

De spijkerjacks en petten van de meisjes hangen aan de haken, maar de schoenen in een roze snoepkleur staan niet op de plek waar ze horen.

Hij loopt naar de zitkamer, opent de verandadeuren en kijkt naar de tuin.

Het terras is eveneens verlaten.

Een zwakke windvlaag rimpelt het wateroppervlak van het zwembad en beweegt de opgeblazen eenhoorn naar de trap.

Hij huivert.

Op het strand klinkt gelach en geroep van zwemmende kinderen, maar in de tuin is het doodstil. De steppen van de meisjes liggen op de kalktegels.

'Astrid! Wilma!' roept hij. Hij rent naar het zwembadhuis, gooit de deuren open en kijkt achter de meubels. De meisjes verstoppen zich daar soms, maar ze zijn er niet.

De oranjerie is eveneens verlaten, net als het prieel. Het hek naar het strand is op slot.

Er blijven steeds minder alternatieven over.

Na een paar minuten gaat hij terug en loopt naar de bibliotheek. Hij bekijkt de ruimte snel en gaat dan naar de eetkamer.

'Wanneer heb je je vrouw ook alweer voor het laatst gezien?' Karim staat plotseling vlak achter Gustav, alsof hij hem bewaakt.

'Gisterochtend voordat ik naar mijn werk ging.' Gustav blijft staan en staart naar Karims Rolex, die namaak moet zijn.
'Maar zoals ik al vertelde hebben we elkaar gisteravond gesproken. Ik herinner me niet hoe laat het was, maar ik heb gebeld om de meisjes welterusten te zeggen, dus ik neem aan dat het rond acht uur was.'
'Klonk ze vreemd of zei ze iets bijzonders?'
'Nee.' Gustav denkt na. 'Mijn jongste dochter, Astrid, vertelde dat het haar gelukt was om van de ene naar de andere kant van het zwembad te zwemmen. Ze was verschrikkelijk trots en vrolijk. Ze doet de hele zomer al haar best om te leren zwemmen, dus zei ik tegen haar dat ik een verrassing mee zou nemen als ik vandaag thuiskwam.' Hij heeft een brandend gevoel in zijn borstkas.
'Je hebt vannacht dus niet thuis geslapen?'
'Nee, ik werk immers in Kopenhagen,' zegt Gustav terwijl hij de keuken in loopt. 'Mijn bedrijf bevindt zich in een uitbreidingsfase, wat betekent dat ik heel hard moet werken. Soms wordt het 's avonds laat en dan kan ik net zo goed op de bank in mijn kantoor slapen, om 's ochtends vroeg weer te kunnen beginnen.'
'De kelder is leeg,' zegt Maria als ze terug is. 'Gaat je vrouw weleens weg zonder iets te zeggen? Op reis of zo?'
Maria kijkt met een blik naar Karim die Gustav niet aanstaat.
'Niet zonder haar Chanel,' zegt hij. Hij opent Carro's handtas, die op het kookeiland ligt, zoekt tussen natte doekjes, pakjes rozijnen en een heleboel rommel. Helemaal onderin vindt hij haar portemonnee. Hij haalt achtereenvolgens haar lidmaatschapskaarten, bankpas, creditcard en rijbewijs tevoorschijn, maar ziet haar telefoon niet.
Gustav tilt de tas op, leegt hem op het marmeren aanrecht en hapt naar adem. 'Ze redt het maar een paar dagen zonder insuline...' zegt hij toonloos. 'Misschien nog korter nu ze zwanger is...' Hij probeert zich te herinneren wat de verloskundige

heeft gezegd, maar zijn hoofd is leeg. 'Eigenlijk moet ze meerdere doses per dag nemen.'

'En het kan zestien uur geleden zijn dat iemand voor het laatst contact met Caroline gehad heeft,' zegt Maria.

'Ze zijn niet op de bovenverdieping,' constateert Ida berustend terwijl ze de keuken in loopt. Ze verbleekt als ze de inhoud van de tas op het kookeiland ziet liggen. 'Haar insuline!' Ze strijkt haar pony weg, haalt hoorbaar adem en wappert met haar hand alsof het een waaier is.

'Wat gebeurt er als ze het niet neemt?' vraagt Karim. Hij inspecteert de inhoud van de tas op het kookeiland.

Gustav masseert zijn nek. 'Carro en de baby kunnen schade oplopen, ze kan overlijden.'

'Kan ze andere injectienaalden bij zich hebben?'

Gustav schudt zijn hoofd. 'Ik weet het niet. Ik hoop het... Ze moeten hier ergens zijn!' Gustav vertrouwt er niet op dat Ida en de agenten overal hebben gekeken en rent naar de bovenverdieping. 'Controleer de garage!' roept hij als hij halverwege de trap is.

Hij opent de deur van de kinderslaapkamer, maar daar is niemand. De bedden zijn opgemaakt en de kamer is opgeruimd, maar de favoriete knuffels van de meisjes zijn weg.

'Carro? Ben je thuis?!' roept hij en hij rent naar hun slaapkamer. Hij bekijkt de lege kamer en het, zoals altijd, perfect opgemaakte bed. Waar heeft hij zijn tweede telefoon neergelegd? Ik moet hem vinden, denkt hij. Hij ziet iets glanzen op het kussen. 'Wat is dit verdomme?' zegt hij zachtjes voordat hij beseft dat het Carro's trouwring is.

Die heeft ze tijdens hun huwelijk nog nooit afgedaan. Hij tilt de kussens op om te controleren of haar verlovingsring ook ergens ligt.

'Zoek je iets?'

Gustav draait zich haastig om en ontmoet Karims blik. 'Nee,' antwoordt hij. Hij legt het kussen recht en laat de ring snel in zijn zak glijden, waarna hij de slaapkamer uit loopt. 'Ik begrijp het niet...' zegt hij tegen Karim, die vlak achter hem staat.

'Ontbreekt er iets? Spullen voor een korte reis?'

'De knuffels van de meisjes zijn er niet. Astrids konijn en Wilma's Hello Kitty-pop ontbreken. Die hebben ze altijd bij zich. En hun linnen schoenen zijn weg.'

Gustav opent de kastdeuren en loopt dan naar zijn kantoor. Als hij terug wil gaan bedenkt hij zich, loopt naar het bureau terug, opent de lade en ziet de paspoorten van Caroline en de meisjes liggen. Hij zucht van opluchting en houdt ze Karim voor.

Zijn tweede telefoon is er echter niet.

Ze lopen de trap af en hij probeert na te denken, maar alles in zijn hoofd staat stil.

'Niets?' vraagt Ida als hij de keuken in komt.

Gustav schudt zijn hoofd.

'Wat is er in vredesnaam gebeurd?' Ida staart naar Gustav. 'Ze zou nooit zomaar verdwijnen.'

'Doe eens rustig,' zegt hij en hij werpt haar een haastige blik toe.

'Werkt ze?' vraagt Maria.

'Ja. Hoewel, ze is actrice en bevindt zich op dit moment tussen twee films, zou je kunnen zeggen. Ze is overdag thuis en de kinderen hebben nog steeds zomervakantie dus...'

'Waar is haar telefoon?' Ida onderbreekt hem. 'Caroline gaat nergens naartoe zonder telefoon,' gaat ze verder en ze vertrekt haar gezicht.

'Probeer nog een keer te bellen,' zegt Maria.

Gustav leunt tegen het kookeiland en haalt zijn telefoon uit zijn zak. 'Stil,' zegt hij en hij vraagt Siri om Carro te bellen.

Het duurt een paar seconden voordat hij een afgelegen gezoem hoort. Hij volgt het geluid naar de woonkamer. Het klinkt alsof het van de bank komt en hij loopt er snel naartoe. Daar ligt de telefoon, verstopt tussen de kussens, te trillen. Voordat Gustav op het display heeft kunnen kijken trekt Maria hem uit zijn hand.

'Wat doe je?'
'Ik denk dat we deze helaas in beslag moeten nemen.' Maria's ogen versmallen en ze heeft een vijandige scherpte in haar stem.

Gustav kijkt haar vragend aan.

'We zullen je nog een paar vragen moeten stellen. Karim!' roept ze. 'Bel om versterking.'

Caroline

De motor is uitgezet. Daarnet klonk het alsof er een portier dichtsloeg. Af en toe denkt ze auto's langs te horen rijden. Het ene moment durft ze nauwelijks adem te halen en vlak daarna stroomt de angst door haar heen en probeert ze zich los te rukken, maar het touw zit strak rond haar polsen en enkels. De kofferbak is te klein om zich te kunnen omdraaien. Ze ligt blijkbaar opgesloten in een kleine auto, in een SUV of een stationwagon had ze meer ruimte gehad.

Ik moet eruit, denkt ze en ze vecht tegen haar tranen.

Kleine ruimtes zijn een hel voor haar. Toen ze klein was sloot haar oudere broer haar regelmatig in een kast op. Soms zat ze urenlang in het donker voordat iemand haar vond.

Ze kruipt in elkaar, voelt haar benen trillen en merkt dat ze geen schoenen of sandalen aanheeft. Aan haar lichaam draagt ze iets van zijde, is het een nachthemd? Ze probeert zich uit alle macht te herinneren wat er is gebeurd, maar heeft geen idee hoe ze hier is beland.

Ontvoering is altijd een mogelijke dreiging geweest. Alles heeft een prijs, dat is de manier waarop ze is opgevoed. Haar vader is van mening dat iedereen op zijn vermogen aast en heeft elke kroon altijd stevig vastgehouden.

Haar opa was niet alleen rijk, maar behoorde tot de meest vermogende adellijken in Zweden toen hij overleed. Het landgoed buiten Uppsala werd overeenkomstig de traditie geërfd door de oudere broer van haar vader. Hoewel hij dit zijn hele leven had geweten, was dat moeilijk voor hem. Een groot deel van zijn identiteit en trots verdween toen hij werd gedwongen de kantelen en torens die zijn jeugd hadden bepaald te verlaten. Hij slaagde erin een eigen onroerendgoedportefeuille op te bouwen en liet op Djursholm een kleiner kasteel bouwen, met een architectuur die was geïnspireerd op een Frans chateau in de buurt van hun vakantiehuis in Sainte-Maxime.

Destijds had ze de dreiging van een ontvoering niet serieus genomen. Pas later, toen Gustavs bedrijf beursgenoteerd werd en hun vermogen openbaar werd gemaakt, maakte de dreiging haar bang.

Bovendien heeft ze zich in Malmö altijd kwetsbaarder gevoeld. De stad is heel klein en hoewel ze in een van de duurste wijken wonen, liggen de probleemwijken dichtbij. De strandvilla is opzichtig en provocerend zichtbaar. Nu Wilma op de basisschool gaat beginnen, heeft Caroline geprobeerd Gustav zover te krijgen om te verhuizen, maar hij weigert zijn geliefde Malmö en de villa waarvan hij altijd heeft gedroomd te verlaten.

Verschillende van hun kennissen hebben de stad achter zich gelaten om hun kinderen op betere scholen te kunnen doen. Ze huivert als ze eraan denkt hoe boos Gustav wordt wanneer ze zegt dat ze naar Ljunghusen wil verhuizen. Dan beweert hij dat ze 'net zo goed met Åkesson bij zonsondergang in het aardappelveld kan neuken'. Het enige wat ze wil is dat hun dochter op een school zit waar het grootste deel van de kinderen voldoendes haalt.

Lieve Wilma, haar eerstgeboren schat die niets wil missen, nooit lastig wil zijn en alles wat er om haar heen gebeurt aanvoelt. Het ene moment is ze heel lief en meegaand en het volgende moment explosief. Precies zoals zij zelf is. Ze wil haar omhelzen en tegen haar zeggen dat ze meer van haar houdt dan van wat ook ter wereld en dat ze belooft om een betere moeder te zijn. Stel je voor dat ze nooit meer een kans zal krijgen om haar fouten te corrigeren.

Ze hoopt dat Wilma voor haar zusje zorgt. Wervelwind Astrid, die in haar eigen fantasiewereld leeft en in tegenstelling tot haar oudere zus nooit over de consequenties van iets nadenkt, maar die overstroomt van liefde en een uitbundige lach heeft.

Als iemand haar gezin één haar krenkt, dan vermoordt ze die persoon.

Ze wordt misselijk en probeert zich te herinneren wanneer ze voor het laatst haar insuline heeft genomen, maar heeft zelfs geen flauw idee welke dag het is of hoe lang ze al gevangen wordt gehouden. Het enige wat ze weet is dat het zonder haar insuline heel slecht kan aflopen.

The Killer

De zon prikt in zijn ogen als hij de portiekdeur opent en naar buiten loopt. De lunchrij voor restaurant Falafelmästaren in het Slottspark aan de overkant van de straat is lang en de lucht van komijn zorgt er niet bepaald voor dat hij zich beter voelt. Op een bankje naast het restaurant openen de alcoholisten hun eerste biertje en tegenover hen doet een groep mannen aan capoeira terwijl de kleine kinderen rond hun benen rennen. Het vaderschapsverlof zag er in zijn tijd anders uit.
De kaart op zijn telefoon wijst aan dat hij naar links moet.
Het Juridisch Centrum ligt midden in de stad, op maar een kwartier lopen van het appartement in de Slottsgata dat hij heeft gekocht.
Hij is al heel lang niet meer in Malmö geweest en het centrum is veranderd. De afwisselende architectuur – een combinatie van gebouwen die rond de vorige eeuwwisseling zijn gebouwd, moderne rechte gebouwen en betongrijze blokken – getuigt van een stad die groeit.
Hij stopt bij een klein café en koopt een zwarte koffie om mee te nemen. De man achter de toonbank probeert hem een broodje kaas te verkopen, maar hij heeft geen trek.
Onderweg passeert hij buurtwinkels, tattooshops, restaurants uit alle hoeken van de wereld, kleine winkels, kinderen die rondrijden op skateboards en daklozen op elke hoek. Armoede, uitsluiting, hopeloosheid en blijdschap in een en dezelfde straat. Alleen al tijdens deze korte wandeling wordt duidelijk dat Malmö een grote stad in miniformaat is. Hier wonen mensen die wortels in bijna tweehonderd landen hebben.

Hij neemt een slok koffie en loopt verder langs het kanaal. Het is warm, te warm. Hij had dat laatste biertje gisteravond niet moeten drinken. En het een-na-laatste trouwens ook niet. Zijn hart bonkt door de kater, hij is tenslotte geen twintig meer. En hij had die vrouw vooral niet mee naar huis moeten nemen. Waar heeft hij verdomme mee gedacht? Hij spant zijn spieren en het enige wat hij wil is zijn vuist tegen iets hards rammen. Hoe hij ook zijn best doet, het lukt hem niet om te stoppen met denken aan haar zachte warme lichaam, haar lange donkere haar, haar lach. Verdomme. Tijdens de twintig jaar van zijn huwelijk heeft hij nooit een andere vrouw aangeraakt. Hij was vergeten hoe emotioneel beladen dat kon zijn. Nu bonkt de angst als een verdomde hamer in zijn borstkas en het enige wat hij kan doen is het negeren, alsof het nooit is gebeurd. Hij weet tenslotte niet eens hoe ze heet en zal haar nooit meer zien.

Hij neemt de laatste slok koffie en gooit de papieren beker voor het Juridisch Centrum Malmö in een afvalbak. Langzaam glijdt zijn blik langs het saaie grijze gebouw met de bakstenen gevel dat zijn nieuwe werkplek wordt.

Een jaar gaat snel, probeert hij zichzelf te overtuigen. Het was zijn keus niet om te worden overgeplaatst, maar er was geen alternatief. Toch is hij ongelofelijk dankbaar dat zijn collega's alles hebben verzwegen, anders was zijn carrière voorbij geweest.

Bij de ingang staan politieagenten met pistoolmitrailleurs. De situatie in Malmö is anders dan in de rest van het land. Dodelijke schietpartijen op openbare plekken zijn dagelijkse kost en de laatste tijd zijn er meerdere politiebureaus aangevallen. Er komen steeds meer criminele bendes en veel te veel daarvan zijn gewapend.

Hij strijkt snel met zijn hand door zijn haar, dat nog steeds vochtig is na de douche van dertig seconden, en trekt de knot in zijn nek goed. Zijn T-shirt is te gekreukt, hij had gisteren moeten uitpakken, maar zodra hij zijn nieuwe appartement binnen was gekomen, was hij in paniek geraakt en was hij weer naar buiten gegaan. Hij belandde in het klassieke visrestaurant Johan P in de buurt van het Lilla torg, waar zij verscheen en ervoor zorgde dat hij niet meer helder kon nadenken. Hoe heeft hij zo verdomd stom kunnen zijn, denkt hij weer, terwijl hij tegelijkertijd voorrang verleent aan twee oudere vrouwen die via de glazen deuren van het Juridisch Centrum naar buiten komen.

Met nog een paar minuten speling loopt hij naar de bewaakster in de halfvolle receptie. 'Hallo, ik ben hier voor Gabriella Lind, teamleider van de afdeling Ernstige Misdrijven.'

'Verwacht ze je?' De bewaakster staart streng naar hem en hij is ervan overtuigd dat ze het type is dat een bloedhekel heeft aan Stockholmers zoals hij.

'Dat hoop ik wel, zij is degene die me heeft aangenomen.' Hij glimlacht geforceerd en mist zijn collega's van de rijksrecherche nu al.

'Ik begrijp het.' Ze kijkt snel op haar computerscherm en daarna weer naar hem. 'Henrik Hedin?'

'Dat klopt helemaal,' zegt hij en hij legt zijn ID op de balie.

'Bedankt, ik herken je.' Ze glimlacht kort. 'Welkom. Je mag je gegevens op het scherm daar invoeren.'

Hij doet wat hem wordt opgedragen en controleert het adres op zijn telefoon.

'Mooi. Ik heb Gabriella een bericht gestuurd dat je er bent. Ze komt zo meteen naar beneden. Je mag zolang gaan zitten.'

Hij knikt.

Het is ongelofelijk heet en hij heeft alweer een douche nodig.

Mensen staren naar hem als hij plaatsneemt op een bank bij de grote ramen die op het parkeerterrein uitkijken. Hij schuift onrustig heen en weer. Weliswaar wordt hij vaak herkend, maar op dit moment wil hij onzichtbaar zijn. Hij wil net opstaan als de telefoon in de zak van zijn spijkerbroek vibreert. Hij pakt hem en neemt op.

'Henrik, met Gabriella van Ernstige Misdrijven, politie Mal-

mö. Het spijt me verschrikkelijk, we zouden gaan lunchen en ik was van plan om je rond te leiden en je welkom te heten in Malmö, maar ik heb je meteen nodig voor een zaak.'
'Nu?'
'Ja. Kaplan, je nieuwe partner, wacht op je in een burgerauto op het parkeerterrein voor de ingang. Ze zal je onderweg op de hoogte brengen.'
Henrik kijkt uit het grote raam naar het parkeerterrein en ziet iets verderop een zwarte Volvo staan. 'Ik heb niet eens een dienstwapen, een kogelwerend vest of iets anders bij me...' Hij trekt aan zijn gekreukte T-shirt.
'Welkom in Malmö, het meest onderbezette politiedistrict van het land. Ik spreek je later.'
Hij staart naar zijn telefoon.
Ze heeft de verbinding verbroken.
Met tegenzin staat hij op en loopt naar de glazen deuren. Hij kan beter doen wat hem opgedragen is, in elk geval de eerste dag.

***

Zijn mond is droog en hij heeft spijt dat hij geen cola of iets anders verfrissends heeft gekocht. Hij loopt om de auto heen, opent het passagiersportier en bukt zich. 'Hallo, ik moet blijkbaar...' Als hij in de bruine ogen kijkt draait zijn maag om. Haastig gaat hij rechtop staan en klopt met zijn hand op het autodak.
'Verdomme.' Hij haalt een paar keer diep adem en probeert zich te vermannen.
Na een paar seconden bukt hij weer. 'Wat doe jij hier?' vraagt hij. 'Kaplan?'
'Ja, Leia Kaplan. Ik werk hier. Wat doe jij hier in vredesnaam?' Ze ziet er net zo geschokt uit als hij.
'Ik werk hier ook. Vanaf vandaag.'
Ze kijkt op haar mobiel. 'Ben jij Henrik Hedin?'

'Inderdaad.'
'Huh?' zegt ze met haar blik naar beneden gericht. 'Gisteren noemde je een andere naam en vertelde je dat je hier was om het voetbalteam te trainen.' De knokkels van haar handen, die het stuur vasthouden, worden wit. 'Waarom zei je niet dat je rechercheur bent?'
'Ik kan jou dezelfde vraag stellen. Waarom zei je niet dat je politieagent bent?'
'Ik loog in elk geval niet of gedroeg me als een klootzak. Stap in, we hebben haast.'
Ze is geïrriteerd en hij begrijpt dat. Niet alleen omdat hij heeft gelogen, maar ook vanwege zijn gedrag van vanochtend toen ze naakt en dicht tegen elkaar aan onder het vochtige laken wakker werden en hij haar ijskoud vroeg om te vertrekken. Maar hoe had hij in vredesnaam kunnen weten dat ze moesten samenwerken? Het is een onwaarschijnlijk toeval. Verdomme, denkt hij en hij beseft dat het hem zoals altijd is gelukt om er een grote puinhoop van te maken.

Hij gaat zitten, maakt zijn veiligheidsgordel vast en veegt zijn handen aan zijn spijkerbroek af.
'Dat van vannacht is nooit gebeurd, oké?' zegt Leia terwijl ze gas geeft en het parkeerterrein af rijdt.
'Prima.' Hij pakt het handvat vast en vloekt in stilte. Tegelijkertijd kijkt hij naar haar handen. Haar vingers zijn smal en goudbruin en hij denkt aan hoe ze hem aanraakte. Ze draagt geen ringen of andere sieraden. Niets wat iets over haar vertelt. Eigenlijk weet hij helemaal niets over haar en dat is precies zoals het moet zijn, maar het helpt niet om zo te denken. Haar nabijheid heeft hetzelfde bedwelmende effect als de vorige avond in de bar van Johan P.
'Waar gaan we naartoe?' vraagt hij. Hij wendt zijn blik af en kijkt naar buiten.
'Limhamn. De tweeëndertigjarige Caroline Hjorthufvud Jovanovic en haar twee kinderen zijn verdwenen.'
'De actrice?'

'Ja... inderdaad.' Zonder de richtingaanwijzer aan te zetten slaat ze af naar een straat met lage meergezinswoningen aan beide zijden.

'Caroline had vandaag om negen uur een afspraak met haar vriendin Ida Ståhl, maar ze is niet verschenen.' Henrik knikt.

'Caroline is eenentwintig weken zwanger en heeft diabetes type 1, dus als ze geen insuline krijgt, kan zowel zij als de baby overlijden. Onze collega's hebben het huis doorzocht. Carolines telefoon en haar handtas met haar portemonnee, medicijnen en dergelijke liggen nog in de woning. Blijkbaar was de garagedeur niet op slot, maar de auto staat er nog.'

'Geen tekenen van een gevecht?'

'Nee.' Leia schudt haar hoofd. Het donkere haar hangt glanzend over haar schouders. Hij vraagt zich af hoe oud ze is. Minstens tien jaar jonger dan hij, begin dertig waarschijnlijk.

'Wanneer is haar laatste contact geweest?'

'Na acht uur gisteravond.'

Henrik kijkt naar de klok op het dashboard. 'Zeventien uur geleden. En haar man?'

'Gustav Jovanovic is de man die heel veel geld heeft verdiend met online gokken.'

'Ik weet het,' zegt hij. Hij ziet de opschepperige Jovanovic voor zich, de selfmade miljonair die in Rosengård is opgegroeid.

'Gustav is blijkbaar bezig een nieuw bedrijf op te richten en werkt in Kopenhagen. Hij heeft vannacht in zijn kantoor geslapen en heeft zijn gezin voor het laatst gezien toen hij gisteravond via FaceTime met ze praatte.'

'En de ziekenhuizen?'

'Ze bevinden zich niet in een van de ziekenhuizen in de nabije omgeving. We zijn een vooronderzoek naar ontvoering begonnen. De zaak krijgt bijzondere aandacht vanwege de kinderen en omdat het gezin eerder is bedreigd toen Gustavs bedrijf naar de beurs ging en het vermogen van het gezin aanzienlijk toenam. In de huidige situatie zijn Caroline en de

kinderen als vermist opgegeven, maar we sluiten niet uit dat ze uit vrije wil verdwenen kan zijn, of de dader is.'
'Henrik haalt diep adem. Hij vindt niets erger dan werken aan een zaak waarbij kinderen betrokken zijn. Dat kan hij bijna niet meer verdragen. 'Weten we of Gustav of Caroline al eens in contact met de politie of met een psychiater is geweest?'
'Gustav is als tiener opgepakt voor een kwajongensstreek. Hij verkocht namaak-Canada Goose-jacks, maar daarna is er niets meer geweest. Hij is de neef van Asif Nicolic, een bekende gangsterkoning en de leider van De Familie, een grote Bosnische bende die actief is in Skåne.'
'Hmm. Ik ken De Familie.'
Hij denkt aan de politieagenten die voor het Juridisch Centrum op wacht stonden en aan het feit dat Zweden de grootste markt in Europa voor illegale wapens uit de Balkan is. De Familie is al heel lang een goedgeorganiseerde ontvanger met veel kanalen.
'Gustav heeft officieel afstand genomen van zijn neef en De Familie. Hij heeft een jeugdcentrum in Rosengård opgericht, in het huis waarin hij opgegroeid is. Hij besteedt veel geld aan het helpen van kinderen in kwetsbare gebieden om ervoor te zorgen dat ze goed terechtkomen. Ken je Malmö?' Ze kijkt naar hem als ze voor een rood verkeerslicht staan.
'Nee, nog niet,' zegt hij met een korte glimlach.
'Ben je hier gisteren dus echt komen wonen of heb je daar ook over gelogen?' Ze toetert driftig naar de auto voor haar, die niet lijkt te zien dat het licht op groen is gesprongen.
'Dat heb je aan alle dozen gezien.'
'Waarom ben je overgeplaatst?'
'Ik had een pauze van Stockholm nodig,' zegt hij schouderophalend.
Ze bekijkt hem van top tot teen. 'Volgens Gabriella ben je een van de beste onderzoekers van Zweden.'
'Ach, ik weet niet...'
'Ze zegt dat je nooit iets over het hoofd ziet en nooit opgeeft.'

'Dat laatste klopt waarschijnlijk wel…'
'Ik hoop alleen dat je niet zo naïef en zelfingenomen bent dat je denkt dat je hier de leiding kunt nemen. Ik heb te veel grote jongens zoals jij gezien die Malmö als een uitdaging beschouwden, maar geloof me, het duurt niet lang voordat je vleugellam bent… Verdomme, kijk uit waar jullie lopen,' snauwt ze naar twee tienermeisjes die zonder te kijken oversteken, waardoor ze boven op haar rem moet staan. 'Het is hier hopeloos. De ellende stopt niet, wat we ook doen.'
Henrik herkent haar frustratie. Het is alsof je in een tredmolen rent als je politieagent bent.
Ze passeren een idyllische jachthaven. De zee is rustig en de Öresundsbrug omlijst het uitzicht. Aan de horizon ziet hij Kopenhagen liggen.
'Nu zijn we in Limhamn, een van de meer bevoorrechte wijken van Malmö, kun je wel zeggen.' Leia rijdt naar een groep mooie, verschillend vormgegeven villa's. 'Ik geloof dat de Gustavsgata de duurste straat van de stad is. Zlatans oude woning in Fridhem en Jovanovics villa in Limhamn zijn de meest beschreven woningen van de stad.'
Henrik rekt zich uit. Dit soort wijken maken hem bang.
Leia stopt voor de grootste villa in de straat, die aan het strand grenst en een vrij uitzicht op zee heeft. Ze draait het stuur naar rechts en parkeert achteruit achter een zwarte Porsche Panamera die in de straat geparkeerd staat. Haastig draait ze haar haar in een knot. 'Kijk niet zo naar me.'
'Wat bedoel je?'
'Alsof je me naakt gezien hebt.'
Hij kijkt beschaamd weg, staart in plaats daarvan naar de protserige strandvilla achter de spierwitte muur en huivert.
'Ik praat. Jij observeert,' zegt Leia. Ze stapt uit de auto en slaat het portier met een knal dicht.
Henrik volgt haar voorbeeld, knikt naar een paar collega's bij de versperring en houdt zijn adem in als hij zich bukt om onder het afzetlint door te duiken.

Gustav

De tuin is afgezet met blauw-wit lint en de oprit staat vol politieauto's. Hij moet voortdurend denken aan de regelmatig voorkomende op militaire acties lijkende invasies van de politie in Rosengård die tijdens zijn jeugd plaatsvonden. Gedurende de elf jaar dat hij in de spierwitte wijk in Limhamn woont, heeft hij nog nooit zoveel politieauto's op hetzelfde moment bij elkaar gezien.
Door het keukenraam ziet hij de nieuwsgierige klootzakken zich op straat verzamelen. Ze filmen met hun telefoons en als hij eraan denkt wat ze waarschijnlijk denken dat er is gebeurd trekt zijn maag samen.
Niemand heeft iets van Carro gehoord. Zijn moeder neemt nog steeds niet op en dat maakt hem bang. Hij houdt de ring in zijn zak stevig vast en probeert zijn hartslag te kalmeren.
Twee in burger geklede smerissen komen de keuken in.
'Hallo Gustav, ik ben Leia Kaplan, onderzoeker bij de politie.'
Hij weet precies wie ze is. Leia geeft in de media commentaar over diverse onderzoeken en is de dochter van een van de tapijthandelaren in de stad. Hij heeft nooit beseft hoe lucratief de handel in echte tapijten kon zijn tot hij de woning in Bellevue zag waar Leia is opgegroeid.
'We hebben op dezelfde school gezeten,' zegt hij en hij steekt zijn hand uit.
'O ja?' Ze kijkt hem verbaasd aan.
Leia is een paar jaar jonger dan hij en is blijkbaar te chic om zich hem te herinneren.
Toen Gustav naar het gymnasium ging stuurden zijn vader

en moeder hem naar een particuliere school. Ze hadden beiden twee tot drie banen en reden daarnaast een taxi om het schoolgeld te kunnen betalen zodat hij betere voorwaarden in het leven zou krijgen dan ze zelf hadden gehad. Toen hij in zijn Adidas-trainingspakken op school arriveerde besefte hij hoe anders hij was in vergelijking met Leia en de welgestelde midden- en hogere klasse waartoe het grootste deel van zijn klasgenoten behoorde. De school in de stad was een totaal andere wereld dan Rosengård. De meisjes negeerden hem volkomen en Leia was een van hen.

'Dit is mijn collega Henrik.'

Gustav geeft Henrik een hand en zijn mond valt open van verbazing. 'The Killer.' Dit kan niet waar zijn. Wat doet Henke Hedin in vredesnaam in zijn keuken?

Henrik steekt zijn armen omhoog als The Killer die hij op het voetbalveld was. Hij heeft een ongelofelijk succesverhaal achter de rug terwijl hij ook vanuit het niets is gekomen.

In Gustavs kantoor hangt een grote foto van het moment waarop Henrik in een vol Camp Nou het hoogtepunt in zijn voetbalcarrière beleefde door na een waanzinnige solosprint over het halve voetbalveld de winnende goal tijdens El Clásico te maken.

Dat hij een van de beste smerissen van Zweden is, wist Gustav, maar niet dat hij in Malmö werkt. 'Je moet ze vinden,' zegt hij en hij geeft een klap op Henkes schouder.

Henke is gespierder dan hij zich had voorgesteld. De armspieren onder het T-shirt zijn enorm en met zijn lengte, een paar centimeter langer dan Gustavs 1 meter 90, is het net alsof er een gigantische Viking naast hem staat. Het dikke blonde haar zit in de karakteristieke knot in zijn nek en de blauwe, ijskoude ogen kunnen iedere willekeurige tegenstander laten capituleren.

Het is onmogelijk te bevatten dat The Killer in zijn woning staat. Als de omstandigheden anders waren geweest, had hij het als een teken beschouwd.

Leia trekt een keukenstoel naar achteren. 'Laten we gaan zitten.'

'Hebben jullie een opsporingsbericht verspreid?' vraagt Gustav. Hij transpireert onder zijn overhemd. 'We zitten nog geen uur bij Denemarken vandaan.' De stoel schraapt over de vloer als hij hem naar achteren schuift.

'Ik begrijp dat je bezorgd bent,' zegt Henrik. Hij gaat wijdbeens tegenover hem zitten. 'We hebben de signalementen en foto's van Caroline en je dochters naar taxibedrijven en buschauffeurs gestuurd. Surveillancewagens zoeken in de omgeving en doen een huis-aan-huisonderzoek.'

Het is dus alleen een kwestie van tijd voordat de media erachter komen dat zijn gezin is verdwenen.

'Wanneer hebben jullie voor het laatst contact gehad?' vraagt Henrik.

'We praatten... of wacht, ze stuurde me gisteravond een foto via WhatsApp, vlak nadat we gepraat hadden.' Hij haalt zijn telefoon uit zijn zak en scrolt naar het laatste bericht, dat om 20.31 uur is verstuurd. 'Hier. Carro leest *Bedtijdverhalen voor rebelse meisjes* aan Astrid en Wilma voor.' Hij ziet dat hij niet heeft geantwoord op het bericht.

'Kun je de foto naar mij toe sturen?' vraagt Leia. Ze schrijft haar telefoonnummer op een briefje dat ze voor hem neerlegt.

Gustav doet wat ze vraagt. Het valt hem op dat ze niet is veranderd sinds hun schooltijd. Ze is nog steeds dezelfde stoere meid die de baas in het rookhok was.

'Weet je de pincode van de telefoon van je vrouw?' Henrik schuift Carro's telefoon naar hem toe.

'Ja, dat zijn de laatste vier cijfers van haar identiteitsnummer.' Hij toetst ze op het display in en de telefoon komt tot leven.

Voordat hij naar de gemiste gesprekken en berichten kan gaan, trekt Henrik hem uit zijn hand.

'Bedankt,' zegt Henke en hij verdwijnt haastig uit de keuken.

Leia bladert in een notitieboekje. 'Heeft er iemand contact met je opgenomen?'

'Wat bedoel je?'
'We kunnen niet uitsluiten dat het om een ontvoering gaat.'
'Wat? Sorry. Ik heb moeite om te beseffen... Nee. Er heeft niemand contact met me opgenomen.'
'Het is belangrijk dat je het ons vertelt zodra er iemand contact met je opneemt of losgeld eist. Begrijp je dat?' zegt ze nadrukkelijk terwijl ze met haar donkere wimpers knippert.
'Jazeker.'
'Heb je enig idee wat er gebeurd kan zijn?' gaat Leia verder. Ze houdt haar hoofd schuin.
'Ik zou het niet weten. Ik snap er niets van.' Hij verschuift de kleine glazen vazen op de tafel zodat ze in een rechte lijn staan.
'De bloemen zijn uit de tuin. Carro kan uren bezig zijn met het schikken ervan. Ze snijdt ze af en maakt er boeketjes van en geeft ze water. Jullie hebben de tuin waarschijnlijk gezien. Alles is er. Vijgenbomen, moerbeibomen, bomen met tamme kastanjes en walnoten, appelbomen, kersenbomen, bramen, kruisbessen, aalbessen, groenten, een aardbeienveld, frambozen, you name it,' zegt hij en hij schenkt het laatste water uit zijn glas in de dichtstbijzijnde vaas.
Leia kijkt hem onderzoekend aan, maar dat kan hem niet schelen.
Ze strijkt een haarlok van haar voorhoofd. 'Ik begrijp dat het moeilijk is.'
'Ik denk niet dat je het begrijpt, maar toch bedankt.'
'Volgens Carolines vriendin was je vrouw de laatste tijd neerslachtig. Deel je die mening?'
'Heeft Ida dat gezegd?' Hij kijkt op.
Leia knikt.
'Nee.' Niet gedeprimeerder dan anders, maar dat zegt hij niet. Hoe moet hij dat in vredesnaam weten? Als hij maar een tiende deel begreep van wat er in die vrouw omging was het veel gemakkelijker geweest.
'Niets wat haar belastte of waar ze verdrietig over was?'
'Ze is zwanger, dus ze heeft natuurlijk last van haar hormo-

nen, maar ze verlangt heel erg naar een derde kindje nadat ze zoveel miskramen gehad heeft. Volgens mij gaat het goed met haar nadat ze een echo gehad heeft. Ze is vrolijk en gelukkig, wat dat ook mag betekenen.' Hij verwisselt twee vazen. 'Toen ze gisteren met Ida praatte klonk ze geschokt. Weet je wat daar de reden van kan zijn?'

Hij kijkt op. 'Ik heb geen idee.' De politie en Ida lijken meer over zijn vrouw te weten dan hij en hij heeft een hekel aan verrassingen.

'Geen idee?'

'Eerlijk gezegd is dit allemaal volkomen nieuw voor me.'

Leia fronst haar voorhoofd alsof ze hem niet gelooft. 'Neemt ze nog andere medicijnen dan insuline?'

'Ze slikt van alles als ze niet zwanger is. Vitamines, soms slaappillen, ze drinkt alcohol en er zijn periodes waarin ze antidepressiva slikt. Er is niets met haar aan de hand. Ik vermoed dat de meeste vrouwen met kleine kinderen zo zijn.' Hij haalt zijn schouders op. 'Carro houdt van de kinderen en haar leven, maar het is moeilijk voor haar dat ik de laatste tijd zoveel gewerkt heb. Ze doet thuis alles alleen en dat is blijkbaar nogal zwaar geweest.'

'Ik heb daarnet met jullie werkster gebeld,' zegt Henrik, die de keuken weer in loopt. 'Caroline heeft haar gisteravond een bericht gestuurd om haar af te zeggen voor vandaag, weet je waarom dat was?'

'Geen idee.'

'Behalve het telefoongesprek met Ida heeft ze haar verloskundige en haar moeder gebeld. Weet je waarover die gesprekken gegaan kunnen zijn?'

Hij schudt zijn hoofd en begrijpt niet waarom ze haar moeder in vredesnaam heeft gebeld.

'Heeft Caroline niet verteld dat ze met hen gebeld heeft toen jullie elkaar gisteravond spraken?'

'Ze heeft min of meer alleen welterusten gezegd en daarna heb ik met de meisjes gepraat.'

'Hmm.' Henrik gaat weer bij de tafel zitten. 'We moeten alle

mogelijkheden in overweging nemen. Wat ons verbaast is dat er geen tekenen van een worsteling in de woning zijn.'
'Bedoel je dat er ingebroken kan zijn?' vraagt Gustav.
'Doen jullie de garagedeur anders ook niet op slot?' vraagt Leia.
'Wat? Nee, die is altijd op slot.'
'Volgens de agenten die het eerst ter plaatse waren, was hij niet op slot. Heb je enig idee waarom dat is?'
'Nee, het klinkt... Nee. Ik weet niet wat ik moet zeggen.' Gustav probeert het te begrijpen en verstrengelt zijn vingers in zijn nek. 'Je kunt via de garage in de woning komen, dus is het heel belangrijk om hem op slot te hebben.'
'En de bewakingscamera's staan uit,' zegt Henrik en hij kijkt om zich heen. 'Is het normaal dat die niet aanstaan? Jullie hebben zo'n mooi huis en met de bedreigingen die jullie gehad hebben...'
'We hebben het beste alarmsysteem dat je je kunt voorstellen. Ik heb verdomme honderdduizenden kronen uitgegeven aan onze veiligheid en Carro hoefde alleen op een knop te drukken, waarna het bewakingsbedrijf hier onmiddellijk ter plaatse was geweest. Het huis hangt binnen en buiten vol met camera's, maar Carro heeft ze niet aan als ze thuis is. Dan voelt ze zich bekeken. Ze heeft zelfs tape op de camera van haar laptop geplakt zodat de Apple-kerels in San Francisco zich niet aftrekken op elke stap die ze zet.'
'Is ze bang voor iemand?'
'Nee, of... we zijn beiden bekende personen, dus trek je je gemakkelijk terug.'
'Is ze paranoïde?' Henrik kijkt hem onderzoekend aan.
'Noem het wat je wilt, ik weet het niet.' Gustav haalt zijn schouders op.
'We hopen dat de buren hun camera's aan hadden of dat iemand iets gezien of gehoord heeft,' zegt Leia. Ze trekt haar behabandje, dat onder haar T-shirt naar beneden is gegleden, omhoog.

'De technisch rechercheurs zijn onderweg, dus hopelijk weten we binnenkort meer,' zegt Henke en hij verschuift de kleine dictafoon die op de keukentafel tussen hen in staat. 'Er is veel wat we met het blote oog niet kunnen zien.'
'Oké.' Gustav frunnikt aan de ring in zijn zak en kijkt naar Leia. 'Hoeveel opgeloste misdaden heb je? Wat is je gemiddelde? In procenten bedoel ik.'
'Sorry?' zegt Leia en ze verschuift op haar stoel.
Gustav ziet dat ze de vraag niet prettig vindt, maar daar trekt hij zich niets van aan. 'Ik moet erop kunnen vertrouwen dat jullie mijn gezin vinden.'
'Ik beloof je dat we dat gaan doen,' zegt Henke.
'Hoe kun je dat verdomme beloven?' Gustav slaat met zijn handpalm op de tafel en staat op. 'Weet je soms iets wat ik niet weet?'
Henkes ogen schieten vuur en Gustav heeft er spijt van dat hij zijn zelfbeheersing is verloren.
'Ik begrijp dat dit moeilijk voor je is en dat je je zorgen maakt, maar we werken met veel mensen aan het vinden van je gezin en we beloven je dat we ons uiterste best doen om ze heelhuids thuis te krijgen. Je moet ons vertrouwen.'
'Ik vertrouw nooit iemand.'

Caroline

Vertwijfeld bonkt ze met haar knieën tegen het kofferbakdeksel, in de hoop dat iemand het hoort. Ze heeft een ondraaglijke pijn in haar lendenen die uitstraalt naar haar liezen en de achterkant van haar dijbenen. Ze kreeg in het eerste trimester al last van bekkeninstabiliteit, maar deze pijn voelt anders. De temperatuur moet hoger dan in een sauna zijn. Onder haar ligt een plas zweet en misschien zelfs urine. Alleen al de gedachte dat iemand haar zo ziet zorgt ervoor dat ze een kleur krijgt. Of bloedt ze? Nee, het mag geen bloed zijn. Haar aandacht is al maandenlang gespannen naar binnen gericht, naar beneden. Telkens als ze naar het toilet gaat heeft ze een brok in haar keel. Zit er een zweem roze op het toiletpapier of nemen haar hersenen haar in de maling? Ze heeft hormoonbehandelingen, eicelpuncties, ontelbare echo's en miskramen achter de rug en ze stonden op het punt om het op te geven toen ze zwanger raakte van Ludvig. Er mag hem niets overkomen.

Ze kermt en schopt, maar weet niet in welke richting ze haar kracht moet mobiliseren. In de meeste nieuwe auto's zit een mogelijkheid om de klep van binnenuit te openen door middel van een handvat, een kabel of een knop. Ze heft haar hoofd en draait het opzij, maar na een paar seconden moet ze uitrusten. De misselijkheid bezorgt haar braakneigingen. Kon ze maar een manier bedenken om te seinen dat ze hulp nodig heeft. Misschien kan ze het autoalarm laten afgaan of de remlichten activeren? Dat heeft ze geleerd toen ze in de serie *Jagad* speelde, haar laatste rol als sexy vrouw met weinig tekst, laat staan intelligente tekst.

Kan dit het werk van een gestoorde fan zijn? Een stalker? Ze heeft meerdere keren vreemde figuren achter zich aan gehad en was er bang voor geweest hoe ver ze konden gaan. Veel mensen denken dat ze haar kennen, maar er zijn er maar weinigen voor wie dat inderdaad geldt. Het is allemaal toneelspel. Ze heeft al vroeg geleerd om rollen te spelen. Ze kon niet laten zien hoe ze echt was, want dan zou niemand iets met haar te maken willen hebben. Niemand leek belangstelling te hebben voor de persoon die ze in werkelijkheid was. Ze herkent zichzelf nog steeds in dat eenzame meisje zonder zelfrespect dat ervoor vocht om het juiste te doen en te worden gewaardeerd zoals ze was.

Het maakte echter niet uit welke rol ze bij haar familie speelde, ze slaagde er nooit in om haar ouders tevreden te stellen. Bij alles wat ze deed werd ze gecontroleerd door haar moeder, die haar voortdurend bekritiseerde. De relatie van haar ouders met haar broer, die ze onvoorwaardelijk verafgoodden, was heel anders. Ze heeft haar hele jeugd in zijn schaduw gestaan en hoe ouder ze werden, des te groter die schaduw werd, totdat hij uiteindelijk al het licht van hun ouders opving.

Pas toen ze *American Psycho* las, begreep ze hoe haar broer was. Voor die tijd was ze net zo enthousiast over hem geweest als alle anderen, in weerwil van wat hij haar aandeed.

Ze was niet alleen beschadigd door zijn beledigende en kwetsende gedrag, maar ook door het onbegrijpelijke feit dat haar ouders dat toelieten. De waanzin daarvan kan ze hun niet vergeven.

Sommige mensen zouden geen kinderen moeten krijgen, heeft Caroline ontelbare keren gedacht.

Je kiest je ouders niet, maar zij heeft Gustav als de vader van haar kinderen gekozen.

Ze moet erin geloven dat alles goed is met Gustav en de meisjes, anders gaat ze kapot.

Haar longen doen pijn en ze hoest. De zuurstof begint op te raken en de warmte is verschrikkelijk.

Ze probeert zichzelf voor te houden dat niemand wegkomt met ontvoering. Gustav vindt haar beslist heel snel, hij is de meest doortastende persoon die ze kent. Hij zou nooit toestaan dat er iets met zijn gezin gebeurt. Nooit.

In de verte klinken zachte stemmen. Het lijkt alsof ze dichterbij komen.

Gustav

Hij loopt naar het aanrecht, draait de kraan open en laat het water stromen tot het heel koud is. De onderzoekers volgen elke beweging die hij maakt. De technisch rechercheurs zijn in aantocht omdat ze vermoeden dat de villa de plaats delict is.
'Mag ik Carro's telefoon? Ik moet iedereen die ze kent bellen.' Hij vult een glas met water.
'Helaas niet, we moeten hem aan de technisch rechercheurs geven om hem leeg te halen. Er kunnen belangrijke aanwijzingen in staan,' zegt Henke.
'Zoals wat?' Gustav opent de bovenste lade van het kookeiland om een aspirine of iets anders te zoeken om zijn hoofdpijn mee te verlichten.
'De recente gespreksgeschiedenis, met wie ze het afgelopen etmaal contact heeft gehad en of ze afspraken had. Natuurlijk nemen we contact op met iedereen die van belang kan zijn.'
Hij denkt aan de laatste sms van Carro en zoekt koortsachtig in de lade tussen ongeopende enveloppen, rekeningen, de kralenkettingen van de meisjes, stickers, sleutels, pennen en allerlei andere rotzooi. Onder een verfrommelde tekening vindt hij een strip met een paar Alvedon. Hij drukt er twee uit en neemt ze met een slok water in. Daarna strijkt hij de tekening glad en kijkt naar de twee kleurige inktvissen die Astrid heeft getekend. Het meisje heeft fantasie en leeft in haar eigen kleine wereld. Hij heeft meerdere keren gedacht dat ze een kinderspel zouden moeten ontwikkelen dat is gebaseerd op haar magische gedachten en probeert zich te herinneren welke namen ze deze twee vissen had gegeven. Hij glimlacht even voordat de

werkelijkheid hem overvalt en hij het brandende gevoel in zijn ogen probeert weg te knipperen. Voorzichtig legt hij de tekening weer in de lade.

'Kan het zijn dat Caroline wilde verdwijnen?' vraagt Henke.

'Waarom zou ze dat willen?' Ze vervallen in herhalingen.

'De meeste volwassenen die verdwijnen willen niet gevonden worden,' gaat Henke verder.

'Ik weet niet waarop je die bewering baseert, maar we zijn een normaal gezin. In de arme wijken waar jij en ik vandaan komen gebeuren dat soort dingen, maar hier niet.'

Leia buigt zich naar voren en leunt met haar ellebogen op de tafel. 'Hoe is jullie huwelijk?' vraagt ze.

'Wat is dat voor vraag? Wil je weten hoe vaak we neuken?' Gustav zet het glas met een klap neer.

'Vooruit, werk even mee, we willen allemaal hetzelfde,' verzucht Leia. 'Ik begrijp dat het vervelend is, maar hoe meer informatie je ons geeft, hoe gemakkelijker het voor ons is om ons werk te doen.'

'Caroline zou nooit bij me weggaan, als dat is wat je bedoelt. Ze is gelukkig. Jullie verspillen kostbare tijd en ik heb geen zin om antwoord op onbenullige vragen te geven. En waar zou ze trouwens naartoe moeten? Ze heeft geen geld, geen paspoort, geen insuline, geen auto. Niets!'

Een ongemakkelijke stilte verspreidt zich door de keuken.

Leia bladert in haar notitieboekje. 'Is er iemand die kan getuigen dat je vannacht in je kantoor in Kopenhagen geslapen hebt?'

Er zit meer achter de vraag en het bevalt hem niet wat ze suggereert. Als hij Svensson of Andersson had geheten, had hij nooit op zo'n vraag hoeven antwoorden. 'Denken jullie dat ik ...' Gustav klemt zijn kaken op elkaar. 'Heb ik soms iets gedaan? Zie ik er fout uit? Praat ik vreemd? Hoe kunnen jullie verdomme denken dat ik...'

'We denken niets,' zegt Leia. 'Ga gewoon zitten en geef antwoord op de vragen.'

Ze klinkt als een schooljuf, maar hij is nooit iemand geweest die in de pas liep, is altijd zijn eigen gang gegaan. Henke maakt hem zenuwachtig en hij weet dat hij kalm moet blijven. Hij kijkt uit het raam en telt zwijgend tot tien voordat hij zich naar Henke en Leia omdraait. 'Het spijt me. Ik heb op dit moment zoveel emoties. Ik heb alles... We hebben het fijn samen.' Gustav laat zijn armen langs zijn lichaam hangen. Hij moet zich vermannen, anders keren die smerissen zich misschien tegen hem. 'Ik ga ervan uit dat jullie dat kunnen controleren op de bewakingsfilms van het kantoor,' gaat hij op gedempte toon verder. 'Neem contact op met mijn secretaresse. Zij kan jullie helpen.'

Gustav schrijft Filippa's naam en telefoonnummer in Leia's notitieboekje.

'Ik kan alleen maar zeggen dat ons leven perfect is, en dat zeg ik niet om op te scheppen. Het is gewoon zo. Ik zou niets meer kunnen wensen en ik weet dat Carro er precies zo over denkt. We hebben alles waar we ooit van gedroomd hebben. We houden van elkaar. Onze carrières gaan fantastisch. Carro heeft zelfs meerdere filmprijzen gewonnen. We verwachten ons derde kind, een zoon. De meisjes zijn gezond en vrolijk en hebben het naar hun zin op de kleuterschool. Wilma gaat binnenkort naar de basisschool... Ik leef mijn jongensdroom. Zoals jullie weten ben ik onder eenvoudige omstandigheden in Rosengård opgegroeid en ik heb keihard gewerkt om te komen waar ik nu ben.' Hij haalt een paar keer diep adem en kijkt om zich heen. 'Ik ging vaak met mijn vader mee als hij in zijn taxi reed en we kwamen regelmatig in deze straat. Dan fantaseerde ik erover om op een dag in deze strandvilla te wonen... De straat draagt mijn naam zelfs.'

Zijn vader had nauwelijks voldoende geld gehad om nieuwe sneakers voor hem te kopen. Toch herinnerde hij Gustav er voortdurend aan dat hij net zo rijk en gelukkig kon worden als de mensen in deze straat, maar dat hij daar tien keer harder voor zou moeten vechten dan de Zweden.

'Dit was mijn jongensdroom,' herhaalt Gustav, maar zijn stem laat hem in de steek. Zijn vader heeft nooit mogen meemaken dat de villa van Gustav was.

'Ik begrijp dat het moeilijk is,' zegt Henke. 'Wil je even pauzeren?'

Gustav schudt zijn hoofd en doet zijn ogen dicht. 'Daar is geen tijd voor. Er zijn al achttien uur verstreken sinds ik mijn gezin gesproken heb.'

Caroline

Ze hoorde de stemmen van de meisjes.
Wilma! Ze hijgt en draait van de ene naar de andere kant in de kofferbak. 'Astrid!' schreeuwt ze achter de prop in haar mond, maar het geluid blijft steken.
De stilte daalt als een enorme teleurstelling op haar neer. Was het alleen verbeelding, denkt ze terwijl ze zwaar ademhaalt.
Ze moet een manier vinden om te kalmeren, moet diep ademhalen. Het mantra van haar moeder, dat altijd werd herhaald als ze verdrietig of bang was, duikt op in haar hoofd.
Ware adel kent geen angst.
Het is een van de vele citaten waarmee ze is opgegroeid, een effectieve manier om je te distantiëren van je gevoelens en ervaringen. Bouw een muur van de vergissingen en geleerde lessen van anderen.
De liefde voor citaten heeft ze met tegenzin geërfd. Ze is precies zoals haar moeder geworden, zonder innerlijk kompas en met verschillende citaten die haar geholpen hebben om de juiste weg te vinden als ze zich verloren voelde en niet wist wat ze moest voelen of denken. In haar werk is ze trouwens ook goed geweest in het opstapelen van zinnen.
Hetzelfde hek dat anderen buitensluit, sluit u in.
Vaak voelt ze zich precies zo. Alsof ze is opgesloten in een kooi, maar zich ertegen verzet om te vluchten. Het is alsof ze opgesloten zit in zichzelf, in een grote zwarte ruimte zonder deuren. Binnen in haar zit zoveel wat naar buiten wil, maar dat gaat niet. Iets biedt voortdurend weerstand.

This too shall pass.
Na de duisternis komt licht.
Op momenten die moeilijk voelen probeert ze zo te denken. Tegenslagen komen en gaan. Dat heeft ze al heel vaak in haar leven meegemaakt.

Gedurende heel lange tijd ontbrak het haar aan zelfvertrouwen. Haar familie had alle liefde en waardigheid van haar afgenomen, en haar moeder controleerde elke stap die ze zette en tolereerde geen zwakheid of emoties van haar.

Dat gedrag heeft ze geërfd. Háár moeder was ook niet vrij om in haar leven te doen wat ze wilde. Ze was opgegroeid met klappen, bedreigingen en straf als onderdeel van haar opvoeding en mocht nauwelijks buiten de woning in Saltsjöbaden komen tot ze als tiener naar een internaat werd gestuurd. Toch deed Carolines moeder precies hetzelfde als haar ouders en probeerde ze haar dochter te sturen en te manipuleren.

Het was haar echter gelukt om zich te bevrijden en ze zal het nu ook niet opgeven.

Destijds was het haar doel geweest om op eigen benen te staan en om dat te doen moest ze de banden met haar familie verbreken. Ze heeft jarenlang hard gewerkt om zich los te maken, heeft er alles aan gedaan om een eigen leven op te bouwen en in haar levensonderhoud te voorzien. Ze mocht niet afhankelijk van hen zijn en nam al het werk aan dat haar werd aangeboden, van reclamespotjes tot speelfilms. Toen ze zesentwintig was kocht ze haar eerste appartement, in de Grevgata in Stockholm, van haar eigen geld. Het was niet groot, maar het was een droom en de grootste prestatie van haar leven. Ze had het helemaal zelf gedaan.

Haar geluk was echter niet van lange duur.

Tijdens de opnamen van de film *Saknad* voelde ze zich moe en futloos en was ze snel geïrriteerd. Haar lichaam trilde, haar huid werd droog en ze kon nauwelijks voedsel binnenhouden. Toen ze naar een arts ging vanwege chronische vermoeidheidsverschijnselen kreeg ze in plaats daarvan de diagnose diabetes type 1. Daar kreeg ze een knauw van en ze schaamde zich ervoor.

Dat was tevens de periode waarin ze Gustav ontmoette.

Zelfs de diepste duisternis verdwijnt bij het zwakste licht, denkt ze en ze hoest.

Hij leek zo uit een Amerikaanse collegefilm gestapt te zijn, de ster van het schoolfootballteam. Ze wist wie hij was en toch overrompelde hij haar volledig, hoewel hij berucht was vanwege zijn protserige nouveau-richegedrag en zijn extreem zelfingenomen en temperamentvolle houding, met andere woorden een echte fuckboy.

Eigenlijk een beetje zoals haar broer was.

Haar moeder heeft de hele tijd gelijk gehad.

Tijdens de première prees hij haar vanwege haar rol en vroeg hij in zijn charmante Skåns of het moeilijk was geweest om de onderwaterscènes te spelen. Omdat de film zich in Österlen afspeelde en ze maar één keer in de buurt van het water was geweest, twijfelde ze eraan of hij de film echt had gezien. Hij glimlachte, waardoor hij kuiltjes in zijn wangen kreeg, en verontschuldigde zich opschepperig dat hij de film had gefinancierd.

Dat is een prettige herinnering.

's Avonds kreeg ze een sms dat een van de grootste en belangrijkste financiers haar een lift naar Kopenhagen zou geven, waar de film de dag erna in première zou gaan. Een auto zou haar in de Grevgata ophalen en naar Arlanda brengen. Haar agent was er heel duidelijk over geweest dat ze het aanbod niet kon afslaan.

Het is onmogelijk om er niet aan te denken. Als ze 's ochtends niet in die zwarte auto was gestapt om naar Gustavs privévliegtuig gebracht te worden, dan was ze nu misschien niet opgesloten in deze kofferbak.

Ze huivert en probeert vanuit de bagageruimte bij de remlichten te komen, maar hoe moet ze dat doen en hoe kan ze de kabels met vastgebonden handen lostrekken? Als ze op de een of andere manier tegen de lampen kan schoppen zodat ze naar buiten vallen, kan ze haar voeten misschien door het gat steken om de aandacht van automobilisten of voorbijgangers te trekken. Ze weet niet of het mogelijk is, maar het is in elk geval iets, en het enige wat ze op dit moment kan bedenken.

The Killer

Henrik gaat op de passagiersstoel van de zwarte dienstauto zitten.
'Wat denk jij?' vraagt Leia. Ze trekt de veiligheidsgordel naar zich toe terwijl ze door de Gustavsgata begint te rijden en de nieuwsgierige toeschouwers die zich als gieren hebben verzameld passeert.
'Dat ze in gevaar zijn.' Dit soort zaken zijn het ergst.
'De media-aandacht zal enorm zijn omdat de Jovanovics bekend zijn.' Hij slikt en ziet in de achteruitkijkspiegel dat Gustav naar een van de politiewagens wordt gebracht. Wat er ook is gebeurd, hij zal ervoor zorgen dat ze levend thuiskomen. 'We laten Jovanovic een tijdje aan zijn lot over in de verhoorkamer,' zegt hij, waarna hij hartgrondig zucht. 'Hij moet een toontje lager gaan zingen zodat we misschien iets zinnigs uit hem krijgen.' Henrik werpt een blik op de gepleisterde strandvilla. Hij vertrouwt de mensen in deze wereld niet. Ze hebben zoveel meer te verbergen dan normale, eenvoudige mensen en dat zorgt ervoor dat het onderzoek veel moeilijker zal worden.
'Merkte je hoe agressief hij werd toen we hem een beetje onder druk zetten? Hij is onaangenaam en lijdt aan zelfoverschatting,' zegt Leia. 'Ik ben ervan overtuigd dat hij ze iets aangedaan heeft. Hij heeft geen traan gelaten, zag je dat?' Ze claxonneert naar een vrachtwagen die voor de uitrit naar de Limhamnsväg geparkeerd staat. 'Hij toonde geen enkele emotie.'

'Woede en agressiviteit zijn op zich ook manieren om gevoelens te uiten.' In een gezin met een lange geschiedenis die werd gekenmerkt door geweld, was woede Henriks manier geweest om uiting aan zijn angsten te geven.

'Dat klopt, maar ik denk ook aan zijn achtergrond. Het is moeilijk voor iemand die een groot deel van zijn leven in een criminele familie heeft geleefd om een min of meer normaal leven te leiden. Als het had gekund, had ik hem meteen gearresteerd. We moeten hem tijdens het verhoor onder druk zetten en mogen ons niet door hem laten misleiden.'

In de meeste gevallen is de eerste intuïtie belangrijk, maar hij heeft moeite met de manier waarop ze Gustav zo snel veroordeelt en zich blindstaart op zijn achtergrond. Henrik – die zelf is opgegroeid in een kleine huurflat in Nyköping, met een gewelddadige vader die afwisselend in de gevangenis zat of werkloos was en een moeder die keihard in het ziekenhuis werkte om ervoor te zorgen dat zijn zus en hij te eten kregen – weet hoe moeilijk het is om je voortdurend te moeten verdedigen vanwege je afkomst. Hoewel hij een wereldster in voetbal is geworden, wordt hij maar al te vaak aan zijn sociale erfenis herinnerd.

Het is druk en het verkeer stagneert. De stranden langs de weg zijn vol mensen die van de laatste mooie zomerdagen willen genieten.

'Waarom noemt Gustav je The Killer?' vraagt Leia. Ze stopt voor een rood verkeerslicht en haalt een lipgloss uit haar tas.

Henrik haalt zijn schouders op. Hij krijgt deze vraag zelden omdat de meesten weten wie hij is, maar de vorige avond besefte hij al dat ze er geen flauw idee van heeft wie hij is. Dat was bevrijdend, hoewel hij weet dat je maar hoeft te googelen om de informatie te krijgen. Wat hem betreft mag ze zich daarmee amuseren. 'We moeten Gustavs alibi controleren,' zegt hij in plaats van antwoord te geven.

'Vind je?' Leia glimlacht sarcastisch naar hem en brengt lichtroze lipgloss op haar zachte lippen aan.

Leia liet in de bar al merken dat ze grappig is en het is onmogelijk om niet te denken aan de kwaliteiten die ze hem 's nachts heeft laten zien. Hij is al heel lang niet meer zo dicht bij iemand geweest en kan het niet aan om een poging te doen zich te herinneren wanneer hij voor het laatst bij benadering zoveel voor iemand heeft gevoeld. Zijn slechte geweten over vanochtend zit hem dwars en hij krijgt het instinctieve gevoel dat hij het moet uitleggen, maar doet het niet. In plaats daarvan belt hij de commandant ter plaatse om het huis-aan-huisonderzoek te coördineren en ervoor te zorgen dat de directe omgeving met honden en helikopters wordt uitgekamd. Ze moeten ervoor zorgen dat alle opnamen van de camera's op de brug en op openbare plekken worden opgevraagd en veiliggesteld. Daarnaast moeten ze informatie inwinnen bij taxibedrijven, het openbaar vervoer en telecombedrijven.

'We hebben meer mensen nodig,' zegt Leia. Ze rijdt de donkere parkeergarage onder het Juridisch Centrum in en parkeert tussen de andere dienstwagens.

Hij humt bij wijze van antwoord en kijkt op zijn horloge. Caroline redt het niet lang meer zonder insuline.

***

Ernstige Misdrijven bevindt zich op de vijfde verdieping. Henrik volgt Leia door een lange gang met deuren aan beide kanten. 'Hier zit onze teamleider Gabriella.' Leia wijst naar een grijze gesloten deur. 'De chefs hebben uitzicht op het kanaal en de Drottninggata terwijl wij op de binnenplaats en de gevangenis uitkijken,' zegt ze en ze opent de deur aan de overkant van de gang. 'Welkom in ons kantoor.'

Ze komen in een kleine vierkante ruimte met vier lichthouten bureaus. Het ruikt naar Leia.

'Dit is jouw plek,' zegt ze en ze wijst naar het bureau dat het dichtst bij het raam staat.

Hij loopt ernaartoe, kijkt naar de twee zwarte schermen,

opent een lege lade van het blok en kijkt in de kast. Alle meubels zijn in de klassieke Kinnarps-stijl waaraan hij gewend is.

Aan de overkant van de binnenplaats staat de gevangenis, met haar getraliede ramen over de hele verdieping.

'Gezellig,' zegt hij terwijl hij naar de kleine luchtplaatsen van de gevangenis op de binnenplaats kijkt.

'Het is waarschijnlijk niet zo chic als in Stockholm...' zegt Leia. Ze gaat op de stoel achter het bureau tegenover het zijne zitten, grijnst naar hem en plaatst haar ellebogen op een paar stapels met papieren. 'De onderzoeker die hier voor jou zat is afgelopen voorjaar tijdens een demonstratie neergeschoten en is met ziekteverlof. Jij bent voor haar in de plaats gekomen.'

Hij wilde voor hen beiden dat de situatie anders was.

Henrik frunnikt aan een paar pennen in een beker waarop in goudkleurige letters COPS staat.

'Waar beginnen we?' Leia klapt haar laptop open en legt haar witte Yeezy's op het bureau.

Hij neemt zwijgend plaats, opent zijn mobiel en gaat naar Notities.

'Was het niet vreemd dat het zo opgeruimd was bij het gezin Jovanovic?' gaat ze verder. 'Het was gewoon te netjes.'

'Alles is relatief.' Henrik kijkt veelbetekenend naar de enorme chaos op haar bureau. Overal liggen stapels papieren. 'Maar ik ben het met je eens dat het inderdaad ongewoon netjes was voor een gezin met kleine kinderen.' Hij herinnert zich de chaos toen zijn dochters klein waren, hoewel ze iemand hadden die de hele dag bij hen werkte. 'Caroline heeft gisteravond om 19.20 uur een bericht naar hun werkster gestuurd dat ze vandaag niet hoefde te komen. Ik heb haar gebeld.'

'En?' vraagt Leia.

'Volgens de werkster is dit de eerste keer in de zes jaar dat ze voor het gezin werkt dat ze afgezegd is. Ze heeft geen reden gekregen.'

'Wat kan er gebeurd zijn? Waarom zeg je je werkster af?'

'Tja, omdat je ziek bent of met rust gelaten wilt worden?

Omdat je niet gestoord wilt worden of niet wilt dat iemand in de gaten heeft dat je verdwenen bent? Maar waarom maakt ze in dat geval een afspraak met Ida en komt ze vervolgens niet opdagen?'

'Heeft de werkster een sleutel van de woning?' vraagt Leia.

'Nee, behalve het gezin heeft alleen Gustavs moeder een sleutel en we hebben haar nog steeds niet te pakken gekregen. Hoe zit het met de ouders van Caroline?'

'We hebben contact met de politie Stockholm opgenomen. Zij gaan met ze praten.'

'Mooi,' zegt Henrik. 'Laten we verdergaan. Om 19.32 uur belde Caroline naar Ida Ståhl. Dat gesprek duurde drie minuten en dertig seconden. Vlak daarna, om 19.45 uur, belde ze naar haar verloskundige en dat gesprek duurde maar een halve minuut. Ik heb de verloskundige gesproken. Ze bevestigde dat Caroline een mededeling op het antwoordapparaat heeft achtergelaten waarin ze haar afspraak voor vandaag afgezegd heeft, maar zonder te vertellen waarom dat was. Blijkbaar klonk ze geschokt. Caroline krijgt specialistische zorg vanwege haar diabetes en het is belangrijk dat ze naar haar controles gaat.' Hij laat de stoel een stukje zakken en rolt hem naar voren zodat zijn benen onder het bureau verdwijnen. 'Om 20.02 uur belde ze haar moeder en ze heeft bijna twaalf minuten met haar gepraat. Daarna heeft ze vier gemiste gesprekken van haar moeder binnengekregen.'

'En het gesprek met Gustav?' vraagt Leia.

'Het merkwaardige is dat ik van gisteravond geen gespreksgeschiedenis tussen Gustav en Caroline kan vinden.'

'Die klootzak liegt dus.' Leia leunt met haar hoofd naar achteren en zucht hartgrondig.

Henrik staat op en loopt naar het whiteboard dat aan een van de korte muren hangt. 'We moeten vanuit drie verschillende theorieën werken. De eerste is dat Caroline en de meisjes tegen hun wil zijn meegenomen, de tweede is dat ze iets aangedaan is en de derde is dat ze vrijwillig verdwenen zijn. We kunnen geen daarvan al uitsluiten.' Hij houdt een stift bij het bord om alternatieven op te schrijven en tekent een tijdlijn, als er op de deur wordt geklopt.

Teamleider Gabriella Lind opent de deur en komt binnen. 'Henrik, ik ben zo blij dat je hier bent,' zegt ze en ze trekt haar pastelgele zijden jurk recht. 'Het spijt me dat je zonder een fatsoenlijke ontvangst in het diepe gegooid bent, maar ik zie dat je al een stift en een plek hebt. Heel goed. Je krijgt zo snel mogelijk een toegangspasje en de rest van de spullen die je nodig hebt om hier te kunnen werken.' Het blonde pagekapsel omlijst het ronde gezicht, ze is in de zestig en ziet er bijzonder gezond uit met haar blozende wangen. 'We zullen die lunch naar een andere dag moeten verplaatsen. Hoe staat het ervoor?'

'Het terrein rond de strandvilla wordt met behulp van bewoners en familieleden uitgekamd. Er zijn verkeerscontroles ingesteld en er wordt een mobiele politiepost in de Gustavsgata geplaatst. Missing People en Defensie komen assisteren,' antwoordt Henrik.

'Hoe erg is het?' vraagt Gabriella terwijl ze haar blik naar Leia verplaatst. 'Waar lijkt het op?'

'Een gezinsmoord of een ontvoering. Het is heel waarschijnlijk dat De Familie erbij betrokken is.'

'Voor zover wij weten is er niet over losgeld gecommuniceerd,' zegt Henrik. Hij slaat zijn armen over elkaar. 'En een gezinsmoord waarbij een man of een vrouw de partner en tevens de kinderen doodt is heel ongewoon, maar we sluiten niets uit. Gustav heeft toch afstand van De Familie genomen?'

Leia kijkt met een sceptische blik naar hem. 'Zeg niet dat je zo naïef bent. De bendecriminaliteit in Malmö is veel complexer dan dat.'

'Geef me voldoende bewijs om hem te verdenken,' zegt Gabriella. 'Wat hebben jullie nodig?'

'Meer mankracht,' zegt Leia. 'Met z'n tweeën kunnen we niet snel genoeg werken.'

'Dat is onmogelijk. Je weet dat we een tekort aan personeel hebben en nu al moeite hebben om het rooster bezet te krijgen.' Gabriella zucht. 'Fuck, kijk niet met die smekende hondenogen naar me.'

'Fuck you too.' Leia grinnikt.

'De zaak moet beoordeeld worden als een bijzondere gebeurtenis voordat ik meer middelen kan inzetten. Ik doe wat ik kan, maar verwacht er niet te veel van. Hou me op de hoogte,' zegt Gabriella. Haar telefoon gaat. 'De media verslinden me levend, maar ik ben zo ongelofelijk blij dat jij hier bent, Henrik. Je bent precies wat we nodig hebben bij Ernstige Misdrijven en ik geloof dat jij en Leia perfect bij elkaar passen. Zorg ervoor dat jullie ze vinden voordat het te laat is.'

De deur slaat weer dicht en Leia barst in een aanstekelijke lach uit. Hij kan het niet laten om te glimlachen.

Ze staren een paar seconden naar elkaar voordat Leia wegkijkt. 'Gabriella is warrig, maar verdomd scherp. Ze is de anderen altijd een stap voor. Ken je haar van vroeger?'

Op die vraag heeft hij geen zinnig antwoord. Het is geen optie om te liegen, maar de waarheid is nog erger. 'Eigenlijk niet,' antwoordt hij. 'Maar ik ben haar eeuwig dankbaar.'

Gabriella is een van de weinigen die zijn verhaal kennen en toch heeft ze hem hier verwelkomd.

***

Over tien minuten gaan ze naar beneden, waar Gustav in de verhoorkamer wacht, en ze moeten voldoende over hem hebben om hem onder druk te kunnen zetten. Hoe meer informatie Henrik over de man verzamelt, des te meer hij ervan overtuigd raakt dat Gustav narcistische trekjes heeft.

Hij pakt zijn koffiekopje en klikt naar een fragment van *Nyhetsmorgon* van vorig jaar, waarin Gustav vertelt over een miljardeninvestering in onroerend goed in Brazilië, een project dat hij samen met de Zweedse machtselite en de belang-

rijkste figuren binnen het bedrijfsleven heeft opgezet.
Mijn ouders en ik hebben oorlog, segregatie, uitsluiting en leven op het bestaansminimum meegemaakt. Mijn vader zei altijd dat het allemaal om geld draait, maar dat is niet zo. Het draait om macht en status.

'Hij praat vaak over zichzelf in de derde persoon en is tegenwoordig veel gespierder dan hij tijdens deze uitzending was,' zegt Henrik terwijl hij opkijkt.

'Hmm, en Caroline is slanker dan vroeger, als we hun lichamen toch gaan analyseren.'

Henrik trekt zijn wenkbrauwen op.

'Ik volg haar op Instagram,' legt Leia uit. 'En ik vind dat ze er de laatste tijd een beetje mager uitziet, hoewel ze zwanger is.'

'Volg je haar?'

'Ja, net als zo'n honderdvijftigduizend anderen.'

Henrik gaat naar Carolines Instagram.

Het laatste bericht is van de vorige dag rond lunchtijd. Het is een korte video die met tegenlicht is gefilmd waarin zij en de meisjes zeggen dat ze Gustav missen en willen dat hij thuiskomt. De video is meer dan achtduizend keer bekeken. De foto daarvóór is een eerbetoon aan Reese Witherspoon die zich inzet voor *female-centric storytelling*, films waarin de vrouw in een sterke hoofdrol in het middelpunt staat. Daarvoor heeft ze een interieurfoto geplaatst die waarschijnlijk is gesponsord omdat Caroline meerdere merken promoot. Daarvoor ziet hij een bericht met heel veel getallen over de laatste film waarin ze meespeelde. Alles is de vorige dag geplaatst.

Het is een beetje te georganiseerd naar zijn smaak, maar wat weet hij van de sociale media? Hij behoort tenslotte ook niet tot de doelgroep, hoewel hij een beetje verliefd op haar was toen ze jaren geleden in die ziekenhuisserie meespeelde. De berichten wezen in elk geval niet op een afscheid, het leek precies op alle andere dagen. Van buitenaf gezien tenminste.

HETZELFDE HEK DAT ANDEREN BUITENSLUIT, SLUIT U IN, staat er op Carolines schermbeveiliging op haar telefoon.

'Kan de verdwijning een manier zijn om aandacht te krijgen?'
'Dat zou ongelofelijk ziek zijn, maar niets verbaast me meer,' zegt Leia.
'Ze is actrice, dus is ze afhankelijk van haar bekendheid, en tegenwoordig lijken mensen er alles voor over te hebben om likes te krijgen.'
Leia staat op, loopt naar het bord en schrijft PR-TRUC als potentieel motief op.
'Schrijf De Familie en Gustavs neef er ook maar bij,' zegt hij.
'Wat hebben we daar voor ingangen?'
'We hebben onze bronnen en infiltranten. Ik heb de undercoverafdeling net een mail gestuurd.'
'Mooi. We moeten Carolines feeds trouwens controleren om te zien of ze een stalker heeft.'
'Gustav heeft nu lang genoeg in de verhoorkamer gezweet,' zegt Leia en ze trekt haar T-shirt recht. 'Misschien is het beter dat jij het verhoor leidt. Van man tot man, als het ware. Hij lijkt onder de indruk te zijn van The Killer.' Ze glimlacht met een ondeugende blik in haar fonkelende ogen.
Henrik knikt, maar eigenlijk is het andersom. In de uitspraken die Gustav in de verschillende media heeft gedaan, blijkt dat hij een nogal ouderwetse kijk op vrouwen heeft. Een vrouw kan Gustav zover krijgen dat hij zijn waakzaamheid laat varen, maar daarvoor moet ze omzichtig te werk gaan. 'Ongeacht of hij schuldig is of niet, zal hij proberen om ons in de maling te nemen en zal hij overtuigend klinken. Zodra we in twijfel trekken wat hij zegt bedenkt hij nieuwe leugens en zal hij dreigen en bluffen en de eerdere leugens ontkennen.'
'Hij is een psychopaat,' zegt Leia. Ze staat op.
'Dat weten we niet, maar hij heeft absoluut narcistische trekjes. We wisselen elkaar af. Het belangrijkste is dat we geen dingen zeggen die hij tegen ons kan gebruiken en dat we vooral geen woord geloven van wat hij zegt.'

Gustav

De verhoorkamer heeft geen ramen en het voelt alsof de beige muren langzaam naar binnen bewegen. Hij wil er niet eens aan denken wie hier voor hem op deze stoel heeft gezeten. De camera aan het plafond is op hem gericht en de vastgeschroefde tafel voelt als een belediging.

Hij heeft zichzelf en zijn ouders beloofd om hier nooit terecht te komen.

Nooit.

Hebben ze zijn tweede telefoon gevonden? Hoeveel weet de politie eigenlijk? De trouwring brandt in zijn zak.

Henrik ziet er angstaanjagend uit op de kleine stoel. Hij vindt het verschrikkelijk dat hij in een tweekamp terechtgekomen is met Henrik Hedin, van alle verdomde politieagenten in het land.

Gustav buigt zijn hoofd naar beide kanten opzij tot zijn nek knakt. 'Waarom zit ik hier? Word ik ergens van verdacht?'

'Nee, we doen de meeste getuigenverhoren op het bureau, dat is gemakkelijker met het oog op de techniek die we hier hebben.'

Henrik buigt zich naar het opnameapparaat, zet het aan en leest de informatie van het vel papier dat voor hem ligt op.

Gustav staart naar de camera aan het plafond terwijl Henke zijn identiteitsnummer noemt. Hij zou met zijn advocaat moeten praten, ook al is hij hier vrijwillig en gaat het alleen om een getuigenverhoor. Bij de kleinste verspreking is hij de pineut. Aan de andere kant lijkt hij schuldig als hij wil dat zijn advocaat bij het getuigenverhoor aanwezig is. Wat hij ook doet, het houdt een risico in.

'Heb je nog na kunnen denken over wat er volgens jou gebeurd kan zijn?' Henkes stem klinkt plotseling mild.

'Ik heb geen flauw idee en eerlijk gezegd...' Gustav verbergt zijn gezicht in zijn handen en buigt zich naar voren.

'Het is belangrijk dat je ons alles vertelt wat er in je hoofd opkomt. Zowel kleine als grote dingen. Het kleinste detail kan bepalend zijn. Ken je een plek waar Caroline naartoe kan gaan als ze onvindbaar wil zijn?'

'De Malediven.' Gustav kijkt op en glimlacht even. 'Als ik een vermoeden had gehad, zou ik het vertellen, geloof me.'

Henrik rekt zich uit en draait een vel papier om van de stapel die hij voor zich heeft liggen. 'Kan het zijn dat Caroline iemand binnengelaten heeft die ze niet kent en dat ze vervolgens met die persoon meegegaan is?'

'Nee.' Gustav haalt diep adem. 'Carro doet nooit open als ze niet zeker weet wie er voor de deur staat. Ze is bang om te worden beroofd of verkracht door de een of andere mocro.' Hij rolt met zijn ogen.

Leia opent de deur en legt een stapel papieren op de tafel. 'Willen jullie iets uit de kantine hebben?' vraagt ze.

'Een dubbele espresso... en een Red Bull graag,' zegt Gustav.

'Niets te eten?'

'Nee, dank je. Ik heb geen honger.'

'Ik regel het,' zegt Leia. 'En jij?'

'Alleen zwarte koffie,' antwoordt Henrik.

Ze verdwijnt weer naar buiten.

Gustav veegt zijn handpalmen aan zijn broek af en verschuift op zijn stoel.

'Hoe voel je je?' vraagt Henke.

'Het is nogal veel om te verwerken.'

'Het spijt me dat je dit moet meemaken. Ik heb ook twee dochters, maar die zijn iets ouder dan de jouwe. Kun je iets over Astrid en Wilma vertellen?'

'Wat moet ik vertellen? Uiterlijk lijken ze sprekend op elkaar, maar hun karakter is volkomen verschillend. Astrid is stoerder. Wilma is voorzichtiger en bedachtzamer, maar heeft hetzelfde temperament als Carro. Niemand kan me zo uit mijn evenwicht krijgen als die vrouw.' Hij glimlacht en begrijpt dat het Henke niet kan schelen, het is alleen een manier om hem murw te maken, hem een vals gevoel van veiligheid te geven.

'Ik hou van alles aan haar en dat is al zo vanaf het moment dat ik haar voor het eerst zag.'

'Hoe hebben jullie elkaar ontmoet?'

'Ze speelde de hoofdrol in een film. Ze was het onbereikbare droommeisje over wie ik altijd had gefantaseerd, het mooie meisje uit de bovenklasse dat me geen blik waardig keurde. Toen ik geld had, investeerde ik in een film waarin zij de hoofdrol speelde. Daarna ontmoetten we elkaar tijdens de première. Vanaf dat moment hadden we een gepassioneerde relatie, al is het natuurlijk niet altijd gemakkelijk als je kleine kinderen hebt om alles wat gedaan moet worden te combineren. Maar we houden van elkaar.'

'Hoe is ze als persoon?'

'Ze is slim, is altijd haar eigen weg gegaan. Ik bewonder haar. Aan de buitenkant kan ze stoer lijken, maar ze is... zo verdomd zacht en vurig. Sorry, dat klinkt misschien verkeerd. Ik kan het niet uitleggen, maar het is meteen duidelijk als Carro een kamer binnenkomt. Dan zijn alle ogen op haar gericht. Ze is onweerstaanbaar.'

Leia duwt de deur open en zet een blad op de tafel. Henke volgt al haar bewegingen.

'Hoe ziet jullie plan van aanpak eruit?' vraagt Gustav. 'Als Carro haar insuline niet snel krijgt gaat ze dood.'

Leia zet de espresso voor hem neer en gaat op de stoel naast Henke zitten. 'Geloof me, dat weten we,' zegt ze.

'Bedankt,' mompelt Gustav. Hij slaat de espresso achterover, die lauw is en synthetisch smaakt.

'Je zei dat jullie gisteravond met elkaar gepraat hebben, maar we vinden geen uitgaande of inkomende gesprekken tussen jou en Caroline op dat tijdstip.' Ze haalt haar notitieboekje uit haar tas en zoekt een pen.

Gustav denkt even na. 'We hebben via WhatsApp gebeld. Dat doen we soms.'

'Waarom dat?'

Hij haalt zijn schouders op. 'Waarom niet? Daar is niets vreemds aan. Zo'n twee miljard mensen communiceren via die app. Ik vind WhatsApp prettig.'

'Misschien vooral omdat de app end to end versleuteld is en alle mededelingen en gesprekken beveiligd zijn, met andere woorden onmogelijk voor ons om te controleren,' zegt Leia, waarna ze een slok cola neemt.

'Jullie hoeven niets te controleren. Ik vertel jullie alles.' Gustav pakt zijn telefoon en laat de gesprekkenlijst zien. 'Gisteravond belde Caroline om 20.20 uur.'

Leia bestudeert Gustavs telefoon zorgvuldig en Henrik maakt een foto van het scherm.

'Fantastisch, hartelijk bedankt. Communiceer je met je neef ook via WhatsApp?'

'Ik vroeg me al af wanneer die vraag precies zou komen,' snauwt Gustav. Hij neemt een slok van zijn energiedrankje.

'Waarom dat?'

'Het is alleen een kwestie van tijd voordat je alle mocro's over één kam scheert.'

'Wat bedoel je daarmee?'

'Kom nou, je weet precies wat ik bedoel. Jij bent ook geen Zweed en weet hoe het voelt om niet bij de groep te horen.'

'Ik denk daar eigenlijk niet zoveel over na,' zegt Leia. 'Ik ben ik en dat is voldoende.'

Henke staart naar hem. 'De vraag is bijzonder relevant,' zegt hij.

Gustav weet precies wat ze denken, het bevalt ze niet dat hij arrogant is. Hij heeft het recht niet om zich tegen hen te verzetten. Het is niet belangrijk hoe succesvol hij op papier is, want als het er echt op aankomt is hij niet meer dan een verdomde

mocro, iemand die ze graag verkeerd willen begrijpen. 'Nee. Ik heb geen contact met De Familie. Ik heb niets met ze te maken.'
'Is dat echt waar?' Leia kijkt met een onderzoekende blik naar hem. 'Het is belangrijk dat je eerlijk bent. Als ze iets met de verdwijning te...'
'Ik heb geen contact met ze. Het zijn criminelen, ik heb lang geleden afstand van ze genomen.'
'Zijn ze daarom boos op je?' vraagt Henke.
'We hebben geen conflicten met elkaar, als dat is wat je bedoelt.'
Leia knikt argwanend. 'Je spreekt je neef dus nooit?'
'Natuurlijk zien we elkaar tijdens feesten zoals een bruiloft of zo, we zijn tenslotte familie. Mijn moeder en zijn moeder zijn zussen, maar dat is alles.'
Het maakt niet uit hoe snel en hoe ver hij rent, zijn verleden hijgt altijd in zijn nek.
'Oké...' zegt Leia met een aarzeling in haar stem.
Ze hebben nog steeds niets over zijn tweede telefoon gezegd, maar de vragen over zijn neef maken hem zenuwachtig.
Leia opent een document en bekijkt de tekst vluchtig. 'Hoe klonk Caroline toen jullie gisteravond met elkaar praatten?' Leia is plotseling vriendelijk, alsof dat hem uit zijn evenwicht moet krijgen.
'Zoals altijd, maar dat heb ik al verteld.'
'Caroline heeft met haar moeder gebeld... Verbaast dat je?'
'Ja, ze bellen nooit met elkaar. Ik geloof dat ze elkaar niet meer gesproken hebben sinds Carro en de kinderen in juli in Frankrijk zijn geweest.'
'Weet je waarover het gegaan kan zijn?' vraagt Henke. Hij neemt een slok van zijn koffie alsof het een normale dag op het werk is.
'Nee, ik heb geen idee.'
'Is er iets tussen hen gebeurd, hebben ze ruzie?' vraagt Henrik. 'Je had het over Frankrijk.'

'Carro en de meisjes zijn in juli een paar weken bij ze in Frankrijk geweest. Er is niets gebeurd, Carro heeft alleen moeite om met haar ouders overweg te kunnen, ze zijn niet de gemakkelijkste om mee om te gaan.'
'Op welke manier?'
'Ze vinden zichzelf verdomd bijzonder. Moet ik meer zeggen dan dat hun achternaam Hjorthufvud is en dat er in hun adellijke wereld een heleboel regels zijn over wat goed en wat fout is? Ze hebben me nooit gemoeten omdat ik een allochtoon ben, en Carro heeft mijn kant gekozen. We hebben geen problemen, maar hebben gewoon niet veel contact meer. Ze zuigen alle energie uit je; ik neem aan dat dat voor de meeste ouders en schoonouders geldt.'
Leia maakt een aantekening in haar notitieboekje.
'Hoe is de relatie met je moeder?' Henrik leunt naar achteren op de stoel. 'Als ik het goed begrijp leeft je vader niet meer?'
'Hij is twaalf jaar geleden overleden, dus mijn moeder is bijzonder belangrijk voor me. Omdat ik haar enige kind ben heeft ze haar leven aan me gewijd. Ze heeft me onvoorwaardelijke liefde gegeven. We hebben een heel sterke band... Dat is natuurlijk niet altijd even eenvoudig voor Carro.'
'Hoe bedoel je dat?' Leia spert haar ogen open alsof ze iets op het spoor is.
'Ik weet het niet en ik snap ook niet waarom dit interessant kan zijn, maar ze hebben een nogal ijzige relatie waarvan ik me kan voorstellen dat veel vrouwen die met hun schoonmoeders hebben. Waarschijnlijk zijn ze jaloers op elkaar. Ze hebben een voortdurende en volkomen zinloze strijd om mij gevoerd,' zegt Gustav terwijl hij probeert te begrijpen waar Leia met haar vragen naartoe wil.
'Wanneer heb je voor het laatst met je moeder gepraat?'
'Gisteren...'
'We hebben geprobeerd haar te bellen, maar ze neemt niet op. Weet jij waar ze kan zijn?'
'Nee, helaas niet. Eerlijk gezegd vind ik dat we mijn moeder

hierbuiten moeten laten, ze heeft hier niets mee te maken.'
'En Carolines broer?'
'Is dit een grapje? Hoe kunnen jullie in vredesnaam vragen over hem stellen? Wordt hij verdacht?' Gustav lacht, maar inwendig kookt hij van woede.

Leia's telefoon piept. Haar gezichtsuitdrukking verandert als ze op het scherm kijkt en de telefoon vervolgens aan Henrik geeft. 'We moeten dit gesprek beëindigen,' zegt ze, waarna ze haastig opstaat.

'Wat is er aan de hand?' vraagt Gustav. Hij kijkt eerst naar Leia en vervolgens naar Henrik.

'Er is iets gevonden waarop ik moet reageren.' Leia pakt haar tas.

'Wat dan?' Gustav staat ook op.

'We nemen contact op zodra we meer weten.' Leia loopt naar de deur. 'Mijn collega neemt DNA bij je af zodat we jouw DNA kunnen onderscheiden van wat de technisch rechercheurs in je woning aantreffen. Het is vrijwillig, maar ik neem aan dat je er niets op tegen hebt. Daarna brengt Henrik je naar huis.' Ze werpt Henrik een lange blik toe en duwt de deurklink naar beneden.

***

Gustav verschuift zenuwachtig op de achterbank en ontmoet Henkes waakzame blik in de achteruitkijkspiegel.

Ze passeren de flatgebouwen in Ribban, waar mensen in hun couveuses voor gepensioneerden van de zon genieten terwijl ze een koud biertje drinken en op internet over de verdwijning lezen. Al die hufters zijn er beslist van overtuigd dat hij, de mocro uit Rosengård, schuldig is.

Smerige klootzakken.

Hij snapt niet waarom Carro gisteren van alle mensen die ze kent uitgerekend haar moeder heeft gebeld.

Hij moet met Ida praten. En hij moet vooral met zijn neef

praten, ook al wijst niets erop dat de politie zijn tweede telefoon heeft gevonden. Nog niet tenminste.

Hij haalt zijn telefoon uit zijn zak en ziet dat hij een serie gemiste gesprekken heeft.

'Praat niet met de media, laat ons dat regelen,' zegt Henke dwingend vanaf zijn plek achter het stuur, alsof hij elke beweging van Gustav volgt. 'Als het om een ontvoering gaat, dan nemen de daders binnenkort contact op met een eis om losgeld of iets dergelijks.'

Zijn maag trekt samen.

'We hebben veel ervaring in het omgaan met ontvoeringszaken en het is heel belangrijk dat je contact met ons opneemt zodra je iets van ze hoort, ongeacht of je bedreigd wordt of niet,' gaat Henke verder.

Gustav knikt en staart uit het raam. Ondanks de airco in de auto heeft hij het warm. Zijn mond is droog en hij moet nodig iets drinken. Op het atletiekterrein Limhamnsfältet voetballen een stel jongens in de zon.

'Hoe ben je in vredesnaam als onderzoeker in Malmö beland?' vraagt hij in een poging van gespreksonderwerp te veranderen.

'Ik wilde altijd al politieagent worden. Het is een beroep met spanning, adrenaline en dezelfde teamgeest als bij voetbal. Heb jij vroeger gevoetbald?'

'Ja, maar ik ben nooit goed genoeg geweest. Is het waar dat je geen pijn voelt?'

'Helaas heb ik dat al vroeg in mijn leven moeten leren.'

'Ik was daar zo verdomd jaloers op toen ik jong was. Ik nam je wedstrijden altijd op.'

Henke stopt voor een zebrapad, laat een moeder met een kinderwagen oversteken en draait zijn hoofd naar Gustav om. 'Ik probeer dat allemaal achter me te laten. Ik vind het niet prettig om The Killer genoemd te worden. Het kan gemakkelijk verkeerd geïnterpreteerd worden.' Henke zegt het zo nadrukkelijk dat Gustav huivert.

De auto rijdt door een dwarsstraat van de Gustavsgata.
'Ach, iedereen weet toch dat het betekent dat je onverzettelijk op het veld was? Dat is een kracht. Daar moet je trots op zijn, man. Leidertypes zoals jij en ik kunnen de angsten en zwakheden van andere mensen ruiken en geven niet op voordat we ze te pakken hebben. Ik was ongelofelijk onder de indruk van je, het is jammer dat je gestopt bent...'
'Ik gebruik die eigenschappen nu op een andere manier. Red je het verder alleen?' vraagt Henrik als hij de Gustavsgata in rijdt.
Als Gustav de journalisten voor de muur ziet staan breekt het zweet hem uit.
'Heb je iemand die je kunt bellen?' vraagt Henrik. Hij stopt voor het hek.
Gustav haalt zijn schouders op. 'Ik red me wel.'
'Neem onmiddellijk contact met ons op als je iets hoort. Of als je iets te binnen schiet, wat het ook is.'
'Zorg er gewoon voor dat jullie ze vinden,' zegt Gustav. Hij stapt uit de dienstauto en slaat het portier achter zich dicht. Iets verderop in de straat ziet hij zijn Porsche staan en hij bedenkt dat hij die zo snel mogelijk moet verplaatsen.

Hij kijkt even naar de mobiele eenheid van de politie bij de parkeerplaats en loopt snel door het hek de tuin in. Op weg naar de villa trekt hij delen van het afzetlint die in de zwakke bries fladderen weg.

Voordat hij de voordeur opent verfrommelt hij het plastic en haalt diep adem. Het is zo verdomd verkeerd om in een leeg huis thuis te komen, maar hij is sterk. Hij moet sterk zijn. Net als Henke moet hij leren om geen pijn te voelen.

De hal is donker en stil. Geen kleine voetjes die naar hem toe komen rennen. Niemand die 'Papa!' roept en tegen hem op springt.

De technisch rechercheurs hebben geen sporen achtergelaten. Hij dacht dat hij een chaos zou aantreffen omdat ze alles op zijn kop hebben gezet, maar het ziet er precies zoals anders uit.

Hij loopt naar de spijkerjacks van de meisjes, pakt ze, snuift de geur op en houdt ze stevig tegen zich aan. Voordat hij zijn zelfbeheersing verliest hangt hij ze voorzichtig terug en loopt naar de keuken.

Hij zet de televisie aan en ziet misdaadverslaggeefster Ellen Tamm voor zijn muur staan.

De politie heeft op dit moment niet veel informatie om mee te werken. Het enige wat we weten is dat Caroline en haar twee dochtertjes voor het laatst hier in hun woning in de Gustavsgata in Malmö zijn gezien.

Ellen Tamm heeft de hele middag geprobeerd hem te bereiken en heeft berichten op zijn voicemail ingesproken, maar hij is niet van plan om met journalisten te praten.

Hij wil de televisie net uitzetten als het volgende item begint, over hoe de angst voor nationalisaties investeerders uit Brazilië wegjaagt.

Als hij het kapitaal van Rasmussen niet krijgt gaan ze allemaal dood.

Zijn hersenen werken op topsnelheid. Waar is de tweede telefoon? Kan hij hem hier thuis vergeten zijn? Heeft Caroline hem gevonden? Of de technisch rechercheurs? Hij weet niet zeker welk van de alternatieven erger is. Hij moet in elk geval contact opnemen met Asif.

Gustav haalt zijn laptop tevoorschijn. Tot nu toe wordt hij nergens van verdacht, maar voor alle zekerheid wist hij de e-mails die verkeerd geïnterpreteerd kunnen worden.

Hij pakt zijn gewone telefoon, wist daarop ook alles wat belastend kan zijn en zoekt het nummer van zijn schoonmoeder.

Haar telefoon gaat over en hij rekt zich uit. 'Met Birgitta Hjorthufvud.'

Gustav verstart. 'Hallo...' Het is lang geleden dat hij met zijn schoonmoeder heeft gepraat. 'Met Gustav.'

'Wat is er gebeurd? Waar was je? Ik heb geprobeerd je te bellen. We hebben net met de politie gepraat.' De beschuldigende toon in combinatie met het superieure Stockholmse accent herinneren hem er meteen aan waarom hij niets met Carro's ouders te maken wil hebben.

'Het spijt me, maar ik wilde jullie niet onnodig ongerust maken,' antwoordt hij. Hij doet zijn best om vriendelijk te klinken. 'Wat...'

'Waar zijn ze?' onderbreekt Birgitta hem. 'Ik snap het niet. Als jij niet...'

'Wat wilde Carro toen ze je gisteren belde?'

Birgitta zwijgt even, maar begint dan te praten. 'Ze klonk verdrietig, maar wilde niet vertellen waarom dat was. We spraken af dat we vandaag zouden bellen als ze gekalmeerd was. Ik heb haar later op de avond gebeld, maar toen nam ze niet op. Ik dacht dat ze misschien sliep.' Birgitta begint te snikken. 'Wat heb je gedaan, Gustav?'

'Waar heb je het verdomme over?'

'Dit is al die jaren mijn grote angst geweest. Wat heb je gedaan?'

'Wat is dit verdomme voor bullshit?' zegt hij en hij verbreekt de verbinding.

Daar was het weer. Hij kan het niet verdragen om naar de beschuldigende toon te luisteren. Het maakt niet uit wat hij doet of hoeveel geld hij verdient, het is nooit genoeg voor hen. Carro heeft de familie Hjorthufvud omlaaggehaald door met hem te trouwen en dat zal voor altijd zo blijven.

Hij wordt misselijk, opent Facebook en schrijft een bericht. *Alsjeblieft, help me mijn gezin te vinden. Carro en de meisjes zijn verdwenen. Ze zijn voor het laatst op 12 augustus in onze strandvilla gezien. Alles wat kan helpen om ze te vinden is welkom!*

Als hij de foto die Carro hem de vorige avond heeft gestuurd bijvoegt dringt het tot hem door. Ze draagt de korte rode zijden nachtjapon met kant die hij haar voor haar verjaardag heeft gegeven. Hij zoomt in. Carro draagt haar verlovingsring, maar de trouwring is verdwenen. Hij haalt diep adem en raakt de ring in zijn zak aan.

Zonder een spier te vertrekken drukt hij op *plaatsen*, klapt de laptop dicht, pakt zijn portefeuille en autosleutels en loopt naar zijn Porsche die op straat geparkeerd staat.

Caroline

Haar benen slaan tegen het kofferbakdeksel als ze probeert zich uit te rekken. Ze stinkt naar aceton. De misselijkheid is ondraaglijk en de zeurende pijn in haar buik maakt haar bang. Ze durft er niet eens aan te denken wat er in haar lichaam plaatsvindt.
  Ze probeert aan de meisjes te denken en het gevoel op te roepen als ze dicht tegen haar aan kruipen, hun warme lichamen tegen het hare duwen en hun armpjes rond haar hals slaan.
  Hoe is ze hier terechtgekomen? Haar hersenen weigeren dienst. De laatste tijd is ze verward geweest. Gustav beweert dat ze zich dingen verbeeldt en ze schaamt zich omdat ze er niet in slaagt om droom en werkelijkheid gescheiden te houden.
  Maar ze moet proberen zich te concentreren. Wie heeft haar dit aangedaan?
  De enige die ze kan bedenken is Gustavs neef of iemand anders van De Familie. Gustav heeft altijd zijn best gedaan om bij zijn criminele familieleden uit de buurt te blijven, maar ze weet dat die twee werelden niet altijd gescheiden gehouden kunnen worden.
  Toen ze in het begin van de zomer hun tienjarig huwelijk vierden dook Asif onuitgenodigd op. Gustav durfde hem niet te vragen om te vertrekken. Ze waren tenslotte ondanks alles neven en ze weten beiden waartoe hij in staat is. Maar waarom zou Asif Gustavs gezin kwaad willen doen?
  En dan is er de man uit de speeltuin.

Ze heeft hem meerdere keren gezien. Hij is een boom van een vent, met een kaalgeschoren hoofd, zwarte tatoeages op zijn armen en een onaangename blik in zijn donkere ogen. De eerste keer dat ze hem zag was in de speeltuin voor de woning van Gustavs moeder in Västra hamnen. Dat was in het voorjaar. De meisjes schommelden en hij stond een paar meter verder weg, aan de rand van de speeltuin bij de toiletten. Ze wordt vaak door zowel mannen als vrouwen bekeken omdat ze haar herkennen. Sommigen denken zelfs dat ze oude vrienden zijn omdat ze haar in een film hebben gezien, maar deze blik was anders, dreigend. Ze draaide de onbekende man haar rug toe en bleef schommelen met de kinderen. Na een minuut stond hij aan de andere kant van de schommels met een kalme blik naar haar te kijken. Het voelde alsof hij recht door haar heen keek, alsof hij meer over haar wist dan normaal was.

Caroline huivert bij de herinnering. Kan hij hier iets mee te maken hebben?

De laatste keer dat ze hem zag was op straat voor de villa. Dat was toen het Astrid was gelukt om in het zwembad van de ene naar de andere kant te zwemmen. Ze was zo trots geweest dat ze rondjes om het zwembad heen rende en verschillende TikTok-dansjes deed. Zoals gewoonlijk wilden de meisjes niet naar bed, dus liet ze hen tikkertje spelen in de tuin terwijl ze de natte handdoeken en het zwembadspeelgoed opruimde. Plotseling kwamen ze met een lolly in hun hand naar haar toe rennen. Ze vertelden dat ze die van een man bij het hek hadden gekregen.

Haar middenrif trekt samen als ze terugdenkt aan hun verdrietige blikken toen ze de lolly's uit hun handen trok en tegen hen zei dat ze geen cadeautjes van vreemde mensen mochten aannemen. Wilma werd boos – ze is altijd beledigd als ze een standje krijgt – en verdedigde zich door te zeggen dat de getatoeëerde man papa kende en vaak met hen praatte.

Ze rende naar de straat en zag zijn rug terwijl hij in een auto stapte.

Caroline trekt haar knieën op en kermt. Wanneer was dat? Wie is hij? Is hij degene die haar hier heeft opgesloten?

Het geluid van een motor die start onderbreekt haar gedachten en de bodem waarop ze ligt begint te trillen. Ze spant haar lichaam en wordt tegen de wand geslingerd. De chauffeur rijdt snel, ze voelt het accelereren in haar maag.

De auto schommelt en ze stoot haar hoofd.

Ze schopt in de hoop dat iemand haar zal horen, maar de motor overstemt alle geluiden.

Uiteindelijk laten haar krachten haar in de steek. Ze begint het bewustzijn te verliezen en heeft de energie niet meer om te vechten.

***

Ze wordt met een bonkend hart wakker en heeft geen idee hoe lang ze heeft geslapen.

Het is doodstil en de motor staat uit.

De auto schommelt, het kofferbakdeksel gaat open en de angst stroomt door haar heen.

Voordat ze zich kan verzetten trekt iemand haar naar buiten en gooit haar over zijn schouder. Het voelt als een harde klap in haar buik en haar onderlichaam verkrampt. Ze kermt en kronkelt heen en weer als een slang. De persoon laat haar los en ze valt op de grond.

Sterke handen pakken haar benen vast en trekken haar over de koude ondergrond. Vingers boren zich in haar kuiten en haar huid doet pijn terwijl ze wordt gesleept.

Na een tijdje wordt ze weer opgetild en ze hoort deuren open- en dichtgaan.

Ze wordt ergens neergelegd, waarna er een deur dichtslaat en het geluid van de voetstappen verdwijnt.

The Killer

Als hij in hun kantoor terugkomt zit Leia al op haar plaats. Haar hoofd hangt en ze begroet hem niet als hij achter zijn bureau gaat zitten.
'Vals alarm. De twee meisjes in Bokskogen waren Astrid en Wilma niet,' zegt ze zonder van het scherm op te kijken.
'Ik heb het gehoord. Is alles goed met je?' vraagt hij. Hij kijkt voorzichtig naar haar en kan het niet laten om te worden verblind door haar schoonheid.
Ze knikt zwijgend en typt koortsachtig op het toetsenbord.
Onderweg naar het bureau heeft hij Leia gegoogeld en heeft hij een lang interview met haar in *Sydsvenskan* gevonden. Het interview hield verband met haar vijfendertigste verjaardag eerder dit jaar. Ze is dus tien jaar jonger dan hij. Haar vader is een tweedegeneratie-tapijthandelaar uit Istanbul en de familie runt een van de toonaangevendste bedrijven in oosterse tapijten van Scandinavië. Haar oudere broers zijn in hun vaders voetsporen getreden, maar tot groot ongenoegen van de familie volgde zij haar gevoel voor rechtvaardigheid en werd politieagent. In het interview schildert ze Malmö af als een stad in oorlog en Zweden als een land dat wordt bedreigd door anarchie. Tijdens het interview noemt ze meerdere keren de interactie tussen de factoren sekse, segregatie en uitsluiting. Zonder dat hij het wil is hij gefascineerd door haar. In het artikel staat dat ze single is en dat ze – zolang ze niemand tegenkomt voor wie ze net zulke sterke gevoelens heeft als haar ouders voor elkaar hebben – ervan geniet om alleen te zijn.
Ze kijkt op van haar computer. 'Je mag Gustav niets beloven,'

zegt ze vanuit het niets. 'Je mag niet gevoelsmatig betrokken raken bij de zaak.'
'Luister, ik werk al meer dan vijftien jaar als politieagent...' verzucht hij.
'Toch mag je Gustav niet beloven dat we zijn gezin vinden.'
'Dat heb ik ook niet gedaan, ik heb alleen beloofd dat ik mijn uiterste best zal doen,' zegt hij en hij zet zijn computer aan.
'Dat zei je niet,' houdt ze vol. 'Je bent God niet.'
'Daar heb je een punt,' zegt hij met een glimlach.
'Wat doen we in vredesnaam als we ze niet vinden?' Ze schuift het toetsenbord weg en leunt moedeloos op haar stoel naar achteren. 'De tips stromen binnen. Hoe moeten we ze allemaal controleren?'
De hoop die bij hen was opgekomen toen iemand Astrid en Wilma in Bokskogen meende te hebben gezien, was verdwenen en had al hun energie meegenomen, en het ontbreekt hun aan zowel onderzoekers als tijd om op alle fronten te kunnen werken. Het werk vanuit het mobiele kantoor in de Gustavsgata heeft tot nu toe niets opgeleverd en er is geen enkel spoor van Caroline en de meisjes. Henrik was er op zijn zachtst gezegd verbijsterd over dat Gustav zo ontspannen over Henriks carrière sprak terwijl hij zich in een diep gat moest bevinden.
'Gustav wilde in de auto alleen over voetbal praten. Dat versterkt het beeld dat we van hem hebben, ook al maakt het hem niet schuldig,' zegt Henrik tegen haar.
'Hij is een psychopaat wiens gezin verdwenen is en dan wil hij van de gelegenheid gebruikmaken om jou te rekruteren zoals Arkan met de voetbalsupporters deed?' zegt ze terwijl ze koortsachtig op een pen bijt.
Hij lacht. Het klinkt als een grap, maar er is niets grappigs aan de beruchte oorlogsmisdadiger Arkan. 'Wat hebben we over De Familie en Gustavs neef Asif?'
'Ik heb daarnet met de undercoverafdeling gepraat en heb geheime informatie gekregen die niet in het verslag van het vooronderzoek genoemd mag worden.'

Henrik knikt.

'Volgens de inlichtingendienst heeft De Familie het druk met een wapentransport dat onderweg is vanaf de Balkan. Onze informant in het netwerk heeft er niets over gehoord dat ze betrokken zijn bij de verdwijning van Gustavs gezin. Daarentegen hebben ze Asif al een tijdlang niet gezien.'

Henrik legt zijn mobiel weg. 'Houden ze hem in de gaten?' vraagt hij.

'Asif handelt in de schaduwen en heeft veel mensen die voor hem werken. Hij duikt af en toe op.'

'Wordt hij afgeluisterd?'

'Ze gebruiken alleen prepaidtelefoons en verwisselen die net zo vaak als wij naar het toilet gaan.'

'Klopt het dat Gustav niets met ze te maken heeft? Ze moeten hun geld tenslotte ergens witwassen en hij lijkt perfect voor die rol.'

'Asif en Gustav worden soms in familieverband gezien, maar niets wijst erop dat Gustav in zakelijk opzicht iets met De Familie te maken heeft.'

Er wordt op de deur geklopt.

'Kom binnen!' roept Leia.

De roodharige politieagent van de plaats delict opent de deur.

'Hallo, ik ben Maria. We hebben elkaar eerder vandaag in de Gustavsgata gezien. Gabriella heeft ons van de buitendienst overgeplaatst om jullie te ontlasten,' zegt ze in plat Skåns. Achter haar verschijnt haar partner, die ook als een van de eersten in de villa in de Gustavsgata ter plaatse was. 'Dit is Karim.'

'Halleluja. Jullie mogen allebei een bureau kiezen,' zegt Leia met een opgeluchte gezichtsuitdrukking.

Maria en Karim dragen hun uniformen nog. Karim lijkt niet veel ouder dan Henriks oudste dochter. De graatmagere jongen verdrinkt bijna in zijn uitrusting.

'Het is mijn droom om onderzoeker te worden, dus ik ben ongelofelijk dankbaar voor deze kans,' zegt Karim. Hij kijkt naar zijn bureau alsof het een nieuwe Lamborghini is.

'Ja, en omdat ik zwanger ben vraag ik al een tijdje om bureauwerk, dus dit komt me heel goed uit.' Het krullende haar staat als een rode fakkel rond haar gezicht en ze heeft een stapel papieren in haar armen. 'Deze tweeduizend pagina's bevatten de inhoud van Carolines telefoon. De volledige WhatsApp-geschiedenis was gewist en er is geen reservekopie.'

'Wat?' Henrik kijkt op en heeft er nu een vermoeden van waarom hij het gesprek tussen Caroline en Gustav niet kon vinden toen hij de gespreksgeschiedenis bekeek.

'Het verwijderen moet zijn gebeurd na het telefoongesprek met Gustav en nadat ze de foto naar hem gestuurd heeft.'

Wat verbergt ze, vraagt hij zich af. 'Jullie waren als eersten ter plaatse. Hoe denken jullie erover?'

'Gustav was niet bijzonder ongerust, als jullie begrijpen wat ik bedoel. Daarnaast was hij in het begin ook niet bijzonder behulpzaam,' zegt Karim. 'Hij straalt gangstavibes uit. Alles moet duur zijn.'

'Hij werd agressief zodra het lastig werd,' zegt Maria met een frons op haar gezicht vol sproeten. 'Omdat hij niet kon accepteren wat er gebeurde of omdat hij iets verbergt.'

'Ik denk dat hij bang is omdat hij zich met illegale zaken bezighoudt.' Karim gaat wijdbeens op de bureaustoel zitten en knoopt zijn kogelvrije vest open.

'Hij is bang om ontmaskerd te worden,' zegt Leia schouderophalend.

'Ida, de vriendin, was daarentegen volkomen hysterisch toen we op het adres arriveerden,' gaat Karim verder.

Henrik onderbreekt hem met een frons op zijn voorhoofd. 'We moeten proberen hem te leren kennen om te begrijpen wat normaal voor hem is, maar we mogen niet vergeten dat hoewel hij de dader kan zijn, hij ook een vader is die zich zorgen maakt om zijn gezin.'

Leia ziet eruit alsof ze iets wil zeggen, maar doet het niet. Ze heeft een trieste blik in haar ogen.

Maria gaat achter een van de bureaus zitten. 'Ik heb Carolines sms'jes van juli bekeken, toen ze bij haar ouders op bezoek was in Frankrijk,' zegt ze en ze wijst naar de stapel papieren op het bureau. 'Het lijkt heel ijzig tussen Gustav en haar geweest te zijn. Hij antwoordde nauwelijks en ze probeerde wanhopig aandacht van hem te krijgen. Ze beschuldigde hem er een paar keer van dat hij een ander had en zo.'
'Ik wist het,' zegt Leia. Ze schuift haar stoel naar achteren. 'Gustav heeft een nieuwe vrouw en wil van voren af aan beginnen. Hij heeft zich van zijn oude gezin ontdaan.'
'Zoals Chris Watts in Colorado,' zegt Henrik, hoewel het veel te vroeg is om dat soort conclusies te trekken.
Maria legt haar handen op haar zwangere buik. 'Hoe komt een ouder ertoe om zijn gezin te vermoorden?'
'Dat heeft gewoonlijk met scheidingen of jaloezie te maken,' zegt Henrik. 'Er kunnen ook financiële of psychische problemen achter zitten. Maar voor zover wij weten hebben Gustav en Caroline beiden geen contact met psychologen gehad. Ze lijken een heel normaal bovenklassegezinsleven geleid te hebben. Aan de andere kant weet je het nooit. Het is waarschijnlijker dat Caroline de kinderen meegenomen heeft en zich verbergt. We moeten uitzoeken of er bijvoorbeeld geweld in het gezin plaatsgevonden heeft. We moeten dieper in hun karakters en hun huwelijk graven.' Henrik kijkt naar Leia. 'Hoe was Gustav op school?'
'Eerlijk gezegd had ik er geen idee van dat we op dezelfde school gezeten hebben. Ik dacht dat hij in Rosengård op school zat. Hij schept er altijd over op dat hij in bescheiden omstandigheden opgegroeid is en het hem toch gelukt is om miljoenen in de gokindustrie te verdienen.'
'Geld is een belangrijke factor. Als het om chantage gaat heeft Gustav inmiddels een losgeldeis ontvangen,' zegt Henrik. Hij opent het raam op een kier. 'Hebben we al antwoord van de Deense politie? Weten we of hij die nacht in zijn kantoor geweest is?'

'Ze bekijken de bewakingsfilms as we speak,' antwoordt Leia.
'Ik heb ze net gesproken.'
Henrik opent het raam helemaal, ademt de frisse lucht in en hoort een van de gevangenen op de luchtplaats zo hard zingen dat het tussen de muren echoot.
Här säger vi naaj, här säger vi joo. Här säger vi naaj, här säger vi joo. Ingen annanstans släpper dom loss som oss varje dag...
'Welkom in Malmö.' Karim lacht.
Henrik glimlacht even en stopt zijn handen in zijn zakken.
'In principe waren er twee dingen waarop ik reageerde,' zegt Karim. Hij trekt aan zijn dikke gouden ketting, waardoor het lijkt alsof hij zijn dunne hals van zijn romp snijdt. 'Ten eerste weet ik niet of het jullie opviel hoe het bij hen thuis rook, maar ik vond het naar uitlaatgassen stinken. Ten tweede vertelde Gustav toen we de signalementen van Caroline en de meisjes noteerden dat Caroline littekens uit haar jeugd op haar lichaam heeft. Dat hebben we niet meegenomen in het opsporingsbericht, maar blijkbaar was haar oudere broer een enorme klootzak. Hebben we iets over hem?'

'Nee, maar dat mag je controleren,' zegt Leia. 'En als Gustav inderdaad een andere vrouw naast zijn huwelijk heeft, dan moeten we haar vinden.'

Gustav

Het begint te schemeren en achter meerdere ramen brandt licht als hij langs de grijze betonnen huizen door Rosengård rijdt. Jezus, wat houdt hij van zijn *hood*. Hier voelt hij zich thuis. Nada Topcagic dreunt uit de luidsprekers. Zijn vader speelde altijd Joegoslavische volksmuziek en danste daar lachend op tot zijn moeder het afzette en de een of andere Zweedse hitlijst of andere rotzooi opzette.

Hij wilde dat hij zijn vaders energie nu kon voelen en het volume harder kon zetten.

Hij heeft urenlang rondgereden, heeft bij elke speeltuin gezocht. Hij herinnert zich nauwelijks op welke plekken hij allemaal is geweest. Alles is één groot waas.

Zijn telefoon is voortdurend overgegaan. Mensen hebben zijn bericht op Facebook gezien en willen weten hoe het met hem is, maar dat is verdomme niet wat belangrijk is.

Hij stopt voor het jongerencentrum in de Cronmans väg en zet de motor uit.

Een stel brutale jongens met petten op komen naar hem toe en verdringen zich rond zijn auto om hem te begroeten. Ze hebben het stuk voor stuk niet gemakkelijk thuis en hij zou willen dat hij ze allemaal kon redden, maar dat gaat niet, ook al doet hij zijn uiterste best.

Hij laat het raam zakken. 'Is alles goed met jullie?'

De jongens buigen zich door het raam naar binnen en zeuren dat ze mee willen rijden, vragen hoe snel zijn auto kan en hoeveel hij gekost heeft. Te veel ruiken naar rook, hoewel ze de basisschool nauwelijks achter de rug hebben. Hij trekt de pet van een van de opgewonden jongens over diens ogen. Achter in de groep ziet hij zijn achternicht staan. Ze geeft hem een teken dat Asif in de Budva Bar is en op hem wacht. Hij voelt een pijnscheut in zijn maag en knikt discreet.

De jongens willen dat hij meegaat naar het jongerencentrum, dat hij heeft gefinancierd en opgebouwd, om daar met hem te gamen. Soms helpt hij de kinderen met hun huiswerk, doet een wedstrijdje tafeltennis met ze of probeert gewoon met ze te praten. De gemeente leidt het jongerencentrum, maar zijn naam staat in witte letters op een groot blauw bord boven de deur.

JOVANOVIC COURT

Hij is Zlatan niet, maar hij komt uit Rosengård en heeft op eigen houtje iets groots opgebouwd. Hij is een voorbeeld en hij geeft hun de hoop dat iedereen iets kan bereiken, als je maar hard genoeg werkt en een beetje op het goede spoor wordt gezet.

Achter de ramen op de eerste verdieping waar hij is opgegroeid brandt licht. Zijn kamer keek uit op de straat. Daar zat hij altijd naar de oudere bendes te kijken. Zijn moeder haatte het om daar te wonen, maar zijn vader weigerde te verhuizen in de overtuiging dat het niet goed is om meer dan één keer in je leven te verhuizen. Toen zijn vader stierf kocht Gustav een nieuw appartement voor zijn moeder in Västra hamnen, en na lange discussies met de gemeente en de huurdersvereniging was het hem gelukt om hun oude appartement en de ruimte eronder te verbouwen tot een jongerencentrum.

'Gedraag jullie,' zegt hij. Hij geeft een kleine donkerharige jongen een high five, klopt drie keer op het portier en laat het raam omhoogkomen, waarna hij naar de Volframgata rijdt.

Voor de Budva Bar mindert hij vaart. Het café bestaat al sinds Gustav klein was en de familie hier bij elkaar kwam. Dat zijn prettige herinneringen. Tegenwoordig is Asif een van de mede-eigenaren, maar hij komt hier alleen als hij iets te bespreken heeft.

Gustav parkeert voor het café en kijkt om zich heen voordat hij naar binnen gaat. De deurbel rinkelt als hij het lege lokaal in loopt.

Het ruikt naar versgebakken börek en voor het eerst vandaag voelt hij hoe leeg zijn maag is, maar hij is veel te zenuwachtig om te eten.

Het café is nog precies hetzelfde. Aan de groezelige witgeschilderde muren hangen verbleekte posters van uitzichten op de Balkan. De televisie staat op Pink Televizija. Asif zit op een paar frisdrankkratten helemaal achter in de duisternis en observeert hem terwijl hij naar de toonbank loopt. 'Sta ima,' zegt hij terwijl hij zich op het ergst denkbare scenario voorbereidt.

Asif antwoordt met een knikje.

'Ik heb een nieuwe prepaidtelefoon nodig, ik moest de vorige verbranden. Ze houden me in de gaten,' zegt Gustav zachtjes, ook al zijn ze alleen in de zaak.

Hij rekt zich uit en stopt zijn handen in de zakken van zijn pantalon. Als Asif erachter komt dat de tweede telefoon weg is, is hij er geweest.

Asif staat op en kijkt naar de straat. 'Vijf minuten,' zegt hij en hij verdwijnt in de keuken.

Gustav neemt plaats aan een van de tafels die het dichtst bij de kassa staan. Hij frunnikt aan de doos servetten, en verschuift het zout- en pepervaatje. Het lukt hem niet zijn handen te laten stoppen met trillen.

Kan Carro de tweede telefoon gevonden hebben en heeft ze iets ontdekt wat ze niet mag weten? Is dat wat deze hele ellendige toestand heeft veroorzaakt? Hij verwisselt het peper- en zoutvaatje, aarzelt, schuift ze terug en opent de plastic menukaart die op de tafel staat.

Na een paar minuten, hij weet niet hoeveel, gaat Asif aan de tafel zitten en zet een bruine zak voor hem neer. '*Sirnica*.'

Gustav staart eerst naar de zak en vervolgens naar zijn neef en moet zijn best doen om niet weg te kijken. 'Weet jij waar ze zijn?'

'*Brate*,' zegt Asif en hij legt een hand op zijn dijbeen. 'Ik heb je gezin niet aangeraakt.'

Asif is een paar decimeter kleiner dan Gustav en heeft een jongensachtig uiterlijk met een lichte en ongelijke stoppelbaard. Als je hem op straat zou tegenkomen, zou je nooit geloven dat hij de leider van De Familie is. Een paar maanden geleden was Gustav gedwongen om hem om hulp bij een kwestie te vragen, hoewel hij zijn moeder had beloofd om nooit betrokken te raken bij het netwerk van het voormalige Joegoslavië.

De bel boven de deur rinkelt.

'We zijn gesloten,' zegt Asif zo nadrukkelijk dat de klant achteruitdeinst. Vervolgens kijkt hij weer naar Gustav. 'Het geld moet voor volgende week vrijdag binnen zijn. De mensen beginnen het zat te worden.'

'Ik werk eraan,' zegt Gustav en hij legt zijn handen op zijn schoot om het trillen te verbergen. Wat er ook gebeurt, hij mag niet zwak overkomen.

'Dat is niet genoeg. Je zei dat je de lening twee weken nodig had en nu zijn er vier maanden verstreken.' Asif knipt met zijn vingers.

'Je moet me meer tijd geven.'

'Je hebt al meer tijd gekregen. Over een week willen ze drie procent rente over hun dertig miljoen. Ik kan je niet meer helpen. Brate, je moet je shit oplossen voordat het nog meer shit wordt, snap je?'

Gustav knikt en veegt het zweet van zijn voorhoofd. 'Ik regel het. Je krijgt je geld, ik zweer dat je het krijgt. De investeerders staan op het punt om in het project te stappen. Het is in grote lijnen geregeld. Maar je moet me helpen mijn gezin te vinden.'

'Je hebt ons allemaal in een verdomd lastige situatie gebracht, dat weet je. We vertrouwden je. En nu dat met je gezin... er zijn te veel ogen op ons gericht,' snauwt Asif. 'We zijn met een grote zaak bezig en deze aandacht is wel het laatste wat we kunnen gebruiken.'

'Denk je dat ik...'
'Herinner je je wat ik gezegd heb toen je in dat verdomde shitbedrijf in Brazilië wilde investeren? Jij had als geen ander moeten beseffen dat het niets zou worden. Weet je wat jouw probleem is? Je bent verblind door hebzucht. Hoor je dat? De gierigheid bedriegt de wijsheid.'

Gustav zucht, staat op, pakt de zak en loopt weg. Hij wil de deur zo hard dichtslaan dat de ramen breken, maar houdt zich in en loopt voorzichtig het café uit.

'*U picku materinu!*' vloekt hij als hij op straat is en in zijn auto gaat zitten. 'Verdomme!' Hij slaat op het stuur. Wat moet hij in vredesnaam doen? Hij haalt een paar keer diep adem om zich te vermannen. Daarna start hij de motor en rijdt achteruit.

Het is waar, hij was verblind door hebzucht. De investeringen in Brazilië liepen mis en toen hij geen geld kreeg was hij gedwongen om geld van het bedrijf te lenen om zijn schulden te betalen.

De auto stinkt naar fetakaas, maar hij is niet van plan om de hartige taart die Asif in de papieren zak heeft gestopt te eten, het enige wat hij wil is de telefoon die eronder ligt. Hij graaft in de zak en krijgt yoghurtsaus op zijn hand.

Hij verbergt de telefoon onder de zitting en rijdt naar het appartement van zijn moeder in Västra hamnen. Onderweg belt hij Filippa.

'Heb je al iets van Rasmussen gehoord?'
'Helaas niet. Hebben ze je gezin gevonden?'
'Nee, en Binervo?'
'Je afspraak met hen is afgezegd en de accountant gaat je bellen. Het ziet er niet goed uit. De Financiële Administratie stelt vragen waarop ik geen antwoord kan geven. De cijfers kloppen niet en meerdere posten zijn onduidelijk.'
'Ik regel het.'
'Het gaat om grote bedragen, Gustav. Geld dat er niet is. Transacties die niet verantwoord zijn...'

'Oké, vraag haar om me te bellen,' zegt hij. 'En zorg ervoor dat je zo snel mogelijk een nieuwe afspraak met Rasmussen maakt.'
'Ik zal het proberen. De Deense politie is hier geweest en heeft de opnamen van de bewakingscamera's meegenomen. En ze hebben het personeel vragen over jou en het bedrijf gesteld.'
'Oké. Wat heb je gezegd?'
'Niets.'
'Goed zo, Filippa.'
Verdomme, denkt hij als hij de verbinding verbreekt. Hij moet het geld hebben. Nu.

***

Västra hamnen staat vol met auto's. Elke parkeerplek is in beslag genomen door mensen die rondhangen op de steigers om naar de zonsondergang te kijken terwijl ze een pijp roken of wat ze ook doen. Uiteindelijk lukt het hem zijn Porsche tussen twee zelfgebouwde Amerikaanse auto's te persen.

Hij haast zich door het portiek voordat iemand hem ziet en gaat met de lift naar de zesde verdieping. Hij staart in de spiegel, maar herkent zichzelf nauwelijks. Zijn gezicht is bleek en de binnenkant van zijn overhemdkraag is vies.

Zijn moeder en Ida hebben beiden niet teruggebeld. Hij moet weten wat Carro tegen Ida heeft gezegd toen ze gisteren belde. Hopelijk kan Ida een verklaring geven, of weet ze iets wat hem op het juiste spoor kan zetten. Hij heeft nooit geweten wat er tussen Ida en Carro gezegd wordt en eigenlijk wil hij dat ook niet weten, maar als er iemand is die zijn vrouw kent, dan is zij het.

Op de deur staat JOVANOVIC en als hij binnen geluiden hoort voelt hij zijn schouders langzaam zakken.

Het duurt een minuut voordat ze de deur opent. Niet meer dan een decimeter, maar voldoende om haar in de kier te zien.

'Ik ben het maar. Wat doe je? *Hajde*,' zegt hij. Hij trekt de deur met een ruk open en loopt de hal in. 'Ik probeer je de hele dag al te bereiken.'

'Ik was mijn telefoon vergeten en ben net thuis. Ik ben bij mijn zus in Landskrona geweest,' zegt ze. Ze trekt het gewatteerde jasje uit en hangt het aan een kleerhanger in de hal.

'Waarom was je bij Raffi?' Zijn hartslag versnelt weer.

'Ik had haar al een hele tijd niet gezien. Wat bedoel je?'

'Maar waarom juist vandaag?' Hij gaat uitgeput op de bank zitten, dezelfde oude versleten bank die ze in Rosengård hadden en die een van de paar meubels is die mee mochten naar de stad.

Het is hier kaal. Hoewel ze al jaren in het appartement woont, is het alsof ze hier nooit echt is komen wonen. De open ruimte met de witte minimalistische stijl past eigenlijk niet bij haar. Misschien had ze toch in Rosengård moeten blijven. Toen hij daar in de flat opgroeide was het krap en stond het volgepropt met spullen en meubels, maar hier voelt het heel eenzaam.

'Carro en de kinderen zijn weg.' Zijn stem trilt en hij buigt zich moedeloos naar voren.

'Ik weet het, de politie heeft me net gebeld. Ze willen me morgenochtend zien om vragen te stellen. Wat is er aan de hand, Gustav?'

De rimpels in haar gezicht lijken dieper dan anders en veroorzaken donkere schaduwen die haar mooie gelaatstrekken vervormen. Ze legt haar hand op zijn schouder en hij voelt dat hij zich niet langer goed kan houden en begint ongecontroleerd te huilen.

Hasiba streelt met haar hand over zijn haar en tilt zijn kin op. Ze kijkt naar hem zoals ze deed toen hij klein was en was betrapt op het stelen van een cola in de Arabische winkel. Het is dezelfde blik die hij kreeg toen hij met Carro trouwde.

'Heb je honger? Ik heb wat versgebakken *lokumi* van Raffi gekregen,' zegt ze. Ze haalt een plastic doos uit de voorraadkast, legt een paar van zijn favoriete koekjes op een schaal en zet die in de magnetron.

'Zoon, ik heb vanaf het begin tegen je gezegd dat ze niet goed voor je is. Denk je dat papa en ik hier dag en nacht voor gewerkt hebben? Als papa nog leefde... Waar zijn mijn meisjes? Heeft ze ze meegenomen, Gustav? Heeft ze je in de steek gelaten?'
'Nee, mama.'
'Ze moet bij je terugkomen. Wat moet ze zonder jou beginnen?'
De magnetron piept en de geuren van vanille en suiker verspreiden zich door de kamer.
Hij heeft de hele dag nog niets gegeten en zijn maag rammelt als ze de schaal voor hem neerzet.
Caroline heeft meerdere keren geprobeerd lokumi te bakken, maar het wordt nooit zo lekker. Volgens zijn moeder is er geen recept, ze meet de ingrediënten af met haar ogen, en lang niet iedereen heeft daar gevoel voor.
'Hoe is het met Raffi?'
'Goed. Ze doet je de groeten,' zegt Hasiba en ze vertrekt haar gezicht.
Ze verbergt iets. Hij vertrouwt niemand meer.
Zijn keel brandt als hij slikt en zijn mond is droog. Hij kijkt naar het terras en de bloedrode hemel. De tijd verstrijkt. Hij schuift de schaal weg.
De zon bereikte de eerste verdieping in de Cronmans väg nooit. Zijn moeder klaagde elke dag dat ze de zon miste, dat ze ervan droomde om net zo dicht bij de zee en de hemel te wonen als op de Balkan. Nu woont ze op de bovenste verdieping met een groot terras, zodat ze helemaal tot Kopenhagen kan kijken als het zicht helder is. Ze woont hier nu tien jaar, maar voor zover hij weet heeft ze de glazen deuren nog nooit open gehad.
Toen hij naar school ging zei zijn moeder dat Rosengård niet goed voor hem was, maar het enige wat hij wilde was samen met zijn kameraden naar de Rosengårdsschool gaan. Hij was gewend aan de problemen en de ruzies en dat er nauwelijks

Zweeds werd gepraat. Voor hem was het zijn leven.

Gustav schrikt op uit zijn gedachten doordat zijn beltoon door de kamer snijdt. Hij haalt zijn telefoon uit zijn zak en neemt op. 'Het is de politie,' zegt hij tegen Hasiba. Elke spier in zijn lichaam spant.

Hasiba staart met een ongeruste blik in haar opengesperde ogen naar hem en gebaart dat ze wil weten wat er wordt gezegd.

Hij schudt zijn hoofd. 'Nu? Waar gaat het over? Oké, ik kom eraan,' zegt hij, waarna hij de verbinding verbreekt.

'Ze willen dat ik naar het Juridisch Centrum kom, maar weigeren te zeggen waarom.' Hij staat op en omhelst zijn moeder haastig. Hij kan niet nog meer verrassingen verdragen. '*Vidimo se*,' zegt hij, hoewel hij weet dat Hasiba het niet prettig vindt als hij Bosnisch praat. Bij hen thuis werd Zweeds gesproken en de taal van het vaderland werd niet getolereerd. Zijn ouders waren erop gebrand dat hij 'Zweeds' zou worden, wat dat ook mag zijn.

'Ik hou ook van jou, zoon.'

Caroline

Ze ligt doodstil op de ruwe, koude vloer en is doodsbang om te bewegen. Ze heeft geen idee waar ze is of wat er om haar heen gebeurt. Wordt ze in de gaten gehouden of is ze alleen? Haar lichaam doet pijn. Voorzichtig verplaatst ze haar gewicht en kreunt als de pijn naar haar billen uitstraalt.
De blinddoek blijft haken aan de oneffen vloer en beweegt een stukje naar beneden. Een zwakke lichtstraal schijnt langs de rand van de stof. Ze schuift haar wang over de oneffen vloer heen en weer en het lukt haar om de blinddoek weg te schuiven. Het licht is scherp en ze moet haar ogen dichtknijpen. Voorzichtig opent ze ze weer en ze kijkt met half gesloten ogen naar de gloeilamp aan het plafond.
Na een tijdje kijkt ze om zich heen en constateert dat ze alleen is.
De haveloze ruimte is net zo groot als hun slaapkamer in de Gustavsgata. Er lijkt iets op de muur gestaan te hebben, maar het is onmogelijk te bepalen wat het was. Het lijkt een soort logo.
Tegen de gele bakstenen muur staat een aluminium ladder, in de hoeken liggen graankorrels. Misschien is het een oude graanschuur bij een verlaten of voormalige boerderij, denkt ze. Ze wil begrijpen waarom ze hier is achtergelaten. In een hoek ligt een oude metallic blauwe slaapzak.
De ruimte heeft geen ramen, alleen een houten deur met een luik erin. Kan dat een etensluik zijn? Als bij een gevangeniscel?
Nog niet zo lang geleden hebben mensensmokkelaars Roemeense meisjes in een industriegebied in Malmö gevangenge-

houden. De politie ontdekte dat toevallig. Een stuk of tien meisjes zaten opgesloten in een kelder en kregen eten via een luik...

Ze kijkt naar de slaapzak en beseft dat ze niet de eerste is die hier opgesloten heeft gezeten. Wat de ontvoerders met haar van plan zijn weet ze niet, en dat wil ze ook niet weten. Ze moet hier weg zien te komen voordat ze haar missen.

De rode nachtjapon is doornat van het zweet. Ze walgt van zichzelf.

Iemand moet hun woning binnengedrongen zijn nadat ze naar bed was gegaan. Zijn haar dochtertjes ook ontvoerd toen ze lagen te slapen?

Ze hoort geritsel en spant haar spieren. Wat was dat? Het ritselt weer en ze duikt in elkaar.

Gustav

Het is benauwd in de verhoorkamer.
'Ga zitten,' zegt Henke kortaf.
'Wat is er gebeurd?' De stoel schraapt over de vloer als Gustav hem naar achteren schuift.
De camera is net als de vorige keer op hem gericht.
Leia zet het opnameapparaat aan en noemt het dossiernummer en zijn identificatienummer terwijl hij de mouwen van zijn overhemd opstroopt.
'Heb je pasgeleden met je neef gepraat?' vraagt Henrik met een gespannen gezichtsuitdrukking. Hij ziet eruit alsof hij zich op een gevecht voorbereidt.
'Nee, daar hebben we het al over gehad. Je valt in herhalingen, man.'
'Wat deed je dan in Rosengård?'
Jezus, denkt hij. Ze schaduwen me. 'Ik zocht mijn gezin,' zegt Gustav berustend en hij kijkt in Henkes ijsblauwe ogen. 'Ik ben door de hele stad gereden om ze te zoeken. Moeten jullie de middelen die jullie hebben niet gebruiken om mijn gezin te vinden in plaats van mij in de gaten te houden?'
'Kon je neef Asif je helpen?'
'Helaas niet,' antwoordt hij en hij kijkt naar beneden.
Op dat moment slaat Henke zijn hand met een enorme klap op de tafel. 'Nu is het genoeg. Als je nog een keer tegen ons liegt, sluit ik je op in de gevangenis, snap je dat? Als je tegen ons liegt breng je je gezin in nog groter gevaar. Is dat wat je wilt?'
Gustav schrikt en schudt zijn hoofd terwijl hij zijn handen in een afwerend gebaar heft.

'Chanteert Asif je?' vraagt Leia met haar puppyogen. Ze houdt haar hoofd schuin alsof ze medelijden met hem heeft.
'Nee.'
Henke buigt zich naar voren. 'Waarover praatten jullie dan?'
'Ik heb hem om hulp gevraagd om mijn gezin te vinden. Snappen jullie niet dat ik wanhopig ben?'
'Maar waarom heb je dat dan niet meteen gezegd?' vraagt Henke op scherpe toon.
'Omdat ik wist dat het verkeerd geïnterpreteerd zou worden omdat mijn neef een crimineel is.' De woede explodeert in hem en hij staat op. Hoe lang moet hij eigenlijk verantwoording afleggen voor alles wat zijn familieleden doen? 'Ik heb niets te maken met de dingen waarmee mijn neef zich bezighoudt. Alsof ik jou veroordeel omdat je een mishandelaar bent, Henke. Misschien moeten we het er eens over hebben waarom je écht met voetbal gestopt bent of waarom je écht naar Malmö overgeplaatst bent.'
Henrik vliegt van zijn stoel en stort zich op hem. Hij pakt zijn overhemd vast en duwt hem tegen de muur. 'Daarmee ga je te ver, hoor je dat!' brult Henrik. Hij duwt zijn vuist zo hard tegen Gustavs keel dat die begint te hoesten, waarna Henrik hem snuivend van woede loslaat.
'Ga zitten, Gustav,' smeekt Leia en ze duwt Henke weg.
'Ben jij nu de *good cop* die moet proberen Henkes agressieve stijl te verzachten?' Gustav haalt een paar keer diep adem. 'Wat een ongelofelijke huichelarij. Wat zou er gebeuren als de mensen wisten hoeveel zwart geld je vaders Turkse tapijten opbrengen, of dat jullie kinderen uitbuiten doordat jullie hun kleine handjes exclusieve tapijten laten knopen?'
'Ik ben niet van plan daar commentaar op te geven. Ga zitten.'
Hij doet met tegenzin wat Leia zegt.
'We zijn je vijanden niet,' zegt Leia kalm. 'We kunnen niet uitsluiten dat Asif iets met de verdwijning van je gezin te maken heeft, dus als ik jou was zou ik voorzichtig zijn. Hoe ging

jullie gesprek, waar hebben jullie over gepraat?'

Gustav zucht. Hij moet proberen te kalmeren. 'Ik heb hem gevraagd of hij iets wist en dat was niet zo. Ik vertrouw hem omdat ik denk dat hij mijn gezin nooit kwaad zou doen. Hij heeft beloofd zijn ogen open te houden. Het duurde maar een paar minuten.'

'Vertel het ons als jullie nog een keer contact hebben,' zegt Henke terwijl hij zijn haarknot goed doet.

Gustav voelt dat hij in elkaar zakt. Het is alsof zijn spieren hem niet gehoorzamen.

De deur gaat open en de agent met het rode haar komt binnen. Ze heeft een stapel papieren in haar armen en legt de bovenste twee vellen op de tafel.

'Bedankt, Maria.' Leia kijkt hem aan. 'De zoekgeschiedenis van Carolines computer en telefoon was uitgeschakeld en leverde niets op. In de agenda zijn een paar vermeldingen die de technisch rechercheurs niet kunnen duiden. Weet jij wat ze te betekenen hebben?'

Leia houdt hem een vel papier voor en wijst naar een samenvatting van Carolines agenda.

De afkorting TT komt op meerdere plekken voor.

'Ik weet het niet,' zegt hij. 'Misschien is het een gynaecoloog of iets anders waarvan ze niet wil dat iemand het weet. Carro is daar bijzonder gesloten over. Ze vindt alles beschamend.'

'Wat bedoel je daarmee?'

'Alles moet perfect zijn. Toen we elkaar ontmoetten durfde ze niet te vertellen dat ze diabetes had omdat ze zich schaamde, wat natuurlijk volkomen belachelijk is. Dit is ook zoiets, vermoed ik. Anders zou ik het niet weten.'

Leia gaat voor hem op de tafel zitten, zo dichtbij dat hij ruikt dat ze een elegante geur opheeft.

'De technisch rechercheurs hebben ook een paar bestanden op Carolines telefoon gevonden die versleuteld zijn. Weet jij wat dat voor bestanden zijn?' vraagt ze.

'Ik begrijp het niet,' zegt Gustav hoofdschuddend.

'Ze heeft teksten gecodeerd.'
'Ik weet wat versleuteld betekent, maar wat heeft dat met...'
Leia zucht en wisselt een snelle blik met Henrik.
'Caroline heeft meerdere zware bestanden op haar telefoon en in de cloud. Met het oog op het formaat nemen we aan dat het foto's en films zijn. Heb je een idee wat dat kan zijn?'
'Nee, dit is helemaal nieuw voor me.'
Jezus, denkt hij. Carro weet toch niets over coderen? In elk geval zal het niet lang duren voordat de politie die bestanden geopend heeft.
'Heeft Caroline geheimen voor je?'
'Hoe moet ik dat verdomme weten? Blijkbaar wel.' Hij staart opzij en balt zijn vuisten. Caroline heeft iets voor hem verborgen en dat zorgt ervoor dat hij onnozel overkomt op de politieagenten.
'Heb jij geheimen voor Caroline?'
'Wat?' Hij fronst zijn voorhoofd. 'Nee.'
'Waarom vermoedde Caroline dan dat je iemand anders had?' vraagt Henrik.
Gustav trekt één wenkbrauw op en staart naar hem. 'Wat bedoel je?'
'Het is een eenvoudige vraag. Geef gewoon antwoord.'
'Ik heb geen idee. Waarom zou ze denken dat ik haar bedrieg?'
'Wat denk je zelf?'
Gustav haalt zijn schouders op, hij snapt niet waarom dit relevant kan zijn.
'We hebben bewijs dat ze je meerdere keren geconfronteerd heeft toen ze met de kinderen in Frankrijk was. Ze was ervan overtuigd dat je een verhouding had, dus je hoeft niet zo verbaasd te kijken.'
'Eerlijk gezegd is Caroline paranoïde.' Gustav zucht. 'Ik werk veel en heb geen tijd om meerdere keren per dag met haar te kletsen. Daardoor was Carro teleurgesteld in me, maar hallo, iemand moet het gezin tenslotte onderhouden.'

'Je verborg dus niets voor haar?' vraagt Henrik terwijl hij hem strak aankijkt.

'Nee.'

'Dan heb ik een nieuwe vraag voor je.' Henke legt de foto op tafel die Carro hem gestuurd heeft op de avond waarop ze is verdwenen, de foto waarop ze de meisjes een verhaaltje voor het slapengaan voorleest. Daarnaast legt hij een foto van Instagram van Carolines eerbetoon aan Reese Witherspoon. 'Deze foto's zijn op dezelfde dag genomen, zie jij een verschil?'

'Jezus, is dit een spel?' Hij staart naar de foto's op de tafel en weet precies waar Henrik naartoe wil, maar weigert te vertellen dat hij de ring heeft gevonden.

'Waarom heeft ze haar trouwring afgedaan?'

'Dat doet ze soms. Hij zit strak,' liegt hij.

Henke strijkt met zijn handen over zijn wangen en neemt een slok water. Hij begint er genoeg van te krijgen, maar dat geldt ook voor Gustav.

'De technisch rechercheurs decoderen de bestanden,' zegt Leia en ze staat haastig op. 'Je informatie klopt, de bewakingscamera's op kantoor tonen aan dat je gisterochtend om zeven uur op je werk arriveerde en je kantoor vanochtend pas weer verlaten hebt.'

Gustav leunt naar achteren op zijn stoel. 'Jullie hadden meteen naar me moeten luisteren en jullie aandacht op de juiste dingen moeten richten.'

'Laat ons ons werk op onze manier doen.'

'Doe jullie werk dan ook, verdomme,' verzucht hij. 'Zijn we klaar?'

'Ja. Voorlopig wel,' zegt Henrik en hij staat op. 'Zorg dat je bereikbaar bent.'

Gustav negeert zijn blik en loopt de kamer uit zonder een woord te zeggen. Hij moet uitzoeken wat Carro voor geheimen heeft en hij moet absoluut contact met zijn advocaat opnemen.

Caroline

Ze draait haar hoofd in een poging te begrijpen waar het ritselende geluid vandaan komt en ziet een kleine snuit die uit een gat in de aluminium ladder tevoorschijn komt. Tegelijkertijd hoort ze geritsel in de muren. Ze vindt niets erger dan walgelijke kleine, harige wezens.

Ze probeert bij de ladder vandaan te schuiven, maar ziet na maar een paar decimeter bloed op de betonnen vloer onder zich en hijgt.

Dat mag niet, denkt ze en ze bonkt met haar hoofd op de grond.

Hoe kon dit gebeuren? Waarom vinden ze haar niet?

Gustav zou nooit toestaan dat ze verdwijnt. Sinds ze aan boord van zijn privévliegtuig is gestapt heeft hij zijn schijnwerpers op haar gericht gehad.

Ze herinnert zich hoe lekker en fris hij rook, maar ook dat er 'chlamydia' op zijn voorhoofd geschreven stond.

'Je ziet er prachtig uit,' zei hij en hij knoopte het donkerblauwe, perfect zittende colbert open.

Ze trok de col over haar kin.

'Ga zitten,' zei hij en hij nam aan de andere kant van de tafel plaats.

Omdat ze was gekocht, deed ze wat hij zei en ging ze op de zachte leren stoel zitten. Iemand van het personeel gaf haar een warme handdoek om haar handen mee schoon te maken. Ze schaamde zich omdat ze daar zat, maar was ook dankbaar omdat ze niet alleen met Gustav in het vliegtuig was. Ze had geen idee waartoe hij in staat was, maar wist dat hij het type niet was om een weigering te accepteren.

Een jonge gastvrouw dekte de tafel tussen hen in met een fantastisch ontbijt, van Franse yoghurt en aardbeien tot verse croissants en pannenkoeken.

Het water loopt haar in de mond als ze daaraan denkt, nu ze geen water of insuline heeft en het niet lang meer zonder redt.

'Kunnen we ook koffie krijgen?' vroeg hij in zijn platte Skåns met een lange blik op de blonde stewardess. Er was geen twijfel aan dat hij iets met haar had gehad. Net zoals hij iets had gehad met iedere vrouw die aantrekkelijk genoeg was om als trofee te dienen.

'Heb je goed geslapen?'

'Ja. Dank je.' De col kriebelde en ze verbaasde zich over het cliché waarin ze zich bevond.

'Ik heb de film gezien toen ik vannacht thuiskwam,' zei hij en hij glimlachte tevreden.

'O ja? Wat vond je ervan?' Ze leunde naar achteren op de stoel en keek hem onderzoekend aan.

'Dat de film de manier waarop we denken, wat we voelen en hoe we ons tegenover ongewenste intimiteiten opstellen zal veranderen. Hopelijk kan hij de machtsverhoudingen tussen mannen en vrouwen in de toekomst transformeren.'

Ze trok haar wenkbrauwen op.

'Ik vind het heerlijk zoals je die klootzak op zijn nummer zet door middel van een openbare scheerbeurt,' zei hij lachend. 'De film heeft me stof tot nadenken gegeven. Ik had het manuscript weliswaar al gelezen en was er heel positief over, maar er is een bepaalde herkenning in de film waarvan ik vermoed dat die veel mensen aanspreekt, zodat we hopelijk anders over de machtsstructuren gaan denken.'

Ze was geschokt door elk woord dat uit zijn mond kwam. 'Hoe bedoel je dat?' Ze nam een hap romige yoghurt.

'Als we onze visie en daarmee ons gedrag in situaties waarin mannen en vrouwen elkaar ontmoeten kunnen veranderen, dan krijgen we een samenleving met meer gelijkheid waarin vrouwen zich veiliger kunnen voelen en mannen minder bang zijn om als potentiële daders te worden beschouwd.'

Ze lachte en wist niet wat ze moest zeggen, maar ze wist in elk geval wel dat een man zoals hij dit soort conclusies nooit zelf zou trekken.

'Heb je de analyse soms gegoogeld?'

Hij glimlachte en nam een slok koffie. Zijn handen waren enorm groot in verhouding tot het kopje, maar mooi en goed geproportioneerd, dat moest ze toegeven.

'Was dat je gedachte toen je me dwong om met je mee te vliegen? Met andere woorden: op welke manier denk je de machtsverhouding tussen vrouwen en mannen gelijker te maken door mij via mijn agent te dwingen om als een soort koffiemeisje voor bij je ontbijt hiernaartoe te komen?'

'Serieus, wie geeft er niet de voorkeur aan een privévliegtuig boven hutjemutje in de sjofele economyclass zitten?'

'Het spijt me, maar ik ben geen vrouw die hiervoor valt.'

'Dat weet ik.'

'Het is machtsuitoefening. Wat jij doet is precies wat de film veroordeelt.' Ze gooide haar lepel op de tafel.

Plotseling zag hij er verdrietig uit en ze had het gevoel dat ze misschien een beetje te hard tegen hem was.

'Vertel in plaats daarvan maar waarom je wilde dat ik met je mee zou vliegen.' Ze legde de lepel in de yoghurt terug.

'Je maakt me nieuwsgierig.'

'Waarom?'

'Dat weet ik nog niet, maar er gebeurt iets binnen in me als ik je zie en ik wil uitzoeken wat dat is.'

Hoewel ze transpireert, huivert ze door de herinnering.

Als ze ketoacidose krijgt raakt ze bewusteloos en dat mag niet gebeuren. Ze vervloekt zichzelf elke dag vanwege deze verdomde ziekte. Ze haat de injecties die haar eraan herinneren dat ze iets verkeerds heeft gedaan, ook al weet ze diep vanbinnen dat ze er niets aan kan doen. Toen ze haar ouders vertelde dat ze diabetes had kreeg ze te horen dat de ziekte vast zou verdwijnen als ze ging sporten en stopte met verkeerde dingen eten. Dat soort opmerkingen kreeg ze vaker en ze had de energie niet om uit te leggen wat diabetes type 1 was.

In het ergste geval moet ze een muis eten. Ze herinnert zich met tegenzin de keer dat Gustav en zij een paar jaar geleden in een klein restaurant in Tokio waren waar levende muizenbaby's aan de gasten werden geserveerd, die ze samen met een blaadje sla en een beetje saus met smaak in hun mond stopten. Alleen al door de gedachte krijgt ze braakneigingen, maar ze beseft tegelijkertijd dat er weinig alternatieven zijn.

Gustav

De warmte is nog steeds intens, hoewel het al bijna tien uur 's avonds is. Hij neemt een paar slokken uit een fles water, gaat een stukje bij de ingang van het Juridisch Centrum vandaan staan en haalt zijn telefoon uit zijn zak. De gedachte dat Carro geheimen voor hem heeft maakt hem krankzinnig. En waarom heeft ze haar ring afgedaan?

Zijn handen trillen. Hij is geschokt door wat er daarnet in de verhoorkamer is gebeurd. Henke maakt hem bang en hij voelt hoe de strop wordt aangetrokken. Hij moet met zijn advocaat bespreken hoe hij in de toekomst met de autoriteiten moet omgaan. Hij kan zich niet nog meer vergissingen veroorloven. Hij had er geen idee van dat ze hem volgden.

Hij heeft eenendertig gemiste gesprekken en tweeëntachtig berichten. Hij scrolt snel langs de lijst en voelt de hoop verdwijnen. Het enige wat mensen schrijven is dat ze aan hem denken. Niemand lijkt iets gezien of gehoord te hebben.

'Verdomme,' zegt hij hardop tegen zichzelf. Het helpt hem niet als mensen thuis op hun dikke reet zitten en aan hem denken.

Eerlijk gezegd kent hij nog niet de helft van de mensen die iets gestuurd hebben.

Hij kan niet tegen al die vage figuren die plotseling zijn beste vrienden willen zijn omdat er iets gebeurt. Ze willen snuffelen zodat ze iets hebben om over te praten. Hij weet dat er mensen zijn die overal rondbazuinen dat ze hem hebben geholpen toen hij klein was, dat ze eten voor hem kochten en hem meenamen naar de bioscoop, maar dat is gewoon klinkklare onzin. Het is hetzelfde met oude leraren en trainers die nu beweren dat ze al vroeg zagen dat hij het zou gaan maken. Flikker op, niemand van die klootzakken zag iets in hem, of heeft hem ook maar één kroon gegeven. Integendeel, Gustav Jovanovic heeft zich altijd zelf moeten redden.

Zijn bericht op Facebook is viraal gegaan, maar hij heeft de energie niet om de opmerkingen te lezen. In plaats daarvan bewerkt hij de tekst en vraagt mensen om alleen contact op te nemen als ze iets concreets te melden hebben. Hij moet de lijn tenslotte openhouden en het is onmogelijk om de echte informatie tussen alle lege woorden en zinloze rode hartjes uit te filteren. Stel je voor dat hij daardoor iets belangrijks over het hoofd ziet.

Meerdere kranten hebben contact opgenomen. Ze zitten waarschijnlijk op hun zomerredacties en snakken naar dit soort sappig nieuws. Van een bekende actrice en haar twee kleine verdwenen kinderen pist iedere hoofdredacteur van pure opwinding in zijn broek. Hij verzamelt speeksel in zijn mond en spuugt op straat.

De journalisten en hij hebben het nooit met elkaar kunnen vinden. Ze mogen hem omdat hij clicks oplevert. Veel mensen willen over hem en zijn succesverhaal lezen. Tegelijkertijd is er niet één journalist die niet jaloers op hem is en zijn ze er allemaal stuk voor stuk op uit om hem erin te luizen, dus moet hij op zijn hoede zijn. Als hij zijn geld in de lotto had gewonnen, hadden ze hem heel anders behandeld. Wat een ziek rotland is dit toch. Hij is niet van plan de journalisten antwoord te geven voordat hij met zijn pr-manager heeft gepraat. Het is veel te gevaarlijk. Hij moet ervoor zorgen dat het verhaal sluitend is zodat de bloedhonden niet aan de verkeerde kant beginnen te graven. Hij moet de informatie naar buiten zien te krijgen dat hij de nacht waarin Caroline en de kinderen verdwenen in Kopenhagen was. Misschien moet hij een eigen tiplijn openstellen en een beloning uitloven voor degene die hem kan helpen om zijn gezin te vinden. Het kan hem niet schelen wat de onderzoekers zeggen. Hij moet handelen, iets doen.

Zijn telefoon zoemt weer. Hij heeft opnieuw een bericht.

We denken aan jou en je gezin en hopen dat je ze in goede gezondheid terugkrijgt. Neem contact op als we je ergens mee kunnen helpen. Hartelijke groet, Clarre.

Clarre, of Carl Otto zoals hij eigenlijk heet. Zijn ouders hielden zoveel van hem dat ze hem twee namen hebben gegeven. Hoe durft hij contact met hem op te nemen? Het is de schuld van Clarre en zijn kameraden dat hij financieel in de problemen zit. Als hij niet in Clarres mislukte Brazilië-project had geïnvesteerd, was hij zijn geld niet kwijtgeraakt.

Hij had moeten begrijpen dat hij zich moest concentreren op datgene waarin hij goed is. Het gaat allemaal om focus, dat weet hij. Maar toen Clarre contact met hem opnam kon hij niet weigeren. Het prestige had hem verblind. Hij omklemt de telefoon en spant zijn kaakspieren.

Hij heeft Clarre op de Handelshogeschool leren kennen.

Toen de acceptatiebrief in de brievenbus plofte was hij volkomen perplex geweest en vroeg hij zich af of iemand hem in de maling nam. Het bleek dat zijn vader het aanmeldingsformulier zonder zijn medeweten had ingestuurd. Het zou bij hemzelf nooit zijn opgekomen dat hij, een jongen uit Rosengård, naar de Handelshogeschool zou kunnen gaan. Het voelde heel onrealistisch en beangstigend. Hij herinnert zich hoe klein hij zich voelde toen hij de enorme schoolpoort in de Sveaväg in Stockholm passeerde. Hij had echter meer sociale ervaring dan toen hij op het gymnasium begon. Inmiddels wist hij hoe je je gedroeg en moest liegen om erbij te horen. Daarna ging het vanzelf. Hij kreeg nieuwe vrienden, maar had nooit het gevoel dat hij er echt bij hoorde.

Soort zoekt soort, zeggen ze. Eigenlijk haat hij alle nietszeggende uitspraken en onzin waaraan Carro haar hele leven ophangt, maar in dat gezegde zit een kern van waarheid. En er zijn een paar uitspraken die hij zelf heeft bedacht en die absoluut briljant zijn. Om nog maar te zwijgen van de sportreferenties waarop hij zijn hele carrière heeft gebouwd.

Het kostte veel energie om voortdurend te liegen om erbij te horen, maar het stimuleerde hem ook om hard te studeren. 's Nachts speelde hij online poker om snel geld te verdienen zodat hij met Clarre en de anderen van de groep in de dure cafés rond het Stureplan kon rondhangen en reisjes naar de Rivièra kon maken.

Hij kijkt op en ziet iemand haastig over het parkeerterrein lopen. Het duurt een paar seconden voordat hij ziet wie het is.

'Ida!' roept hij.

Ze blijft staan, draait zich naar hem om, zwaait ongeïnteresseerd en loopt verder.

'Hé, wacht!'

Gustav stopt zijn telefoon in zijn zak en rent achter haar aan. Waarom blijft ze niet staan? Hij heeft haar nog nooit zo snel zien bewegen. Ida is de meest vermoeide persoon die hij kent.

Eigenlijk heeft hij nooit begrepen wat Carro in haar ziet, ze hebben zulke verschillende karakters en hebben helemaal geen gezamenlijke interesses. Ida is een heel gewone vrouw uit Malmö en heeft geen grote ambities in het leven. Op een bepaalde manier is het bevrijdend als iemand zo verdomd tevreden met alles is. Ze woont in een klein huurappartement in Ribban, kweekt tomaten op haar balkon en zwoegt in de receptie van het fitnesscentrum waar Caroline en hij sporten.

Hij pakt haar arm vast zodat ze blijft staan.

'Raak me niet aan,' roept ze, waarna ze een hap neemt van de chocoladewafel die ze in haar hand heeft.

'Sorry.' Hij houdt beide handen omhoog. 'Ik heb geprobeerd je te bellen, maar je neemt niet op. Ik moet weten wat Caroline gisteravond tegen je gezegd heeft. Waarom wilde ze met je afspreken?'

Ida's ogen zijn rood van het huilen en ze kijkt met een volkomen lege blik naar hem. 'Ik denk niet dat we met elkaar moeten praten,' zegt ze en ze begint weer te lopen.

'Hoezo? Waarom niet?' Hij loopt achter haar aan en het valt hem op hoe uitgeput ze eruitziet. Haar jeansrok spant rond haar billen. 'Wat heeft Caroline tegen je gezegd?' probeert hij weer. 'Is er iets gebeurd?'
Ida haalt haar schouders op.
'Ze moet toch iets gezegd hebben? Je moet het me vertellen, het is belangrijk.'
'Ik praat met de politie over wat belangrijk is.'
'Oké, maar je kunt toch ook met mij praten?'
Ze blijft staan en staart naar hem. 'Ik wil niet met je praten,' zegt ze vastbesloten. 'Wat begrijp je daar niet aan?'
Hij schudt zijn hoofd. 'Denk je dat ik iets met de verdwijning te maken heb? Hoe kun je dat in vredesnaam denken?'
'Wat moet ik anders denken, Gustav?' snauwt ze. 'Waar was je?'
'Op kantoor, vraag het de politie maar. Er is beeldbewijs.'
'*Really?*'
'Toe nou, we moeten elkaar helpen. Mijn kinderen zijn verdwenen. Ik ga eraan onderdoor.'
'Je bent verdomme niet goed bij je hoofd,' zegt ze en ze opent het portier van haar kleine Toyota Yaris.
'Wacht!' Hij pakt het portier vast. 'Carro heeft een heleboel geheime afspraken in haar agenda staan, weet jij wat dat kan zijn?'
'Ik vertrouw je niet meer. Ik weet niet wat ik moet geloven.' Ze snuift en trekt aan het portier, maar Gustav weigert los te laten.
'Wat bedoel je?'
'Laat me gewoon gaan.'
'Heb je een telefoon in onze woning gezien? Ik ben mijn tweede telefoon kwijt.'
'Maak je een grapje?' De groene ogen beginnen te glanzen. 'Wat heb je gedaan?' Ida's stem is plotseling messcherp. 'Waar was je?'
'Dat heb ik verteld.' Op dat moment beseft Gustav dat ze hem

niet zal geloven. Hij wrijft in zijn nek. 'Snap je hoe gestrest ik ben?'
'Ik weet niet of het je iets kan schelen, maar Carro is mijn beste vriendin.' Ida smijt het portier dicht en is in een oogwenk van het parkeerterrein af gereden.
Caroline moet iets gezegd hebben waardoor Ida zo reageert, maar wat? Niets is erger dan deze onzekerheid, hoe moet hij hierop reageren? Hij loopt naar zijn Porsche, die aan de overkant van de straat geparkeerd staat.
Als hij het chauffeursportier opent rijdt er een auto naar hem toe en mindert vaart. Hij komt gevaarlijk dichtbij en heel even denkt Gustav dat hij hem zal verpletteren. Het raam gaat naar beneden en hij ziet dat de man in de auto van zijn leeftijd is. Hij ziet eruit alsof hij van de Balkan afkomstig is, heeft een fors postuur, een kaalgeschoren hoofd en dikke zwarte tatoeages op zijn armen. Op de een of andere manier komt hij hem bekend voor, maar Gustav kan hem niet plaatsen. De man staart naar hem, waarschijnlijk hoort hij bij De Familie en is hij hier om iets duidelijk te maken. Voordat Gustav kan reageren drukt hij het gaspedaal tot de bodem in. Stof dwarrelt rond de banden en hij laat een onaangename geur van verbrand rubber achter.

The Killer

Leia glimlacht naar hem als hij op de stoel naast haar bureau gaat zitten.
'Het spijt me, maar ik kan op dit moment niet meer zeggen,' zegt ze en ze wijst naar de oortjes in haar oren.
Het klinkt alsof ze met een journalist praat.
Terwijl hij wacht tot ze het gesprek heeft beëindigd, bestudeert hij de chaos op haar bureau. Hij tikt voorzichtig op het miniatuurfiguurtje dat eruitziet als koningin Elizabeth. Het begint te zwaaien en beweegt het hoofd. De muismat is een replica van een Perzisch tapijt en hij denkt aan Gustavs beschuldiging aan het adres van haar familie. Er staan geen foto's op het bureau.
De volle lippen bewegen snel als ze praat en haar olijfkleurige huid glanst in het licht van de tl-buizen. De schaduwen van de lange, volle wimpers liggen op de zachte wangen en hij vervloekt zichzelf omdat hij zich laat beïnvloeden door haar schoonheid. Ze is nu bijna nog mooier dan de vorige avond.
Om de betovering te verbreken schudt hij zijn hoofd en richt hij zijn blik in plaats daarvan op de muur achter Leia. Die hangt vol met nieuwsberichten van diverse moorden.
'Zijn dit zaken waaraan je gewerkt hebt?' vraagt hij als ze de verbinding heeft verbroken en de oortjes uit haar oren haalt.
'Ja en nee. Sommige zaken zijn me bijgebleven.' Ze wijst naar een artikel over de Josephine-moord. 'Die zaak is mijn eerste *criminal crush*. Ik zat in de eerste klas toen ze vermoord werd. Wat is de eerste strafzaak die jou diep geraakt heeft?' Leia heeft een ernstige klank in haar stem.

Hij haalt zijn schouders op. Dit is geen onderwerp waarover hij wil praten. Het is beter om naar voren te kijken en niet te denken aan datgene wat is geweest.
De stilte hangt een tijdje tussen hen in.
'Met wie praatte je?'
'Ellen Tamm, de misdaadverslaggever van TV4. Ze geeft niet op, maar ik heb alleen geantwoord dat ik haar noch het publiek antwoorden schuldig ben en dat ze het persbericht dat we morgen uitsturen moet afwachten.'
'Nam ze daar genoegen mee?' Henrik weet precies wie Ellen Tamm is omdat ze in hetzelfde stadje zijn opgegroeid. Ze is een koppige en eigenzinnige misdaadverslaggever, en een van de besten.
'Nee, maar als ze geen informatie van ons krijgt gaat ze zelf onderzoek naar de zaak doen en dat zou geweldig zijn. Misschien is het voor haar gemakkelijker om tot het leven van Gustav Jovanovic door te dringen. Wat mij betreft mag ze zoveel rotzooi over het gezin opgraven als ze wil, als we Caroline en de meisjes daardoor vinden.' Leia slaat haar armen over elkaar en leunt naar achteren op haar stoel. 'Gustav heeft het gevoel dat hij onder druk staat.'
'Hij heeft een kolossaal minderwaardigheidscomplex,' zegt Henrik. 'Hij lijkt te geloven dat je sterk bent als je de zwakkeren veracht. Hij wil laten zien wie de leiding heeft, dus moet hij tegengehouden worden.'
'Hij was niet de enige die in de verhoorkamer de leiding probeerde te nemen. Word je daarom The Killer genoemd?'
'Dat hoort bij mijn verleden. Ik ben bijna twintig jaar geleden van het veld gestapt.'
'Mis je het?'
'Niet echt. Ik heb de aandacht nooit prettig gevonden en ik was geen goed mens in die tijd. Ik doe nog steeds boete voor alle ellende die ik veroorzaakt heb.'
'Klopt het wat Gustav tijdens het verhoor over dat mishandelen zei? Ben je daarom gestopt?'

'Geen commentaar.'
Tot op de dag van vandaag kan hij de ammoniakgeur die in zijn neus prikt ruiken en de adrenaline voelen stromen waardoor alle remmen losgingen en hij zijn tegenstanders aftuigde, maar alleen degenen die het verdienden. Omdat voetbal zijn eigen regels heeft was er nooit aangifte tegen hem gedaan en was hij alleen een paar maanden geschorst, om daarna weer op het veld te komen. Na het laatste ernstige incident besloot hij om te stoppen met voetbal en verhuisde het gezin terug naar Stockholm.

'Klopt het wat Gustav over de handgeknoopte tapijten, de kinderen en het zwarte geld vertelde?' gaat hij in de tegenaanval.

'Geen commentaar.' Ze kijkt naar haar bureau en legt een vel papier op een van de stapels.

'Iemand trek in avondeten?' vraagt Karim, die ongemerkt het kantoor binnen is gekomen met twee witte plastic tassen in zijn handen. 'Ik heb de lekkerste kebab van de stad gekocht,' zegt hij met een brede glimlach.

Het kebabvlees is perfect gekruid en het brood is bijna zoet. Henrik eet zowel de pittige als de milde saus, spoelt alles weg met cola en morst op zijn spijkerbroek. 'Verdomme,' vloekt hij gedempt. 'We hebben een beter overzicht nodig van Carolines dag voor de verdwijning,' zegt hij terwijl hij de vlek met een servet wegveegt.

'Het enige wat we weten is dat ze samen met de kinderen in Surf Shack geluncht heeft. Ze hebben daar heerlijke hamburgers en de zelfgemaakte patat met peterselie, knoflook en parmezaanse kaas is bijna nog lekkerder. Je zou het eens moeten proberen,' zegt Leia. Ze verfrommelt het papier van de kebab en gooit het in de prullenbak, die een stukje verderop staat. 'Volgens het personeel was er niets vreemds aan ze. Daarna hebben ze bij Circle K in Fridhem getankt. Daar was ook niets vreemds aan de hand, we hebben de opnamen van de bewakingscamera's bekeken en alles ziet er normaal uit. Ze lachte en

de kinderen waren vrolijk. Ze kregen allebei een ijsje. 's Middags hoorden de buren de kinderen in het zwembad en de tuin spelen. Alles was dus pais en vree. Daarna gebeurde er iets wat Caroline overstuur maakte, waardoor ze de afspraak bij de verloskundige afgezegd heeft en haar moeder en Ida gebeld heeft, en dat wilde ze niet aan Gustav vertellen.'
'Voor zover wij weten,' voegde Henrik eraan toe.
'Dat is waar. Voor zover wij weten.' Leia draait zich naar Karim om. 'Heeft het huis-aan-huisonderzoek iets opgeleverd?'
'Ja, de buurvrouw in het naastliggende huis, een alleenstaande vrouw van vijfenzeventig, zei dat ze 's nachts kinderen heeft horen huilen. Ze weet niet hoe laat het was, maar denkt tussen drie en vier uur omdat ze de krantenbezorger al had gehoord.'
'Interessant.' Leia knikt.
'Ze is er zeker van dat het Astrid en Wilma waren. Ze herkende hun stemmen omdat ze al sinds hun geboorte naast haar wonen. Ze huilden en schreeuwden allebei, maar ze kon niet horen wát ze schreeuwden. Ze liep naar het raam en keek naar buiten, maar zag niets, en na een tijdje stopte het geschreeuw. De vrouw nam aan dat een van hen een nachtmerrie gehad had en de ander wakker gemaakt had. Daarna is ze weer naar bed gegaan en is ze opnieuw in slaap gevallen.'
'Heeft ze geen auto's of personen gezien?' vraagt Henrik.
'Nee, ze heeft niets gezien.'
'We moeten proberen de krantenbezorger te pakken te krijgen. Ik ga erachteraan,' zegt Leia. Ze maakt een aantekening in haar versleten notitieboekje.
'Had de buurvrouw meer over het gezin te vertellen?'
'Ze zei dat Caroline ongelukkig lijkt en dat Gustav zelden thuis is, en dat ze vaak ruzie hebben als hij er wel is.'
'Een heel nieuwsgierig aagje, met andere woorden,' zegt Henrik met een huivering.
'We hebben de opnamen van de bewakingscamera's van de buren bekeken,' gaat Karim verder. 'De overburen hebben een camera die door beweging geactiveerd wordt en dag en nacht

aanstaat. Daarop is te zien dat twee auto's rond vier uur 's ochtends door de straat rijden en voor Jovanovics woning stoppen, maar de beelden zijn onduidelijk en het is onmogelijk te zien om wat voor auto's het gaat. Je ziet alleen iets bewegen, als jullie begrijpen wat ik bedoel.'

Henrik knikt en neemt de laatste slok cola.

'Een iets jongere vrouw die een paar huizen verderop in de straat woont...' Karim kijkt naar zijn aantekeningen. '... heeft vanochtend vlak voor zeven uur een rode Audi van een ouder model voor de muur van de Jovanovics zien staan. Het was blijkbaar niet de eerste keer dat die daar stond. Ze heeft meerdere keren een man met een geschoren schedel achter het stuur zien zitten en dat gaf haar een onbehaaglijk gevoel, maar niet meer dan dat. Hij heeft haar nooit bang gemaakt of bedreigd.'

'Heeft ze het kenteken genoteerd?' vraagt Henrik.

'Helaas niet. Sorry, bro.' Karim verschuift de Rolex rond zijn pols.

De deur vliegt open en ze kijken allemaal naar Maria met haar enorme bos haar. 'Carolines beste vriendin, Ida Ståhl, was hier net.' Ze klinkt buiten adem en de rode krullen vallen op hun plek terwijl ze tegen het deurkozijn leunt. 'De receptie belde. Jullie zaten met Gustav in de verhoorkamer, dus ben ik naar beneden gegaan om met haar te praten. Ze leek gestrest en zag er verdrietig uit en zei dat ze iets te vertellen had. Dus heb ik haar meegenomen naar een van de verhoorkamers.'

Henrik verstrengelt zijn handen achter zijn hoofd en luistert.

'Ida vertelde dat ze zich zorgen maakt dat Gustav zijn gezin iets heeft aangedaan.'

Henrik rekt zich uit.

'Ik vroeg waarom ze dat dacht, maar daar wilde ze geen antwoord op geven. Ik probeerde haar te bepraten en ze aarzelde een tijdje voordat ze besloot om niets meer te zeggen. Ik geloof dat ze bang voor Gustav is. Ik zet het in het voorlopige onderzoeksverslag.'

'Bedankt, Maria,' zegt Henrik met een knikje. 'Ze durft de waarheid niet te vertellen.'
'Natuurlijk is ze bang voor Gustav,' zegt Leia terwijl ze een knot van haar lange haar draait. 'We gaan morgen bij haar langs.'
Henriks telefoon vibreert in zijn zak en hij pakt hem. 'Ja?'
'Hallo, met Birgitta Hjorthufvud. Het spijt me verschrikkelijk dat ik zo laat nog bel, maar het gaat om de verdwijning van mijn dochter Caroline Hjorthufvud. Mijn man en ik willen een update over wat er gebeurt. Ik heb dit telefoonnummer gekregen van de politieagent die hier langs geweest is.'
Henrik gaat rechtop zitten. 'Wat fijn dat je belt,' zegt hij en hij opent een document op zijn computer. 'Ik heb de hele dag geprobeerd je te pakken te krijgen.'
'Dat spijt me, maar het was een hectische dag, zoals je beslist zult begrijpen. We durfden de telefoon nauwelijks op te nemen omdat er zoveel journalisten bellen.'
'Ze zijn helaas nogal schaamteloos.'
'Het is zo verschrikkelijk. We worden gek van bezorgdheid en weten niet wat we moeten doen. We zijn in de auto gestapt om naar Malmö te rijden, maar toen we in de buurt van Södertälje waren, bedachten we dat Caroline misschien bij haar familie wil zijn en naar ons onderweg is, dus zijn we omgekeerd.'
'Daar hebben jullie goed aan gedaan. Ik begrijp dat jullie ongerust zijn, maar helaas kan ik op dit moment niet veel meer vertellen dan dat we alle middelen die we hebben inzetten om ze te vinden.'
'Ik heb gisteravond met haar gebeld en toen was ze zo verdrietig, maar ik hoorde niet goed wat ze zei en ze wilde me niet vertellen wat er aan de hand was. Ik heb haar later op de avond opnieuw gebeld, maar ze nam niet op... Ik had meteen de politie moeten bellen.'
'Wat had je dan willen zeggen?' vraagt Henrik. Hij staat op en loopt naar het bord.

'Ik denk dat hij iets met haar gedaan heeft.'
'Wie?'
'Gustav,' fluistert Birgitta. 'We hebben hem nooit gemogen. Hij is niet lief voor onze Caroline. Hebben jullie hem al aan de tand gevoeld?'
'Momenteel sluiten we niets uit, maar meer kan ik niet zeggen. Op welke manier is hij niet lief voor haar?'
'Ik weet zeker dat hij een psychopaat is. Hij was alleen uit op Carolines geld en de status van onze familie. Hij heeft ons meisje misleid en Caroline werd volledig meegesleept door hem. Langzamerhand liet hij steeds duidelijker zijn ongevoelige en psychopathische karaktertrekken zien.'
'Op welke manier?'
'Hij kleineert haar en manipuleert haar door middel van psychische mishandeling. Hij zorgt ervoor dat ze aan zichzelf en haar omgeving gaat twijfelen. Hij heeft haar tegen ons opgezet, waardoor we de afgelopen jaren maar heel weinig contact met haar gehad hebben.'
'Mishandelt hij haar ook fysiek?'
'Dat weet ik niet, maar ik geloof het wel.'
'Denk je dat er zoiets gebeurd kan zijn?'
'Daarvan ben ik overtuigd. Ze wilde niet vertellen wat het was, maar ik weet zeker dat Gustav iets gedaan heeft. Hij vermoordt haar nog eens, als hij dat niet al gedaan heeft.'
'Heeft Caroline je dat verteld, of heb je iets gezien wat sporen van mishandeling kunnen zijn, zoals blauwe plekken en dergelijke?'
'Nee, dat kan ik niet beweren, maar als moeder voel je het als er iets niet klopt.'
'Ik begrijp het, maar tijdens jullie gesprek met de politie Stockholm hebben jullie daar niets over gezegd. Waarom niet?'
'Dat durfde ik niet...'
'Oké,' zegt Henrik. Hij weet niet zeker wat hij moet geloven. 'Bedankt dat je het nu verteld hebt. Voordat we ophangen heb ik alleen nog een paar vragen over Carolines broer.' Henrik

kijkt op zijn aantekeningen. 'Peder Hjorthufvud. We kunnen hem niet in onze registers vinden. Woont hij niet in Zweden?'
Het wordt stil aan de andere kant van de lijn.
'Hallo, ben je er nog, Birgitta?'
'Mag ik vragen waarom je naar Peder informeert?'
'Ik heb begrepen – en corrigeer me als ik het mis heb – dat Caroline en Peder een gewelddadige en gespannen relatie hebben. Klopt dat?'
'Nee.'
'Ik wil hier meer over weten en wil graag met Peder praten.'
'Van wie heb je dat gehoord?' Birgitta's stem heeft een scherpe klank gekregen. 'Wie heeft je dat verteld?'
'Dat kan ik helaas niet zeggen.'
'Wat je ook gehoord hebt, ik wil dat je weet dat we een fijn gezin hadden, onze kinderen zijn in een veilige en harmonieuze omgeving opgegroeid. Peder en Caroline waren elkaars beste vrienden.'
'Waren?'
'Ja, Peder is dood.'

Vrijdag 14 augustus

Gustav

De ochtendzon komt nauwelijks boven de bomen in de tuin uit en de golven bewegen onrustig. Hij heeft altijd respect gehad voor de zee en de grootsheid ervan, maar voelt zich toch aangetrokken tot open water.

Aan de andere kant van de villa groeit een andere zee... van journalisten en fotografen.

Zijn hoofd voelt zwaar, hij herinnert zich niet eens wanneer zijn kameraden vannacht zijn vertrokken. Een paar van zijn beste vrienden, die ook voor hem werken, zijn de vorige avond laat op bezoek gekomen om te controleren hoe het met hem ging. Gelukkig waren ze zo verstandig om niet over het bedrijf en de financiering te praten.

Hij slaat zijn derde espresso achterover, maar het maakt niet uit hoeveel koffie hij drinkt. Niets helpt. Hij houdt het niet lang meer vol.

Carro's stem echoot in zijn hoofd. Wat moet hij doen? Wat heeft zij gedaan? Hij moet een beloning uitloven, aanplakbiljetten ophangen, een tiplijn openstellen, zoekacties organiseren. Hij kan in elk geval niet blijven wachten tot de politie iets doet. Dat houdt hij niet vol. Er is inmiddels bijna een etmaal verstreken sinds de politie de melding binnenkreeg. Het nieuws speelt op de achtergrond. De wereld draait door alsof er niets is gebeurd.

Sydsvenskan ligt opengeslagen voor hem op het kookeiland. De foto van Caroline en de meisjes is groot en ze glimlachen naar hem. Astrids hazelnootbruine ogen kijken hem bijna smekend aan.

Hij pakt zijn telefoon en scrolt met tegenzin langs de verschillende nieuwssites.

Een terugkerende foto is die van hun tiende trouwdag in het begin van de zomer. De meisjes hebben identieke tulen rokken aan en Caroline draagt de cerisekleurige veren jurk die ze in Parijs heeft gekocht. Ze heeft gevoel voor esthetiek en houdt van mooie spullen, maar hij is niet enthousiast over deze jurk. Voor hem is het getto, hoewel hij bijna twintigduizend kronen heeft gekost. Niet alleen gasten maakten foto's tijdens het feest. Vanuit de struiken volgden zowel paparazzi als politiefotografen welke gasten het feest bezochten.

Hij kijkt in haar ogen en begrijpt waarom mensen haar onweerstaanbaar vinden. Ze heeft een opvallend uiterlijk met haar zuivere gelaatstrekken en lange wimpers.

IK WIL ALTIJD ZIJN WAAR JIJ BENT, luidt de kop. Het is een citaat van Gustavs toespraak voor Caroline tijdens het diner. *Svensk Damtidning* heeft de volledige toespraak woord voor woord gepubliceerd. Hij heeft nog nooit zoveel oneerbare voorstellen van vrouwen uit het hele land gehad als daarna.

Gustav kijkt naar de foto en beseft dat Caroline het heerlijk gevonden zou hebben om zo in de media te worden beschreven. De mooie blonde bovenklassevrouw uit Djursholm, het stijlicoon, de actrice die tien jaar geleden doorbrak en meerdere Gouden Kever-nominaties heeft gekregen voor haar filmrollen, maar voor een korte onderbreking in haar carrière heeft gekozen om voor het belangrijkste in haar leven te zorgen: haar gezin.

Carro is het perfecte slachtoffer, denkt hij. Hij wilde dat ze haar carrière niet had verwaarloosd omdat ze moeder was geworden.

Hij scrolt verder tussen de verschillende sites. Het voelt als een vervlogen tijd terwijl hij alles bekijkt: van foto's van Caroline en hem tot 'thuis bij'-reportages in de villa.

Carro ziet er gelukkig uit. Haar ogen glanzen.

Hij probeerde haar te motiveren om rollen aan te nemen,

maar ze zei dat ze liever thuis bij de kinderen wilde zijn. Toch zag hij hoe ze haar levenslust met elke dag die verstreek meer kwijtraakte. Op een bepaalde manier durfde ze misschien niet meer. Het was een soort bescherming tegen de veroordelende blikken. Hij heeft dat tegenstrijdige in haar nooit goed begrepen.

Hij heeft al die jaren geprobeerd haar zover te krijgen om met iemand te praten, een psycholoog of een sjamaan of wat dan ook, als hij zijn Caroline uit hun beginperiode maar terug zou krijgen, de vrouw op wie hij verliefd was geworden. Degene die zo fantastisch, slim, sterk, sexy en gevaarlijk was en die door iedereen werd begeerd.

Hij sluit zijn telefoon en legt hem op het kookeiland.

Op hetzelfde moment beginnen ze in *Nyhetsmorgon* over zijn gezin te praten en hij zet het geluid harder.

De verdwijning van actrice Caroline Hjorthufvud Jovanovic, die getrouwd is met de succesvolle ondernemer Gustav...

Ze laten foto's van de meisjes zien en er stroomt een warm gevoel door hem heen.

Maar als de een of andere verdomde SD-trut vertelt dat de schuldige meestal een naaste is en dat het een culturele achtergrond kan hebben, wordt het zwart voor zijn ogen.

Kan het om eerwraak gaan? vraagt de presentator.

Gustav zet de rotzooi uit. Je kunt de man uit de omgeving halen, maar je kunt de omgeving nooit uit de man halen, denkt hij en hij balt zijn vuisten.

Zijn telefoon zoemt op het kookeiland. Hij kan niet alle telefoontjes opnemen, hij kan er niet eens één opnemen. Wat moet hij in vredesnaam zeggen? Hij heeft hulp nodig. Hij heeft een strategie nodig.

Gustav loopt met grote stappen naar de bovenverdieping en trekt het T-shirt uit waarin hij heeft geslapen. Hij drukt zich honderd keer op en zet de douche zo hard mogelijk aan. Het warme water maakt hem alleen vermoeider, dus draait hij de temperatuur naar koud en boent zijn huid met zeep.

Hij strijkt met zijn hand over zijn wangen en kin en vraagt zich af of hij zich moet scheren, maar besluit het niet te doen. Hij draait de kraan dicht en slaat een grote handdoek om zich heen. Als hij droog is trekt hij een Adidas-broek, een grijze sweater en een paar sneakers aan. Hij zet zijn MFF-pet op, loopt naar de garage, gaat in zijn auto zitten en rijdt achteruit de straat op zonder de journalisten en de fotografen die hun lenzen op hem richten een blik waardig te keuren. Hij rijdt een stuk door de straat voordat hij stopt en achteruitrijdt. Vervolgens stapt hij uit en loopt naar de zee van gieren, die volkomen perplex lijken dat hij naar hen toe komt.

'Wat is er volgens jou gebeurd?'
'Hoe voel je je?'
'Wanneer heb je je vrouw voor het laatst gezien?'
'Gaat het om een ontvoering?'

Met een kalm gebaar zet hij zijn pet af en steekt een hand op om de journalisten op afstand te houden. Eigenlijk zou hij hier niet moeten staan. Zijn pr-adviseur Natacha zal hem waarschijnlijk de huid vol schelden, maar hij doet wat hij altijd doet. Hij vertrouwt op zijn intuïtie.

'De ongerustheid is ondraaglijk,' zegt hij en hij voelt dat zijn stem hem in de steek laat.

De journalisten zwijgen. Het enige geluid is van de klikkende camera's afkomstig.

Hij maakt zich lang en kijkt recht in een van de cameralenzen. 'Ik ben bereid om alles te doen om mijn gezin terug te krijgen.' Hij kiest ervoor om in de lens van de grootste camera te kijken. 'Als iemand mijn vrouw en mijn kleine meisjes meegenomen heeft...' Hij doet zijn ogen even dicht en probeert zich te vermannen. '... dan smeek ik jou of jullie om ze terug te brengen. Neem mij in plaats daarvan. Ik betaal elk bedrag als ik mijn gezin maar weer in mijn armen mag sluiten... Caroline, Astrid en Wilma, als jullie dit horen, jullie kunnen erop vertrouwen dat ik jullie zal vinden. Dat beloof ik jullie, al is dat het laatste wat ik doe.'

'Wat is er volgens jou gebeurd?'

'Daar kan ik niet eens over nadenken. Ik wil ze alleen weer thuis hebben. Bedankt.' Hij draait zich om en loopt naar zijn auto. De journalisten schreeuwen hem na en hij verhoogt zijn tempo. Het voelt alsof een grote, spierwitte golf op het punt staat hem te verdrinken.

Hij gaat beheerst in de auto zitten. Je bent nooit een verliezer zolang je niet opgeeft, zei The Killer altijd.

Hij pakt zijn geheime telefoon en belt Filippa. 'Met mij, je moet iets voor me doen, maar geen woord hierover tegen iemand anders. Hoor je dat? Geen woord, anders zal het je berouwen.'

The Killer

Als hij nog maar een paar stappen vanaf zijn appartement in de Slottsgata heeft gelopen, beseft hij dat het vandaag zo mogelijk nog warmer wordt.
Hij stopt bij een nieuwe kleine bakkerij en koopt een zuurdesembroodje met leverpastei, een zwarte koffie en een versgeperste appelsap. Voordat hij betaalt legt hij er nog een paar versgebakken broodjes bij.
De tijd is de vijand en er is bijna een etmaal verstreken sinds het telefoontje naar de politie binnenkwam, en nog langer sinds ze verdwenen zijn. Als ze binnen de eerste achtenveertig uur geen spoor of arrestatie hebben vermindert de kans om het misdrijf op te lossen aanzienlijk. En Caroline moet haar insuline zo snel mogelijk krijgen.
Zo meteen komt Gustavs moeder Hasiba voor een verhoor en hij haast zich door de stad. Ze moeten weten waar ze gisteren is geweest. Zij en haar familie zijn bijzonder interessant voor het onderzoek.
Als hij het kantoor in komt staat Maria bij de muur vol archiefkasten en zoekt in een stapel papieren. Het rode haar zit in een grote knot boven op haar hoofd.
Hij begroet haar kort en legt de zak met verse broodjes op haar tafel voordat hij op zijn plaats gaat zitten. 'Is alles goed?'
Het is altijd interessant om collega's in burgerkleding te zien. Maria draagt een blauw-wit gestreepte jurk en hij vraagt zich af of er een ongeschreven regel bestaat dat zwangere vrouwen alleen strepen mogen dragen. Het is mooi, maar merkwaardig.

'Ja, maar de tijd loopt door,' antwoordt ze en ze kijkt naar de zak. 'Dat ruikt heerlijk.'
Hij knikt somber en zet de computer aan. Zijn bureau is triest leeg. Eigenlijk had hij de foto van zijn dochters mee moeten nemen, maar hij kan geen vragen verdragen.
'De zoekactie is de hele nacht doorgegaan, maar ze hebben geen spoor van de Jovanovics gevonden. Missing People is ook ingeschakeld. We verdrinken in de tips, maar er zit nog niets waardevols bij.' Ze zucht. 'Ik heb Carolines medische dossier trouwens bekeken. Daar zitten ook geen vreemde dingen bij. Alleen haar diabetes wordt vermeld.'
'Niets over een depressie of mishandeling?'
'Nee, en ik ben teruggegaan tot haar tienerjaren.'
'Vreemd.' Zijn schouders voelen zwaar. De tijd verstrijkt en ze hebben helemaal niets.

Volgens het verslag van de technische recherche van het onderzoek naar de plaats delict in de villa zijn er geen vingerafdrukken, DNA, haren of andere tekenen aangetroffen dat er behalve het gezin iemand binnen is geweest. En er zijn geen bloedsporen aangetroffen of iets anders wat erop wijst dat er een gevecht heeft plaatsgevonden. Er zijn geen puzzelstukjes die tot een keten van gebeurtenissen gevormd kunnen worden. Niets.

Het meest waarschijnlijke is nu dat Caroline uit vrije wil is verdwenen of dat Gustav ze heeft weggebracht om ze ergens tegen te beschermen. Of om zich van hen te ontdoen. Misschien heeft hij ze iets aangedaan, misschien is er iets misgegaan. Of misschien is Caroline bang voor iemand en verschuilt ze zich om haar kinderen te beschermen.

'We zien iets over het hoofd,' constateert hij. 'We moeten naar vezels zoeken. De dader kan handschoenen gedragen hebben. Er moet iemand in de villa geweest zijn.'

Hij mag zich niet vastklampen aan een theorie en staart naar het whiteboard. Carolines broer Peder is doorgestreept, maar blijft voorlopig staan. Zijn dood wordt beschouwd als een ongeluk, maar volgens de Franse politie waren er onduidelijkheden. Een nuchtere, gezonde man verdrinkt niet in een zwembad. Er was echter geen bewijs, dus de zaak is gesloten.

Henrik zucht. De ergste bijverschijnselen van de kater van de vorige dag zijn verdwenen, maar de angst wordt alleen maar erger.

'Ik ga koffie halen, wil jij ook?' vraagt Maria en ze loopt naar de deur.

'Graag, bedankt.'

Hij heeft het vooronderzoek net geopend als Leia binnenkomt. Ze heeft twee dikke mappen in haar armen, die ze voor hem neerlegt. 'Ik heb de boekhouding van vorig jaar uit Denemarken opgevraagd.'

'Oké.' Henrik kijkt in haar ogen. 'Goedemorgen.'

'Hallo.'

Leia ziet er moe uit en lijkt veel minder energie dan de vorige dag te hebben. Het kant van haar beha schijnt door haar witte zijden blouse. Hij schaamt zich omdat het hem opvalt.

'Blijkbaar heeft GameOn een achterstand voor wat betreft de jaarrekening, dus dit is van vorig jaar,' zegt ze en ze neemt een slok van haar koffie.

Henrik opent de bovenste map en schudt zijn hoofd. 'Het gaat tijd kosten om deze transacties te controleren. We hebben niet met een stel idioten te maken. Hopelijk wordt er een bepaald patroon zichtbaar als het om het witwassen van geld gaat.'

'Fantastisch.' Ze gaat achter haar bureau zitten.

Er hangt een bepaalde ernst om haar heen. Hij wil haar vragen wat er is, maar tegelijkertijd voelt hij dat het waarschijnlijk beter is om zijn mond te houden.

Hij concentreert zich weer op de mappen, maar beseft vrij snel dat het een doodlopende weg is, ook al heeft Gustav zijn neef beslist geholpen met geld witwassen. De inhoud lijkt voornamelijk te bestaan uit één grote chaos van verschillende stortingen en opnamen. Zolang Gustav niet officieel verdacht wordt, kunnen ze niets over zijn persoonlijke financiën te weten komen.

Leia observeert hem vanaf haar bureau. 'Wat vind je van je nieuwe baan?' Haar lippen glanzen. 'Ik voel me fysiek ellendig als er kinderen bij betrokken zijn, maar ik neem aan dat het erger voor jou is omdat je getrouwd bent en kinderen hebt.' Haar toon is scherp en hij begrijpt meteen waar ze naartoe wil.

'Ik hoor dat je research gedaan hebt.'

'Ja,' zegt ze. Ze leunt met over elkaar geslagen armen achterover op haar stoel.

'Het spijt me, maar ik...'

'Ik kan niet met je samenwerken,' zegt ze op ijskoude toon. 'Ik moet mijn partner kunnen vertrouwen en jij hebt tegen me gelogen.'

'Maar wat maakt dat uit...'

'Eerlijk gezegd kan het me niets schelen hoe je gezinssituatie is, of je een klootzak bent die zijn vrouw bedriegt of door welke duistere shit je in Malmö terechtgekomen bent, maar ik kan het niet accepteren dat iemand tegen me liegt, vooral niet als dat mijn partner is, die ik voor honderd procent moet kunnen vertrouwen.'

'Kom op, ik heb niet tegen je gelogen als collega. Ik wist helemaal niet dat we partners zouden worden.'

Leia trekt haar jack aan en schuift een bureaulade dicht. Het heeft geen zin om nu te proberen met haar te praten. Dat zou het alleen maar erger maken en blijkbaar kan hij het nu al vergeten. Waarom heeft hij zijn gevoelens verdomme zo de overhand laten nemen?

Karim steekt zijn hoofd om de hoek van de deur. 'Gustavs moeder is er,' zegt hij. 'Zijn jullie er klaar voor?'

Henrik knikt en zoekt zijn papieren bij elkaar.

Zonder nog een woord tegen elkaar te zeggen lopen ze de trap af en door de gang naar de verhoorkamer. Vlak voordat ze naar binnen gaan kijkt Leia hem aan. 'Jij leidt het verhoor,' zegt ze, waarna ze de deur opent.

Hasiba zit op een stoel en houdt de gebloemde stoffen tas op haar schoot stevig vast. Haar gezicht is doodsbleek.

Hij stelt zich voor, gaat zitten en moet zijn best doen om zijn stem vriendelijk te laten klinken.

Hasiba's handen zijn enorm groot in verhouding tot de rest van haar lichaam. Ze draagt een aansluitend colbert met een bijpassende rok en heeft een sjaal rond haar hals.

Ze kijkt met grote ogen naar hem als hij het opnameapparaat aanzet en het dossiernummer en haar identiteitsnummer opleest.

'Word ik ergens van verdacht?' vraagt ze met een licht Bosnisch accent.

'Nee, absoluut niet, het is alleen een getuigenverhoor. We moeten informatie verzamelen om Caroline, Astrid en Wilma zo snel mogelijk te vinden.'

Ze ziet eruit alsof ze een zwaar leven heeft gehad, hij herkent de vermoeide blik van zijn eigen moeder. 'Wanneer heb je je kleinkinderen voor het laatst gezien?'

'Een week geleden. Ze kwamen bij me op bezoek. Ik zou zoals altijd helpen met de meisjes omdat Caroline iets te doen had. Dan kan het ineens, maar vaak zorgt ze ervoor dat ik ze niet zie. Ik help graag. Niets is fijner dan mijn kleine meisjes om me heen te hebben.'

'Was alles toen zoals altijd?' vraagt hij en hij schrijft een paar trefwoorden in zijn notitieboekje.

'Zoals altijd? Ha,' snuift ze. 'Ik weet niet of ik dit moet zeggen, maar Caroline... Sorry, ik heb haar nooit gemogen, en de laatste keer dat we elkaar zagen is ze te ver gegaan. Ik had memory met de kinderen gespeeld, we hadden Bosnische koekjes gebakken en aten ijs. Toen Caroline ze kwam halen werd ze jaloers op me.'

'Waarom dat?' Henrik stopt met schrijven en kijkt op.

'Omdat de meisjes het leuk hadden gehad en we zonder haar gespeeld hadden. Ze vindt dat niet prettig en werd woedend. Ze schreeuwde tegen me dat ik de kinderen wilde vermoorden omdat ik ze ijs met nootjes had gegeven, en ze vermoedt dat Astrid allergisch is. Ze is niet goed bij haar hoofd.' Hasiba wijst met haar vinger naar haar hoofd.

'Is Astrid allergisch?' vraagt Leia en ze kijkt in haar papieren alsof ze een belangrijk detail vergeten is.

'Nee, natuurlijk niet, maar toch dwong Caroline mijn zoon om me een standje te geven, hoewel hij ook vond dat ze zich belachelijk gedroeg. Hij durfde niet anders dan het tegen me te zeggen. Ze manipuleert mijn zoon. Ze wil hem zover krijgen dat hij zich tegen me keert en wil mijn kleinkinderen van me afpakken. Het ontbreekt haar aan liefde, ik kan het niet anders uitleggen. Ze is koud. IJskoud.' Hasiba schudt haar hoofd en knoopt haar colbert open. De hele kamer trilt van haar woede. 'Ik weet zeker dat ze Gustav verlaten heeft,' gaat ze verder. 'Ze heeft genomen wat ze wilde hebben en heeft hem in de steek gelaten. Gustav heeft zo zijn best gedaan. Hij werkt keihard zodat zij een goed leven heeft, maar het is nooit genoeg voor die prinses, ze wil alleen meer en meer en meer hebben. Mag ik een glas water?'

'Natuurlijk.'

Leia schenkt een glas in en geeft het aan Hasiba, die het achter elkaar leegdrinkt.

'Het is mijn schoondochter, dus wat kan ik zeggen? Ze is verwend en zet mijn Gustav zwaar, heel zwaar onder druk.' Hasiba's ogen vullen zich met tranen. 'Zie je, het is niet gemakkelijk om op te groeien zoals Gustav. Hij heeft zijn hele leven moeten vechten vanwege zijn afkomst. Hij is zo'n fijne jongen. Ik heb geprobeerd hem de kracht te geven om weg te vliegen, om te vertrekken. Hij was zo sterk, maar ze heeft hem gekortwiekt, snappen jullie?'

Henrik knikt. 'Is Gustav je enige kind?'

'Ja, we hebben maar één kind gekregen. Gustav is alles voor me.'

'Waar was je in de nacht van 13 augustus?' vraagt Leia en ze staart naar Henrik.

'Ik sliep. Thuis in mijn bed, zoals ik elke nacht doe.'
'Woon je alleen?'
'Ja.'
'Onze collega's probeerden je gisterochtend en overdag te bellen, maar je nam je telefoon niet op. Volgens Gustav is dat ongewoon.'
Henrik ziet een verandering in Hasiba's gezicht. De rimpels worden dieper en haar blik verduistert.
'Ik was bij mijn zus Raffi in Landskrona en was mijn telefoon vergeten. Dat was heel vervelend, want ik was graag bij mijn zoon geweest in zo'n afschuwelijke situatie. Hij is een geweldige vader, de meisjes houden van hem. Hij werkt dag en nacht om voor zijn gezin te zorgen en het enige wat zij doet is sporten, van die groene smoothies drinken en mijn zoon onderdrukken.' De tranen schieten in Hasiba's ogen.
'Ik begrijp het,' zegt Leia en ze geeft haar een Kleenex. 'Het spijt me dat we al deze vragen moeten stellen, maar elk antwoord is belangrijk. Hoe zit het met je neef, Asif? Heb je contact met hem?'
'Nee, het spijt me voor mijn zus. Het is haar zoon en ik wil het beste voor hem, maar ik heb Gustav tegen hem beschermd en heb hem verboden om met Asif om te gaan. Ik heb mijn hele leven geprobeerd om Gustav bij hem weg te houden. Ik heb hem uit Rosengård gehaald zodat hij niet in verkeerd gezelschap terecht zou komen en tegenwoordig heeft Gustav niets met ze te maken. Mijn zus is uit de stad verhuisd omdat er de hele tijd zoveel gedoe is. Het is zo verdrietig.'
'Wanneer heb je Asif voor het laatst gezien?'
'Dat is al een hele tijd geleden, in juni geloof ik.'
'Heeft niemand van De Familie contact met je opgenomen?'
'Nee. Wij zijn niet zo.'
Henrik knikt begrijpend, hij weet hoe zwaar het is om je afkomst met je mee te dragen. 'Heb je een rode Audi van een ouder model in de buurt van jouw of Gustavs woning gezien?'

'Ik weet niet hoe een Audi eruitziet, maar ik heb geen rode auto gezien. Waarom vraag je dat?'
'Heeft niemand contact met je opgenomen of je bedreigd?'
'Nee. Ik zeg jullie dat Caroline de meisjes meegenomen heeft. Ze is een heks. Ze heeft de meisjes van hem afgepakt, dat weet ik zeker.'

Caroline

Ze staart voor zich uit in de lege voorraadkamer. Haar zicht is wazig en het is moeilijk om haar blik ergens op te richten. Met haar gezicht naar de deur gekeerd droomt ze dat Gustav binnenkomt en haar optilt. Ze ziet voor zich hoe hij begon te stralen toen ze de ochtend nadat ze naar Kopenhagen waren gevlogen uit de lift van hotel d'Angleterre stapte en hij in de foyer op haar zat te wachten.

'Daar ben je.' Hij stond op en gaf een kus op haar wangen. Zijn gedrag was zo verwarrend.

'Ik heb met je agent gepraat en ze zei dat je tot vanmiddag vrij bent... Ik heb vandaag dus voor jou gereserveerd.'

'Ik moet op zoek naar een andere agent,' mompelde ze. Ze was volkomen weerloos tegenover zijn tactiek om haar te krijgen waar hij haar hebben wilde.

'Je mag me een factuur sturen als dat beter voelt.'

'Is dat een grapje?' zei ze. Ze bleef staan, staarde naar hem en probeerde iets slims te zeggen, maar wist niets te bedenken.

'Ja.' Hij lachte, zodat de kuiltjes in zijn wangen zichtbaar werden. 'Geef maar toe dat je een beetje blij bent om me te zien. Kom, dan laat ik je iets zien.'

Ze had geen trek in een ontbijt en kon het net zo goed achter de rug hebben.

Voor het hotel stond een taxi te wachten. Zijn colbert spande over zijn brede schouders toen hij het portier voor haar opende.

'Waar gaan we naartoe?' vroeg ze terwijl ze met tegenzin in de taxi stapte.

Hij ging naast haar zitten. 'Naar een expositie die net geopend is over de oorlog in voormalig Joegoslavië. De expositie heeft bijzonder positieve recensies gekregen en het leek me leuk om die samen met jou te bekijken.'
'O,' mompelde ze. 'Waarom dat?'
'Omdat ik denk dat het interessant voor je kan zijn om een ander deel van de wereld te zien dan je gewend bent.'
Ze snoof en deed in het begin haar best om niet onder de indruk te zijn van zijn verhaal, maar toen hij in het museum vertelde over de oorlog en dat zijn familie alles was kwijtgeraakt, werd ze erin meegezogen.
Ze wist dat hij was opgegroeid in Rosengård en zijn vermogen vanuit het niets had opgebouwd, maar nu luisterde ze naar zijn verhaal over de meedogenloze zwarte periode. Familieleden die verdwenen, werden vermoord, hun vermogen en grond die van hen gestolen werden.
Ze schaamde zich omdat ze zo weinig over de oorlog wist. Hij had volkomen gelijk over haar gebrek aan kennis.
'Ik kan me voorstellen dat jouw jeugd een beetje anders geweest is.' Hij zei het alsof hij haar gedachten kon lezen terwijl ze tussen foto's van massagraven, huilende kinderen en gewapende militairen rondliepen.
Ze haalde haar schouders op, wist niet wat ze moest zeggen.
'Ik bedoel niet dat je het per se gemakkelijk gehad hebt omdat je in een van de chicste wijken van Zweden opgegroeid bent.' Hij grijnsde en legde zijn hand op haar rug. 'Kom, laten we gaan. Hiernaast is een klein restaurant waar ze fantastische hamburgers serveren.'
Hij nam haar opnieuw ergens mee naartoe, maar deze keer was ze een beetje inschikkelijker.
'Vertel, was je een gelukkig kind?'
Ze stonden bij de uitgang van het museum en iets aan de manier waarop hij het vroeg zorgde ervoor dat ze op een andere manier reageerde dan met haar standaardantwoord. 'Nee. Of… wat wordt er eigenlijk met "gelukkig" bedoeld?'

'Tja, dat kun je je afvragen. Ik zal de vraag anders stellen. We hebben in mijn familie een traditie waarbij een brood waarin een munt, een dukaat, verstopt zit, wordt gebroken. Degene die de munt in zijn stuk brood heeft mag het geld houden en krijgt geluk.'

'Oké,' antwoordde ze aarzelend, er niet zeker van wat hij bedoelde.

'Ik geloof dat geluk een utopie is, een droom waarop je jaagt, maar die nooit uitkomt, als je begrijpt wat ik bedoel.'

Het duurde een paar jaar voordat ze begreep wat hij had bedoeld. De jacht betekende alles voor Gustav.

'Geluk is je eigen verantwoordelijkheid,' zei hij. 'Ik kan me voorstellen dat het niet zo gemakkelijk was om met je vader op te groeien.'

Ze bestudeerde hem voorzichtig. 'Op welke manier?'

'Hij is een echt alfamannetje. Ik weet niet meer over hem dan wat ik in interviews over hem gelezen heb, dus ik generaliseer natuurlijk, maar hij heeft een paar keer lezingen op de Handelshogeschool gegeven en hij maakte me doodsbang.' Gustav lachte. 'Voelde je je geliefd?'

Het was zo verwarrend. Ze was niet voorbereid op zijn indiscrete en ontwapenende manier van doen. Hij stond heel ver af van de conservatieve jongens met stropdassen met wie ze was opgegroeid. In haar wereld praatte je zelden over je echte gevoelens.

Ze gingen in het kleine restaurant zitten en hij bestelde zonder haar te vragen wat ze wilde hebben.

'Het is ongelofelijk, maar ze hebben hier een heel goede wijnkaart. Ik hoop dat je het niet erg vindt dat ik zo vrij ben om voor ons te bestellen.'

Ze haalde haar schouders op. Eigenlijk was ze dankbaar, want haar Deens was rampzalig slecht. Het personeel leek hem te kennen. Ze begreep dat ze niet de eerste vrouw was die hij hier mee naartoe nam.

Twee tieners kwamen naar haar toe om een selfie met haar te

maken. Ze stemde plichtsgetrouw toe, maar voelde zich ongemakkelijk over de situatie. Gustav lachte alleen. Alles leek zo verdomd eenvoudig voor hem te zijn.
Ze nam kleine slokjes wijn en probeerde het glas niet achter elkaar leeg te drinken.
'Is dit de manier waarop je al je vrouwen versiert? Je neemt ze mee op reis door je Bosnische erfgoed?'
'Wat bedoel je? De expositie is vorige week pas geopend.' Hij grijnsde en trok zijn colbert uit. Zijn olijfkleurige borstkas glansde onder het witte overhemd.
'Je weet precies wat ik bedoel. Het is één groot cliché.'
'Proost,' zei hij en hij raakte haar glas aan. 'Is dit de manier waarop je iedereen die je wil leren kennen tegemoet treedt? In dat geval denk ik dat je heel eenzaam moet zijn...'
'Fuck off,' fluisterde ze en ze sloeg de inhoud van haar glas achterover. Ze voelde zich volkomen uitgeput.
'Ben je altijd zo lastig?'
'Wat bedoel je daar nu weer mee?'
'Je bewaakt je lach. Je hebt opgekropte gevoelens.'
Ze moest lachen, of ze wilde of niet. 'Nu moet je ophouden met me te analyseren.'
'Het wordt een vergif, je moet niet alles binnenhouden.'
'Je kent me niet. Misschien heb ik geen zin om alles over mezelf met jou te delen.'
'Opgekropte gevoelens vormen een last die uiteindelijk te zwaar wordt.' Hij legde zijn vinger zachtjes op haar hart.
Haar ademhaling stokte.
'Kijk naar mijn volk,' zei hij en hij haalde zijn vinger weg.
Ze zweeg en liet het tot zich doordringen.
Zonder nog een woord te zeggen aten ze hun hamburgers. Het was inderdaad de lekkerste die ze ooit had gegeten. Ze dronken de fles wijn leeg en praatten over van alles tussen hemel en aarde. Ze bestelden nog een fles en dronken daar het grootste gedeelte van, wat ze niet had moeten doen.
Na het eten liepen ze de straat op. De zon stond hoog aan de

hemel en het krioelde van de vrolijke, luidruchtige toeristen en Denen.

Gustav keek op zijn veel te opzichtige horloge.

'Kom,' zei hij en hij trok haar mee naar een kleine achterafstraat, liep naar een fiets, morrelde aan het slot en zei tegen haar dat ze op de bagagedrager moest gaan zitten.

'Wat doe je?' giechelde ze en ze keek om zich heen. 'Ga je hem stelen?'

'Ga zitten voordat de eigenaar eraan komt.'

Ze aarzelde even, maar begon te lachen om de hele situatie terwijl hij met zijn handen op het stuur op haar wachtte. 'Kom.'

Ze ging op de bagagedrager zitten.

'Hou me vast,' zei hij. Hij ging op het zadel zitten en begon te fietsen. Ze deed wat hij zei en sloeg haar armen om hem heen. Hij fietste steeds sneller en ze hield zijn middel stevig vast.

'Mensen vragen me altijd wat ik gedaan zou hebben als ik niet in de gokbranche begonnen was,' riep hij. 'Dan was ik crimineel geworden. Ik kan de roes van het stelen van een fiets nog steeds missen.'

Hij liet het stuur los. Ze gingen heel snel en ze had tintelingen in haar buik. Ze kon haar lach niet inhouden en gilde terwijl ze door de straten van Kopenhagen scheurden.

Ze deed haar ogen dicht, liet de wind met haar haar spelen en begroef haar gezicht in zijn colbert. Hij rook lekker en ze voelde zijn gespannen spieren.

Op dat moment voelde ze zich echt gelukkig. In elk geval herinnert ze het zich zo, denkt ze en ze probeert haar ogen open te houden.

Gustav zal haar vinden. Dat weet ze zeker.

The Killer

De zon brandt op de voorruit terwijl ze tussen de flatgebouwen bij het strand rondrijden om een parkeerplek te vinden. Leia heeft geen woord tegen hem gezegd nadat ze het verhoor met Gustavs moeder beëindigd hadden. Zelf heeft hij ook niet veel gepraat, hij weet niet goed wat hij moet zeggen. Er is niet veel wat hij kan doen om de situatie te verbeteren, maar tegelijkertijd kunnen ze zo niet verdergaan.

'Luister...' Hij is in de verleiding om het bandje van haar hemdje, dat van haar schouder gegleden is, omhoog te trekken, maar beheerst zich. 'Ik wil je graag uitleggen dat ik mijn vrouw nog nooit bedrogen heb. We zijn twintig jaar getrouwd en...'

'Alsjeblieft, het kan me helemaal niets schelen met hoeveel vrouwen je naar bed geweest bent. Mijn probleem is dat ik je niet kan vertrouwen als collega. We kunnen niet samenwerken.'

'Je kunt me wel vertrouwen. Vraag me wat je wilt en ik beloof je om eerlijk te zijn.'

Ze rolt met haar ogen. 'Ik wil alleen over het onderzoek praten. Is het niet vreemd dat Hasiba bij Asifs moeder was en haar telefoon thuis vergeten is op de dag dat Caroline en de meisjes verdwenen zijn?'

'Ja, en ik geloof niet in toeval,' mompelt Henrik kort. Hij kan niet anders dan de verandering van gespreksonderwerp accepteren. 'We moeten uitzoeken welke auto's er die nacht in de Gustavsgata geweest zijn. Iets anders wat me dwarszit zijn de ontbrekende schoenen en knuffeldieren.'

'Gustav heeft ze waarschijnlijk weggegooid,' zegt Leia. Ze parkeert op een laad-en-loszone tussen hoge flatgebouwen die met de korte kanten naar de Limhamnsväg en de zee gericht zijn. 'Dit is Ribban, of Malmö's Copacabana zoals het ook wel genoemd wordt.'

Ze stappen uit in de warmte en Henrik loopt achter Leia aan, die koers zet naar het grijze bakstenen gebouw aan de overkant van de straat.

Hij pakt haar arm vast. 'Kijk eens wie daar naar buiten komt.'

'Ik neem aan dat jullie hier naar binnen willen?' zegt Gustav terwijl hij de portiekdeur openhoudt.

Hij ziet er verwaarloosd uit, met een grijs sweatshirt en een MFF-pet die hij tot ver over zijn voorhoofd heeft getrokken.

'Je bent dus bij Ida geweest?' constateert Henrik.

'Ja, ik probeer elke steen om te draaien en moet weten wat Carro gezegd heeft toen ze Ida belde.'

'Heb je antwoord gekregen?'

'Niet meer dan wat we al weten, dat ze de volgende ochtend wilde afspreken maar niet gezegd heeft waarom.'

Hij is niet geschoren en heeft donkere wallen onder zijn rode ogen. Zijn hele houding straalt hopeloze vertwijfeling uit.

'Luister, we hebben een getuige, een buurman die meerdere keren een rode Audi voor jullie villa heeft zien staan. Komt dat je bekend voor?'

'Een rode Audi?' Gustav schudt zijn hoofd.

'Achter het stuur zat een forse man met een geschoren schedel. Gaat er een belletje rinkelen?'

'Nee,' zegt Gustav. Zijn blik dwaalt af.

'Geven we je een ongemakkelijk gevoel?' vraagt Henrik.

'Nee, waarom zou ik een ongemakkelijk gevoel van jullie krijgen? Ik moet verder.'

'Oké, neem contact met ons op als je bedenkt dat je de Audi wel gezien hebt!' roept Leia hem na, waarna ze het portiek in loopt. Henrik haalt haar in en ze nemen de lift naar de derde verdieping.

Ida kijkt verbaasd als ze de deur opent.
'Mogen we binnenkomen?' vraagt Leia. Ze loopt de hal in zonder het antwoord af te wachten.
'Ja... natuurlijk. Kom binnen. Sorry. Ik dacht dat het iemand anders was. Ik wist niet dat jullie zouden komen...'
'Wie dacht je dan dat het was?' vraagt Leia, terwijl Henrik om zich heen kijkt in de kleine tweekamerflat.
'Gewoon een kennis met wie ik afgesproken heb.' Ze praat zo snel dat ze bijna over haar woorden struikelt.
Het appartement puilt uit van de spullen. Er staat van alles, van grote porseleinen dieren en een bank met zebrastrepen en gebloemde kussens tot handgeweven tapijten aan de muren. Het heeft een enigszins Boheemse sfeer. De ramen kijken uit op de zee en het strand. In de verte ziet hij de Öresundsbrug. Op het balkon kweekt ze tomaten en kruiden in verschillende terracotta potten. Op de salontafel staan twee lege koffiekopjes.
'Wat wilde Gustav?' vraagt Henrik. Hij pakt de koffiekopjes en brengt ze naar de keuken.
'Gustav? Tja... Hij wilde praten. Ik denk dat hij zich heel moedeloos en eenzaam voelt. Hij wil zijn gezin vinden en probeert elke steen om te draaien.'
'Kon je hem helpen?' vraagt hij terwijl hij de kopjes in de gootsteen zet. Het valt hem op dat ze dezelfde uitdrukking als Gustav gebruikt.
'Ik zou willen dat ik hem kan helpen, maar ik weet niet hoe.'
Ida en Caroline lijken elkaars volledige tegenpolen, denkt hij als hij naar de vrouw in haar roze velours pak kijkt.
'Wat vind je van hem?' vraagt Leia. Ze bestudeert de briefjes, foto's en kaarten die met magneten aan de koelkast hangen.
'Hij is ongerust, maar dat is natuurlijk logisch, dat zijn we allemaal.' Ida bijt op haar nagels met half afgebladderde gele nagellak en zwarte rouwranden. 'Willen jullie iets drinken? Koffie?'
'Nee, dank je, maar misschien kunnen we gaan zitten,' zegt Leia. Ze loopt de woonkamer in.

Henrik loopt achter haar aan en gaat naast Leia op de zebrabank zitten.

Ida neemt plaats op een fluwelen krukje en zet haar voeten op de tafel.

'Waar was je in de nacht van 13 augustus?'

'Waar ik was?'

Henrik knikt.

'Ik was hier thuis, zoals ik altijd ben. Ik heb een Netflix-serie gekeken en heb met Caroline gebeld.'

'Welke serie?'

'*Greenleaf* geloof ik. Je weet wel, God is goed.' Ze giechelt zenuwachtig. 'Ja, dat was het. Daarna ben ik naar bed gegaan.'

'Is er iemand die dat kan bevestigen?' vraagt hij, hoewel hij het antwoord al weet.

'Nee, helaas niet. Ik ben single en woon alleen.' Ze haalt haar schouders op.

'Waar ging de serie over? De aflevering die je gezien hebt bedoel ik?'

'Alle afleveringen lijken op elkaar, ik herinner het me niet goed, maar in elk geval over liefde en God.'

'Is de relatie tussen Caroline en Gustav zo perfect als ze ons willen laten geloven?' vraagt Leia, terwijl ze het gebloemde kussen achter haar rug recht legt.

'Dat geloof ik niet. Geen enkele relatie is perfect, voor zover ik weet. Iedereen heeft zijn eigen problemen. Carro is in juli bij haar ouders in Frankrijk op bezoek geweest. Gustav bleef hier om te werken, dus hebben ze elkaar de afgelopen tijd niet veel gezien. Carro heeft het heel zwaar met de kinderen, het huis en alles. Ze heeft haar carrière in de ijskast gezet zodat Gustav zijn ding kan doen. Ik heb ongelofelijk veel bewondering voor haar.'

Jezus, wat kletst Ida. Henrik moet zich inspannen om te horen wat ze zegt. Bovendien komt het niet overeen met wat ze de vorige dag tijdens het verhoor met Maria heeft gezegd. Hij besluit om haar een beetje onder druk te zetten.

'Ben je bang voor Gustav?'

'Waarom zou ik dat zijn?'

'Weet je of Gustav of Caroline vreemdging?' voegt Leia eraan toe.

Ida haalt diep adem. 'Carro maakte zich daar zorgen over toen ze bij haar ouders in Frankrijk was. Ze vertelde me dat ze boos op Gustav was omdat hij niet belde en moeilijk te pakken te krijgen was, maar ik weet het niet. Carro zegt dat je elkaar pas echt leert kennen als je niet bij elkaar bent. Ik begreep niet goed wat ze daarmee bedoelde, want ik weet dat ze Gustav verschrikkelijk miste. Het plan was dat Gustav een week naar Frankrijk zou komen, maar dat ging niet door vanwege het werk. Carro was natuurlijk heel verdrietig en belde me huilend op. Ik begrijp haar. Hij gedroeg zich als een klootzak, als ik dat zo mag zeggen.'

'Heeft hij zich altijd zo gedragen?'

'Min of meer wel, maar afgelopen jaar is het erger geworden. Ik maak me zorgen om Carro en de meisjes.'

'Wat kan er volgens jou gebeurd zijn?'

Ze ontwijkt zijn blik. 'Ik ben bang dat Gustav ze uit de weg geruimd heeft, maar ik weet niet hoe en durf er nauwelijks over na te denken.'

'Was dat wat je gisteren op het politiebureau wilde vertellen?'

Ze knikt zonder op te kijken.

'Waarom ben je daar bang voor?' vraagt Henrik voorzichtig.

'Hij had genoeg van ze.'

'Heb je bewijs voor je vermoedens?' Henrik probeert te begrijpen waarom ze zo zenuwachtig en bang is.

'Nee, het is alleen een gevoel...' zegt ze en ze haalt haar voeten van de salontafel.

'Is er iets gebeurd tussen hen?' vraagt Leia.

'Ik weet het niet, maar hij wilde geen kind meer, misschien heeft het daarmee te maken.' Ze haalt haar schouders op. 'Carro was geobsedeerd door het idee om nog een kind te krijgen, hoewel dat met behulp van ivf moest. Ze heeft veel miskramen gehad en toen ze uiteindelijk zwanger was, vond ze het moeilijk dat Gustav er niet blij mee was. Ze vertelde dat het niet was zoals ze zich had voorgesteld.'

Henrik knikt en werpt een haastige blik op Leia, die geen spier vertrekt.

'Carro kan heel emotioneel zijn, maar ik begrijp haar wel. Ze heeft alles in Stockholm voor Gustav achtergelaten en eigenlijk heeft ze het hier niet naar haar zin. Het staat zo ver af van het leven waaraan ze gewend is, van haar vrienden, haar werk enzovoort. Veel mensen mogen haar niet. Het is vaak lastiger dan mensen denken om mooi, rijk en succesvol te zijn. En bovendien is het niet gemakkelijk om hier een Stockholmer te zijn. Ze zit ook min of meer vast met de kinderen. Als ik eerlijk ben zou ik zo'n leven niet willen leiden.' Ida bijt op haar nagels. 'Toen ik Carro ontmoette was ze heel grappig, maar ze is niet vrolijk meer. Het kan natuurlijk ook de zwangerschap zijn, maar ik denk dat ze Stockholm mist. Ik hou van Malmö, maar Malmö is toch alleen Malmö, als jullie begrijpen wat ik bedoel. Natuurlijk, het is dicht bij het continent, zeggen ze. Maar heel eerlijk, hoe vaak gaan we naar het continent?' Ze lacht even.

Hoe kan iemand zoveel praten, denkt Henrik.

'Ik ben verschrikkelijk ongerust,' gaat Ida verder. 'Ik voel dat het niet goed is.'

'Kan het zo zijn dat ze wílde verdwijnen?' vraagt Leia voorzichtig.

'Nee, absoluut niet. Waar zou ze naartoe moeten? In dat geval zou ze me dat verteld hebben. Daar ben ik volkomen van overtuigd.'

'Misschien wilde ze dat gisterochtend om negen uur in Espresso House doen, maar heeft iemand haar voor die tijd tegengehouden,' zegt Henrik. Hij voelt zijn hartslag versnellen.

Caroline

Het touw rond haar polsen geeft een beetje mee, maar het is onmogelijk om haar handen los te krijgen. Misschien trekt ze de knopen alleen strakker en maakt ze het erger. Ze moet een andere manier bedenken om los te komen, maar haar geduld raakt op. Zonder voldoende kracht gaat het haar niet lukken. Misschien komt ze nooit meer vrij.

Ze bijt hard op de prop in haar mond en probeert haar geheugen op gang te krijgen. Degene die haar dit heeft aangedaan moet willen dat ze doodgaat.

Waar is Gustav?

Na de fietstocht in Kopenhagen dacht ze voortdurend aan hem. Hoewel hij erom bekendstond dat hij een klootzak was viel ze als een blok voor hem, of misschien was het juist daarom. Hij was het tegendeel van pantoffels en adelboeken. Hij was eerlijk en echt, zelfverzekerd en levendig.

Een paar weken later zagen ze elkaar opnieuw, tijdens de opening van het nieuwe hotel op Skeppsholmen in Stockholm. Ze had niet verwacht dat hij aanwezig zou zijn en haar lichaam begon te tintelen toen ze hem met een kennis van haar zag praten. Zonder erover na te denken liep ze zelfverzekerd naar hen toe en begroette hen, omhelsde haar kennis en negeerde Gustav. Ze merkte echter dat hij haar doorhad en werd rood. Toen hij haar aankeek had ze het gevoel dat ze een hartstilstand kreeg.

Tot vandaag weet ze niet waar ze de kracht vandaan haalde, maar het was alsof ze de leiding moest nemen. Er was iets dierlijks in haar ontwaakt. 'Zullen we ervandoor gaan?' vroeg ze, trots omdat zij degene was die de leiding nam. Hij was niet langer degene die bepaalde wat er gebeurde.

Hij glimlachte verontschuldigend. 'Ik moet helaas blijven. Ik ben een van de investeerders en… tja, je begrijpt het wel.'

De teleurstelling was volkomen en ze voelde zich de grootste idioot ooit. Hoe had ze zo onnozel kunnen zijn? Zodra ze weg kon nam ze een taxi naar haar appartement in de Grevgata.

Ze zag hem bij haar portiek staan. Hij had zijn colbert onder zijn arm en leunde tegen de gevel. 'Kom hier,' zei hij op zijn speciale manier en hij stak zijn armen naar haar uit.

Ze kan de roes die ze destijds voelde nog steeds oproepen door te denken aan dat moment en wat het met haar deed.

Ze heeft heel vaak gewild dat ze het moment waarop hij haar tegen de muur duwde en voor de eerste keer kuste opnieuw kon meemaken. Het was zo intens. Ze had nog nooit zoiets meegemaakt. Hij schakelde haar hele systeem uit en zij stond het toe en verdween in zijn gespierde armen.

'Caroline Hjorthufvud,' fluisterde hij teder, waarna hij haar opnieuw kuste.

Dat gevoel van spanning had ze nog nooit gevoeld.

'Ga je mee naar boven?' vroeg ze onhandig. Ze kan zich nog steeds herinneren hoe zenuwachtig ze was.

'Ik kan niet,' zei hij en hij liet haar los. 'Het spijt me, maar dat gaat niet.'

'Waarom niet?' Ze begreep er niets van.

'Ik…' Hij zweeg. 'Het gaat nooit werken tussen jou en mij.'

'Wat?' Het voelde alsof hij haar een stomp in haar maag gaf. 'Waarom ben je dan hiernaartoe gekomen?'

'Omdat je iets met me doet waarover ik geen controle heb, maar ik moet daar nu een eind aan maken.'

Een taxi reed door de straat en hij gebaarde dat hij moest stoppen. 'Tot ziens,' zei hij. Hij legde zijn hand op haar wang en gaf een tedere kus op haar mond.

Ze sloeg zijn hand weg. 'Waar ben je verdomme mee bezig?'

'Ik probeer alleen te doen wat juist is.'

'Hoezo wat juist is? Je bent een klootzak. Een ongelofelijk stomme klootzak,' schreeuwde ze.

Gustav vertrok geen spier. 'Ik weet het,' zei hij alleen. Hij keek nog één keer naar haar voordat hij in de taxi stapte en haar achterliet.

Ze bleef eenzaam op het trottoir achter. De misselijkheid kwam met zoveel kracht in haar naar boven dat haar ogen ervan traanden.

Eenmaal in het appartement ging ze huilend op de bank liggen. Toen ze geen tranen meer had dronk ze achter elkaar een fles wijn leeg, nam een lange douche en probeerde in elk geval één reden te bedenken waarom iemand van haar zou houden.

'Total Eclipse of the Heart' stroomde op repeat uit de luidsprekers en ze hoorde de bel nauwelijks.

Ze liep aarzelend naar de hal in de overtuiging dat het een van de buren was die wilde dat ze de muziek zachter zou zetten en pakte de portiektelefoon.

'Het spijt me,' hoorde ze.

Hij was het. Ze herinnert zich dat ze het gevoel kreeg dat haar benen haar niet meer konden dragen en het allemaal een droom was, of een slechte filmscène. 'Wat wil je?' vroeg ze en ze veegde haar natte wangen af.

'Mag ik het overnieuw doen?'

Ze dacht even na voordat ze de portiekdeur opende en vlak daarna stond hij in haar hal.

'Hier woont Caroline Hjorthufvud dus.'

Hij zag er klein uit in haar appartement van rond de vorige eeuwwisseling, heel kwetsbaar en verloren. Dit was zijn wereld niet.

'Het spijt me, maar ik weet niet... Normaal gesproken gedraag ik me niet zo. Ik denk dat ik een beetje bang ben.'

Ze trok haar badjas om zich heen. 'Waarvoor?'

'We verschillen te veel. Jij en ik... Het gaat nooit werken tussen ons en ik wil niet...'

Ze legde hem het zwijgen op door in zijn brede armen te

kruipen en duwde haar lichaam tegen hem aan.

Het is de enige keer dat ze Gustav heeft horen huilen.

Ze ging schrijlings op hem zitten, kuste hem, knoopte zijn overhemd open en voelde zijn hartslag terwijl ze zijn hals en borstkas kuste. Doelbewust knoopte hij haar badjas open.

Het voelt alsof het gisteren is gebeurd, maar tegelijkertijd is het een heel ander leven.

Destijds was ze bang geweest om zich aan iemand te binden. De maanden na die avond probeerde ze hem van zich af te stoten en gaf ze hem duizenden redenen om bij haar weg te gaan, maar hij bleef en maakte haar aan het lachen, zag haar en luisterde naar haar. Hij was de eerste die haar begreep. En de seks, jezus, ze had nog nooit zoiets meegemaakt.

Het was te mooi om waar te zijn.

In haar jeugd was er niemand geweest die het iets kon schelen wat ze voelde of vond, of ze verdrietig of boos was. Gustav daarentegen wilde alles over haar weten en voor het eerst in haar leven kon ze gewoon Caroline zijn.

Na een jaar vroeg Gustav haar ten huwelijk en kocht hij de strandvilla, Malmö's duurste en mooiste woning, als verlovingscadeau voor haar. Gustav had er zijn hele leven van gedroomd om het huis te kopen en had keihard gewerkt om die droom te kunnen realiseren. Ze kon het hem niet aandoen om zijn moment te ruïneren door te zeggen dat ze in Stockholm wilde blijven wonen, waar ze haar leven, haar werk en haar vrienden had. Gustav wilde dat ze samen ergens zouden beginnen en op dat moment voelde het spannend en goed.

Ze beweegt haar vingers om de ringen te voelen en merkt dat ze er maar één aan haar ringvinger heeft.

Haar trouwring is weg.

Alleen de alliancering die ze bij haar verloving heeft gekregen zit nog rond haar vinger. Ze moeten hem gestolen hebben, maar waarom hebben ze beide ringen niet gepakt?

Als ze aan de ring voelt merkt ze dat hij scherp is en als een zaag kan fungeren. Ze bedenkt dat ze het touw rond haar polsen misschien stuk kan schuren met behulp van de scherpe diamantzettingen en begint de ring over het touw heen en weer te schuiven.

Nadat ze tijdenlang koppig blijft schuren lukt het haar uiteindelijk om het touw rond haar polsen te breken. Ze trilt als ze de ducttape wegtrekt en de prop uit haar mond haalt.

Ze haalt een paar keer diep adem en staat op het punt om te roepen, maar aarzelt als ze het stuk stof ziet dat in haar mond zat. Het ziet er bekend uit. Ze vouwt het uit en hijgt. Het is een grijs stuk stof met stippen en is afkomstig van de pyjama van een van de meisjes.

Ze duwt de stof tegen haar neus en durft er niet aan te denken waarom de pyjama van een van haar dochtertjes kapotgescheurd is en naar uitlaatgassen en rook stinkt. Ze herinnert zich dat ze de meisjes de pyjama's nadat ze in bad waren geweest heeft aangetrokken. Astrid was door het dolle heen omdat het haar was gelukt om van de ene naar de andere kant van het zwembad te zwemmen. Dat was dezelfde avond.

Ze herinnert het zich!

Dat was de avond waarop de getatoeëerde man voor de strandvilla stond en de meisjes een lolly gaf.

Ze hoorde een telefoon overgaan en herinnert zich dat ze haastig naar binnen liep, maar daarna is alles blanco. Waarom?

Ze maakt de strakke knoop in het touw rond haar enkels los. Het doet pijn als het bloed naar haar voeten begint te stromen en ze masseert en beweegt ze om de bloedsomloop op gang te brengen.

Haar verlovingsring fonkelt en ze herinnert zich hoe Gustav haar daarmee ten huwelijk vroeg en beweerde dat de diamanten zo groot waren dat de gasten die aan de andere kant van het restaurant zaten ze nog konden zien. Hij ging ervan uit dat ze de grootste en mooiste ring wilde hebben terwijl dat in werkelijkheid alleen voor hem belangrijk was.

Het huwelijksaanzoek was als een film geweest. Ze logeerden in hotel Capri Palace en hij had Bonnie Tyler ingehuurd. Het was allemaal zo overdadig dat ze zich bijna schaamde tegenover het personeel, maar tegelijkertijd vond ze het fantastisch dat hij zo zijn best voor haar deed. Niemand had ooit zoiets voor haar gedaan. Ze huurden een jacht en voeren over de Middellandse Zee en praatten en praatten en bedreven de liefde en dronken champagne.

Waar is haar trouwring?

De muis in de aluminium ladder staart met zijn kleine zwarte ogen en zijn oren naar voren gericht naar haar.

'Ik zal je geen pijn doen,' krast ze. Haar mond is zo droog dat er nauwelijks geluid uit komt.

Ze komt op trillende benen overeind en het lukt haar om naar de deur te wankelen. Ze duwt de klink voorzichtig naar beneden en hoewel ze eigenlijk op haar vingers had kunnen natellen dat de deur op slot is, voelt het alsof de bodem onder haar verdwijnt als het haar niet lukt hem te openen.

Het luik is ook op slot, en hoewel het haar misschien lukt om het open te wrikken, is het gat te klein. Het is net groot genoeg om een klein dienblad doorheen te schuiven. Ze kijkt zoekend om zich heen en constateert opnieuw dat de enige manier naar buiten via de deur is.

Ze legt haar oor ertegenaan, maar hoort geen geluiden.

Ontmoedigd laat ze zich langs de muur naar beneden glijden en gaat op de vloer zitten. Het onderste deel van haar buik doet pijn en ze gaat op de koude betonnen vloer liggen, trekt haar benen op en duwt haar hand tegen haar buik om de krampen te verzachten.

'We staan er alleen voor,' fluistert ze tegen haar baby en ze streelt haar harde buik.

Ze heeft gestold bloed in haar haar en als ze met haar hand over haar achterhoofd strijkt voelt ze een grote wond. Herinnert ze zich daarom niets? Kan ze gevallen zijn of heeft iemand haar een klap gegeven?

Pasgeleden heeft Hasiba haar geslagen nadat ze haar eerst de les had gelezen omdat ze Astrid en Wilma niet op de juiste manier opvoedde. De meisjes waren erbij. Caroline probeerde hun uit te leggen dat moeders daar geen pijn door voelden. Op een bepaalde manier klopt dat, want gemene woorden doen meer pijn. Het is onmogelijk om Hasiba tevreden te stellen. Ze zegt vaak dat Caroline een heks is die het op Gustavs geld voorzien heeft en onredelijke eisen aan haar zoon stelt. Volgens Hasiba kleedt ze zich verkeerd, kruidt ze het eten verkeerd en praat ze verkeerd. De lijst is eindeloos. Het liefst van alles wil ze dat Caroline uit haar leven verdwijnt, maar zelfs Hasiba kan onmogelijk zo kwaadaardig zijn.

Gustav

De bibliotheek in de strandvilla is zijn toevluchtsoord geworden, waarschijnlijk omdat zijn gezin daar nooit komt en de kamer niet veel herinneringen heeft. Hij heeft alleen de managementboeken op de onderste planken gelezen, de rest van de literatuur heeft hij per meter gekocht om voor Caroline een boekenverzameling met romans in verschillende kleuren aan te leggen.

Gustav, Filippa en zijn advocaat Mats zitten op de Gubi-stoelen. Op de tafel tussen hen in liggen mappen met afschriften van de verschillende bankrekeningen van het bedrijf. Filippa wijst naar de posten waarover de accountant duidelijkheid wil hebben voordat hij de kwartaalverslagen ondertekent.

'Dit zijn merkwaardige transacties en er ontbreekt geld,' zegt ze.

Gustav wordt chagrijnig. Een van de redenen waarom hij haar heeft aangenomen is dat ze geen onnodige vragen zou stellen. 'Kun je het niet gewoon regelen?'

'Ik zou niet weten hoe. Sorry.'

'Heb je nog iets van Rasmussen gehoord?' vraagt hij, terwijl hij de papieren van zich af schuift.

'Helaas niet. Hij neemt zijn telefoon niet op.'

'Die klootzak.' Gustav strijkt met zijn handen over zijn ongeschoren wangen. 'Mijn gezin is verdwenen en er is verdomme geen enkel spoor van hen. Dat moeten onze financieel directeur, de Deense belastingdienst en de bank toch begrijpen? Probeer het te rekken,' zegt hij en hij legt de mappen opzij.

'Hoe dan?' vraagt Filippa. Ze ziet eruit als een bang hert. 'De

Deense politie heeft vanochtend naar onze financiële afdeling gebeld omdat ze toegang tot onze administratie en de volledige boekhouding willen hebben.'

'Ze hebben toestemming van de officier van justitie nodig en die hebben ze niet. Regel het met onze accountant of vraag haar om mij te bellen. En kun je ons nu alleen laten? We moeten een aantal privékwesties bespreken.'

Filippa knikt en verzamelt de documenten snel.

'Heb je bij je waar ik je om gevraagd heb?' vraagt Gustav als ze opstaat.

'Het zit in de linnen tas in de keuken,' antwoordt Filippa.

'Maar vind je dat slim?'

'Ja, vertrouw me maar.' Gustav kijkt naar zijn advocaat. 'Het spijt me dat je dit moest horen.' Hij staat op en loopt naar de drankenkast, pakt twee whiskyglazen en opent de kristallen karaf. De rokerige geur slaat hem tegemoet. 'Wil jij ook?'

'Het is een beetje te vroeg voor me,' zegt Mats. Hij slaat zijn ene been over het andere.

'Ik begrijp het.'

Gustav schenkt een glas in en neemt een grote slok. Hij kan niet stoppen met denken aan de man in een rode Audi die de een of andere buur heeft gezien. Het is beslist dezelfde man die hem gisteren bedreigde en over wie Carro zeurde. Het zou niet voor het eerst in de afgelopen tijd zijn dat Asif heeft geprobeerd hem iets duidelijk te maken, maar nu is hij te ver gegaan. Indirect ligt er dus al een eis op tafel, De Familie wil haar geld terughebben.

Gustav neemt nog een slok en gaat op de stoel naast Mats zitten. 'Er tolt van alles door mijn hoofd. Je moet het me maar vergeven als ik een beetje afwezig ben.' Hij vraagt zich ook nog steeds af wat de onderzoekers van Ida wilden. 'Wat moet ik doen?' vraagt hij en hij neemt nog een slok. De alcohol brandt heerlijk in zijn keel.

'Als advocaat raad ik je aan om de focus van jezelf te halen. Waarschijnlijk ben je de hoofdverdachte van de politie. Puur statistisch gezien zou je dat in elk geval moeten zijn.' Mats legt de stropdas op zijn buik goed.

'En wat houdt dat in?'

'Dat je flink in de nesten zit, vooral als je kapitaal moet verwerven en er is meer wat – hoe moet ik het zeggen om het niet verkeerd over te laten komen – onduidelijk is.' Mats knikt naar de afschriften op de salontafel. 'Negatieve publiciteit of een arrestatie zou rampzalig zijn omdat het nader onderzoek naar je doen en laten betekent. Bovendien kan het je bedrijf negatief beïnvloeden, waardoor je in een nog slechtere situatie terechtkomt dan waarin je je op dit moment al bevindt.'

Gustav knikt kalm.

'Puur hypothetisch gezien, en ik vraag je dit als vriend...' gaat Mats verder. 'Is er bewijs te vinden dat jou met de ontvoering in verband brengt?'

'Nee, natuurlijk niet,' zegt Gustav terwijl hij hem strak aankijkt. In elk geval niets wat ik niet in de hand heb of waar ik over moet praten, denkt hij.

'Oké. Je beweert dus dat je onschuldig bent en kunt dat bewijzen, maar één ding moet je heel goed begrijpen,' zegt Mats. Hij zet zijn bril af. 'En ik zeg dit opnieuw als vriend en niet als je advocaat: er is veel waaraan niet gedacht wordt naarmate er meer tijd verstrijkt en hoe meer leugens er verteld worden, des te erger wordt dat. Leugens die zich opstapelen zijn moeilijk uit elkaar te houden.'

Gustav staat op en opent een raam. Hij heeft frisse lucht nodig.

'Ze vallen je van alle kanten aan. De Kansspelautoriteit eist antwoorden. Fraude kan je zes jaar gevangenisstraf opleveren.'

'Wat heb ik voor keus?'

'Zorg ervoor dat de verdwijning op een ongeluk lijkt.'

Hij blijft staan en staart naar zijn advocaat. 'Ik heb niets met de verdwijning van mijn gezin te maken.'

'Dat is heel mooi. Het geld moet naar het bedrijf terug. Je kunt de honderd miljoen die je van het bedrijf geleend hebt om je mislukte investering mee te dekken niet verantwoorden.'

Plus de dertig miljoen die ik De Familie schuldig ben, denkt Gustav. De druk op zijn borstkas zorgt ervoor dat hij nauwelijks kan ademhalen.

Verdomme.

Maar hij heeft een plan, ook al lijkt alles op dit moment onzeker.

Hij drinkt het glas whisky leeg en wil opnieuw inschenken, maar bedenkt zich. Hij moet een helder hoofd houden. Alle contacten met De Familie moeten in het geheim plaatsvinden.

Zijn telefoon in zijn zak vibreert. Hij pakt hem en ziet dat hij een sms heeft gekregen. Zijn handen trillen als hij hem opent en de tekst leest.

'Waar gaat het over?' vraagt Mats.

'Een bericht van een onbekend nummer. De ontvoerders eisen vijftien miljoen euro in cryptogeld als ik mijn gezin terug wil zien. Als ik dit aan de politie vertel gaan ze allemaal dood.' Hij struikelt over de woorden terwijl hij hardop voorleest. 'Ze schrijven dat ze contacten binnen de politie hebben en erachter komen als ik praat.' Zijn hart bonkt. Hij houdt zijn telefoon stevig vast en leest het bericht nogmaals.

'Is het De Familie?' Mats staat op van de stoel.

'Ik heb mijn vermoedens,' antwoordt Gustav. Hij bestudeert het bericht nog een keer. 'Wat moet ik doen?'

'Je moet uitzoeken of je vrouw en kinderen nog leven. Stel een vraag waarop alleen zij het antwoord weten.'

Hij doet wat Mats zegt en antwoordt met twee vragen op de sms.

Het duurt een paar seconden voordat hij antwoord krijgt.

Maggi.

Meer dan van de aarde.

De antwoorden zijn correct. Ze leven.

Gustav begint te ijsberen en kan zich er niet toe zetten om stil te blijven staan.

'Je moet dit aan de politie vertellen,' zegt Mats. 'Als je advocaat adviseer ik je om dat te doen. Ze hebben ervaring met dit soort misdrijven.'

'Nee. Je ziet wat de ontvoerders schrijven. Mijn gezin is er geweest als ik het geld niet betaal en we weten allebei dat ze het serieus menen. Ze zijn slimmer dan alle smerissen die ik tot nu toe tegengekomen ben.'

'Hoe wil je het geld ophoesten?'

Het staat hem tegen, maar hij moet met Carolines ouders praten. Al zijn hoop is nu op hen gevestigd.

Caroline

Voorzichtig duwt ze met haar hand op haar buik om een kleine beweging op te roepen. Soms denkt ze iets te voelen, maar haar maag schreeuwt om eten en het is moeilijk om te onderscheiden wat wat is. Nog maar een paar weken geleden voelde ze de eerste bewegingen van Ludvig. Kleine, lichte duwtjes vol absolute magie. Ze wist niet dat ze zoveel liefde in zich had voordat ze kinderen kreeg.

Hebben haar ouders ooit zoiets voor haar gevoeld? Dat lijkt onmogelijk. De enige omhelzingen die ze als kind heeft gekregen waren van het kindermeisje.

Caroline wordt boos als ze daaraan denkt. Eigenlijk is ze het ongelofelijk zat om haar jeugd, haar broer en haar ouders te herkauwen, maar nadat Wilma en Astrid geboren waren is het alleen maar erger geworden. Gustav had volkomen gelijk met zijn analyse van haar. Toen ze stopte met het toelaten van haar gevoelens raakte ze het contact met zichzelf kwijt. Misschien heeft ze zoveel twijfelachtige keuzes in haar leven gemaakt omdat ze het nooit heeft aangedurfd om naar haar innerlijke stem te luisteren.

De muis krabt futloos in een hoek, waarschijnlijk in de hoop een weg naar buiten te vinden.

In tegenstelling tot haar ouders heeft zij alles opgegeven voor haar kinderen. Of liever gezegd voor Gustav.

Ze heeft haar carrière opgegeven omdat zijn baan belangrijker was, hij was tenslotte degene die het meest verdiende. Bovendien wilde Gustav dat ze thuisbleef bij hun dochtertjes. Ze kreeg steeds minder filmrollen aangeboden, tot het helemaal ophield. Ze had geprobeerd zichzelf wijs te maken dat het haar eigen keus was, maar wie probeert ze in de maling te nemen? Eigenlijk kan ze zichzelf geen actrice meer noemen, maar misschien is dat wel beter, omdat ze toch geen talent heeft. Haar ouders hebben gelijk gekregen. Ze had medicijnen moeten gaan studeren, net als haar moeder, of rechten, zodat ze haar vaders onroerendgoedportefeuille kon beheren, maar daar is het nu te laat voor. Als ze dit overleeft moet ze misschien een filmscript schrijven of regisseren. Ze moet geld verdienen, maar daar ontbreekt de tijd voor en eigenlijk is ze nergens goed in, behalve breed en langdurig glimlachen.

Ze ligt in foetushouding op de koude vloer en wiegt heen en weer. Ze begrijpt wat er gaat gebeuren en probeert rationeel te denken, zodat het verdriet niet de overhand krijgt.

Ze ziet voor zich wat er in de overlijdensadvertentie zal staan: CAROLINE HJORTHUFVUD JOVANOVIC, MISLUKTE ACTRICE (NAAST HAAR LEVEN ALS HUISVROUW).

De pijn in haar rug en buik wordt erger, en ze probeert haar lichaam tegen te laten houden wat er gebeurt, maar dat is onmogelijk. Ze heeft geen invloed op het leven. Het verdriet stroomt door haar heen en ze schreeuwt het uit als de weeën heviger worden.

The Killer

Hij doet de plafondlamp uit en vertrekt als allerlaatste uit het kantoor. Leia is een uur geleden vertrokken. Hij had met haar mee willen lopen zodat ze konden praten, maar ze was zonder een woord te zeggen verdwenen. Leia beïnvloedt hem op een manier die hij niet voor mogelijk had gehouden. Ze maakt hem zwak en sterk op hetzelfde moment en hij is nauwelijks in staat om zijn gevoelens uit elkaar houden. Hij probeert de pure begeerte die in zijn lichaam brandt te temperen. Het is zo verdomd lang geleden dat hij dat heeft gevoeld.

Hij schudt zijn hoofd.

Morgen verschijnt Gustav in *Nyhetsmorgon*. Ellen Tamm heeft hem daarnet gebeld om informatie van hem los te krijgen en raakte geïrriteerd toen hij haar niets kon vertellen. Er is geen informatie om te delen en de pressie van de media is enorm. Gabriella is gestrest. Iedereen oefent van allerlei kanten druk op hen uit en daar verspillen ze kostbare tijd mee.

Hij overweegt heel even om zijn dochters te bellen, maar bedenkt dat Karin hem heeft gevraagd om dat niet te doen. In het begin had het een goed idee geleken, omdat hij zelf van mening was dat hij het recht niet had om met hen te praten. Maar hij mist ze verschrikkelijk en wil hun stemmen horen, wil weten hoe ze zich voelen en hoe het thuis gaat.

Hij heeft nauwelijks aan Karin gedacht sinds hij in Malmö is gearriveerd. Ze hebben zoveel slechte jaren achter de rug dat het op een bepaalde manier een bevrijding is dat ze afstand van hem heeft genomen.

Hij denkt aan Gustav, die niet alleen de hoofdverdachte is,

maar ook een echtgenoot en de vader van de kinderen die zijn verdwenen.

Alles is niet zo zwart-wit als de meesten het proberen te laten lijken. Hij haalt zijn telefoon uit de zak van zijn spijkerbroek en belt Maja, ook al zou hij Karins wens moeten respecteren en het niet moeten doen.

Volgens Karin is hij een gevaar voor haar en zijn dochters. Gedurende hun hele huwelijk is ze er bang voor geweest dat Henrik net als zijn vader zou worden. Volgens haar erven mensen de geweldsgenen van hun ouders en misschien heeft ze daar gelijk in. Hij is daar zelf ook bang voor geweest en heeft heel vaak getwijfeld aan zijn impulscontrole. Afgelopen voorjaar had ze er genoeg van, dat was de laatste druppel voor Karin geweest.

Hij werd meteen naar haar voicemail doorgeschakeld.

Hallo, je belt naar Maja. Ik kan niet opnemen. Spreek niets in op mijn voicemail, maar stuur een sms als het belangrijk is. Peace.

'Hallo Maja, met mij... Ik wil alleen zeggen dat ik aan je denk en dat ik spijt van alles heb... Ik mis je.' Hij verbreekt de verbinding en stopt zijn telefoon in zijn zak terug.

Over een uur beginnen het leger en Missing People met een nieuwe zoekactie in het gebied rond Limhamn. Hij moet daarnaartoe om er vanaf het begin bij te zijn. Niet alleen om mee te lopen in de zoekketen, maar ook om te controleren wie er allemaal zoeken. Het zou niet de eerste keer zijn dat een dader in de buurt van het onderzoek en de zoekacties probeert te komen.

Zijn telefoon gaat. Het is een van zijn collega's van het mobiele kantoor in de Gustavsgata. 'We hebben de rode Audi gevonden. Kun je hiernaartoe komen?'

'Ik ben onderweg.'

Zaterdag 15 augustus

Gustav

Iemand schuift de microfoon goed en geeft hem een glas water. Over maar een minuut is hij live op de televisie. De lampen in de studio waar *Nyhetsmorgon* wordt opgenomen verblinden hem en de vermoeidheid eist haar tol. Het is net na acht uur 's ochtends en hij is al vier uur wakker.

De zoekactie van de vorige avond heeft niets opgeleverd. Honderden mensen verzamelden zich op het strand voor de villa en liepen in georganiseerde zoekketens door heel Limhamn, maar er was zelfs geen piepklein spoor van Carro en de meisjes gevonden.

Hij voelt een enorme dankbaarheid voor de betrokkenheid van iedereen, maar is nu volkomen leeg.

In zijn hoofd klinken de stemmen van Caroline en de meisjes. Af en toe verandert de angst in woede omdat hij zo verschrikkelijk alleen is.

Hij denkt de man met de geschoren schedel overal te zien, zelfs vanochtend op de luchthaven, toen hij in alle vroegte het vliegtuig naar Stockholm moest nemen om op tijd in de studio van *Nyhetsmorgon* te zijn, maar het moet iemand anders geweest zijn, omdat hij de man daarna niet in het vliegtuig zag.

Het is niet de eerste keer dat hij een van de gasten van *Nyhetsmorgon* is, maar de andere keren was hij hier om over zijn successen en ondernemerschap te praten. Mensen vinden het fantastisch zoals hij opgeklommen is op de sociale ladder. Het geeft de kijkers hoop dat iedereen alles kan bereiken, als je er maar hard genoeg voor werkt. *The American fucking dream.*

Nu zit hij gevangen in een weerzinwekkende nachtmerrie die maar niet ophoudt.

De media-aandacht is enorm, de NRK – de nationale omroep van Noorwegen – gaat tijdens de uitzending van vanavond uitgebreid in op de ontvoering. Natacha is degene die alle aanvragen behandelt. Ze werken al meerdere jaren samen en zij regelt alle nationale en internationale pers voor zijn bedrijf. Natacha is keihard en tijdens deze crisis heeft ze hem niet vrijuit laten praten en heeft ze hem in principe verboden om Gustav Jovanovic te zijn. Hij moet zich inhouden, iets wat volledig tegen zijn karakter indruist. Natacha heeft natuurlijk gelijk. Het is onmogelijk om zich tegen alle verkeerde interpretaties te verdedigen en hij moet het slim aanpakken omdat de toon verhard is. Veel mensen denken dat hij iets met de verdwijning van zijn gezin te maken heeft.

Op de tafel in de studio liggen de grote ochtendkranten en internationale dagbladen. Het prachtige modellengezicht van Caroline staat samen met dat van hun twee mooie meisjes op alle omslagen en voorpagina's. Zijn gezin is het belangrijkste item van alle nieuwsprogramma's op radio en televisie. De avondkranten zwelgen in de foto's van Carolines Instagram – liefdesverklaringen aan Gustav gecombineerd met foto's waarop de kinderen met hem spelen.

Het rugpand van zijn overhemd is drijfnat, de lampen branden op zijn voorhoofd.

De opnameleider telt af. 'Acht, zeven, zes...'

De presentatrice, die een glad, glanzend voorhoofd heeft, richt haar aandacht op hem en glimlacht medelijdend, voor zover dat gaat met alle botox die in haar gezicht is gespoten. 'Zweden en de wereld zijn geschokt. Er zijn nu twee dagen verstreken sinds je gezin...'

Blablabla. Gustav heeft het gevoel dat hij gaat flauwvallen en heeft moeite om te luisteren.

'Hoe voel je je?'

Ik moet me concentreren, denkt hij. 'Afschuwelijk. Ik verlang naar ze. Ik verlang ernaar ze te omhelzen, welterusten tegen ze te zeggen, tegen ze te mopperen omdat ze hun tanden moeten poetsen en hun bord moeten leegeten.'

Hij wrijft met zijn handen langs zijn achtenveertig uur oude baardstoppels. Hij ziet eruit als een wrak. Hij ís een wrak.

Op het grote scherm in de studio worden fragmenten uit Carolines films getoond. Gustav voelt een steek van nostalgie. Ze laten een foto van Caroline op de première van *Saknad* zien.

Ze zag er toen zo anders uit. Sterk en zelfstandig, met ronde billen. Hij mist die jurk. Ze was zo sterk en wist alles. Wat is er met die vrouw gebeurd?

Gustav legt zijn hand op zijn borstkas. 'Caroline en de meisjes zijn alles voor me. Ik heb mijn hele leven keihard gewerkt, maar datgene wat echt iets betekent is mijn gezin. Zij zijn mijn grote trots. Ze zijn het mooiste cadeau dat ik ooit heb gekregen. Ik hou zo ongelofelijk veel van ze en ik weet niet hoe ik het zonder ze moet redden. Mijn enige troost is de hoop dat ze bij elkaar zijn. Caroline zorgt voor onze dochtertjes, ze is de allerbeste moeder...' Gustav neemt een slok water vanwege zijn droge keel en slikt het moeizaam door. 'Rond de jaarwisseling krijgen we een zoontje. We verlangen al heel lang naar een klein jongetje in ons gezin.'

'Hebben jullie de baby al een naam gegeven?'

'Ja, Ludvig...' Gustav wrijft met zijn vinger onder zijn oog.

'Misschien moeten we even pauzeren,' zegt de presentatrice terwijl ze in de camera kijkt.

De gedachten schieten net zo snel door hem heen als zijn bloed. Hij moet hier weg om te doen wat hij moet doen. Hij heeft niets verteld over de sms die hij gisteren van de ontvoerders heeft gekregen. Hij moet dit op zijn eigen manier oplossen. Je kunt zeggen wat je wil over zijn schoonouders, maar ze zijn altijd lief tegen Astrid en Wilma geweest. Misschien is dat een soort compensatie omdat ze een slecht geweten vanwege Carolines jeugd hebben, maar ze houden ongelofelijk veel van de meisjes en hij is ervan overtuigd dat ze hun trots zullen inslikken en hun dochter en kleinkinderen zullen redden, ook al hebben ze eerder nooit voor hen klaargestaan. Tenslotte gaat het nu om leven en dood.

'Gaat het een beetje?' vraagt de presentatrice.

Hij knikt en dwingt zichzelf om nog een slok water te nemen. Een onderdeel van het programma is een interview met Leia, die vertelt over het politiewerk en hoe het onderzoek vordert.

Hij snuift.

Voordat hij het weet telt de opnameleider opnieuw af.

Zijn hartslag versnelt.

'Het leger en Missing People zijn bij de zoekacties betrokken en Carolines volgers hebben zich verenigd en zijn een campagne gestart die door iedereen wordt gedeeld,' zegt de presentatrice, waarna ze Gustav het woord geeft.

'Ik ben zo ongelofelijk dankbaar voor iedereen die me helpt en steunt in deze donkere tijden. Ik heb inmiddels een telefoonnummer in het leven geroepen waarop tips gegeven kunnen worden. Die mogen trouwens ook gemaild worden. Ik lees alles, maar heb helaas geen tijd om iedereen persoonlijk antwoord te geven.'

De presentator beëindigt het interview en Gustav verlaat de studio. Over het geheel genomen is hij tevreden over zijn bijdrage. De boodschap is precies zo overgekomen als hij heeft gehoopt. Nu weet iedere klootzak in Zweden dat hij niets te maken heeft met de verdwijning van zijn gezin en kan niemand hem nog verdenken.

Caroline

Het geschreeuw echoot tussen de muren als haar lichaam het kindje afstoot. Haar armen trillen en ze huilt onstuitbaar als ze het levenloze lichaampje optilt. Voorzichtig wikkelt ze haar zoontje in haar nachthemd. Een brandende pijn stroomt door haar heen en ze drukt het bundeltje tegen zich aan. Ze wiegt hem voorzichtig maar durft niet naar beneden te kijken. Ze is bang voor haar reactie, bang om in te storten.

Overal ligt bloed en haar onderlichaam bonkt.

Na een tijdje kijkt ze omlaag en ziet het donkere donshaar onder het nachthemd uitsteken. Voorzichtig schuift ze de stof weg.

Haar schouders schokken terwijl ze naar zijn contouren kijkt, de kleine neus en mond, de oren.

Hij is zo perfect.

Zijn ogen zijn dicht, ze mochten niet opengaan om de wereld te zien. Ze zijn amandelvormig, precies zoals de ogen van zijn vader. Haar tranen druppelen op het tengere lichaam. Zijn handen zijn niet groter dan haar duimnagel. Haar zoontje is maar eenentwintig weken en zo licht als een veertje. Hij weegt beslist niet meer dan een pond. Ze pakt zijn piepkleine handje en doet haar ogen dicht.

Hoe kan iemand zo wreed zijn, denkt ze terwijl haar lichaam onbeheerst trilt.

'Mijn mooie Ludvig Bengt Milo Hjorthufvud Jovanovic... Ludvig betekent "krijger" en jij bent mijn kleine krijger.' Haar stem is niet meer dan een fluistering. 'Je heet Bengt naar mijn vader, jouw opa. Hij is een vreemde man, maar doet waarschijnlijk zijn best. Ik heb mijn spirit van hem en ik wilde dat jij die ook zou krijgen. Je andere opa heette Milo. Ik heb hem nooit ontmoet, maar je vader heeft het vaak over hem. Ik denk dat hij een geweldige man vol liefde was.'

Het verdriet schreeuwt binnen in haar. Ze kan dit niet verdragen, ze wil alleen nog dood zijn.

'We hebben zo naar je verlangd,' fluistert ze en ze streelt zijn donzige arm.

Hoe heeft dit kunnen gebeuren? Het is zo verdomd onrechtvaardig.

Ze kijkt naar hem zoals hij roerloos en vredig in haar armen ligt. Het lijkt alsof hij glimlacht.

Tussen haar snikken door telt ze zijn teentjes en pakt zijn voetjes vast.

'Je grote zus Wilma zou fantastisch voor je gezorgd hebben en Astrid zou net zo lang gek tegen je gedaan hebben tot je was gaan lachen.'

Caroline leunt tegen de koude muur, houdt haar neus bij zijn nek en snuift zijn babygeur op. Ze wordt overvallen door een gevoel van ontreddering dat weigert te verdwijnen en ze schreeuwt het uit.

De pijn in haar onderlichaam overheerst haar gehuil langzamerhand. Het warme bloed kleurt de betonnen vloer rood. Ze moet de navelstreng als een dier met haar tanden doorbijten. De weeën blijven komen en het duurt niet lang voordat de placenta uit haar lichaam wordt gedreven. Af en toe zakt ze weg, tot ze op een bepaald moment klaarwakker is.

Het duurt een paar seconden voordat ze beseft waar ze is en dat dit geen nachtmerrie is. Haar nek doet pijn als ze naar haar zoontje in haar armen kijkt. Zijn lichaampje is koud en hij ziet er anders uit, alsof zijn ziel hem heeft verlaten en verder is gegaan.

'Ik heb je in elk geval een tijdje vast mogen houden, maar het is te kort,' fluistert ze en ze streelt zijn voorhoofd met haar vinger. Ze gelooft niet in God, maar is er wel van overtuigd dat er iets is. Hopelijk zien ze elkaar terug.

Haar benen trillen als ze opstaat en naar de slaapzak wankelt. Ze drukt haar zoontje stevig tegen haar borstkas, is bang om hem te laten vallen. Een zwerm vliegen stuift op als ze de slaapzak met één hand optilt. Ze schudt hem met haar laatste krachten op en moet de gedachte aan wie er gedwongen is geweest om hierin te slapen verdringen. Op de een of andere manier delen ze hetzelfde lot en ze hoopt dat degene die hier gevangen is gehouden levend naar buiten gekomen is. Zorgvuldig legt ze haar baby'tje op de slaapzak, dekt hem toe en geeft een zachte kus op zijn voorhoofd.

Een gevoel van leegte verspreidt zich binnen in haar. Het leven kiest zijn eigen weg, buiten onze macht.

'Ik moet je zusjes vinden voordat het te laat is.' Ze heeft geen tranen meer en de woede grijpt haar vast.

Ze heeft kracht nodig.

Veel dieren eten hun placenta, denkt ze en ze staart naar de op vlees lijkende homp waarvan ze weet dat die vol voedingsstoffen zit. Meerdere beroemdheden hebben het al gedaan, herinnert ze zichzelf als ze haar ogen dichtdoet en een hap neemt.

Gustav

Gustav vertrekt haastig uit de studio van TV4 en weigert vriendelijk maar beslist met een paar journalisten die voor de ingang staan te praten. Hij heeft alles wat belangrijk is al gezegd.

De redactie heeft een taxi besteld en hij zegt tegen de chauffeur dat hij hem naar Djursholm moet brengen. Zijn overhemd is doornat en hij vraagt de chauffeur om de airco op vol vermogen te zetten.

Zijn hartslag bonkt in zijn oren.

Het vliegtuig vertrekt over drie uur en hij moet met Carro's ouders praten voordat hij naar Malmö teruggaat, maar het is druk en de taxichauffeur is niet bepaald alert.

Gustav staart naar zijn horloge. De minuten verstrijken. Zijn telefoon trilt voortdurend. In een van de berichten geeft Natacha hem vijf sterren voor zijn bijdrage. Verder zijn het voornamelijk vrienden en kennissen die hem op de televisie hebben gezien en hem sterkte willen wensen.

'Welk nummer zei je dat het was?' vraagt de taxichauffeur nadat hij het geluid van de radio zachter heeft gezet.

Gustav geeft antwoord en stopt zijn telefoon in zijn broekzak.

De grote op een kasteel lijkende villa verheft zich voor hem en hij voelt een steek in zijn borstkas.

De eerste keer dat hij hier is geweest, was maar een paar weken na zijn eerste date met Carro. Hij herinnert zich wat hij dacht toen ze over de oprit reden: nu ben ik een echte Zweed.

Hij had het zo ongelofelijk mis.

Gustav betaalt en stapt uit, de drukkende hitte in.

Het grindpad naar de ingang is net zo zorgvuldig aangeharkt en het op een kasteel lijkende huis is net zo angstaanjagend als de eerste keer dat hij hier was om aan zijn toekomstige schoonouders te worden voorgesteld.

Dat was op de gedenkdag van Peders overlijden.

Hij is blij dat ze elkaar nooit hebben ontmoet. Als hij niet een jaar eerder was verdronken, had Gustav hem met zijn blote handen vermoord.

Het voelt alsof het gisteren was. De herinnering aan Caroline die zich lachend naar hem omdraaide veroorzaakt een steek in zijn maag. Ze riep dat hij moest komen, maar hij stond daar maar en keek naar haar rug. Het lange blonde haar dat destijds bijna tot haar billen kwam, de schalkse glimlach die iedereen gek maakte. Hij was een beetje zenuwachtig geweest. Eigenlijk wil hij dat nog steeds niet aan zichzelf toegeven, maar hij stond op het punt om een volkomen nieuwe wereld te betreden en vond het heel belangrijk om een goede indruk te maken.

Gustav zet zijn zonnebril af en veegt het zweet uit zijn nek.

Geflankeerd door de enorme blauw-witte potten met hoge planten bij de voordeur belt hij meerdere keren aan, maar er wordt niet opengedaan. Elke keer dat hij de bel indrukt neemt de vernedering toe. Uiteindelijk houdt hij de knop net zo lang ingedrukt tot hun dienstmeisje de deur opent, waarna de chique Birgitta vlak achter haar opdoemt.

Carro's steenrijke ouders hebben hun altijd eindeloze vermaningen naar het hoofd geslingerd en hen min of meer onmondig verklaard door hun opdringerige gedrag, maar wat hebben ze zelf gepresteerd? Alles is gemakkelijker als je geld, titels en dat soort rotzooi erft. Hij kent zijn waarde en heeft vanuit het niets zijn imperium opgebouwd. Dat heeft pas echt iets te betekenen. Hij kan hun bullshit verdragen, maar weigert te accepteren hoe ze Carro, hun eigen dochter, hebben behandeld. Hun eigen vlees en bloed.

Hij ziet zijn dochtertjes terug in Birgitta's mooie gezicht. Ze hebben haar hoge jukbeenderen en de dunne roze huid geërfd.

Achter Birgitta verschijnt Bengt met zijn keurig gekamde zilverkleurige manen. Hij draagt een cardigan en pantoffels met grote gouden monogrammen.

'Kom binnen,' zegt hij en hij opent de deur helemaal, ook al weet Gustav dat ze uitschot zoals hij het liefst niet binnenlaten bij de familie Hjorthufvud.

Hij heeft altijd moeite gehad met de autoriteit van oudere witte mannen, ze maken hem zwak en hij haat het dat ze dat effect op hem hebben.

Gustav loopt de rustieke voorkamer in, die een kopie van een hal in een Frans kasteel is. De muren hangen vol kunst.

'Heb je nieuws?' vraagt Birgitta. Ze ziet er moe uit en haar ogen glanzen.

'Kunnen we gaan zitten?'

'Laten we naar de bibliotheek gaan. Wil je iets drinken?' Ze neemt hem mee naar de sombere, koele kamer en gebaart naar de met leer beklede chesterfieldfauteuils.

'Ik vraag Kim om vlierbessensap te brengen,' gaat ze verder en ze verdwijnt naar de keuken voordat Gustav antwoord kan geven.

De bibliotheek is bedekt met mahoniehout en staat van plafond tot vloer vol met boeken. Aan één muur hangt een portret van Carro en Peder van toen ze klein waren.

Gustav huivert als hij ziet hoe Peder zijn zusje vasthoudt. De schilder is erin geslaagd de angst in Carro's blik te vangen. Die is hem heel vertrouwd en hij voelt een steek in zijn hart. Gustav kan het niet loslaten dat Caroline haar ouders heeft gebeld op de avond dat zij en de meisjes zijn verdwenen.

'Blijf je staan?' vraagt hij met een blik op zijn schoonvader, die met zijn armen over elkaar geslagen bij de deur staat en hem observeert.

Gustav merkt dat het Bengt irriteert omdat hij de voorwaarden wil bepalen, maar er is geen tijd voor zulke onzin. 'Ik heb een eis om losgeld gekregen.'

Birgitta is terug en zet het blad met een klap neer, alsof ze het

bijna op de tafel laat vallen, en slaat haar hand voor haar mond.
'Is dat waar? Leven ze? Wanneer?'
'Gisteravond, maar ik wilde het jullie persoonlijk vertellen. Ik wilde het niet telefonisch doen. Als dit bekend wordt vermoorden ze mijn gezin.'
Birgitta kermt. 'Wat zeggen ze?'
Gustav vertelt over het bericht van de ontvoerders. Woord voor woord doet hij verslag van hun eisen. 'Ze willen vijftien miljoen euro in bitcoins.'
Bengts gezicht wordt donker van woede.
'We moeten naar de politie gaan,' zegt Birgitta.
'Het risico is veel te groot. De ontvoerders komen daarachter, de politie werkt te langzaam en Caroline redt het niet lang meer als ze geen insuline krijgt. Dat kan ik mijn gezin niet aandoen. Het zou zijn alsof ik ze met mijn eigen handen vermoord. We moeten ze betalen en ik heb hulp nodig om het geld bij elkaar te krijgen.'
'Hoe weet je dat ze nog leven?' mompelt Bengt terwijl hij gaat zitten.
'De ontvoerders noemden details die alleen de kinderen en Caroline kunnen weten. De naam van het eerste konijn van de meisjes en hoeveel ik van Caroline hou.'
Bengt mompelt verder en is nauwelijks te verstaan. 'En jij hebt de antwoorden?'
'Hou je mond, Bengt, dat helpt niet,' zegt Birgitta.
'Wat bedoel je daarmee?' vraagt Gustav.
'Zitten je Balkanvriendjes hierachter? Wie zijn het? Je moet hun namen stuk voor stuk noemen,' zegt Bengt. Hij loopt vloekend naar de secretaire om een blocnote te pakken. 'In welke taal communiceren ze?' Bengt smijt de blocnote voor hem neer.
'Zweeds.'
'Ik wil namen hebben. Ik weet zeker dat je weet wie het zijn.'
'Ik heb geen idee,' zegt Gustav en hij schuift de blocnote opzij.

Birgitta gaat met een doodsbleek gezicht in een fauteuil zitten. 'We moeten doen wat in onze macht ligt, Bengt.' Ze kijkt naar haar man en Gustav ziet haar smalle ogen glanzen.

'We gaan naar de politie, dat is het enige juiste om te doen,' zegt Bengt. 'Ik ben niet van plan om op de eisen van de ontvoerders in te gaan. Dat is niet correct. Met behulp van de politie moeten we met ze in gesprek kunnen gaan.'

'Kunnen jullie niet gewoon jullie dochter helpen? Probeer voor één keer maling te hebben aan wat er in jullie kleine wereldje goed en fout is. Deze mensen leven volgens heel andere regels.'

De lucht tussen hen is zwaar.

'Hij heeft gelijk, Bengt.'

'Waarom gebruikt hij zijn eigen geld niet?' zegt Bengt met een blik op Birgitta.

'Dat weet je. Mijn kapitaal zit vast en ik kan het niet snel genoeg vrijmaken. Bovendien is het twijfelachtig of ik na Brazilië zoveel bij elkaar kan krijgen, maar ik heb goede dingen op stapel staan. Zodra het beter gaat betaal ik jullie terug. Nu moeten we er gewoon voor zorgen dat Carro en de meisjes naar huis komen.'

Hij haat Bengt omdat hij hem dwingt zijn financiële situatie uit de doeken te doen. Die vent weet heel goed dat het Brazilië-project misgelopen is. Een paar maanden geleden heeft Gustav zijn schoonvader om hulp gevraagd, maar toen weigerde hij hem geld te lenen.

Bengt zucht en Gustav vraagt zich af of hij echt zo stom is. Hij heeft geen flauw idee hoe het is om Gustav Jovanovic te zijn.

'Als ik iedereen die daar in de loop der jaren om heeft gevraagd geld had gegeven, dan waren we nu arm geweest.'

'Hoe kun je dat zeggen? Het gaat om je dochter en je kleinkinderen. Je bent het je dochter verplicht om haar te helpen na alles wat ze heeft moeten doorstaan met Peder, dingen die jullie gewoon lieten gebeuren.' Dat hij hun om geld vraagt bezorgt Gustav niet eens een slecht geweten.

Bengts blik verduistert. 'Je hebt het recht niet om op zo'n manier tegen me te praten,' brult hij. 'Het ergste wat Caroline overkomen is, is dat ze jou tegengekomen is. Je bent alleen op mijn geld uit.'

'Je moet blij zijn dat ik voor je dochter zorg, want dat is verdomme een fulltimebaan.'

'Alsjeblieft,' zegt Birgitta. 'We moeten proberen samen te werken. Voor één keer willen we hetzelfde.'

Bengt mompelt iets.

'Bengt, dit is misschien de enige mogelijkheid om Caroline en de kinderen te redden. Wil je ons een moment excuseren, Gustav? Ik wil ongestoord met mijn man praten. Bengt, ga je mee naar de keuken?'

'Wat heb je voor instructies gekregen over de manier waarop ze vrijgelaten worden als het geld overhandigd is?' vraagt Bengt op een kille toon.

'Daar hebben ze nog niet over gecommuniceerd.'

Gustav kijkt de twee na terwijl ze de bibliotheek verlaten. Als hij het geld had gehad, zou hij geen seconde aarzelen. Ze zijn schatrijk, wat is er dan verdomme zo moeilijk? Hij begrijpt het niet, maar eerlijk gezegd is hij ook niet bijzonder verbaasd.

Hij schenkt een glas tot de rand vol vlierbessensap en drinkt het leeg. Daarna stopt hij een paar ijsblokjes in zijn mond en kauwt erop, zodat zijn tanden er pijn van doen.

De blikken van Caroline en haar broer houden hem in de gaten. Hij draait zijn nek van rechts naar links, stopt weer een ijsblokje in zijn mond en schenkt nog een glas sap in terwijl hij wilde dat ze hem iets sterkers hadden aangeboden. Hij staart naar de blocnote voor hem. Hij is niet van plan om ook maar één naam op te schrijven.

Als Birgitta eindelijk terugkomt heeft hij de kan leeggedronken en alle ijsblokjes opgegeten.

'Bengt en ik hebben besloten te betalen. Je kunt hun vertellen dat we het geld zullen regelen. Hoe krijgen we de garantie dat we onze meisjes terugkrijgen?'

Gustav slaakt een diepe zucht van opluchting. 'We zorgen ervoor dat dat helder en duidelijk is. Ze zullen instructies met betrekking tot de overdracht sturen.'

Zijn telefoon gaat. Het is een onbekend nummer.

Ze staren allemaal naar zijn telefoon, die op de bank ligt te trillen.

'Neem dan op,' zegt Birgitta en ze steekt haar hand uit.

Gustav heeft hem het eerst te pakken en houdt de telefoon bij zijn oor.

'Met mij,' zegt Henrik. 'We hebben de naam van de eigenaar van de rode Audi. Hij heet Lukas Bäck. Ken je hem?'

Gustav kan zich niet herinneren dat hij de naam ooit heeft gehoord. 'Wie is Lukas Bäck en wat heeft hij in godsnaam met mijn gezin gedaan?'

Caroline

De bloedsmaak is weerzinwekkend. Het eten van de placenta is het smerigste wat ze in haar hele leven heeft gedaan, maar haar krachten beginnen langzamerhand terug te keren.

Ze hoort geritsel bij de ladder. De muis rukt en bijt aan het aluminium en ze beseft dat zij hetzelfde moet doen. 'Nu zijn jij en ik alleen over,' zegt ze en ze kijkt naar het beestje.

De muis houdt zijn kopje scheef. Het is bijna alsof hij begrijpt dat ze hetzelfde lot tegemoet gaan. Ze weten beiden dat ze hier weg moeten.

'Het spijt me dat ik je huis van twaalf verdiepingen kapot moet maken,' zegt ze en ze pakt de trap vast. De muis laat zich op de vloer vallen en schiet naar een van de hoeken. Haar borstkas spant als ze een stuk van de trap loswrikt. Ze bekijkt het losgemaakte deel in haar hand en voelt aan de hoeken, hopelijk zijn ze scherp en stevig genoeg. Vastberaden loopt ze naar de houten deur en begint te schrapen en te hakken met het stuk aluminium. Er gebeurt niet veel, maar het is het enige wat ze kan doen.

'Ik zorg ervoor dat we hier allebei wegkomen en dat het monster dat ons dit aangedaan heeft hiervoor zal boeten, al is dat het laatste wat ik doe.'

Ze hakt in het hout en krijgt een grote splinter los.

De gloeilamp aan het plafond knippert. Ze beseft dat het hier aardedonker wordt als die uitgaat en verhoogt haar tempo. De houtsplinters spatten om haar heen terwijl ze in de deur hakt. Ze moet hier weg. Ze is nog niet eens halverwege en hoopt dat de deur van massief hout is zodat ze niet op een stalen plaat in het midden stuit. Het gat moet groot genoeg zijn om doorheen te kunnen kruipen. Het zweet stroomt van haar lichaam en haar hart bonkt van angst. Ze stinkt naar urine en oud opgedroogd bloed. Vanaf de plek waar ze staat ziet ze Ludvigs donkerharige kleine schedel uit de slaapzak steken, ingestopt en roerloos. Ze slaat zo hard met het stuk aluminium tegen de deur dat het uit haar hand vliegt.

'Verdomme.' Ze heeft geen tranen over, voelt alleen pure, brandende woede. Ze rukt aan de deur en schreeuwt, pakt het stuk aluminium op en slaat ermee op de deur tot ze zich op de vloer laat zakken. Ze kan niet meer bewegen, kan haar blik niet van het dode lichaampje halen.

De gedachten tollen door haar hoofd.

Het haar hangt in pieken voor haar gezicht. Ze is gestoord, niet op de manier zoals je moet zijn om shots achterover te slaan en daarna in Verbier te gaan heliskiën, maar ze voelt zich een krankzinnige met wie niemand iets te maken wil hebben.

Gustav heeft de hele tijd gelijk gehad.

Ze is de fantastische vrouw op wie hij verliefd is geworden niet meer; de slimme, sterke, sexy, gevaarlijke vrouw die iedereen wilde hebben. Ze is niets meer. Helemaal niets.

Voor Gustav en haar ouders zou ze misschien beter dood kunnen zijn. Dat zou het eenvoudigst zijn. Zodra iets niet helemaal perfect is mag het van de aardbodem verdwijnen. Ze heeft haar ouders al voldoende te schande gemaakt door Gustav mee te nemen naar het zondagse diner om hem aan hen voor te stellen. Ze hadden verwacht dat ze met een prins zou thuiskomen, of in het ergste geval met een edelman die op zijn minst in een kasteel woonde. Een man uit Rosengård was zo ver van hun voorstellingsvermogen verwijderd dat ze zelfs in hun wildste fantasieën niet hadden kunnen bedenken dat hun zoiets kon overkomen. En dat terwijl het Birgitta zoveel bloed, zweet en tranen heeft gekost om ervoor te zorgen dat ze iemand van hun niveau zou kiezen.

De muis sluipt langs de muur en kauwt op de droge graankorrels die hij op de vloer vindt. Zij doet hetzelfde, maar haar mond is zo droog dat ze nauwelijks kan slikken. Soms krijgt ze een muizenkeutel binnen, maar liever dat dan de muis te moeten opeten.

Ze schraapt met het lichte stuk aluminium over de deur. Hopelijk is een klein gat genoeg, zodat ze haar hand erdoorheen kan steken om de deur van het slot te doen. Het kost echter heel veel tijd en ze twijfelt eraan of het haar zal lukken.

Plotseling voelt ze een koude luchtstroom en ze beseft dat het haar gelukt is om een gat in de deur te maken.

Ze kijkt door de kleine opening naar buiten en ziet een monochroom grijze ruimte en een wenteltrap. Ze ademt de muffe maar zuurstofrijke lucht in alsof het lachgas is en slaat splinters weg om het gat groter te maken.

Even later is het groot genoeg om haar arm erdoorheen te steken. Ze hoopt alleen dat er een slot zit dat geopend kan worden.

Ze duwt haar hand door het gat en slaagt erin haar arm zo te draaien dat ze de klink aan de andere kant kan vastpakken. Ze beweegt haar hand voorzichtig naar beneden en voelt dat ze een sleutel nodig heeft om het slot te openen.

Verdomme.

Er blijven splinters in haar arm steken als ze hem weer uit het gat trekt. Het enige wat ze kan doen is in de deur rond het etensluik blijven hakken. Het moet lukken om het gat groot genoeg te maken, maar dat kost tijd en die heeft ze niet.

'Astrid? Wilma?' roept ze door het gat, waarna ze haar oor ertegenaan houdt.

Niets.

Misschien komt er iemand voordat het haar lukt hieruit te komen, maar daar mag ze niet aan denken. Ze moet zich concentreren en dat soort gedachten verdringen. Ze kijkt naar de slaapzak en voelt een steek van pijn in haar borstkas als ze beseft dat Ludvig zijn leven heeft gegeven zodat zij het overleeft.

Er breekt een flink stuk van de deur, groot genoeg om het

luik los te kunnen wrikken. Ze zet haar voet tegen de muur en trekt. De deur kraakt en het hout rond het luik komt steeds verder los. Na een paar minuten moet ze pauzeren om op adem te komen.

Als ze weer begint te trekken valt ze even later zonder waarschuwing vooraf naar achteren. Het luik valt met een klap op de vloer en het gat in de deur is waarschijnlijk groot genoeg om zich erdoorheen te kunnen wringen.

Het is haar gelukt, maar stel dat iemand haar heeft gehoord. Volkomen roerloos luistert ze naar geluiden, maar het blijft stil.

Na een tijdje kruipt ze naar de slaapzak en slaat de rand voorzichtig weg. Ludvig is helemaal blauw en ze durft hem niet aan te raken, bang voor haar reactie als ze zijn koude huid voelt.

'Ik kom terug om je te halen,' fluistert ze en ze stopt hem zorgvuldig in.

Zonder nog achterom te kijken wurmt ze zich door het kleine gat naar buiten. De houtsplinters blijven in haar huid steken en ze moet op haar lip bijten om niet te schreeuwen.

The Killer

Het rode rijtjeshuis in Skanör ziet er goed onderhouden uit, met een klein gemaaid grasveld bij wijze van voortuin. Van buitenaf gezien lijkt het een woning van een normaal gezin.
　Henrik zit in de auto op de oprit en wacht op Leia.
　Om de een of andere onbekende reden wilde Lukas' vrouw alleen met een vrouwelijke agent praten. Of misschien was het gewoon een excuus dat Leia had verzonnen om hem niet mee naar binnen te hoeven nemen.
　De situatie is onhoudbaar. Als Leia hem niet vertrouwt kan dat vernietigende consequenties hebben. Daarnaast moeten ze misschien niet samenwerken vanwege andere redenen. Haar aanwezigheid brengt hem ernstig in de war en zorgt ervoor dat hij zijn concentratie kwijtraakt.
　Hij speelt het fragment met Gustav in *Nyhetsmorgon* voor de derde keer af. Het klinkt elke keer net zo gemaakt. Hij doet zijn best om niet cynisch te zijn, maar dat is moeilijk. De Gustav die op de studiobank zit komt geslepen over en is absoluut niet dezelfde man als tijdens de verhoren.
　Familieleden die op deze manier in de media verschijnen zijn meestal schuldig en hij weet zeker dat Gustav iets verbergt. Zou hij Lukas Bäck echt nooit gezien hebben en nooit over hem hebben horen praten? Hij liegt daarover, of anders houdt hij iets anders achter.
　Volgens Karim heeft Lukas Bäck geen verleden binnen De Familie of een andere bende. Daarentegen heeft hij enorme schulden en heeft hij een aantal deurwaarders achter zich aan. Iets wat je absoluut niet zou denken bij de eerste aanblik van

het rijtjeshuis, ook al weet hij dat een façade misleidend kan zijn, waarna hij aan zijn eigen woning in Stockholm denkt.

Maja heeft nog steeds niet teruggebeld en dat maakt hem verdrietig, maar hij beseft dat hij de situatie moet accepteren. Of niet. Hij functioneert niet zonder zijn kinderen. Hij wil zijn dochter net bellen als het portier wordt geopend en Leia in de auto stapt.

Hij kijkt op van zijn telefoon. 'Wat zei ze?'

Leia trekt het portier met een knal dicht en haalt snel adem.

Henrik ziet dat Lukas' vrouw door de kanten gordijnen naar buiten kijkt.

'Ze heeft me dit gegeven.' Leia houdt een bewijszak met een roze kinderschoen omhoog.

'Wat?' Zijn ademhaling stokt als hij het door de zon verbleekte stoffen schoentje ziet.

'Ze heeft het in Lukas' rode Audi gevonden. Het moet de schoen van een van de meisjes zijn.'

'Maar hoe...'

'Lukas Bäck heeft al hun geld vergokt op een site die Gustav heeft ontwikkeld,' zegt Leia. 'Hij wilde blijkbaar dat Gustav hem het geld dat hij was verloren terugbetaalde.'

'Waar is hij?'

'Dat weet ze niet, maar ze heeft een maand geleden geprobeerd hem het huis uit te zetten toen ze erachter kwam dat hij zijn baan kwijt was, het geld van hun gemeenschappelijke spaarrekening had vergokt en enorme schulden had gemaakt. Hij heeft haar beloofd om elke cent terug te krijgen door geld van Gustav te eisen.' Leia haalt een paar keer diep adem.

'Is alles goed met je?' vraagt hij.

Ze knikt. 'Ze heeft het schoentje in de auto gevonden en heeft gezegd dat hij moest vertrekken. Daarna heeft ze hem niet meer gezien, maar ze heeft ons een paar adressen opgegeven waar hij zou kunnen zijn.'

'Waarom heeft ze geen contact met de politie opgenomen?'

'Eerlijk gezegd had ze daar geen zinnig antwoord op. Ze

kronkelde zich in allerlei bochten en zei dat ze nooit had gedacht dat Lukas iemand iets aan zou kunnen doen, dat het alleen loze dreigementen waren. Tegelijkertijd leek ze bang. Lukas had het schoentje tenslotte in zijn bezit.'

'Misschien is ze medeplichtig,' zegt Henrik en hij pakt de politieradio. 'Ik roep versterking op.'

'Ze waren er niet. Ik heb het huis doorzocht.'

'Ze kunnen er geweest zijn,' zegt Henrik. Hij vraagt of de technische recherche naar de woning van Lukas Bäck kan komen.

'We moeten Lukas vinden…'

'We kunnen hem snel lokaliseren door zijn telefoon te peilen. We moeten de helikopter en het arrestatieteam klaar hebben staan.' Henrik kijkt naar Leia. 'Betekent dit dat we blijven samenwerken?'

Haar donkere ogen kijken wantrouwend naar hem. 'Voorlopig wel, in elk geval tot we deze klootzak te pakken hebben.'

Gustav

De pet zit strak rond zijn hoofd als hij de Gustavsgata in rijdt. Hij heeft het nieuws over Lukas Bäck inmiddels gehoord.
Asif noch iemand anders van De Familie heeft contact met hem opgenomen. Op weg van de luchthaven naar huis heeft hij met zijn tante Raffi gebeld. Ze beweerde dat ze Asif al maanden niet had gesproken en klonk verbaasd toen hij haar vroeg waarom zijn moeder donderdag in Landskrona was geweest. Hij weet niet meer wat hij moet geloven, net als dat met Carro. Ze heeft het meerdere keren gehad over een rode Audi die voor hun woning stond, maar hij heeft dat verzwegen om geen argwaan met betrekking tot De Familie te wekken.
De zee van journalisten en fotografen is gegroeid en de sfeer op straat voelt agressief. Hij kan er nauwelijks doorheen komen. Die klootzakken tonen geen enkel respect. Waar zijn ze verdomme mee bezig?
Hij claxonneert, maar ze weigeren opzij te gaan. Een vrouw gaat voor zijn auto staan, richt haar grote lens op hem en maakt een foto. Hij is niet op tijd om zijn gezicht met zijn arm te bedekken.
Hoewel zijn optreden in *Nyhetsmorgon* een succes was en de kijkers enthousiast waren over de kwetsbare kant die hij had getoond, zijn er nog steeds mensen die denken dat hij iets met de verdwijning van zijn gezin te maken heeft. Haat tegenover kapitalisten is wat het is, net als racisme.
Hij rijdt langzaam verder. De fotografen rennen naast de auto mee en houden hun camera's voor de ramen. Hij kijkt recht voor zich tot hij de poort gepasseerd is en de garage in rijdt.

Als de poort achter hem dichtgaat kan hij eindelijk uitademen.

In de brievenbus ligt een stapel vensterenveloppen. Zonder ernaar te kijken legt hij ze in de bovenste lade van de keuken en gaat bij het kookeiland zitten. Het moment van de waarheid nadert en hij beseft dat hij er klaar voor moet zijn als de hel losbreekt.

Hij is ongelofelijk moe en heeft het gevoel dat hij in maar een paar uur tien jaar ouder is geworden. Zijn telefoon gaat, hij ziet op het scherm dat Filippa hem belt en neemt op.

'Ik heb net informatie over Lukas Bäck binnengekregen,' zegt ze. 'Hij is klant bij Bettin Casino, heeft ruim twee miljoen kronen vergokt en heeft het bedrijf en jou met verschillende rechtszaken gedreigd. Gisteren heeft hij voor het laatst ingelogd.'

Gustav voelt een rilling langs zijn ruggengraat gaan. 'Is er aangifte tegen hem gedaan?'

'Nee, we wilden geen ruchtbaarheid geven aan dit soort...'

Hij slaat met zijn vuist op het marmeren blad.

Ze hebben vaker dreigementen en klachten gekregen van klanten die hun spaargeld hadden vergokt, maar omdat Gustav niet langer samenwerkt met Bettin Casino wilde hij de politie er niet bij betrekken.

'Ik dwing ze verdomme toch niet om te gokken? Waar woont die Bäck?' vraagt Gustav met op elkaar geklemde kaken.

'Hij staat ingeschreven op een adres in Skanör,' zegt Filippa.

Gustav leunt nonchalant naar achteren. Hij heeft zijn klanten altijd geminacht. Het zijn karakterloze, zwakke idioten die hun zuurverdiende geld vergokken. Hij weet zeker dat die Bäck een racist is. Iedereen in Skanör is een racist, denkt hij en hij googelt een foto van Lukas Bäck. 'Ik heb die vent nog nooit gezien,' zegt hij terwijl hij de voordeur hoort opengaan.

Hij draait zich haastig om en ziet zijn moeder als een kat naar binnen sluipen. 'Ik moet ophangen,' zegt hij tegen Filippa en hij verbreekt de verbinding.

'Heb je iets gehoord?' vraagt Hasiba. Ze wikkelt de sjaal van haar hals, vouwt hem netjes op en legt hem op het kookeiland. Het grijze gestreepte haar ligt in perfecte golven op haar kleine hoofd.

Gustav weet niet wat hij moet zeggen.

'Heb je honger? Ik kan iets voor je maken als ik hier schoongemaakt heb.'

Voordat hij kan antwoorden stroopt ze de mouwen van haar blouse op en zet de vieze kopjes en borden in de afwasmachine. Daarna maakt ze alle oppervlakken in de keuken overdreven zorgvuldig schoon. Ze ziet geen vlekje over het hoofd.

Maar wat ziet hij zelf over het hoofd? Welke rol speelt Lukas Bäck?

Hasiba opent de koelkast en zucht hardop. 'Ik begrijp niet hoe Caroline het hier heeft georganiseerd. Open blikken moeten zo hoog mogelijk in de koelkast neergezet worden, op de koudste plek, weet ze dat niet?'

'Stop met dat gezeur. Dat is in deze situatie niet bepaald gepast.'

Zijn moeder kijkt met een boze blik naar hem en kijkt weer in de koelkast. 'Wat is dit?'

Ze haalt er een zak uit met iets waarvan Gustav niet weet wat het is. Hij trekt zijn neus op en zijn moeder gooit de zak en andere dingen die volgens haar niet in hun koelkast thuishoren weg. Daarna zijn de bloemen in de kleine vazen op de keukentafel aan de beurt. 'Ik heb nooit iets van die vrouw begrepen...'

'Wat doe je?'

Het duurt even voordat Gustav beseft waar ze mee bezig is en hij kan haar niet tegenhouden voordat het te laat is en Carro's bloemen tussen oud voedsel en ander afval in de vuilnisbak liggen.

'Jezus,' zegt hij. Hij probeert te redden wat er te redden valt, maar de stelen zijn geknakt en de bloemen geplet.

'Ze waren toch verdord, dus wat maakt het uit,' zegt Hasiba, waarna ze de vazen afwast.

Hij kan niet uitleggen waarom, maar ze waren op een bepaalde manier belangrijk.

'Je ziet eruit als een wrak, zoon,' zegt ze en ze streelt zijn wang met haar natte hand. 'Ga douchen en je scheren, dan maak ik het hier schoon.'

'Daar heb ik geen tijd voor. Weet jij waar Asif is?'

Hasiba draait zich haastig om. 'Asif?' vraagt ze met een dreigende klank in haar stem. 'Ik heb tegen je gezegd dat je bij je neef uit de buurt moet blijven.'

'Ik vraag je of je weet waar hij is.' Gustav buigt zijn hoofd naar haar toe.

'Nee, en dat wil ik ook niet weten,' antwoordt ze en ze deinst achteruit.

'Ik heb tante Raffi gebeld,' gaat hij verder. 'Je bent afgelopen donderdag niet bij haar geweest.' Hij pakt zijn moeders arm vast. 'Waar was je?' Hij ziet dat ze iets verbergt. Hoe durft ze verdomme tegen hem te liegen?

'Je vrouw heeft je behekst,' snauwt ze en ze heft een vermanende vinger. 'Ik heb je altijd voor haar gewaarschuwd. En kijk nu wat er gebeurd is. Waarom wil je weten waar Asif is? Wat heb je gedaan, Gustav? Je neef is gevaarlijk, zij zijn gevaarlijk…' De tranen springen in Hasiba's ogen.

Gustav houdt haar arm stevig vast. 'Waarom lieg je tegen me? Heb jij mijn gezin iets aangedaan?'

'Hoe kun je me zoiets vragen?' snauwt ze.

'Waarom vertel je dan niet waar je bent geweest, waarom lieg je verdomme?'

Gustavs telefoon zoemt en hij laat haar arm los. Hij heeft een bericht van Filippa gekregen. *Lukas' broer bezit een boerderij en Lukas heeft dat adres af en toe voor zijn facturen gebruikt. Ik heb je de gegevens gemaild.*

Gustav opent Google Maps en wil het adres net intypen als zijn telefoon weer zoemt. Hij heeft nog een bericht binnengekregen, deze keer van een onbekend nummer.

Hij houdt zijn adem in terwijl hij leest. De ontvoerders hebben instructies gestuurd hoe het geld overgedragen moet worden. Als het bedrag aangekomen is, krijgt Gustav de coördinaten van de plek waar Caroline en de meisjes zich bevinden.

Gedurende een paar eindeloze seconden staat alles stil.

Hij staart naar het bericht en zoekt naar aanwijzingen, spelfouten of iets anders waardoor de afzender kan worden getraceerd, maar er is niets. Zonder erover na te denken belt hij het nummer en hoort een geautomatiseerde stem die zegt dat er geen voicemail aan het nummer verbonden is.

De wereld tolt als hij de gegevens naar Carro's ouders doorstuurt en hen eraan herinnert dat er haast bij is. Verdomd veel haast.

Als Lukas degene is die zijn gezin heeft ontvoerd, dan is het nu gevaarlijk dichtbij. Hij moet naar de boerderij toe.

***

Het raam van de auto is naar beneden gedraaid, de warmte vibreert en de velden stinken naar kattenpis. Een helikopter cirkelt boven zijn hoofd, maar het enige wat hij kan denken is dat het er meer zouden moeten zijn. Er zijn ook te weinig politieagenten. Waarom zijn er geen militairen ingezet? Betaalt hij daarvoor zo verdomd veel belasting? Elke minuut voelt als een hele voetbalwedstrijd.

Hij heeft er met tegenzin mee ingestemd om bij de versperringen te wachten. De politie was er eerder dan hij, denkt hij. De smerissen hebben voor één keer hun werk gedaan.

De politieagenten doorzoeken gebouw na gebouw. De boerderij waar Lukas af en toe heeft gewoond ziet er haveloos uit en is bouwvallig. Voor het grootste gebouw staat een caravan die groen van de schimmel is. Ernaast heeft iemand twee verroeste auto's zonder banden achtergelaten. Er zijn beslist kelders onder alle gebouwen en hij durft zich niet eens voor te stellen hoe het in al die verwaarloosde gebouwen zal stinken.

De media kunnen hem elk moment proberen te kielhalen

omdat hij – in hun ogen – geld heeft verdiend aan Lukas' verval, maar het is verdomme zijn schuld niet dat die verliezer zijn geld heeft vergokt.

Natacha moet een reactie voor de pers opstellen.

Gustav stapt uit de auto, gooit het portier dicht, leunt tegen de motorkap en bijt op zijn nagels.

Waar is Bengt verdomme mee bezig? Het geld is niet binnengekomen, hoewel zijn schoonouders hebben toegezegd dat ze het losgeld zouden betalen.

Dit is allemaal Carro's schuld. Hoewel ze hier niet is voelt het alsof ze hem controleert.

Een knal dreunt over het terrein en hij hoort een piep in zijn oren.

'Nee!' roept hij en hij begint te rennen. De angst bonkt in zijn lichaam terwijl hij onder de versperring door glipt en over de grindweg begint te rennen die naar het gebouw loopt waar het schot is gelost. Hij moet naar binnen.

Voordat hij daar is komt het arrestatieteam uit het hoofdgebouw.

Gustav zoekt naar een teken bij een van hen, wat dan ook.

'Het is te laat!' roept Henrik en hij pakt zijn arm vast.

'Hoezo te laat?' Gustav wil het niet begrijpen en slaagt erin zich los te rukken. 'Hoe is dat verdomme mogelijk? Jullie hebben te veel tijd verspild, incompetente idioten.'

Hij struikelt en doet nog een paar stappen voordat Henrik hem op de grond gooit en zijn gezicht in het grind duwt. 'Je mag niet naar binnen. Het is een plaats delict.' Henrik draait zijn arm zo hardhandig om dat Gustav kreunt.

'Laat me verdomme los.'

Henrik duwt zijn gezicht met zijn knie naar beneden en hij krijgt nauwelijks lucht. Hij probeert los te komen maar heeft geen enkele kans. 'Zijn ze dood?' kreunt hij, waarna het braaksel uit zijn maag omhoogkomt en het zwart voor zijn ogen wordt.

Caroline

Haar lichaam schreeuwt van pijn en verdriet. Als ze bij de trap is laten haar krachten haar in de steek en ze leunt tegen de leuning om op adem te komen. Even later loopt ze moeizaam de wenteltrap naar de volgende verdieping op.
 De zon schijnt door de vieze ramen naar binnen en de verlaten ruimte hangt vol stofdeeltjes. Ze ruikt de zee.
 Iets verder weg ziet ze een deur. Hoe moet ze daar in vredesnaam naartoe komen? Haar benen kunnen haar niet meer dragen. Ze kruipt op handen en knieën over de vieze vloer tot ze eindelijk bij de drempel is, trekt zich aan de klink omhoog en doet een schietgebedje dat hij niet op slot is. De deur vliegt open en ze valt op het asfalt.
 De warmte slaat haar tegemoet. Op een lichtgroene muur ziet ze een door de zon verbleekt bord met de tekst LM SILO. Waarom hebben ze haar in de haven opgesloten?
 Haar spieren gehoorzamen haar niet als ze probeert te gaan staan en ze blijft op het asfalt liggen. Ze draait haar hoofd om een vluchtweg te vinden, ze moet hier weg voordat de verkeerde personen haar vinden.
 Een auto nadert en ze verstijft. Ze weet dat ze zich in haar huidige toestand niet kan verdedigen en probeert naar achteren te kruipen, maar het is te laat. De chauffeur mindert vaart en stopt een paar meter voor haar.
 Een portier gaat open.
 Ze kijkt met half dichtgeknepen ogen tegen de zon in en ziet het silhouet van een man die naar haar staart.
 Hij pakt haar onder haar armen en tilt haar op. Ze probeert

zich niet eens te verzetten. Het is voorbij. Hij zet haar op de achterbank, doet het portier dicht en gaat weer achter het stuur zitten.

Ze kijkt naar hem, maar weet niet wie hij is. Ze heeft hem nog nooit gezien. Door de gezichtsuitdrukking waarmee hij naar haar kijkt beseft ze dat ze meer dood dan levend lijkt.

'Breng me naar Ribban en zet me af in de Ribersborgsväg,' mompelt ze. 'En vergeet daarna dat je me ooit gezien hebt. Geen woord tegen iemand, hoor je me. Geen woord, anders vermoord ik je.'

Gustav

Als hij bijkomt heeft hij een speekselvlek op zijn colbert en stinkt hij naar braaksel.
'Wil je een beetje water?'
Zijn nek doet pijn als hij zijn gezicht naar Leia draait, die naast hem op de achterbank van de politieauto zit.
Zonder een woord te zeggen pakt hij het flesje aan en drinkt het leeg. Hij kijkt uit het raam en ziet dat ze nog bij de boerderij zijn. Langzaam komt zijn geheugen terug.
Henrik zit achter het stuur en staart via de achteruitkijkspiegel naar hem alsof hij een gevangene of een verdachte is.
'Zijn ze dood?' vraagt hij met opengesperde ogen.
'Voor zover wij weten niet,' antwoordt Leia. 'Lukas heeft ervoor gekozen om zelfmoord te plegen. Hij heeft zichzelf in zijn hoofd geschoten. We hebben je gezin niet gevonden. Het spijt me.'
'Maar jezus, hij heeft al zijn geld op mijn site vergokt en wilde wraak nemen. Jullie moeten de boerderij nog een keer doorzoeken. Zijn rode auto heeft voor onze woning gestaan.'
'Je zei toch dat je geen rode Audi gezien had?'
Gustav snuift, ze hebben geen tijd voor *mind games*. 'Dat klopt, maar de situatie is veranderd. Ik wil alles weten.'
'Voordat Lukas zelfmoord pleegde vertelde hij dat hij een stoffen schoentje op de stoep voor jullie villa gevonden heeft op de ochtend waarop Caroline en de meisjes verdwenen zijn,' zegt Leia. 'Het staat vast dat het om Astrids schoen gaat. Volgens Lukas heeft hij hem meegenomen omdat hij hem wilde gebruiken om je geld af te persen, maar iemand anders was hem voor.'

'Waar hebben jullie het in vredesnaam over? Geloven jullie dat?'

'Je gezin is hier niet en er is niets wat erop wijst dat ze hier geweest zijn.' Leia volgt al zijn bewegingen alsof ze bang is dat hij stomme dingen zal doen.

Gustav trekt zijn colbert recht en probeert zich uit te rekken, maar zijn lichaam reageert alsof hij door een dorsmachine is overreden.

'Onze collega's gaan de boerderij nog een keer helemaal uitkammen,' zegt Henrik. Hij ziet er verbeten uit. 'Meerdere agenten doorzoeken alle plekken waarmee Lukas in verband gebracht kan worden.'

'Jullie hebben dus niets? Begrijp ik dat goed?'

Leia legt haar hand op zijn arm. 'Rustig blijven.'

'Jij gaat me niet vertellen wat ik wel en niet moet doen!' schreeuwt Gustav.

Leia voelt zijn spieren onder haar hand spannen.

'Gedraag je,' snauwt ze.

'Je moet je kop houden, hoor je dat!' schreeuwt hij naar de trut die denkt dat ze tegen hem kan zeggen hoe hij zich moet gedragen.

'Ik hoop dat je je niet op zo'n manier tegen je vrouw gedraagt als de dingen niet zo gaan als jij wilt,' zegt ze en ze draait zijn arm om.

'Wat heeft dat hier verdomme mee te maken? Laat me los. Je hebt het recht niet om...'

Ze draait zijn arm verder om.

'Oké, ik ben al rustig, het spijt me,' zegt Gustav. Hij probeert te ontspannen.

Leia laat zijn arm los en hij masseert de huid op de plek waar ze haar scherpe nagels erin gezet heeft.

'Waarom heeft Lukas geen contact opgenomen toen hij hoorde dat mijn gezin verdwenen was?'

'We blijven zoeken,' zegt Henrik.

Gustav voelt discreet in zijn zakken om te controleren of hij allebei zijn telefoons nog heeft. Voor één keer dankt hij de goden omdat die twee incompetente klotesmerissen ze niet hebben gevonden.

'Ik moet naar huis,' zegt hij. Hij trekt aan het handvat, maar het portier zit op slot. 'Vooruit, doe het portier open.'

'Je blijft zitten waar je zit,' zegt Leia. Haar telefoon gaat over en ze neemt op. 'Ja?'

De vrouw die belt begint hysterisch te schreeuwen en Leia houdt de telefoon een stukje bij haar oor vandaan. 'Hoe heeft hij in vredesnaam zelfmoord kunnen plegen?' klinkt de stem. 'Hebben jullie de getuige niet gefouilleerd voordat jullie hem verhoorden?'

'Jawel...' antwoordt Leia, maar ze wordt onderbroken door de vrouw, die zo hard schreeuwt dat het klinkt alsof Leia de luidsprekerfunctie geactiveerd heeft.

'Lukas Bäck had niet in staat moeten zijn om zichzelf dood te schieten. Dat was jullie verantwoordelijkheid. Dit zal consequenties hebben...'

'Ik weet het...' antwoordt Leia terwijl ze Gustavs blik ontwijkt.

'Verdomde idioten! Vertel me onmiddellijk gedetailleerd hoe dit heeft kunnen gebeuren...'

Henrik steekt zijn arm naar achteren, pakt de telefoon uit Leia's hand en stapt uit de auto. 'Ik heb hem gefouilleerd...' zegt hij en hij gooit het portier dicht.

'Jezus,' vloekt Leia zachtjes.

'Problemen?' Gustav kijkt naar Leia, die vuurrode wangen heeft. 'Hebben jullie je werk niet gedaan?'

Leia verschuift niet op haar gemak op de bank.

'Verkloten alle rotsmerissen het tegenwoordig?' gaat hij verder.

Leia houdt haar oor bij het raam. 'Sst,' zegt ze. Ze wil horen wat Henrik zegt.

'Hij had geen wapen op zijn lichaam en we moesten zo snel mogelijk informatie uit hem zien te krijgen...' gaat Henrik buiten de auto verder. 'Nee, als we hem naar het Juridisch Centrum hadden gebracht, hadden we het leven van het slachtoffer geriskeerd... Nee. Ja... Ik weet het... Wat? Oké, we komen eraan,' zegt hij en hij beëindigt het gesprek.

Hij gaat weer achter het stuur zitten en Gustav staart via de achteruitkijkspiegel naar hem.

'Wat is er gebeurd?' vraagt Leia.

'Caroline is gevonden.'

'Wat?' Gustav krijgt bijna geen adem meer. 'Waar? Leeft ze?'

'Ze is naar de Spoedeisende Hulp gebracht.'

Henrik drukt het gaspedaal in en scheurt over de grindweg. Gustavs hart slaat een slag over.

'Levensbedreigende verwondingen?' vraagt Leia en ze staart naar haar telefoon, die aan één stuk door piept.

'Ik geloof het wel,' zegt Henrik. Hij zet de politieradio aan.

Gustav beseft dat hij met Carro moet praten voordat iemand anders dat doet.

Deel 2
Zondag 16 augustus

Birgitta

Dit moet een van de mooiste dagen van de zomer zijn, denkt ze terwijl ze in de schaduw onder de parasol op de veranda zit en naar de prachtige tuin kijkt. Over een paar minuten arriveert de taxi om hen naar Arlanda te brengen. Caroline ligt bewusteloos in het universiteitsziekenhuis van Skåne.

Ze hebben haar gevonden.

De warmte is zo intens dat zelfs de waaier geen verkoeling geeft. Een lichte bries beweegt de bladeren van de eiken en ze huivert. De tuin is haar toevluchtsoord waar ze aan de stormen van het leven kan ontsnappen, maar op dit moment voelt het alsof de dichte buxushaag haar net zomin tegen de gure wind als tegen de nieuwsgierige blikken van de buren kan beschermen.

De afgelopen dagen zijn zo'n beetje de ergste van haar leven geweest. De ongerustheid is ondraaglijk, maar de machteloosheid is nog erger.

Haar hart kan niet veel meer verdragen.

Achter haar hoort ze de sluipende voetstappen van het dienstmeisje. '*Your car will be here in ten minutes,*' zegt Kim terwijl ze thee in haar kopje schenkt.

'*Thank you, darling.*' Ze glimlacht dankbaar voor de loyaliteit van al deze jaren.

De rokerige thee brandt in haar keel. In een poging om kalm te worden heeft ze Kim gevraagd om een scheutje cognac in haar kopje te schenken.

Wat had ze anders kunnen doen?

Caroline was afgelopen juli in Frankrijk zo gesloten geweest dat het nauwelijks lukte om een zinnig woord uit haar te krijgen en de meisjes werden zoals gewoonlijk het kind van de rekening als ze probeerden hun moeder in een beter humeur te krijgen. Ze bleven voortdurend in haar buurt. Wie weet waarvan ze de afgelopen jaren getuige waren geweest?

Ze had zo vaak geprobeerd met Caroline te praten, maar dat was vergeefs en ze kunnen niets doen zolang Caroline niet bij hem weg wil of dat niet durft. Zelfs de vrouwenopvanghuizen kunnen haar niet helpen.

Ze had meer moeten doen.

Vanaf het moment dat Caroline Gustav had ontmoet was de angst er geweest dat ze plotseling op het nieuws zou horen dat hij hun Caroline had vermoord, of dat de telefoon zou gaan en de politie zou vertellen wat er was gebeurd.

Ze had elke dag tot de hogere machten gebeden dat de situatie een gelukkige afloop zou krijgen.

Birgitta zet haar zonnehoed af en veegt het zweet van haar voorhoofd.

De eerste keer dat ze Gustav ontmoetten was hier in de tuin, op de gedenkdag van Peders overlijden.

Heel ironisch, denkt ze en ze neemt een slok thee.

Op het moment dat ze in zijn gevoelloze ogen keek besefte ze wat voor type hij was. Hij loog onbelemmerd en gewetenloos en de verhalen die hij vertelde over zijn jeugd in Rosengård en dat hij miljoenen verdiende waren absurd.

Vanaf de eerste dag had alles gedraaid om wat Gustav vond en wilde. Caroline was verloren in zijn nabijheid en verbrak bijna al het contact met haar familie en haar vrienden. Ze hebben gedurende lange periodes helemaal niets van haar gehoord.

Dit soort mensen zijn er heel handig in om anderen te laten doen wat ze willen. Gustav weet precies hoe hij moet manipuleren en de gevoelens van anderen kan bespelen. Dat tweeledige karakter maakt haar bang. Carolines broer Peder was precies zo. Hij was sociaal, kon een heel gezelschap amuseren en charmeren, om de volgende seconde alle grenzen uit het oog te verliezen en kwaadaardig te worden, het haar van zijn zus af te knippen als ze sliep en haar voor de weerzinwekkendste dingen uit te maken. Hij mishandelde haar zelfs door haar op te sluiten. Ze kon Peder geen moment alleen laten met Caroline, omdat ze doodsbang was wat hij nu weer met zijn zus zou doen.

Het was de nachtmerrie van iedere moeder geweest.

Zodra Birgitta met haar dochter over Gustav probeerde te praten, sloot Caroline zich af en beweerde ze dat ze racisten en snobs waren die vonden dat Gustav niet goed genoeg voor hen was.

Alsof het daar ooit om was gegaan.

Tijdens de doop van Wilma merkte ze voor het eerst dat Caroline terugdeinsde toen ze elkaar omhelsden. Birgitta kon er niet aan denken wat Carolines mooie zijden jurk verborg zonder in huilen uit te barsten. Daarna gebeurde het vaker. Als ze probeerde er met Caroline over te praten, draaide haar dochter haar de rug toe en weigerde ze wekenlang contact met haar te hebben. Na een tijdje durfde Birgitta geen maanden stilte meer te riskeren, wat ook betekende dat ze Caroline en de kleinkinderen niet zag. Ze moest eraan wennen om een moeder te zijn die niets kon doen behalve wachten tot haar dochter contact zou opnemen en om hulp zou vragen.

Soms belde Caroline en huilde ze hysterisch, maar ze durfde nooit te zeggen wat de reden was. Gustav was altijd in de buurt en luisterde stiekem mee. Die gesprekken waren afschuwelijk, net als hun laatste gesprek. Caroline huilde wanhopig, ze kon niet verstaan wat ze zei en het was onmogelijk om haar te troosten.

Ze hoort de taxi over het grind rijden. Met krachteloze armen hijst ze zich omhoog uit de rieten stoel en loopt met loodzware passen de woonkamer en vervolgens de hal in, waar Bengt met de koffers op haar staat te wachten.

Caroline

Er piept iets en in de verte hoort ze geroezemoes.
De stemmen klinken bekend. Gustav?
Ze opent haar ogen en kijkt naar de tl-buis aan het plafond. De contouren van de witte vierkante plafondplaten zijn wazig. Het duurt een paar seconden voordat haar blik helderder wordt en ze de flexibele plastic infuusslangen in haar elleboogholten en haar handen ziet zitten. Haar lichaam is bedekt met een oranje deken. Grote apparaten met oplichtende schermen zoemen aan beide kanten van het bed.
'Carro?'
Ze krijgt kriebels in haar buik als ze in de donkere, amandelvormige ogen kijkt. 'Gustav...'
Hij pakt haar hand in de zijne en buigt zich naar voren. De baardstoppels schuren over haar huid als hij haar een zachte kus op haar voorhoofd geeft.
'Waar ben ik?' fluistert ze.
Zijn dikke haar zit in de war, zijn overhemd is gekreukt en gevlekt. Hij ruikt anders en heeft een gekwelde uitdrukking op zijn gezicht. Iets onbekends in zijn blik verontrust haar.
'Wat is er gebeurd?'
Haar geheugen haalt haar in, ze hijgt en alle spieren in haar lichaam spannen zich. 'Waar zijn de meisjes?'
'Dat weten we niet,' antwoordt hij zachtjes.
Het voelt alsof ze pardoes in een peilloos diep gat valt.
'Ik was opgesloten... Ik herinner me niet hoe ik hier gekomen ben.'
Iemand pakt haar andere hand vast. Geschrokken draait ze

haar hoofd om en ziet haar ouders.

'Lieverd, we dachten dat we je nooit meer zouden zien,' zegt Birgitta, die op een krukje naast het bed zit. Ze ziet eruit alsof ze heeft gehuild. Achter haar staat Bengt als een donkere schaduw.

'Weet niemand waar de meisjes zijn?'

Ze draait haar hoofd van de ene naar de andere kant. 'Hoe lang ben ik bewusteloos geweest?'

'Ik wil graag wat ruimte,' zegt een vrouw in een witte jas die achter Gustav opduikt. 'Een beetje achteruit, graag.'

Ze laat Gustavs hand met tegenzin los.

'Ik heet Ann-Sofie en ben je arts. Je bent in het ziekenhuis in Malmö.' De blonde vrouw glimlacht vriendelijk. 'Je bent bijna een dag bewusteloos geweest.'

'Ik begrijp niet...' Caroline pakt de bedrand vast om overeind te komen, maar de arts legt een hand op haar schouder. 'Je kunt beter blijven liggen,' zegt ze terwijl ze het piepende scherm naast het bed bestudeert.

'Ik moet weten of alles in orde is met mijn dochtertjes. Wat is er gebeurd?'

'De onderzoekers zijn onderweg, je moet met hen praten...' zegt Ann-Sofie. Ze houdt haar hoofd schuin. 'Ze kunnen hier elk moment zijn. Het is mijn taak om te zorgen dat je weer gezond wordt. Je lichaam heeft het zwaar te verduren gehad en je geheugen is waarschijnlijk aangetast.'

Ze wordt misselijk en legt een hand op haar buik. Ze ziet het kleine bundeltje in haar armen voor zich, Ludvigs hoofdje met het donkere donshaar.

'Ik heb hem daar achtergelaten. Hij haalde geen adem...' Ze begraaft haar gezicht in het kussen, wil alleen nog in slaap vallen en nooit meer wakker worden.

'Ik zal ervoor zorgen dat er iemand met je komt praten, maar het is beter als je eerst met de forensisch arts praat zodat al je verwondingen op de juiste manier gedocumenteerd worden. Ik begrijp dat het vervelend is, maar het is voor je eigen bestwil.'

Ze hoort wat de arts zegt, maar heeft de energie niet om het in zich op te nemen.

'Waar was je?'

De tranen stromen over haar wangen als ze haar gezicht naar Gustav toe draait. 'Ik weet het niet.' Ze ontwijkt zijn ogen. 'Mag ik wat water?'

Ann-Sofie pakt het glas dat op het tafeltje staat en stopt het rietje in haar mond.

Caroline zuigt het koude water langzaam op en voelt het door haar keel stromen. Ze hoest en haar keel brandt.

'Drink een beetje per keer, je lichaam is het niet meer gewend,' zegt Ann-Sofie en ze zet het glas terug. Ze controleert het infuus in de elleboogholte, legt haar vingers op het lichte litteken en kijkt er even naar. Het lijkt alsof ze iets wil zeggen en Caroline is dankbaar als ze dat niet doet.

Op dat moment komen er twee in burger geklede politieagenten de kamer in die hun legitimatie aan haar laten zien.

'Hallo, Caroline,' zegt de donkerharige vrouw. 'We zijn blij om je te zien. Helaas moeten we de anderen vragen om de kamer een tijdje te verlaten. We willen onder vier ogen met Caroline praten.'

Birgitta staat op van de kruk en streelt Carolines wang. 'Tot zo, liefje,' zegt ze en ze loopt samen met Bengt de kamer uit.

Gustav staat op en wil eveneens weglopen als Caroline zijn arm vastpakt. 'Je hoeft niet bang te zijn, ik kom zo snel mogelijk terug.'

'Waar zijn Wilma en Astrid?' fluistert ze terwijl ze weigert hem los te laten.

'Ik hoopte dat ze bij jou waren,' zegt hij kortaf. Zijn blik wordt donker en ze laat zich achterovervallen.

'Vooruit, Gustav,' zegt de vrouwelijke agent. 'We moeten met je vrouw praten.'

Ze lijken elkaar te kennen, denkt Caroline.

'Het duurt maar een kwartier,' houdt de vrouwelijke agent vol.

Gustav zucht geïrriteerd. 'Ik ben in de gang, oké?'
Caroline knikt en laat zijn arm met tegenzin los.
'Ik laat jullie ook met rust,' zegt Ann-Sofie. 'Druk maar op de bel als er iets is.'

Het ziekenhuis is op dit moment de laatste plek waar Caroline wil zijn. Ze voelt zich verloren, eenzaam te midden van vreemdelingen, en trekt de deken over zich heen.

'Ik ben Leia, onderzoeker bij de politie Malmö. En dit...' De donkerharige vrouw wijst naar de lange man in het T-shirt die de deur voor de arts openhoudt. '... is mijn collega Henrik.'

'Zijn ze dood?' vraagt Caroline met een zwakke stem.

Henrik kijkt met een geconcentreerde blik in zijn ijsblauwe ogen naar haar. 'Waarom denk je dat?'

Er is iets bekends aan hem, maar ze weet niet waarvan. 'Als ze blootgesteld zijn aan dezelfde marteling als ik weet ik niet of ze het gered hebben.'

'Ze zijn tegelijk met jou verdwenen, maar meer weten we helaas niet. We gaan ervan uit dat ze leven en doen wat we kunnen om ze te vinden.' Henrik trekt de kruk naar het bed en gaat ter hoogte van haar hoofd zitten. 'Ik zal heel eerlijk tegen je zijn. Ik weet dat je door een hel bent gegaan, maar we moeten Wilma en Astrid vinden en om dat te kunnen doen moet je ons alles vertellen wat je je herinnert, elk detail dat in je hoofd opkomt. Ook dingen die misschien niet belangrijk lijken kunnen bepalend zijn.'

De woorden schetteren in haar oren. De sfeer is verkeerd, hard.

'De meisjes waren niet bij mij. Ik was opgesloten,' zegt ze. Ze hijgt en kijkt op zoek naar een snelle vluchtweg om zich heen. 'Ik hoorde ze. Ik heb Astrid en Wilma gehoord.'

The Killer

Caroline ziet eruit als een bang vogeltje zoals ze in het ziekenhuisbed ligt. Haar lippen zijn gebarsten en haar huid is bijna transparant. Hij kan niet begrijpen dat dit dezelfde vrouw is die hij op foto's, in films en in televisieseries heeft gezien. Wanneer het kwaad toeslaat, is daar niets tegen bestand. Hij ziet het aan de getraumatiseerde blik in haar ogen. Haar oogleden knipperen, ze heeft tranen in haar ogen en haar blik is leeg.

Caroline kermt als ze vertelt hoe ze wakker werd in iets waarvan ze denkt dat het een kofferbak was en daarna naar een magazijnruimte is gebracht waar ze gevangen is gehouden. Alles daarvoor en daarna is leeg.

Iets aan haar ontwijkende gedrag stoort hem. Is het mogelijk om zo'n selectief geheugen te hebben, denkt hij. Hij weet dat het geheugen zich na een trauma kan uitschakelen, maar kan hij Caroline volledig vertrouwen?

Ze moeten de persoon vinden die haar voor de Spoedeisende Hulp heeft achtergelaten. Hopelijk staat er iets op de opnamen van de bewakingscamera's die bij de ziekenhuisingang hangen wat hen op het juiste spoor kan zetten.

Hij kijkt naar Leia, die aan de andere kant van het bed zit. Het zonlicht dat door de jaloezieën naar binnen sijpelt doet haar ravenzwarte haar glanzen.

Ze hebben niet met elkaar gepraat sinds Gabriella hun een enorme reprimande vanwege de zelfmoord van Lukas Bäck heeft gegeven. Alles gaat mis en hij herkent zichzelf niet. Een officier van justitie wordt op de zaak gezet en in het ergste geval riskeert hij een schorsing. Gabriella moet beslissen of Henrik wordt overgeplaatst. In zijn getuigenverhoor heeft hij de schuld voor wat er is gebeurd op zich genomen. Hoewel Leia degene was die Lukas gefouilleerd heeft, neemt hij de verantwoordelijkheid. Als het vertrouwen in een partner verdwijnt worden er vaak fouten gemaakt. Leia heeft meerdere keren gezegd dat ze hem niet meer vertrouwt en hij is degene die haar in deze situatie heeft gebracht.

In principe is het gedaan met hem, maar daar kan hij nu niet over nadenken. Hij moet zich concentreren op de zaak en ervoor zorgen dat ze Astrid en Wilma vinden.

'Kun je je iets meer herinneren van de plek waar je gevangen bent gehouden? Heb je geluiden gehoord? Kerkklokken, treinen, boten, vliegtuigen, loeiende koeien, wat dan ook.'

'Het spijt me,' zegt Caroline en ze hoest.

'Heb je geen oriëntatiepunten gezien? Gebouwen, de zee? Rook het ergens naar?'

Ze schudt haar hoofd.

'Luister, ik begrijp dat het moeilijk is, maar je moet proberen het je te herinneren. Je dochters kunnen op dezelfde plek zijn en hoe meer tijd er verstrijkt...'

'Ik weet het,' snauwt ze. 'Denk je dat ik het me niet wíl herinneren?'

Leia heft haar hand en gebaart dat hij haar rustiger moet benaderen.

Eigenlijk is het te vroeg om Caroline te verhoren, ze is veel te fragiel, maar elke seconde telt. Het kan gewoon niet anders.

'Is ons huis afgebrand?' vraagt Caroline plotseling.

'Afgebrand?' Henrik kijkt haar vragend aan.

'Ik heb nachtmerries gehad waarin ons huis in brand staat en ik de meisjes niet kan redden. Het spijt me, ik weet niet of ik gek geworden ben, maar ik heb die droom meerdere keren gehad en het voelde zo echt. Is het afgebrand?'

Leia legt haar notitieboekje teleurgesteld op haar schoot. 'Jullie huis is niet afgebrand.'

'Sorry, ik begrijp dat het krankzinnig klinkt,' zegt Caroline. Ze trekt de deken tot haar kin op.

'Helemaal niet,' zegt Leia kalm. 'Het is belangrijk dat je alles zegt wat er in je opkomt. Je man heeft ons verteld dat je geheugen je af en toe in de steek laat en dat je de afgelopen tijd dingen meegemaakt hebt die niet gebeurd zijn. Klopt dat?'

'Tja, ik weet niet...'

'Heb je moeite om droom en werkelijkheid uit elkaar te houden?' vraagt Henrik.

Ze verschuift onrustig. Caroline wil er niet over praten en vindt het duidelijk niet prettig dat haar man dit aan hen heeft verteld.

'Ik vertel gewoon over een terugkerende droom die ik heb gehad. Jullie moesten eens weten hoe afschuwelijk het is om eenzaam met je gedachten te zijn en niet te weten of het dag of nacht is, je niet te herinneren wat er gebeurd is en of je je gezin ooit terug zult zien.'

De sfeer is gespannen.

'Dat begrijp ik,' zegt Henrik. 'De fantasie kan in dat soort situaties geprikkeld worden. Dat heeft met het overlevingsinstinct te maken. Je zei eerder dat je alleen was. Er was dus niemand die je bewaakte?'

'Ik geloof het niet. Dat herinner ik me niet. Nee. Ik was daar alleen, afgezien van de man die me uit de kofferbak gehaald heeft.'

Henrik trekt zijn wenkbrauwen op. 'De man?'

'Ik denk dat het een man was. Hij was sterk...'

'Je vertelde dat je Astrid en Wilma hoorde...'

'Ja, maar dat kan verbeelding geweest zijn. Ik weet het niet, maar het was zo duidelijk toen ik in de kofferbak lag. Ze huilden en riepen me, maar door de prop in mijn mond kon ik geen antwoord geven. Mag ik nog wat water?'

'Natuurlijk,' zegt Leia. Ze helpt haar met het glas en het rietje.

Henriks onderrug doet pijn. Hij staat op en loopt naar het raam. 'De avond voordat je bent ontvoerd heb je een paar mensen gebeld. Herinner je je met wie je gepraat hebt en waar die gesprekken over gingen?' Hij draait aan de lamellen en kijkt naar de straat. Het leven onder hen gaat door zoals altijd.

'Nee. Wie heb ik gebeld?'

'Gustav, Birgitta, Ida en je verloskundige,' zegt Leia. 'Je hebt je afspraak met de verloskundige afgezegd en hebt een afspraak met Ida gemaakt. Volgens haar klonk het alsof je haar iets belangrijks wilde vertellen. Herinner je je dat?'

'Ik heb geen idee... Maar er moet iets gebeurd zijn. Ik heb nog nooit een afspraak met de verloskundige afgezegd.' Ze legt haar handen op haar buik.

Henrik loopt naar het bed terug en gaat weer op de kruk zitten. 'Ik begrijp het en ik wil je niet onder druk zetten, maar wat is het laatste wat je je herinnert voordat je ontvoerd bent?'

'Ik heb duizenden keren geprobeerd mijn geheugen te activeren en ik herinner me dat er iemand belde, maar ik herinner me niet wie dat was. Dat was vlak voordat ik de meisjes naar bed zou brengen. Ze waren in het zwembad geweest...'

'Je hebt voor 21.00 uur geen inkomende gesprekken op je telefoon.'

Caroline staart verbaasd naar Henrik. 'Dat klopt niet... Wacht, ik weet zeker dat het eerder op de avond was, de telefoon ging heel duidelijk over. Het moet een andere telefoon geweest zijn die overging. Ik hoorde het geluid en daarna werd alles zwart.'

'Oké,' zegt Leia. 'We laten dit even rusten. Heb je het alarmsysteem niet aanstaan als je thuis bent?'

'Jawel, ik zet het inbraakalarm altijd aan als ik naar bed ga.'

'Dan ben je die avond dus niet naar bed gegaan? Het alarm stond namelijk niet aan.'

'Blijkbaar niet... maar ik was het wel van plan omdat ik mijn nachthemd aanhad.'

'Hebben jullie de laatste tijd bezoek gehad of zijn jullie benaderd door één of meerdere personen?' vraagt Henrik. Hij doet zijn best om kalm te klinken.

Caroline schudt haar hoofd.

'Is er iets wat anders was?' gaat hij verder.

'Nee. Weten jullie waar mijn telefoon is?'

'De technisch rechercheurs hebben hem gecontroleerd. We zullen ervoor zorgen dat je hem zo snel mogelijk terugkrijgt.'

'Stel dat de ontvoerders me hier vinden.' Caroline trekt haar benen op en gaat in foetushouding liggen.

'Je bent hier veilig.'

'Ik krijg bijna geen lucht,' zegt Caroline en ze legt een hand op haar borstkas. 'Sorry, ik voel me heel vreemd en duizelig... Kunnen we even pauzeren?' Haar oogleden zijn zwaar en haar ademhaling versnelt.

Misschien krijgt ze een paniekaanval, denkt Henrik. Hij brengt zijn hand naar de alarmknop om de arts te waarschuwen.

Caroline houdt hem tegen door zijn arm vast te pakken. 'De haven,' mompelt ze.

'Wat zeg je?' vraagt Henrik en hij schuift naar haar toe.

'Het rook naar de haven.'

'Oké.' Eindelijk iets wat belangrijk kan zijn. 'Heb je boten gezien?'

'Ik heb een naam gezien, LM-silo,' brengt ze moeizaam uit.

'De haven van Malmö,' zegt Leia. Ze staat haastig van de kruk op, pakt de politieradio en rent de kamer uit.

Caroline probeert overeind te komen en steunt met haar bovenlichaam op haar elleboog. 'Ik moet ernaartoe.'

'Ik denk dat je beter kunt blijven liggen. Leia heeft alarm geslagen en er zijn al meerdere auto's onderweg naar de haven.'

Gustav

Het voelt verdomme alsof hij op zeven fronten tegelijk oorlog voert en geen idee heeft uit welke richting de volgende aanval komt.

Hij leunt met zijn hoofd tegen de vieze lichtgele muur in de ziekenhuisgang en balt zijn vuisten. Het colbert onder zijn arm ruikt naar braaksel. Hij heeft vierentwintig uur gewacht tot Carro bij bewustzijn kwam en is geradbraakt. Hij heeft een douche en schone kleding nodig, maar eerst moet hij duidelijkheid hebben over wat ze weet. Carro leek anders. Het was onmogelijk om iets van haar af te lezen.

Het enige wat hij weet is dat de meisjes niet in de boerderij waren waar Lukas Bäck zijn eigen schedel in duizend stukjes heeft geschoten. De politie heeft alle gebouwen nog een keer uitgekamd, maar heeft geen spoor van Wilma en Astrid gevonden.

Niet één spoor verdomme.

Zijn benen trillen en hij kijkt om zich heen in de troosteloze gang.

De politieagenten voor Carro's kamer staren naar hem alsof hij een bedreiging vormt. Het is onbegrijpelijk. Tenslotte is het zijn vrouw die daarbinnen ligt.

Hij klemt zijn kaken op elkaar. De slechte investeringen hebben hem alles gekost. Asif heeft gelijk. Hij was verblind. Dat hij naar zijn neef was gegaan om geld te lenen was de doodsteek.

De enige manier om de meisjes terug te krijgen is het geld terugbetalen, daarvan is hij overtuigd.

Het zal niet werken om een beroep op Asif te doen of verstandig met hem te praten. Bovendien is hij ondergedoken.

Niemand heeft hem nog in de Budva Bar gezien en hij durft niet met iemand anders van De Familie te praten. Dan kan hij zichzelf net zo goed meteen doodschieten, precies zoals Lukas heeft gedaan.

Hij staat op en haalt een paar keer diep adem voordat hij naar de kleine wachtruimte loopt waar Bengt en Birgitta gehoorzaam als twee wassen beelden van Madame Tussauds zitten te wachten. Ze zijn chic gekleed, Birgitta in een zwart-wit tweed pakje en Bengt in een marineblauw double-breasted colbert met een rode broek.

Gustav gaat op een lichthouten bank zitten en drinkt een flesje water leeg.

'Mag ik naast je komen zitten?'

Gustav kijkt naar de arts in de witte jas.

'Jazeker,' zegt hij en hij schuift een stukje op om plaats te maken.

Ann-Sofie ruikt zwak naar vanille en desinfectiemiddel. Om haar hals draagt ze een gouden kettinkje met een kleine engel die op haar zongebruinde huid ligt.

'Hoe is het met jullie?' vraagt ze. Ze kijkt eerst naar hem en vervolgens naar de wassen beelden.

'Tja, het is weleens beter gegaan. Hoe is het met Carro?' Zijn overhemd spant over zijn rug als hij zijn armen over elkaar slaat.

'De forensisch arts gaat een onderzoek doen, documenteert de verwondingen en stelt een juridisch attest op.' Ann-Sofies vriendelijke, kalme stem is absoluut het tegenovergestelde van hoe hij zich voelt. 'Het is belangrijk dat jullie begrijpen dat Carolines persoonlijkheid veranderd kan zijn door het trauma en de verwondingen die ze heeft opgelopen.'

'Hebben ze haar verkracht?' vraagt Gustav. Hij klemt zijn kaken op elkaar.

Ann-Sofie staart niet op haar gemak naar haar papieren.

'Hebben ze haar verkracht?' herhaalt hij zijn vraag. Hij móét het weten. In dat geval is het een signaal voor hem.

'We moeten de uitslag van de onderzoeken afwachten,' zegt

Ann-Sofie, waarna ze naar Bengt en Birgitta kijkt. 'Behalve de fysieke verwondingen heeft ze ongetwijfeld posttraumatische stress opgelopen. Ze herinnert zich niet veel, maar haar geheugen kan langzaam terugkomen en afschuwelijke pijn en angst veroorzaken. In de nabije toekomst kan er veel werk nodig zijn van zowel haar als...'

'Sorry dat ik je onderbreek,' zegt Gustav in de wetenschap dat hij zich op glad ijs begeeft. 'Ik wil graag dat je weet dat mijn vrouw het afgelopen jaar wat problemen met haar geheugen gehad heeft en niet helemaal zichzelf geweest is.'

'Bedankt, het is goed dat je dat vertelt. Het kan moeilijk voor Caroline zijn om de herinneringen aan wat er gebeurd is te ordenen. De eerste tijd kan het chaotisch voelen. Ze zal te kampen krijgen met angstgevoelens, concentratieproblemen, woede, irritatie en desinteresse voor haar omgeving. Vaak tollen er grote hoeveelheden gedachten en gevoelens door het hoofd. Die onrust kan zich ook in haar lichaam vastzetten in de vorm van spanningen, pijn, duizeligheid, vermoeidheid en gebrek aan eetlust. Maar omdat haar toestand nu stabiel is vind ik dat jullie naar huis moeten gaan om uit te rusten. We nemen contact op als er veranderingen zijn.'

'Uitrusten?' barst Gustav uit. Hij vraagt zich af of ze hem in de maling neemt. Hoe kan hij verdomme uitrusten? 'Heeft Carro verteld waar ze is geweest? Mijn dochtertjes moeten tenslotte op dezelfde plek zijn.'

'Daar moet je met de politie over praten,' zegt Ann-Sofie en ze staat op. 'We nemen contact op als de situatie verandert.'

Ze loopt de gang in en Gustav gaat haar achterna. 'Sorry, maar ik moet met mijn vrouw praten. Realiseer je je wel dat ik niet wist of ik haar ooit terug zou zien? Bovendien heeft ze me nodig.'

'Ik begrijp dat dit moeilijk is...' zegt ze en ze legt een troostende hand op zijn schouder.

'Moeilijk?' Gustav legt een hand op zijn borstkas. 'Heb jij kinderen?'

'Ja, ik heb er drie en ik begrijp je frustratie, maar je moet erop vertrouwen dat wij en de politie ons werk doen. Je mag je vrouw zien zodra ze daar klaar voor is,' zegt ze en ze verdwijnt om de hoek.

'Verdomme,' vloekt hij zachtjes. Het onbehaaglijke gevoel in zijn borstkas groeit en hij draait zich om en loopt terug. Dit is allemaal tegen hem gericht. Degenen die dit op hun geweten hebben proberen hem en zijn gezin te vernederen.

Op hetzelfde moment krijgt hij een duw van een grote man met een kaalgeschoren hoofd.

'Jezus, kijk uit je doppen,' brult Gustav.

Het duurt een paar seconden voordat hij het verband legt. De man die naar hem staart is dezelfde getatoeëerde kerel die hem voor het Juridisch Centrum bijna aanreed.

'Je krijgt de groeten van De Familie. Ze hebben een mededeling voor je,' zegt de man met een Bosnisch accent. Hij duwt zijn telefoon tegen Gustavs oor. 'Hoor je wat dat is?'

Het klinkt als een kettingzaag.

Gustav haalt zwaar adem.

'Het is een bottenzaag. Weet je waar die voor wordt gebruikt?'

De adrenaline pompt ongecontroleerd door Gustavs lichaam.

'Wil je meer horen?'

De vloer onder hem deint.

'Je begrijpt dus wat er gaat gebeuren als je niet betaalt?'

Asifs loopjongen praat zachtjes, het is weinig meer dan een fluistering. Toch echoën de woorden tussen de muren als hij in de gang verdwijnt.

Op hetzelfde moment piept de telefoon in Gustavs hand. Hij kijkt haastig op het scherm.

Hij denkt even na over het bericht en wacht tot zijn hartslag is gedaald voordat hij naar zijn schoonouders in de wachtruimte terugkeert. 'Betaal,' snauwt hij en hij laat hun het scherm zien. 'Ze hebben ons vierentwintig uur gegeven.'

Birgitta hijgt en Bengt maant haar tot stilte.

'We moeten met de politie praten.' Birgitta staart met een bange blik in haar ogen naar hem.

Haar plotselinge onzekerheid past niet bij haar. Als deze vrouw iets niet is, dan is het zwak.

'Nee, we praten met niemand.'

'Het nummer moet toch te traceren zijn?'

'De berichten worden vanaf verschillende prepaidtelefoons gestuurd. De politie kan ze niet traceren. Waarom hebben jullie niet betaald zoals we afgesproken hebben? Dan hadden we de meisjes nu bij ons gehad.'

'Doe niet zo naïef, Gustav,' zegt Bengt.

'Hebben jullie het geld niet?'

De familie Hjorthufvud is goed voor honderden miljoenen, ze zijn alleen niet bereid dat geld met hem en Carro te delen. Jaren geleden zijn ze gestopt met gul zijn in een poging Caroline zover te krijgen dat ze bij Gustav wegging. Die gierige klootzakken.

'Eerlijk gezegd begrijp ik niet waarom jullie ons niet willen helpen. Snappen jullie niet wat een schandaal er op Djursholm uitbreekt als de mensen erachter komen dat jullie niet betaald hebben voor jullie eigen kleinkinderen? Denk aan alle roddelpraat tussen de borrelhapjes en de kussen op de wangen door.'

'De manier waarop je tegen ons praat staat me niet aan, maar we moeten iets doen,' zegt Birgitta met een smekende blik naar Bengt.

'Zo gedragen we ons niet in Zweden. Daar waar jij vandaan komt houden jullie je misschien bezig met ontvoeringen, maar niet in ons land,' snauwt Bengt.

De bottenzaag jankt in zijn hoofd. 'Wat hebben we voor alternatieven? Zodra ze in veiligheid zijn gaan we naar de politie en krijgen jullie het geld terug. Elke kroon. Maar wat we ook doen...' Hij steekt zijn vinger vermanend op. '... we moeten Carro hierbuiten houden. Ze is te zwak en moet zich erop concentreren gezond te worden. We moeten dit zelf oplossen.'

'We kunnen natuurlijk betalen, maar we moeten weten dat de meisjes nog steeds leven...' zegt Birgitta. Ze slaat haar hand voor haar mond en wisselt een paar moeilijk te interpreteren blikken met Bengt.

'Wat wil je dat de ontvoerders doen?' vraagt Gustav. 'Een oor afsnijden en dat per post versturen?'

'Nee,' kermt Birgitta. 'Maar we willen hun stemmen in elk geval horen.'

'Jullie weten niet waartoe ze in staat zijn. Als we niet doen wat ze zeggen...' Hij kan de woorden niet hardop uitspreken. Hij kan nauwelijks ademhalen. Hij moet hier weg.

Waarom rekken ze het? Weten zijn schoonouders iets wat hij niet weet? Hij begrijpt er niets van. 'Jullie hebben exact vierentwintig uur de tijd,' zegt Gustav, waarna hij naar de gang loopt.

The Killer

Meerdere politiepatrouilles met hondengeleiders doorzoeken de verlaten gebouwen in het havengebied. De media zijn al gearriveerd en staan samengedromd achter de versperringen. Het is niet meer dan een kwestie van tijd voordat het publiek begrijpt waar dit om gaat.

Boven hen hangen helikopters.

'Van wie zijn de gebouwen?' vraagt hij, terwijl hij naar een van de silo's met een hoogte van vijftig meter staart.

'De gemeente Malmö is de eigenaar van de hele haven. De silo's zijn gebruikt om graan te drogen en tijdelijk op te slaan, maar dat is al een hele tijd geleden,' legt Leia uit terwijl ze haar legitimatie aan de politieagent bij de versperring laat zien. 'Eigenlijk zouden hier nieuwe woningen gebouwd worden, maar om de een of andere reden staan deze gebouwen er nog steeds. Gustav Jovanovic was een van de potentiële investeerders in het project en bovendien heeft De Familie een wapenopslagplaats in de haven. We hebben hier vorig jaar een grote inval gedaan. Als iemand connecties met de haven heeft, dan is het Gustav.'

Henrik probeert de informatie te verwerken en begroet de commandant ter plaatse als Gustav in zijn zwarte Porsche naar hen toe rijdt. 'Ik regel het,' zegt Henrik en hij loopt terug.

De lak glanst in de zon als hij op de zijruit tikt. Het duurt een paar seconden voordat het raam naar beneden glijdt. 'Vertel me niet dat ik moet vertrekken,' zegt Gustav terwijl hij strak voor zich uit kijkt.

'Je mag doen wat je wilt, maar je komt niet binnen de versperringen en de journalisten kunnen je elk moment in stukken scheuren. Ik bel je zodra er iets te melden is.'

Gustav kijkt hem aan en zet zijn zonnebril af. Hij ziet eruit alsof hij heeft gevochten, zijn gezicht is gehavend en zijn blik vol adrenaline. 'Waarom is ze hier gevangengehouden?' vraagt hij terwijl hij naar de silo staart.

'Wat denk je?'

Gustav haalt zijn schouders op.

'Heb je een bepaalde connectie met deze plek?'

'Nee,' antwoordt Gustav kortaf.

Henrik overweegt om hem onmiddellijk op te pakken. Hij kan toch niet zo stom zijn om te geloven dat ze niets over zijn belangen in de haven weten?

'Dit is zo verdomd ziek!' zegt Gustav. Hij slaat op het stuur. 'Alles is zo ziek. Ik hou dit verdomme niet vol!'

'Dat zie ik. Wat zou je ervan denken als je probeert om wat te slapen?' Henrik weet hoe het voelt als iemand je gezin schaadt. Dat wekt iets tot leven waarvan je niet dacht dat je het in je had, terwijl je vanbinnen tegelijkertijd sterft. 'Je kunt hier niets doen. Ga naar huis om te slapen. Ik bel je later.'

'Als er iets met mijn kinderen gebeurt keer ik deze hele verdomde stad binnenstebuiten.'

'Is dat een dreigement?' Henrik trekt zijn wenkbrauwen op.

'Nee, ik ben gewoon een naffer die ervoor probeert te zorgen dat er naar hem geluisterd wordt.' Gustav zet zijn zonnebril op, geeft gas en scheurt weg.

'Wat zei hij?' vraagt Leia. Ze trekt een paar blauwe latexhandschoenen aan als hij bij de silo is.

'Het wordt tijd dat we hem oppakken. Er klopt iets niet aan die man.'

'Dat zeg ik al de hele tijd.' Ze houdt hem een paar handschoenen voor. 'Begin je eindelijk te begrijpen dat Gustav degene is op wie we ons moeten concentreren?'

'Nee. Ik geloof niet dat hij zijn vrouw en zijn kinderen ontvoerd heeft, maar hij weet iets wat hij niet vertelt.'

Leia zucht en hij volgt haar het koele, verlaten gebouw in, dat vol staat met stoffige afgedankte machines die van een verdwenen tijdperk getuigen.

'Je bent naïef,' zegt ze geïrriteerd.

'Sorry?' Hij blijft staan en kijkt haar ontmoedigd aan. 'Je mag van me vinden wat je wilt, maar noem me niet naïef.'

'Ik weet helemaal niets over je, maar ik ga ervan uit dat leugenaars elkaar zouden moeten herkennen.'

Zonder antwoord te geven loopt hij verder de silo in.

'Je weet niet hoe de bendecriminaliteit hier werkt. Je hebt geen idee waartoe De Familie in staat is en Gustav maakt daar deel van uit. Alles wijst naar Gustav en ik snap niet waarom je dat niet beseft. Je kunt niet emotioneel betrokken bij hem raken, hij is een gangster.'

Hij negeert de woede in Leia's stem. 'Ik geloof niet dat het zo eenvoudig is,' zegt hij. 'We hebben het tenslotte over Gustavs kinderen.'

Hij kijkt om zich heen. De muren zijn geel en tussen de vloer en het plafond lopen kleurige buizen. Het is onmogelijk om door de vieze ramen naar buiten te kijken.

'Iemand moet de wacht gehouden hebben, maar hoe is ze in dat geval langs die persoon gekomen?'

'Wat is jouw theorie dan?' vraagt Leia, die het duidelijk niet opgeeft. 'Denk je dat Caroline haar eigen ontvoering in scène gezet heeft?'

Hij kijkt onderzoekend naar de vloer, die grijs van het stof is. 'Dat sluit ik inderdaad nog niet uit. Ik sluit niets uit, en ik vind dat je een bredere kijk op de zaak zou moeten hebben. Er zijn tenslotte meer alternatieven dan Gustav.'

'Sorry? Denk je dat je alleen omdat je de schuld voor Lukas...'

'Nu is het genoeg!' roept hij.

Ze doet een stap naar achteren en hij heeft er meteen spijt van dat hij zo hard tegen haar is, maar verdomme, ze geeft het ook nooit op. 'Er is in de hele haven dus geen cameratoezicht?'

vraagt hij in de hoop dat ze op een normale manier verder kunnen gaan.

'Nee,' antwoordt ze kortaf. Ze loopt naar Karim toe, die met twee technisch rechercheurs in witte overalls staat te praten en er misplaatst uitziet met zijn gouden ketting en veel te grote T-shirt. 'Zijn alle trappenhuizen aan de binnenkant van de silo doorzocht?'

'Het hele gebied is doorzocht en er zijn geen zichtbare sporen van Wilma en Astrid aangetroffen, maar we gaan verder met de rest van de haven. Caroline is daarbeneden gevangengehouden,' zegt hij terwijl hij naar een trap wijst.

Henrik veegt het zweet van zijn voorhoofd, loopt de wenteltrap af en komt uit bij een groene deur waarin een gat is gehakt. 'Is ze door dit kleine gat naar buiten gekropen?'

Zelfs een kind kan daar nauwelijks doorheen komen, denkt hij en hij voelt dat de haren in zijn nek overeind gaan staan.

'Als het zo tenminste gebeurd is,' zegt Leia chagrijnig.

Ze stappen over de drempel van de opengebroken deur en lopen de opslagruimte in.

De stank slaat hun tegemoet en hij houdt zijn neus en mond dicht. Op de vloer ziet hij bloed en ontlasting. De flitsen van de camera's van de technisch rechercheurs verlichten de ruimte fel.

'Henrik Hedin, de nieuwe onderzoeker bij Ernstige Misdrijven,' stelt hij zich voor, waarna hij zijn neus en mond weer bedekt.

Hij kijkt om zich heen.

In de hoeken liggen graankorrels en muizenuitwerpselen, op de vloer ziet hij een kapotte aluminium ladder en een blauwe slaapzak. Hij loopt er met tegenzin naartoe en tilt een hoek van de slaapzak op. Hij schrikt en krijgt braakneigingen als hij het hoofdje met het donkere donshaar ziet. Caroline heeft hem zorgvuldig ingestopt en het baby'tje ziet eruit alsof het slaapt. Het brandt achter zijn oogleden en hij kijkt weg. 'Waarom is ze hier opgesloten?'

'Meerdere gebouwen in de haven zijn door mensenhandelaars gebruikt,' mompelt Leia met haar arm voor haar neus. 'Vrouwen uit Oost-Europa die werden gedwongen zich te prostitueren zijn hier opgesloten. Daar zat het etensluik.' Ze wijst naar de deur waarin Caroline een gat heeft geslagen. 'Een paar jaar geleden heeft het arrestatieteam een stalen deur geforceerd die naar een kelderruimte in de oude locomotiefremise leidde. Daar zijn twee jonge vrouwen aangetroffen die daar gevangen werden gehouden.'

Henrik verbaast zich over al het uitschot dat naar het havengebied wordt gelokt vanwege zaken die het daglicht niet kunnen verdragen. 'Er kan een verband zijn. Wie zaten daarachter?'

'Dat is nooit duidelijk geworden.'

'Als we Gustavs bewering geloven dat hij geen eis om losgeld gekregen heeft, dan kunnen we niet uitsluiten dat het om mensenhandel gaat.'

Leia kijkt met een sceptische blik naar hem. 'Bedoel je dat hij zijn gezin verkocht heeft?'

'Zoals ik al zei sluit ik niets uit.'

'Denk even na, Zweden is de grootste markt in Europa voor illegale wapens uit de Balkan. Natuurlijk gaat het om De Familie. We hebben meerdere onderzoeken gedaan naar zaken waarbij honderden wapens Zweden binnengesmokkeld zijn. De Familie heeft een bijzonder goed geïntegreerd systeem om wapens te ontvangen en te verkopen. Tot vorig jaar was de haven hun bolwerk. We hebben een inval gedaan en hebben een heel arsenaal gevonden. Behalve pistolen en explosieven zijn er honderden handgranaten en munitie aangetroffen.'

'Is er iemand veroordeeld?'

'Vijftien personen van De Familie zijn voor het gerecht gedaagd, maar de rechtszaak eindigde in een fiasco. We zijn nooit tot de kern doorgedrongen en inmiddels hebben ze nieuwe plekken gevonden.'

Het is troosteloos dat het niet uitmaakt hoeveel duizenden uren ze aan deze ellende besteden. Hij deelt Leia's frustratie. Als De Familie schuldig is, dan wordt het moeilijk om het brein erachter op te pakken. Toch moet het iets anders zijn. Het zou ongelofelijk stom van De Familie zijn om Caroline en de meisjes hiernaartoe te brengen.

'Bestaat er een code om de eigen mensen niet te benadelen?'

'Dat geldt waarschijnlijk voor alle bendes.'

'Zijn jullie weleens een soortgelijke bestraffing tegengekomen?'

'Voor zover ik weet niet,' verzucht Leia.

'Ik wil weten waar het touw vandaan komt en hoe het haar gelukt is om dat door te snijden. Het stuk stof dat ze in haar mond had is van de pyjama van een van de meisjes, maar van welke van de twee? En waar komt de slaapzak vandaan? Zitten er sporen van drugs, munitie of sperma op? We moeten ervoor zorgen dat we alle DNA-sporen veiligstellen en ze met alle registers vergelijken. We mogen niets over het hoofd zien.' Hij voelt zich misselijk worden en kijkt naar Leia, die als een donkere koningin afsteekt tussen de technisch rechercheurs in hun witte overalls. Hun blikken ontmoeten elkaar en Leia kijkt even zwijgend naar hem voordat ze hem haar rug toekeert.

Er zijn geen ramen, dus heeft Caroline geen besef van tijd gehad. Ze wist niet of het dag of nacht was. In die situatie moest ze creatief zijn om te overleven. Hij probeert zich de horror van haar tijd hier voor te stellen.

'We hebben een lijst opgesteld van alle voorwerpen die we gevonden hebben. Het is niet veel,' zegt Karim, die als een van de eersten ter plaatse was.

'Mooi. Wat is jouw inschatting?' vraagt Henrik.

Karims gezicht is asgrauw en zijn ogen zijn opengesperd alsof ze door twee tandenstokers worden opengehouden. Hij is jong en heeft nog niet voldoende plaatsen delict meegemaakt om opgewassen te zijn tegen de ellende. Ondanks zijn eigen vijftien jaar als agent kost het Henrik nog steeds moeite om zich te distantiëren van de duisternis en ervoor te zorgen dat het kwaad zich niet in hem vastbijt.

'Dat we te laat zijn,' antwoordt Karim met trillende stem.

Gustav

De meisjes waren niet in de haven. Volgens de agente met het rode haar hadden ze geen sporen van hen aangetroffen. Dat is de enige informatie die hij heeft gekregen tijdens de uren waarin ze hem hebben gedwongen om in deze verdomde verhoorkamer te wachten.

'Hoe is het met je?' Henrik gaat zoals gewoonlijk op de stoel tegenover hem zitten en zet het opnameapparaat aan. Zonder inlevingsvermogen ratelt hij het dossiernummer en het identiteitsnummer op. Het onderzoek is nu echter veranderd omdat Caroline is gevonden.

'Hoe denk je dat ik me voel?' zegt Gustav. Hij slaat zijn armen over elkaar. 'Ik heb er heel erg genoeg van om hier te zitten.' Zijn ogen trillen van vermoeidheid en het lukt hem nauwelijks rechtop te blijven zitten. Ze kunnen hem niet vasthouden, maar volgens zijn advocaat is het beter als hij samenwerkt en doet wat ze zeggen. 'Wat gebeurt er nu? Zijn jullie meer van Carro te weten gekomen?'

'Wil je iets drinken?'

'Ik wil helemaal niets,' antwoordt hij. Hij gaat wijdbeens zitten. 'Ik wil alleen weten waarom ik gedwongen word om in dit rattenhol te zitten en waar jullie nu mee bezig zijn.'

'Heb je enig idee waarom Caroline in de haven gevangengehouden is?'

Henrik lijkt moe, alsof hij helemaal geen energie en geduld meer heeft.

Gustav schudt zijn hoofd.

'Ik wil je verzoeken om hardop antwoord te geven, zodat het

opgenomen wordt.' Henrik wijst naar het kleine zwarte opnameapparaat.

'Nee.'

'Waarom zei je eerder dat je geen relatie met de haven hebt als je twee jaar geleden een potentiële investeerder in het gebied was?'

'Dat is toch geen relatie? Wat heb jij in vredesnaam voor relaties? Ik heb honderden soortgelijke projecten in overweging gehad en kan niet zeggen dat ik daar een relatie mee had.'

'Het was gemakkelijker geweest als je het meteen had verteld, met het oog op het feit dat je vrouw daar gevangengehouden is.'

'Waarom?' zegt hij schouderophalend. 'Op welke manier kunnen mijn oude potentiële investeringen interessant zijn?'

'Laat mij maar bepalen wat interessant is. Zijn er andere connecties waarover we zouden moeten weten? Zoals bijvoorbeeld dat De Familie haar wapenvoorraad daar opsloeg?'

'Begin je daar verdomme weer over? Ik heb niets met De Familie te maken, hoe vaak moet ik dat nog zeggen?'

'Zoals ik al zei, bepaal ik welke vragen ik stel en jij beantwoordt die naar waarheid. Ik neem namelijk aan dat we hetzelfde willen, en dat is je dochters vinden,' zegt Henke.

'Ja.'

'Mooi. We hebben de bedrijfsboekhouding van vorig jaar gecontroleerd omdat dit jaar ontbreekt.' Henke trekt zijn wenkbrauwen op alsof hij een opmerking verwacht. 'Je bent met rode cijfers geëindigd?'

'Het is een nieuw bedrijf en het kost tijd om dat op te bouwen.'

'Hmm, maar meerdere posten zijn onduidelijk. Ik zal er niet omheen draaien: was je geld wit voor De Familie?'

'Wat!?' Gustav staat op. 'Je kletst uit je nek, ik heb niets met ze te maken.'

'Ga zitten,' zegt Henke. De spieren van zijn bovenarmen spannen zich.

'Je moet me geloven.'
'Ga zitten, zei ik.'
Hij doet met tegenzin wat Henke zegt.
'Dwingt De Familie je om geld wit te wassen?'
Gustav lacht. 'Je geeft het niet op, hè?' Hij droogt zijn vochtige handpalmen aan zijn broekspijpen af.
'Dat doe ik pas als ik je kan vertrouwen en je hebt te vaak gelogen om dat te kunnen doen. Help je De Familie op een andere manier?'
'Nee.' Hij zucht hardop. 'Ik doe wat ik kan om bij ze uit de buurt te blijven.'
'Weet je wat ik moeilijk te rijmen vindt?' Henke boort zijn ijsblauwe ogen in de zijne. 'Dat een man zoals jij – die bekendstaat om zijn successen, in een van de duurste huizen van Malmö woont, in kostbare auto's rondrijdt en het beter heeft dan negenennegentig procent van de bevolking – een heleboel onbetaalde rekeningen en schulden bij deurwaarders heeft. Kun je me dat uitleggen?'
Gustav zucht. 'Dat komt door mijn vrouw. Ze is onmogelijk met rekeningen en betaalt er niet één op tijd. Dat is een enorm probleem, kan ik je vertellen. Ik heb geprobeerd haar te helpen, maar ze verstopt de rekeningen en vergeet wat ze koopt en wat er betaald moet worden.'
'Dus de investering in onroerend goed in Brazilië heeft daar niets mee te maken? Ik heb namelijk begrepen dat je daar heel veel geld mee kwijtgeraakt bent. Heb je geld van je neef moeten lenen?'
'Waar heb je het verdomme over?'
'Waar denk je dat ik het verdomme over heb? Hoe komt het dat iemand je kinderen ontvoert zonder daar losgeld voor te eisen?' zegt Henrik en hij staat op. 'Of is er iets wat je ons niet durft te vertellen? Heeft iemand je bedreigd?'
'Nee, nee, nee.'
Henrik zucht berustend en kijkt op zijn papieren. 'Heb je ze verstopt om ze te beschermen?'

'Wat? Waartegen?'

'Weet je...' Henrik slaat zo hard met zijn handpalm op de tafel dat Gustav schrikt. '... misschien kun je daar zelf antwoord op geven. Je twee dochtertjes zijn verdwenen en jij gedraagt je als een koppig kind. Doe me een lol en werk verdomme met ons samen. Wat is je probleem in vredesnaam?'

'Ik heb een heleboel problemen en het maakt me stapelgek dat jullie denken dat ik hier iets mee te maken heb.'

'Je versterkt onze vermoedens alleen maar door je zo te gedragen.'

'Hoe kunnen jullie verdomme denken dat ik mijn eigen kinderen ontvoerd heb? Waarom zou ik dat doen?'

'Voor wie ben je bang? We kunnen je helpen.'

'Ik ben voor niemand bang.'

Henrik slaat met zijn vuist op tafel. 'We stoppen ermee. Het verhoor is beëindigd.'

Hij zet het opnameapparaat uit en opent de deur. 'Je zult er zelf voor moeten zorgen dat je thuiskomt,' zegt hij en hij slaat de deur achter zich dicht.

Wat was dat in vredesnaam, denkt Gustav. Niemand heeft het recht om op zo'n toon tegen hem te praten, zelfs The Killer niet.

Caroline

Haar lippen doen pijn en bloeden, hoewel ze ingesmeerd zijn met een vaselineachtige crème. Ze verschuift voorzichtig op het harde ziekenhuisbed. De forensisch arts heeft elk deel van haar lichaam onderzocht om de verwondingen te kunnen documenteren en bewijs veilig te stellen. Ze schaamt zich en durft er niet eens aan te denken wat ze op haar hebben gevonden en wat ze over haar zullen denken nu ze alle littekens hebben gezien.

'Het spijt me dat je dit allemaal mee moet maken.'

Leia is zo mooi met haar krachtige kleuren. Haar wimpers zijn van nature gitzwart en vol, haar huid heeft dezelfde olijfkleur als die van Gustav. Caroline voelt zich een transparante geest in vergelijking met haar.

'Waarom herinner ik me niets?' Caroline verdringt de tranen en doet haar ogen dicht. Ze wil vertellen over de man die haar heeft achtervolgd, maar durft het niet. Wat moet ze zeggen? Volgens Gustav is ze paranoïde en het laatste wat ze wil is dat de politie denkt dat ze gek is. Wat misschien ook wel zo is. De afgelopen tijd heeft ze zich dingen verbeeld die nooit zijn gebeurd, ze is haar medicijnen, haar sleutels en haar telefoon kwijtgeraakt, is verward geweest en heeft aan haar beoordelingsvermogen getwijfeld. Maar waarom heeft Gustav daar met de politie over gepraat?

'Het enige wat ik kan bedenken...' zegt ze, waarna ze meteen onzeker wordt.

'Je moet ons alles vertellen.'

'Mijn schoonmoeder en ik... Sorry, het klinkt als een enorm

cliché, maar we hebben nooit met elkaar overweg gekund en ze zou het liefst van alles willen dat ik niet bestond zodat ze zelf voor haar zoon kan zorgen. Ze is tot alles in staat. Afgelopen zomer heeft ze geprobeerd Astrid te vergiftigen om mij te raken.'

Leia ziet er volkomen onaangedaan uit. Weet ze iets wat ze niet vertelt?

Caroline bedenkt zich. Stel dat Gustav erachter komt dat ze slecht over zijn moeder praat. Ze huivert.

'Wanneer heb je je schoonmoeder voor het laatst gezien?'

'Ze is vaak bij ons thuis. Ze heeft een eigen sleutel, komt en gaat wanneer ze wil, maakt schoon, reorganiseert de woning zoals zij dat wil terwijl ze kritiek levert op alles wat ik doe.'

'Wat zegt ze dan?'

'Dat ik waardeloos ben, dat ik een slechte vrouw en moeder ben.' Caroline legt haar hand op haar wang. 'In het begin van de zomer heeft ze me een klap in mijn gezicht gegeven, en eerlijk gezegd verwachtte ik al een hele tijd dat ze haar zelfbeheersing zou verliezen. Weten jullie zeker dat de meisjes niet bij haar zijn?'

'Hasiba heeft haar appartement tussen woensdagavond 19.00 uur en donderdagochtend 8.30 uur niet verlaten. De camera's in het trappenhuis bevestigen dat.'

Dat houdt die heks niet tegen, denkt Caroline. 'Ik wil mijn zoontje zien.'

'Dat mag zodra de autopsie achter de rug is.'

Het beeld van zijn kleine lichaam is zo krachtig. Het voelt alsof hij een deel van haar is, alsof zijn hartje nog steeds binnen in haar slaat.

'Waarom heb je alle informatie van WhatsApp gewist op de avond dat je verdween?'

'Heb ik dat gedaan?'

Leia knikt.

'Dat herinner ik me niet... Sorry.'

'Het is niet erg.' Leia kijkt teleurgesteld naar haar notitieboekje en strijkt haar haar achter haar oor. 'Hoe is de relatie tussen Gustav en jou?' vraagt ze voorzichtig.

'We hebben het goed. We zijn gelukkig, als dat is wat je bedoelt?'

'Heb je Gustav bedrogen?'

'Wat? Dat zou ik nooit doen. Ik hou van hem. Ik ben... Ik was zwanger. Hoe kun je me zoiets vragen?'

'Het spijt me, maar ik moet vragen stellen die onaangenaam lijken. Denk je dat Gustav jou bedrogen kan hebben?'

'Nee.' Ze verstart. 'Ik vertrouw hem.'

'Is dat zo? Uit de berichten die je vanuit Frankrijk gestuurd hebt blijkt dat je hem ervan verdenkt dat hij iemand anders heeft.'

'Er zijn natuurlijk periodes waarin het minder goed gaat,' zegt Caroline. Ze ontwijkt Leia's blik. 'Dat is waarschijnlijk in alle relaties zo en ik voelde me toen heel gedeprimeerd. Zodra ik bij mijn ouders ben gaat het mis. Ze hebben een bijzonder negatieve invloed op me en laten me dingen geloven die niet kloppen.'

'Je ouders maken zich al heel lang zorgen om je. Ze beweren dat Gustav niet lief tegen je is.'

Caroline rolt met haar ogen. 'Mijn moeder is heel controlerend en heeft altijd geprobeerd alles voor me te bepalen. Toen Gustav in beeld kwam kon ze me niet langer manipuleren en daar stoort ze zich aan. Het enige wat ze wil is dat ik bij hem wegga zodat zij mijn leven weer kan bepalen.'

'Wil je daarmee zeggen dat je moeder liegt?'

'Mijn ouders hebben Gustav nooit gemogen, hij past niet in hun Zweedse bovenklasseleven, als je begrijpt wat ik bedoel. Ze zijn ervan overtuigd dat Gustav het op ons geld en de adellijke titel voorzien heeft.'

'Ik moet je iets vragen,' zegt Leia en ze haalt diep adem alsof ze een aanloop neemt. 'Slaat hij je?'

'Nooit.' Caroline kijkt naar beneden. 'Hij zou mij of de kinderen nooit iets aandoen, nooit. Gustav is de liefste persoon die ik ken.' Ze verschuift een van de infusen in haar elleboogholte.

'Je littekens...'

'Daar wil ik niet over praten.'

'Waarom niet?'

'Omdat ze in dit verband niet relevant zijn.' Caroline kijkt met een boze blik naar Leia. Ze wil met rust worden gelaten en wil niet langer antwoord geven op vragen.

Na een paar seconden kijkt Leia op. 'Heb je geheimen voor Gustav?'

'Alsjeblieft, ik wil heel graag slapen.'

'Dat begrijp ik. Ik heb nog maar een paar vragen waarop ik antwoord wil hebben.'

Caroline zucht.

'Hebben jullie geheimen voor elkaar?' vraagt Leia.

'Voor zover ik weet niet. We praten overal over.'

'We hebben je telefoon doorzocht om te kunnen zien waar je geweest bent en hebben een paar bestanden gevonden die gecodeerd waren. Wat zijn dat voor bestanden?'

'Ik weet het niet. Kan het een virus zijn?'

'Een virus?'

'Ik weet het niet...' Caroline kan de waarheid niet vertellen. Nog niet.

'We hebben ook een paar afspraken in je agenda gezien die we niet kunnen duiden. Je hebt twee afspraken waarbij "TT" staat. Wat is dat?'

'Ik weet niet wat dat is. Iemand moet dat in mijn agenda gezet hebben.'

De lucht in de kamer vibreert.

'Oké,' zegt Leia teleurgesteld en ze staat op. 'Ik laat je nu met rust, maar als je van mening verandert en de waarheid wilt vertellen, mag je me bellen.' Ze haalt een transparante plastic zak uit haar tas en houdt die Caroline voor. 'Je telefoon.'

'Bedankt.' Ze pakt de zak voorzichtig aan.

'Als je wilt dat je dochtertjes gevonden worden, dan moet je

tegen ons praten,' zegt Leia en ze loopt naar de deur.
 Caroline klemt de telefoon in haar hand en doet haar ogen dicht. Pas als Leia de kamer uit is begint ze te trillen.

***

Het ziekenhuisbed is hard en haar onderrug doet pijn als ze op haar zij gaat liggen en het kussen zo goed mogelijk opschudt.
 Er is zoveel wat ze wil vertellen, maar ze durft het niet. De kleinste vergissing kan vernietigend zijn. Het is een onaangenaam gevoel dat de politie in haar telefoon heeft gekeken. Waar hebben ze nog meer in gesnuffeld?
 Toen ze TT in haar agenda zette, had ze er al een vermoeden van dat het problemen zou opleveren. Ze noteert geen afspraken in haar telefoon, maar de laatste tijd moet ze wel om ze niet te vergeten.
 Het licht van het display doet pijn aan haar ogen als ze de telefoon aanzet. Het eerste wat ze ziet is een foto van haar dochtertjes terwijl ze in het zwembad in Frankrijk spelen. Ze kan bijna horen hoe ze schaterlachen als hun opa ze in het water duwt.
 Stel dat ik ze nooit meer zie, denkt ze met een steek in haar borstkas.
 Om de puzzel te kunnen oplossen moet ze op de juiste plek beginnen en de geschiedenis van haar telefoon bekijken.
 De angst dat haar herinneringen terugkeren is groot, maar ze moet wel. Voor haar dochtertjes.
 Ann-Sofie, de arts, heeft haar uitgelegd dat haar geheugen in de vorm van kleurige flashbacks kan terugkomen en dat ze pijnlijk kunnen zijn. Hoe bereid je je op zoiets voor, denkt ze en ze ziet in de gesprekslijst dat ze woensdagavond voordat ze verdween inderdaad met haar moeder heeft gebeld. Dat is zo vreemd. En waarom heeft ze met Ida afgesproken als ze eigenlijk een afspraak met de verloskundige had?
 Behalve de gemiste gesprekken van iedereen die ongerust is

geweest, heeft ze duizenden berichten van kennissen en personen van wie ze niet eens wist dat ze ze kende.

De gecodeerde bestanden zijn er nog.

Ze overweegt even om ze te wissen, maar de politie heeft ze beslist gekopieerd. Ze moet een verklaring bedenken voordat ze erin slagen de code te kraken.

Ze opent de browser.

Op alle nieuwssites wordt vermeld dat ze gevonden is. Meerdere kranten hebben stiekem gemaakte foto's van haar ouders en Gustav in het ziekenhuis gepubliceerd. Ze klikt snel verder, wil niet weten dat mensen haar in deze staat gezien kunnen hebben.

Verschillende sites schrijven over haar diabetes. Op welke manier is dat relevant? Ze durfde Gustav nauwelijks over haar ziekte te vertellen toen ze elkaar ontmoetten en nu weet iedereen het. Toch vermant ze zich en googelt haar naam. In artikel na artikel leest ze wat er gebeurd is. Hoe meer ze leest, hoe surrealistischer en vreselijker het allemaal voelt.

Zelfs de internationale nieuwssites schrijven over de ontvoering. De foto van Astrid en Wilma is op alle startpagina's te zien. GONE GIRLS, schreeuwen de koppen.

Ze hebben zelfs foto's van haar Instagram gehaald. Ze veegt met haar hand over het scherm. Foto's van hun woning vermengen zich met theorieën over waar het mee te maken kan hebben, zoals pedofielennetwerken, mensenhandel, ontvoering. Politieagenten geven verklaringen, maar zeggen in werkelijkheid helemaal niets.

Ze kan er niet mee stoppen, hoewel ze dat zou moeten doen. Ze leest artikelen en verslagen waarin ze niet alleen haar analyseren maar ook in hoeverre ze al dan niet een goede moeder is.

Idioten, denkt ze.

Een bekende regisseur vertelt dat hij zodra hij haar zag wist dat ze de beste technische actrice was die hij ooit was tegengekomen en dat ze een unieke kwetsbaarheid bezat.

Ze vraagt zich af of hij voor of nadat hij haar tijdens het filmfestival in Cannes in hotel Le Majestic op het toilet had geneukt tot die conclusie is gekomen. Op een grote roddelsite staat dat ze haar kinderen heeft vergiftigd en ze ergens heeft gedumpt. Hoe kunnen ze in vredesnaam zoiets schrijven?

Ze hijgt.

De meest genoemde theorie is dat ze haar dochtertjes een kalmerend middel of slaapmiddel heeft gegeven omdat ze lastig waren. Ze kregen per ongeluk een te hoge dosis binnen en overleden. Daarna is ze in paniek geraakt en heeft ze de lichamen van de kinderen verstopt. Ze beweren dat ze bewijs hebben.

Dat is gewoon laster.

Alsof het niet genoeg is dat de meisjes weg zijn en ze haar zoontje is verloren, moet ze deze smerige roddels ook nog verdragen.

Op dat moment ziet ze een link naar een fragment van *Nyhetsmorgon*, waar Gustav een van de gasten was. Ze klikt op *play* en wordt meteen verblind door zijn mooie gezicht. Met de stoppelbaard en het verwarde haar ziet hij eruit alsof hij net wakker is, maar toch is hij net zo knap als altijd. Hij heeft een verdrietige blik in zijn ogen en vertelt het Zweedse volk hoeveel hij van haar en de meisjes houdt.

Gustav, haar alles.

Als het fragment wordt afgewisseld door reclame, klikt ze weer op *play* en vervolgens nog een keer. Ze kan niet stoppen met kijken. Het is zo mooi.

Ze beseft hoe verschrikkelijk ze hem mist.

Het is laat en hij slaapt beslist al, maar ze moet met hem praten.

Hij neemt al na één keer overgaan op.

'Gustav,' fluistert ze. 'Met mij...'

'Carro, hoe voel je je? Ik heb geprobeerd bij je op bezoek te komen, maar ze weigeren me in je kamer te laten.'

'Ik weet het,' zegt ze en ze geniet ervan zijn stem te horen. 'De politie neemt de beslissingen. Ik mis je...'
'En ik mis jou...'
'Wat doe je?'
'Ik lig in bed en denk aan je... en aan de meisjes.'
'Heb je gelezen wat ze over me schrijven?' snikt ze.
'Je moet die rotzooi niet lezen...'
'Ik zal het proberen. Kun je met me praten tot ik in slaap val?'
'Wanneer mag je naar huis?'

Caroline zwijgt en hoort de deur opengaan. 'Er komt iemand binnen, ik moet ophangen,' zegt ze en ze verbreekt de verbinding.

Ann-Sofie doet de deur voorzichtig achter zich dicht en loopt naar het bed. 'Hoe voel je je?' vraagt ze en ze controleert de schermen rond haar bed.

Caroline geeft geen antwoord, ze weet niet wat ze moet zeggen.

'Het ziet ernaar uit dat je lichaam herstelt zoals het moet.'

Ann-Sofie gaat op de bedrand zitten en houdt haar hoofd schuin. 'Je weet toch dat je over alles met me kunt praten? Ik kan je helpen.'

Caroline staart naar de kleine gouden engel aan het kettinkje rond de hals van de arts.

'Hoe gaat het met je?' vraagt Ann-Sofie op zachte toon. Ze kijkt naar Caroline alsof ze begrijpt wat er haar hoofd en haar hart omgaat.

'Alsjeblieft, vraag me dat niet. Ik wil niets voelen.'

'Dat begrijp ik.' Ann-Sofie geeft een kneepje in haar hand. 'Je kunt hulp krijgen als je dat wilt.'

'Het enige wat ik wil is dat je me ontslaat zodat ik mijn kinderen kan zoeken.'

'Je bent vrij om te vertrekken als je dat wilt, maar je bent hier veiliger,' zegt Ann-Sofie terwijl ze ernstig naar haar kijkt.

Caroline doet haar ogen dicht omdat ze bang is dat haar blik iets zal verraden.

'Ik kan ervoor zorgen dat je alle steun krijgt die je nodig hebt.'

Caroline negeert het aanbod en draait Ann-Sofie haar rug toe om haar gevoelens niet te tonen. Niemand kan haar helpen. Het is veel te gevaarlijk. Ze moet dat allemaal achter zich laten, het enige waar ze zich nu op moet concentreren is het vinden van haar kinderen.

The Killer

De kartonnen dozen met pizza's staan onaangeroerd op het bureau. Niemand heeft honger.
 Ze moesten Caroline haar telefoon teruggeven omdat ze niet is aangehouden. Ze mogen hem ook niet spiegelen of afluisteren, hoewel Henrik heeft geprobeerd de officier van justitie over te halen om het door de vingers te zien. De regels zijn keihard. En hoewel ze de inhoud hebben gekopieerd, heeft dat geen nieuwe informatie opgeleverd.
 'Volgens het juridisch attest is Caroline niet verkracht. De verwondingen op het lichaam zijn een gevolg van de ontvoering en bevestigen min of meer het weinige dat Caroline tijdens het getuigenverhoor verteld heeft,' zegt Henrik moedeloos terwijl hij naar achteren leunt op zijn bureaustoel. Ze komen nergens.
 'Het juridisch attest gaat alleen over de verwondingen die met de misdaad te maken hebben. Toen de arts vragen stelde over de littekens en de blauwe plekken die ouder waren wilde ze geen antwoord geven. Ze trilde blijkbaar tijdens het hele onderzoek en was zo gesloten als een oester. Ik denk dat ze bang is voor Gustav.' Leia staart met een duistere blik naar hem. 'Hoe weet je dat ze liegt?'
 'Lichaamstaal.' Het verbaast hem dat ze dat niet heeft gezien. 'Ik geloof dat ze informatie achterhoudt.'
 'Vergeet niet dat ze getraumatiseerd is.' Leia geeft niet op.
 'Het klopt niet.' Hij staart naar het whiteboard. 'Waarom is ze gevangengehouden in de haven? We weten nog steeds niet hoe ze daar weggekomen is. Hoe kan ze ontsnapt zijn zonder dat ze

zich daar iets van herinnert en zonder dat iemand iets gezien heeft?'

'Dat kun je je afvragen, maar het is onmogelijk om jezelf op te sluiten, dus is Caroline met andere woorden niet degene die hierachter zit,' zegt Leia gedecideerd.

'Ik hoor wat je zegt. Maar er klopt iets niet. Ze is een actrice, vergeet dat niet.'

'Ach ja, en een vrouw. Ik heb iets met alcohol nodig.' Leia haalt een fles Lagavulin uit de kast.

'Sorry, jij denkt dus dat het een genderkwestie is?' Hij houdt haar de COPS-beker voor en krijgt een flinke scheut.

'Alles draait om gender, klasse en achtergrond, en als ik jou was zou ik met dat soort analyses gaan werken in plaats van wedstrijdanalyses, of wat je ook doet. Willen jullie ook?' Leia houdt de fles naar Karim en Maria omhoog.

'Haram,' zegt Karim.

'En ik moet zo naar mijn gezin,' zegt Maria. Ze niet een stapeltje papieren aan elkaar. 'Maar ik ben vooral zwanger.' Ze lacht.

'We kunnen de pr-truc schrappen,' zegt Leia. Ze schenkt een flink glas voor zichzelf in en kijkt naar het whiteboard, waarop ze de verschillende alternatieven opgeschreven hebben. 'Het gezin Jovanovic heeft dit niet gedaan om aandacht te trekken.'

Karim loopt op zijn verende Nike Air Max naar het bord en veegt het pr-spoor weg.

'Dus wat hebben we dan?' Karims slungelige armen hangen langs zijn lichaam en Henrik kan het niet laten om te denken dat de knul op een stagiaire met meer bling dan 50 Cent lijkt.

'Helemaal niets.' Leia legt haar benen op het bureau en neemt een slok van haar whisky. 'Een ongeluk kunnen we eveneens doorstrepen.'

'Nog niet,' zegt Maria. 'Caroline kan haar kinderen per ongeluk iets aangedaan hebben, waarna ze in paniek geraakt is en ze verstopt heeft.'

Karims ogen flitsen van woede. 'Die theorie had je voor je

gehouden als je had gezien hoe het er in de silo uitzag. Iemand die geestelijk gezond is stelt zichzelf niet aan zoiets bloot.'

'Is dit de eerste keer dat je een dood lichaam gezien hebt?' vraagt Henrik. Hij denkt aan de kleine baby.

Karim knikt timide terwijl hij met over elkaar geslagen armen bij de opsomming van verschillende alternatieven staat.

'Het eerste lijk raakt je het meest, dat blijft voor eeuwig op je netvlies gegraveerd staan.' Zelf herinnert hij zich het verbrijzelde hoofd van zijn teamgenoot na de krankzinnige rit buiten Turijn nog duidelijk. Ze waren op weg naar de wedstrijd en reden over kronkelwegen naar Milaan. Ze hadden de teambus moeten nemen, maar Henrik drong erop aan dat ze in zijn nieuwe Maserati zouden gaan. De opengesperde ogen staren elke avond voordat hij in slaap valt nog steeds naar hem.

Henrik drinkt de laatste slok whisky uit de beker.

'Dan kan Gustav net zo goed degene zijn die zijn gezin per ongeluk iets aangedaan heeft,' zegt Karim. 'Er ging iets mis en hij probeerde dat te verdonkeremanen.'

Karim en Maria kunnen beiden gelijk hebben, denkt Henrik.

'Gustav Jovanovic heeft zijn gezin niet per ongeluk iets aangedaan. Hij heeft het met opzet gedaan of dit alles is vanwege hem gebeurd. Hij is naar alle waarschijnlijkheid de schuldige,' zegt Leia scherp.

Henrik zet de beker met een klap op het bureau.

'Eerlijk gezegd geloof ik eerder dat het om een klassieke ontvoering gaat die is uitgevoerd door iemand die heeft gezien hoe extravagant ze leven,' zegt Maria terwijl ze haar rode haar losmaakt. 'Ze zijn de gepersonifieerde bovenklasse en vinden het heerlijk om te laten zien wat ze hebben. In mijn ogen is dat alsof je erom vraagt.'

'Ja, ze laten hun cash graag zien,' is Karim het met haar eens.

'Weinig misdaden zijn zo moeilijk foutloos uit te voeren als een ontvoering waarbij het enige doel het afdwingen van geld is,' gaat Henrik tegen hen in. 'Dat kunststukje is bijna niemand in Zweden gelukt. Toch zouden degenen die het risico op een ontvoering om financiële redenen lopen extra voorzichtig moeten zijn en eraan moeten denken om geen vaste routines te hebben en terughoudend te zijn met de informatie die ze publiceren. Niet met hun bezittingen op de sociale media pronken. Het alarm aanzetten. Vaak hebben zulke mensen particuliere bescherming.'

'Jovanovic heeft een uitgebreid alarmsysteem,' zegt Karim. 'Dat stond juist die nacht niet aan, wat ik een beetje vreemd vind. Is dat toeval?'

'Hij had in elk geval een eis om losgeld moeten krijgen. Bovendien weten we niet of hij geld heeft. Er zijn veel armen onder de rijken, ook al zegt hij dat de rekeningen bij de deurwaarders te maken hebben met Carolines slordigheid. Het investeringsproject in Brazilië heeft zijn persoonlijke financiële situatie absoluut aangetast, al beweert Gustav het tegendeel. Om hoeveel geld gaat het?'

'Tweehonderd miljard volgens de media,' zegt Leia.

Karim krabt op zijn hoofd. 'Hij heeft in een serie bedrijven geïnvesteerd nadat hij zijn bedrijf verkocht had. Zo is het geld snel verdwenen.'

'We moeten een van hen aanhouden om toegang tot hun persoonlijke financiën te krijgen, en om dat te kunnen doen moeten we meer over ze hebben.' Leia gooit haar pen moedeloos op het bureau en gaat verder. 'Carolines bankrekening is niet bepaald indrukwekkend. Ik geloof dat ze ongeveer honderdduizend Zweedse kronen in activa heeft. Dat zijn opbrengsten van diverse sponsoractiviteiten en royalty's die snel verdwijnen. Geen enorme bedragen.'

Henrik kijkt in zijn lege beker.

'Wie van degenen die het dichtst bij het gezin staan kan Caroline in de silo opgesloten hebben? Dat vereist zowel spieren als een ijskoud hart,' zegt Leia. Ze vult Henriks beker bij.

'Het hangt ervan af wat Caroline gedaan heeft,' zegt Karim schouderophalend. 'Het kan wraak zijn.'

'We mogen niet vergeten dat onze absolute focus ligt op het

ongedeerd terugbrengen van de meisjes naar hun familie,' zegt Henrik. 'Het vinden van een dader die we strafrechtelijk kunnen vervolgen is daar ondergeschikt aan.'

'Amen,' zegt Leia, waarna ze even lacht.

Henrik negeert haar en staart naar de stapel papieren die Maria op zijn bureau legt.

'Dit zijn alle geprinte verhoren waarom je gevraagd hebt.'

'Dank je. Is je nog iets opgevallen?'

'Volgens de buren gedroeg Caroline zich de laatste tijd anders.'

'Op welke manier?' vraagt Leia met een scherpe klank in haar stem.

'Ze vonden dat ze zich afstandelijk gedroeg en dat ze koud en hard tegen de kinderen was.'

'Misschien omdat ze een vrouw is, zwanger is en daarnaast ook nog eens uit Stockholm afkomstig is. Misschien verdroeg ze het niet om met die verdomde roddeltantes te praten.' Leia zucht hartgrondig. 'De hele wereld lijkt zich tegen haar te keren, dus kom er verdomme niet mee aanzetten dat het geen genderkwestie is als de hashtag "she killed them" trending is... En nu ga ik naar huis om te slapen,' zegt ze terwijl ze haar tas pakt.

Henrik vraagt zich even af wat hij het beste kan doen. Eigenlijk wil hij met haar meelopen, maar hij heeft geen idee wat hij moet zeggen en besluit met tegenzin om zich gedeisd te houden.

Leia slaat de deur met een knal achter zich dicht.

'Wat is er met haar aan de hand? Moet ze ongesteld worden?' Karim lacht.

'Dat soort opmerkingen horen hier niet thuis,' zegt Henrik scherp. Hij pakt de stapel met verhoren op. 'Heb je dat begrepen?'

'Sorry,' zegt Karim beschaamd.

Maandag 17 augustus

Gustav

De zon verblindt hem als hij het parkeerterrein van het ziekenhuis af rijdt. Hij draait de zonneklep naar beneden en Carro schrikt als een opgejaagd dier.

'Sorry,' zegt hij en hij legt zijn hand op haar magere dijbeen. 'Ik wilde je niet bang maken.'

De witte jurk die hij heeft meegenomen lijkt meerdere maten te groot geworden te zijn.

'Ik geloof niet dat je begrijpt hoe ongerust ik geweest ben.' Hij buigt zich naar haar kant en geeft een kus op haar gebarsten lippen. Ze stinkt naar Descutan. 'Je moet me alles vertellen, we moeten samenwerken. Wat heeft de politie tegen je gezegd? Herinner je je echt niets?'

De tijd raakt op. De vierentwintig uur die de ontvoerders hem hebben gegeven zijn verstreken zonder dat Carro's ouders een kroon hebben betaald. Wat moet hij nu in vredesnaam doen?

Hij heeft geen oog dichtgedaan. Het geluid van de bottenzaag heeft hem de hele nacht geteisterd. In principe wil hij Carro over de chantage vertellen, maar het is te riskant. Ze is te fragiel en heeft het hele plaatje niet duidelijk voor zich. Als ze erachter komt dat hij geld van De Familie heeft geleend zal ze... Hij verdraagt het niet. Er staat te veel op het spel.

'De politie weet niets,' zegt ze zachtjes. Ze leunt met haar hoofd tegen het zijraam.

Haar haar lijkt op een vogelnestje.

'Herinner je je echt niets?' vraagt hij weer terwijl hij haar hand vasthoudt.

Ze schudt haar hoofd. 'Het spijt me. Waarom herinner ik me niets, Gustav? Het is zo verschrikkelijk. Ik ben bang.'

'Het is niet de eerste keer dat je last van black-outs hebt... Waar is je ring?'

Carro kijkt naar haar hand.

'Ben je je trouwring in het ziekenhuis vergeten?' vraagt hij terwijl hij haar aankijkt.

'Nee, of... Ik weet het niet. Ze moeten hem van mijn vinger gehaald hebben. Toen ik bijkwam in de kofferbak was hij weg. Het spijt me.'

'Het hindert niet, denk er niet aan, de verzekering dekt het,' zegt hij en hij legt beide handen op het stuur.

Ze liegt, maar hij begrijpt niet waarom.

'Vandaag zou Wilma voor het eerst naar school gaan.' Ze begint te huilen.

De nieuwe roze rugzak hangt ongebruikt in haar kamer. Het laatste waaraan hij op dit moment kan denken is de lege stoel op school waarop Wilma zou moeten zitten.

'Ik wil je niet onder druk zetten, maar omdat je je herinnert dat de ring weg was, is er misschien meer wat je je van de kofferbak herinnert?'

'Nee.' Ze slaat haar handen voor haar gezicht. 'Ik was opgesloten, zag niets, hoorde niets en kon me niet bewegen. Ik was vastgebonden. Het was afschuwelijk.'

'Wie durft ons dit verdomme aan te doen!?' roept hij en hij slaat met zijn hand op het stuur.

'Geef antwoord, ben je verkracht?'

'Ik herinner het me niet,' fluistert ze met afgewend hoofd.

De sfeer is gespannen en hij moet zijn best doen om haar niet vast te pakken en de waarheid uit haar magere lichaam te schudden. In plaats daarvan doet hij zijn best om kalm te klinken. 'Je zult je toch wel iets herinneren?'

Ze vermant zich snel. 'Zeg niet tegen me dat ik het me verbeeld, maar op de dag dat we 's nachts verdwenen, stond hij weer voor de woning.'

'Wie?' Gustav rijdt de Limhamnsväg in.
'De man die ik al een paar keer had gezien. Hij gaf de meisjes een lolly.'
'Waar heb je het over?' zegt hij met gespeelde verbazing. 'De kaalgeschoren man? Degene over wie je beweerde dat je hem bij de schommels gezien hebt?' De adrenaline stroomt sneller door hem heen dan hij kan denken.
'Ja, precies.'
'Carro, je weet dat je je dat alleen verbeeld hebt. En nu doe je het weer. Heb je dat aan de politie verteld?'
'Nee, maar hij was er! Echt, ik heb hem gezien. Wilma vertelde dat hij zei dat hij je kende.'
Het is de Joego die in de ziekenhuisgang tegen hem op liep. Het is geen toeval. Ze hebben zich meerdere keren laten zien, maar hij kan Carro niet vertellen hoe de vork in de steel zit. Nog niet.
Hij rijdt de Gustavsgata in, leunt naar achteren en pakt zijn pet van de achterbank. 'Hier, zet die op. De journalisten zijn net wilde dieren. Probeer ze gewoon te negeren.'
Hij moet opnieuw tussen de journalisten en fotografen laveren om ze niet aan te rijden en moet zich inhouden om zijn vinger niet op te steken naar de idioten die naast de auto rennen.
Carro verbergt haar hoofd onder de pet en houdt haar handen voor haar gezicht.
Ze schreeuwen en bonken op de ramen en hij kookt van woede als hij door de poort naar binnen rijdt. Hij trommelt op het stuur terwijl hij wacht tot de garagepoort helemaal open is en hij ze aan de andere kant van de muur hoort roepen.
In de achteruitkijkspiegel ziet hij dat ze op de muur klimmen om foto's te maken. Boven de woning cirkelen drones.
'Dit kan verdomme op geen enkele manier legaal zijn,' zegt hij terwijl hij de garage in rijdt. Hij drukt op de afstandsbediening zodat de poort achter hen dichtgaat.
Hij maakt zijn veiligheidsgordel los, opent het portier en wil

uit de auto stappen, als Carro zijn arm vastpakt. 'Ik kan me niet bewegen. Mijn benen...'

'Ik help je,' zegt hij en hij smijt het portier dicht. Hij loopt om de auto heen naar de passagierskant, tilt haar op en draagt haar het huis in.

Ze trilt als een espenblad als ze haar armen om zijn nek slaat en zich tegen hem aan duwt.

Hij geeft een zachte kus op haar hoofd. Haar haar voelt ruw en ruikt naar ziekenhuis.

Voorzichtig legt hij haar op de bank, alsof ze kapotgaat als hij haar verkeerd neerlegt.

Carro trekt hem naar zich toe en kust hem.

Het trillen is minder geworden en haar gezicht is nu kalm. Hij probeert haar gelaatsuitdrukking te interpreteren en geeft een kus in haar hals. Haar huid is bloedheet. Haar zware ademhaling maakt duidelijk dat ze meer wil.

Hij maakt de knoopjes open en vraagt zich af of ze zich herinnert wat er de laatste keer dat ze deze jurk droeg was gebeurd.

Zijn bloed pulseert, hij krijgt een erectie en laat zijn handen onder haar jurk glijden. Ze trilt als hij haar borsten streelt.

Haar blik is hongerig en hij trekt haar jurk uit, bijt zachtjes in haar tepels en streelt de binnenkant van haar dijbenen. Ze beweegt haar heupen naar hem toe.

Hij trekt zijn T-shirt uit en gooit dat over haar gezicht. Het enige waaraan hij kan denken is dat ze zijn vrouw hebben verkracht. Hij vermoordt die klootzakken.

Hij duwt zich tegen haar aan en voelt voor het eerst in lange tijd dat hij de controle heeft. De weerstand is miniem.

Caroline

Als hij bij haar binnendringt verbijt ze een schreeuw. 'Stop alsjeblieft,' fluistert ze onder het shirt terwijl de tranen over haar wangen stromen. Hij raakt echter steeds opgewondener en houdt haar armen stevig vast. Het grote lichaam drukt tegen haar aan, hij doet haar pijn en ze heeft moeite om adem te halen. De artsen hebben tegen haar gezegd dat ze de komende weken geen seks mag hebben.
 Hij kreunt hard terwijl zij doodstil ligt, haar ogen dichtdoet en hoopt dat het snel voorbij is.
 'Ik ga een douche nemen,' zegt hij plotseling en hij haalt het T-shirt van haar gezicht. 'Misschien moet jij je ook gaan opfrissen.'
 Hij staat op en knoopt zijn broek dicht zonder naar haar te kijken.
 Haar wangen worden rood van schaamte als hij naar de spa in de kelder verdwijnt. Met trillende handen pakt ze haar jurk van de vloer en veegt het bloed voorzichtig van haar dijbenen.
 Ze kijkt naar het schilderij van Muhammad Ali aan de muur. *I am the greatest*, denkt ze.
 Het doek is nog heel. Het was maar een droom. Er is hier geen brand geweest. Alles ziet eruit zoals anders.
 Ze sluipt naakt de trap op. Met elke stap neemt haar angst toe en ze walgt van zichzelf. Ze had hem niet moeten verleiden door de verkeerde signalen af te geven. Ze had duidelijk moeten laten merken dat ze niet wilde.
 Alles hier thuis is nog angstaanjagend hetzelfde, maar onaangenaam leeg en stil.

De deur naar de slaapkamer van de meisjes staat op een kier. Ze aarzelt even en houdt haar adem in als ze over de drempel stapt. Als ze beseft dat alles er nog hetzelfde uitziet durft ze weer adem te halen. De bedden zijn opgemaakt en het speelgoed ligt netjes op de juiste plekken te wachten tot de meisjes thuiskomen van de kleuterschool en alles over de vloer verspreiden. Ze ziet voor zich hoe ze samen spelen en knutselen. Hoewel ze soms ruzie hebben, zijn ze onafscheidelijk. Ze hebben altijd een kamer gedeeld en meestal vindt ze ze samen slapend in Wilma's bed.

Ik hoop dat ze bij elkaar zijn, denkt ze. Waar ze ook zijn.

Op het nachtkastje ligt *Bedtijdverhalen voor rebelse meisjes*, waaruit ze elke avond heeft voorgelezen nadat ze uit Frankrijk terug zijn gekomen. Wilma's rugzak, die al vanaf het begin van de zomer ingepakt is, hangt aan de bureaustoel. Ze heeft er het hele jaar naar verlangd om naar school te mogen gaan. Caroline gaat op Wilma's bed liggen en ademt de geur van haar kussen in.

'Waar zijn jullie?' fluistert ze en ze kijkt om zich heen naar de favoriete knuffels van de meisjes, maar ziet Astrids konijn en Wilma's stoffen pop nergens. Ze herinnert zich dat ze vergeten was ze in te pakken voor hun reis naar Frankrijk. De taxi moest terug en ze misten het vliegtuig bijna vanwege die knuffels. Wilma begint eigenlijk te groot te worden voor haar Hello Kitty-pop, maar zonder kan ze niet slapen en Astrid is ontroostbaar zonder haar konijn. Ze is nooit meer dan een meter verwijderd van het kapot geknuffelde konijn.

Ik hoop dat de meisjes ze bij zich hebben, denkt ze en ze trekt de sprei over zich heen. Ze staart naar de sterrenhemel en huivert. Ze kan haar kinderen niet beschermen of troosten en iemand wil haar dood hebben.

Het ergste is dat ze niet weet waar het gevaar zich bevindt.

Haar onderlichaam verkrampt als ze overeind komt. Ze passeert Ludvigs kamer zonder naar binnen te gaan, bang voor hoe ze zal reageren als ze de pas geschilderde lichtblauwe muren, de wieg en de babykleertjes die ze in Frankrijk heeft gekocht ziet. Met een brok in haar keel gaat ze hun slaapkamer in en loopt naar de badkamer. Ze draait de douchekraan open en kijkt naar de kleurige tandenborstels van de meisjes.

Om niet in te storten leunt ze tegen de wastafel en kijkt naar haar spiegelbeeld.

De grote, donkere wallen hangen als zakken onder haar ogen. Haar blik is leeg. Het magere lichaam ziet er ziek uit en het bloed op haar dijbenen is opgedroogd. Ze legt haar hand op haar buik. Ze zou nu in de tweeëntwintigste week zijn. Ruim halverwege.

Het hete water brandt op haar huid en ze schrobt hard met de borstel.

Ze weet niet hoe lang ze zo heeft gestaan als ze de kraan dichtdraait en zich voorzichtig afdroogt met de zachte handdoek, hem rond haar haar knoopt en haar badjas aantrekt.

Ze gaat naar haar walk-incloset en pakt een versleten marineblauw kasjmieren joggingpak. Dat heeft ze niet meer gedragen sinds ze zwanger was van Astrid en het is veel te groot en te slobberig. Precies wat ze op dit moment wil dragen. Heel anders dan de korte witte kanten jurk die Gustav naar het ziekenhuis heeft meegenomen. Toen ze die een paar weken geleden tijdens de bijeenkomst in Falsterbo droeg vond Gustav dat ze eruitzag als een slet. Waarom had hij hem dan nu meegenomen naar het ziekenhuis? Ze snapt het niet. Was dat een manier om te zeggen dat het hem speet, of was hij het vergeten? Maar misschien haal ik alles door elkaar, denkt ze en ze gaat naar de keuken.

Op het kookeiland staat een grote bos prachtige rode rozen. Tussen de bloemen zit een witte envelop. Ze maakt hem voorzichtig open en leest het kaartje.

Welkom thuis. Je Gustav.

Er schiet een flits door haar hoofd en ze legt één hand op het kookeiland.

De telefoon! Ze denkt aan de telefoon die overging. Het belsignaal was anders, het was haar telefoon niet, maar ze was hier, in de keuken. Wie belde er?

Misschien wordt ze wakker als ze een kop koffie drinkt. Ze opent een kastdeurtje, haalt een beker tevoorschijn en zet hem in het koffiezetapparaat. De bonen worden gemalen en het water loopt erdoorheen.

Ze pakt de beker koffie, loopt naar het terras en haalt diep adem voordat ze opkijkt. Ze voelt een huivering als ze denkt aan de geruïneerde tuin in haar nachtmerries. Het gevoel dat ze alles kwijt is, is nog steeds heel sterk en reëel.

'Wat doe je?'

Ze schrikt en morst koffie op haar jasje.

'Sorry, het was niet mijn bedoeling je te laten schrikken,' zegt Gustav. Hij kijkt zo intens in haar ogen alsof hij al het leven uit haar kan zuigen.

Hij heeft een handdoek rond zijn middel gewikkeld en zijn haar is nat. Het is eigenlijk onmogelijk om in zo'n korte tijd zo'n grote spiermassa op te bouwen, denkt ze terwijl ze zijn naakte bovenlichaam bestudeert. Gustav is altijd lang en breed geweest, maar het is lang geleden dat ze hem zo getraind heeft gezien. Hij is zo breed dat ze zich heel klein voelt.

'Ik probeer adem te halen, mijn geheugen terug te krijgen,' zegt ze met haar blik op het gras gericht.

Hij trekt haar naar zich toe en omhelst haar stevig. 'Ik hou van je...' zegt hij en hij geeft haar een kus op haar voorhoofd. 'Meer dan van de aarde.'

Ze kijkt naar hem op en glimlacht. Misschien heeft ze datgene wat er daarnet op de bank is gebeurd verkeerd begrepen. Ze leunt met haar hoofd tegen zijn warme borstkas en hoort zijn hart bonken.

Hij streelt zachtjes over haar rug.

Het is lang geleden dat hij haar op deze manier heeft aangeraakt. Misschien komt het allemaal weer goed.

Hij kust haar teder op haar mond en gaat verder naar haar hals, waarna hij zachtjes in haar oorlelletje bijt. 'Ik denk dat de politie ons schaduwt,' fluistert hij. 'Misschien luisteren ze onze telefoons af en lezen ze onze mails. En volgens mijn advocaat kan de politie valse informatie over jou naar de media gelekt hebben, om ons onder druk te zetten.'

'Wat? Dat kan toch niet kloppen?' zegt ze en ze deinst naar achteren.

'Sst, we gaan naar binnen.' Hij kijkt naar de woning van de buren. 'Die gluurder van hiernaast heeft tegen de politie gezegd dat ze om een uur of drie, vier 's nachts kinderen heeft horen huilen.'

Caroline kijkt voorzichtig naar het raam van de buren en ziet dat iemand zich snel achter de gordijnen verbergt. Ze huivert en vraagt zich af hoeveel dat nieuwsgierige oude wijf eigenlijk heeft gezien.

The Killer

Kleuterschool Solglimten ligt mooi op een kleine heuvel met uitzicht op zee. Het rode bakstenen gebouw is omringd door een houten omheining die in alle kleuren van de regenboog is geschilderd. De speelplaats is vol met kleine dreumesen met zonnehoedjes op die ronddrentelen tussen de schommels, de glijbaan en de zandbak. Op een bepaalde manier kan hij die tijd in zijn leven missen. Toen de meisjes klein waren en alles minder ingewikkeld was.

Het geluidsniveau is hoog. Hij heeft altijd bewondering gehad voor de kleuterleidsters en -leiders omdat ze in staat zijn om de hele dag schreeuwende, ruziënde en lachende kinderen te verdragen.

Hij opent het hek, loopt naar een man in een geel hesje toe, stelt zich voor en vraagt of hij met iemand die verantwoordelijkheid heeft kan praten.

De man neemt hem mee naar binnen en vertelt dat de kleuterschool klein is, ze hebben maar vijfentwintig kinderen. Het rode gebouw voelt binnen nog kleiner en bestaat alleen uit een paar kamers die bezaaid zijn met speelgoed. Het ruikt precies zoals het deed toen zijn kinderen op het kinderdagverblijf zaten, zoals het destijds werd genoemd. Naar oude luiers, zand en eten in een heerlijke combinatie.

In de keuken staat een vrouw van in de dertig in grote pannen te roeren.

'Ik ben Jasmine, de operationeel manager.'

Henrik laat zijn politielegitimatie zien en beschrijft in het kort waarom hij hier is.

'Sorry, mijn handen zijn een beetje kleverig,' zegt ze. Ze veegt ze af aan haar rood-wit geruite schort. 'We koken al ons eten zelf. Vandaag staan er gehaktballetjes met aardappelpuree op het menu. Wil je iets eten?'

'Nee, dank je wel.'

'Laten we gaan zitten,' zegt ze en ze loopt voor hem uit naar de tafel in een van de speelkamers. De muren zijn bedekt met tekeningen van wisselende kwaliteit.

'Astrid en Wilma zitten op deze school vanaf dat ze twee waren,' vertelt ze. 'Fantastisch lieve meisjes. Sorry…' Ze krijgt tranen in haar ogen en veegt over haar wangen. 'Het is zo verschrikkelijk. Denk je dat alles goed met ze is?'

'Daar kan ik helaas geen antwoord op geven.'

Ze kijkt naar haar handen, die op haar schoot liggen.

'Wanneer heb je ze voor het laatst gezien?' vraagt hij.

'De week voor midzomer begon de zomervakantie. Wilma was hier voor het laatst, omdat ze naar de basisschool gaat, maar Astrid zou vandaag terugkomen.' Ze balt haar vuisten en perst haar lippen op elkaar.

'Hoe voelden ze zich voor de zomer?'

'Goed, denk ik. Het zijn zulke heerlijke meisjes. Grappig, slim en zorgzaam. Ze zijn geliefd bij hun speelkameraadjes en ontwikkelen zich volgens het boekje.'

'Wat heb je voor beeld van de ouders?'

'Tja, ik weet niet wat ik daarover moet zeggen.' Ze haalt haar schouders op. 'Ik heb Gustav bijna nooit gezien. Caroline is degene die ze brengt en ophaalt, en zij is bijzonder gereserveerd. Ik weet niet of je zo misschien wordt als je bekend bent, maar ze is soms op de grens van onaardig. Dat voelt nu vreselijk om te zeggen, maar ik denk dat het belangrijk is om alles te vertellen.'

'Daar heb je helemaal gelijk in,' zegt Henrik en hij beseft dat hij waarschijnlijk met een amateurpsycholoog te maken heeft.

'Soms is ze aardig. Het is moeilijk om haar in te schatten,

we komen uit zulke verschillende werelden. Het afgelopen jaar is ze veranderd, dat zeggen alle personeelsleden. Ze was bozer en snauwde tegen de meisjes, en we hebben gemerkt dat het invloed op ze heeft. Ze zijn minder vrolijk. 's Ochtends duurt het tegenwoordig een uur voordat ze met de andere kinderen spelen. Ze kruipen samen graag op de bank en lezen een boek.'

Henrik werpt een vluchtige blik op de lege houten bank terwijl de vrouw verder praat.

'Astrid plast weer in haar broek en ik dacht dat het misschien kwam doordat ze een broertje krijgt, maar ik weet het niet. Wilma heeft een enorme faalangst en krijgt een uitbarsting zodra iets niet perfect is... Tja, en ze willen geknuffeld worden en hebben een enorme behoefte aan nabijheid. Kom, ik wil je iets laten zien.' Ze staat op en loopt naar een muur die vol hangt met tekeningen. 'Afgelopen voorjaar hebben de kinderen deze gemaakt,' zegt ze en ze wijst naar twee papieren bloemen met tekst op de blaadjes. 'We hebben over gevoelens gepraat. Hoe je gevoelens kunt tonen en er daarna over kunt praten. Ik heb de kinderen vragen gesteld over wat hen blij maakt. We noemen het de "blije bloem".'

Henrik buigt zich naar de rode bloem en zoekt de blaadjes met de antwoorden van Wilma en Astrid.

Astrid: *Ik ben blij als mama met me speelt.*

Wilma: *Ik ben blij als mama haar armen om me heen slaat en we samen knutselen.*

'Hier hangt de "verdrietige bloem",' zegt Jasmine. Ze wijst naar een bloem met zwarte blaadjes. 'We hebben erover gepraat wat de kinderen verdrietig maakt.'

Henrik zoekt opnieuw naar de antwoorden van Astrid en Wilma.

Astrid: *Ik ben verdrietig als papa en mama ruzie hebben.*

Wilma: *Ik ben verdrietig als mama huilt.*

'De andere kinderen vertelden dat ze verdrietig zijn als ze een duw van een vriendje krijgen, als ze zich ergens aan stoten, als iemand een stuk speelgoed van hen afpakt of een tekening stukscheurt.'

Rond de bloemen hangen tekeningen met harten en abstracte patronen die de kinderen hebben getekend. Alles vloeit samen tot één wazig beeld. Hij wendt zijn blik af en bestudeert de groepsfoto. Astrid en Wilma zitten op de vloer en houden elkaars hand vast. 'Ze lijken een bijzonder goede band te hebben.'

'Ja, dat is zo. Ze hebben zelden ruzie. Eigenlijk maken ze helemaal geen ruzie met andere kinderen, ze ontwijken eerder conflicten en zijn snel angstig. Alsof ze gespannen afwachten tot er iets ergs gebeurt. Ik heb geprobeerd dat te verminderen, maar ik denk dat het erger is geworden.'

'Wat kan volgens jou de reden daarvoor zijn?'

'Ik weet het niet, maar ze voelen zich waarschijnlijk niet veilig.'

'Denk je dat ze mishandeld worden?'

'Daar kan ik geen antwoord op geven.'

'Heb je verwondingen bij ze gezien?'

'Nee. Of... Astrid heeft haar arm een halfjaar geleden gebroken toen ze thuis gevallen was, Wilma heeft een hersenschudding en wat blauwe plekken gehad, maar dat geldt voor de meeste kinderen. Maar wacht, ik bedenk net iets wat er een paar dagen voor de zomervakantie gebeurd is.'

Henrik trekt een wenkbrauw op.

'Gustav zou de kinderen om vier uur ophalen. Om halfvijf belde ik hem en toen zei hij dat hij niet kon komen en dat Caroline de kinderen zou ophalen. Toen ik haar belde werd ze woedend en weigerde hiernaartoe te komen. Ik legde uit dat ze opgehaald moesten worden. Onze kleuterschool sluit om vijf uur. Ze kwam echter niet.'

'Wat heb je toen gedaan?'

'Uiteindelijk heb ik ze naar huis gebracht en heb ik ze bij Caroline achtergelaten, die nog steeds boos was.'

'Op jou?'

'Ik weet het niet, maar de kinderen werden ongerust. Ik herinner me dat ik pijn in mijn maag had door de situatie.'

Henrik bedankt haar en gaat in zijn auto zitten.

Hij stuurt een mail naar Maria en vraagt haar om de medische dossiers van de kinderen te bekijken. Hij moet alles over Astrids gebroken arm en Wilma's hersenschudding weten. En hij moet met Leia praten.

Caroline

Als ze wakker wordt is haar kussen drijfnat. Zodra ze slaapt komt de afschuwelijke droom waarin ze door hun brandende huis rent en vecht voor het leven van haarzelf en de meisjes terug, maar het vuur wordt alleen maar heviger en heviger en ze hoort een piep in haar oren...

De verduisteringsgordijnen in de slaapkamer zijn gesloten en ze hoort Gustavs ademhaling.

Ze blijft doodstil liggen en doet alsof ze slaapt.

Het licht gaat aan en ze doet haar ogen dicht en maakt zich klein onder het dekbed.

'Ik heb koffiegezet,' zegt hij. 'Was het fijn om een middagdutje te doen?'

Ze opent haar ogen langzaam en ontmoet zijn moeilijk te duiden blik als hij naast haar op de bedrand komt zitten en haar haar streelt.

'Hmm,' mompelt ze. Ze dwingt zichzelf te glimlachen, gaat rechtop zitten en legt het kussen achter haar rug. Haar nachtjapon is doornat.

'Is er iets gebeurd terwijl ik sliep?' vraagt ze en ze kijkt zoekend om zich heen naar haar telefoon.

'Er is geen nieuws,' verzucht hij. 'Hoe voel je je?'

Gustav streelt haar wang, waarna zijn hand naar beneden glijdt en op haar keel blijft liggen. 'Je weet toch dat ik de kinderen nooit kwaad zou doen?'

Ze knikt.

'Zeg het.'

'Alsjeblieft, Gustav...' fluistert ze.

'Ik wil het je horen zeggen,' sist hij en hij knijpt haar keel dicht.
'Je zou de kinderen nooit kwaad doen.' Ze krijgt nauwelijks lucht meer.
'Harder.'
'Je zou de kinderen nooit kwaad doen,' herhaalt ze.
Hij haalt zijn hand van haar keel. 'Natacha is hier,' zegt hij. 'Fris je op en kom naar beneden. We moeten bespreken hoe we met de media omgaan.'
Gustav is uit de slaapkamer verdwenen voordat ze adem heeft kunnen halen. De trap kraakt terwijl hij naar beneden loopt.
'Ik wil niet,' zegt ze tegen zichzelf. Ze probeert haar op hol geslagen hartslag te kalmeren, maar heeft geen keus. Met tegenzin sleept ze zich uit bed en loopt naar de badkamer.
Ze ziet zichzelf in het licht van de lamp en leest de tekst op het briefje dat ze op de spiegel heeft geplakt. *Niemand kan je je minderwaardig laten voelen zonder je toestemming.*
Caroline legt haar hand op haar keel en hoest.
Ze opent haar badkamerkast om iets kalmerends te slikken, maar de plank waar haar pillen staan is leeg.
Waar zijn ze? Ze weet heel zeker dat ze er daarstraks nog stonden.
Ze heeft ze niet verplaatst, het enige wat ze zich kan herinneren is dat ze een paar pillen heeft geslikt voordat ze een dutje ging doen, maar ze heeft de potjes in de kast teruggezet.
Wanhopig zoekt ze in haar kast en de laden onder de wastafel, maar ze zijn nergens. Ze opent Gustavs kast en zoekt tussen zijn aftershaves, crèmes en andere spullen. Geen pillenpotjes.
Wat is er mis met me, denkt ze en ze slaat op haar wangen om wakker te worden.
De vochtige nachtjapon glijdt op de vloer en ze stapt onder de douche. Het ijskoude water voelt op haar huid alsof er messen doorheen snijden en haar borsten zijn gezwollen en doen pijn.

Als haar lichaam en hoofd voldoende afgekoeld zijn draait ze de kraan dicht en pakt ze een handdoek waarmee ze de rode huid voorzichtig droogdept. Ze maakt een slordige knot in haar haar, glipt in het oude kasjmieren joggingpak en trekt de rits tot bovenaan dicht zodat Natacha de plekken niet zal zien.

Op de begane grond hoort ze Gustav en de pr-vrouw praten. Ze klinken ernstig en ze probeert zich gedurende een paar seconden te vermannen voordat ze naar beneden gaat.

Ze hoort iets piepen in de slaapkamer en ze haast zich ernaartoe. Waar is haar telefoon? Ze tilt het dekbed en de kussens op, maar ziet haar telefoon nergens. Hij piept opnieuw. Het klinkt niet als haar telefoon en het geluid lijkt van Gustavs kant van het bed te komen. Ze pakt de broek van zijn kostuum, die over een stoel hangt, en zoekt in de zakken. Ze vindt geen telefoon, maar helemaal onder in de zak voelt ze een klein rond voorwerp.

Ze haalt het uit de zak en ziet iets in haar hand glanzen. Verbaasd staart ze naar haar trouwring. Ze schuift hem naast haar verlovingsring aan haar vinger, spreidt haar vingers en bewondert de mooie glinsterende stenen. Ze begrijpt er niets van.

Gustav roept haar vanuit de zitkamer.

'Ik kom eraan,' antwoordt ze en ze stopt de ring snel in de zak van haar jasje.

De vloer deint onder haar voeten als ze naar beneden loopt.

Gustav en Natacha, die haar vluchtig begroet, zitten tegenover elkaar in de zithoek.

Caroline heeft Natacha nooit gemogen. Ze is ijskoud, maar volgens Gustav is ze de beste pr-vrouw van het land. Ze heeft hem uit meerdere crises gered en kan elk verhaal in het voordeel van de cliënt veranderen.

'Gustav, heb je mijn telefoon gezien?'

'Die ligt in de keuken. Je hebt hem aan de lader gelegd voordat je naar bed ging. Herinner je je dat niet?'

Ze schudt haar hoofd en snapt er niets van. Ze verzet geen stap zonder haar telefoon, omdat ze voortdurend bereikbaar

wil zijn voor het geval er iets over de meisjes bekend is. 'Ik heb hem...'
Ze zwijgt als ze Gustavs mobiel op de tafel ziet liggen en beseft dat ze zijn telefoon niet in de slaapkamer kan hebben gehoord. Het moet verbeelding zijn geweest.
Ze houdt de ring in de zak vast en loopt naar de keuken.
Voordat ze bij haar telefoon is staat Gustav achter haar. 'Hoe voel je je?'
'Ik kan mijn medicijnen niet vinden.'
'Carro, ik begin me zo langzamerhand echt zorgen te maken.'
'Ik moet iets eten, ik voel me vreemd,' zegt ze en ze haalt haar insuline uit haar tas.
Ze moet zich vermannen. Als ze haar gedrag niet verandert krijgt hij genoeg van haar. Waarom kan ze niet normaal doen en zich aanpassen?
'Bedankt dat je het volhoudt met me,' zegt ze en ze dwingt zichzelf te glimlachen.

Gustav

Hij schaamt zich voor Carro tegenover Natacha. Ze is in een versleten joggingpak en met drijfnat haar naast hem op de bank gaan zitten. Jezus, alleen iemand zoals zij kan het zich veroorloven om eruit te zien alsof ze *trailer trash* is, want hoe ze er ook uitziet en zich gedraagt, ze is altijd veilig omdat ze van adel is.

Sinds ze uit het ziekenhuis is, is ze afwachtend en apathisch. Hij haat het als hij niet weet wat hij aan haar heeft. Ze kijkt op hem neer alsof hij minderwaardig is, alsof hij een crimineel is. Hun hele huwelijk wordt bepaald door haar snobisme. Ze geeft hem altijd het gevoel dat ze ver boven hem verheven is.

De afstand tussen hen lijkt enorm. De arts heeft verteld dat hij zoiets kon verwachten door alles wat er is gebeurd, maar jezus, alles gebeurt nog steeds. Misschien herinnert ze zich dingen zonder hem dat te vertellen.

De salontafel ligt vol aanvragen van journalisten en televisieprogramma's. De hele wereld lijkt te geloven dat hij schuldig is en de media weigeren hem met rust te laten.

Natacha haalt de aanvragen die niet interessant zijn weg.

Zoals altijd legt Carro alle verantwoordelijkheid om dit te regelen bij hem neer, terwijl hij alle andere dingen die spelen eveneens moet oplossen.

'Hebben jullie gezien dat er meer hashtags zijn?' zegt Carro terwijl ze naar haar telefoon staart. '"He killed them" en "they killed them"... Is het niet erg genoeg dat onze kinderen verdwenen zijn?'

'Ik heb tegen je gezegd dat je die troep niet moet lezen.'

'Gustav heeft gelijk, probeer je er niets van aan te trekken, het is gewoon clickbait.'

'"Nog zes onbekende vondsten zijn naar het NFC gestuurd," staat er in *Expressen*. "De gevonden voorwerpen wijzen in de richting van de ouders." Wat zijn dat voor voorwerpen?' vraagt Carro. Ze staart met grote ogen naar hem alsof hij er iets mee te maken heeft.

'Ik weet het niet.'

Waarom toont ze niet een beetje daadkracht in plaats van zich als een verwend nest te gedragen?

Gustavs telefoon gaat over. Als hij ziet dat het de financieel manager is drukt hij het gesprek weg. Snapt ze niet dat hij op dit moment andere dingen aan zijn hoofd heeft?

Bengt en Birgitta hebben niet gedaan wat ze hebben beloofd. Het geld is nog steeds niet overgemaakt en hij weet niet meer wat hij moet doen. Carro weigert op te nemen als ze bellen. Soms overweegt hij om haar alles te vertellen: over de ontvoerders, de losgeldeis, de bedreiging en de hele ellende. Misschien kan zij haar ouders zover krijgen om de juiste beslissing te nemen. Maar hij durft het niet, het is te riskant.

Zijn benen trillen en Natacha kijkt met een geïrriteerde blik naar hem.

'Ik neem het gesprek in de keuken,' zegt ze als haar telefoon ook overgaat.

'Ben je je telefoon thuis vergeten op de dag dat we ontvoerd zijn?'

Gustav staart naar Carro. 'Wat zeg je?'

'Ben je je telefoon vergeten toen je naar Kopenhagen vertrok?'

'Wat gebeurt er verdomme in je hoofd?'

'Sorry,' zegt ze irritant zachtjes. Ze sabbelt op een haarlok. 'Het enige wat ik me herinner is een telefoon die overging, en dat was de mijne niet.'

'Heb je opgenomen?' vraagt Gustav. Hij doet zijn best om beheerst te klinken. Ze heeft het over zijn tweede telefoon, die is verdwenen. Ze heeft hem beslist gevonden. Verdomme.

'Ik herinner het me niet.'

'We hebben die avond met elkaar gebeld. Hoe hadden we dat kunnen doen als ik mijn telefoon thuis had laten liggen?'

'Sorry,' zegt ze en ze draait de haarlok rond haar vingers.

'Carina Bergfeldt wil jullie vrijdag in de uitzending hebben,' verkondigt Natacha trots. 'De opname is overmorgen. Ze heeft me persoonlijk gebeld. Dat is fantastisch nieuws.' Natacha glimlacht.

Ze heeft goed werk geleverd, dat moet hij toegeven, maar haar glimlach is ongepast.

'Dat moeten we doen,' zegt hij en hij kijkt naar Carro. 'Ze heeft een enorm bereik.'

'Nee,' zegt Carro. Ze staat resoluut op.

'We moeten naar buiten treden. Hoe meer mensen helpen met zoeken...' zegt hij en hij haalt diep adem. 'We moeten onze versie vertellen.'

'En die is?'

'Dat we onschuldig zijn.'

'Dat heeft een tegengesteld effect en het hele land weet al dat onze meisjes weg zijn. Het is het enige waarover gepraat wordt. Op welke manier gaat het helpen als we opgedirkt bij Carina zitten te huilen alsof we de ouders van Madeleine McCann zijn? Ik kan het niet. Nog meer mensen zullen geloven dat we iets met de verdwijning te maken hebben, dat we onze eigen kinderen vermoord hebben.' Carro trilt over haar hele lichaam. Ze ziet eruit alsof ze elk moment kan instorten.

'Kalmeer. We kunnen er toch over praten?'

'Het spijt me,' zegt ze en ze stormt de zitkamer uit.

'Sorry,' zegt hij tegen Natacha. 'Zeg tegen Carina dat we er zullen zijn. Ik praat wel met Carro.'

'Really?' Natacha staart naar hem. 'Ze is een *loose cannon*.'

'We moeten een kans krijgen om te tonen dat we goede mensen zijn. Denk eraan dat ze actrice is en met de juiste regie... We zijn erbij.'

'Heb je helemaal geen zelfinzicht? Kun je ermee stoppen je te gedragen alsof je onoverwinnelijk bent? Carina's programma gaat niet werken. Caroline is veel te fragiel om aan zoiets mee te doen.'

'Maar daarnet zei je dat je het een goed idee vond...'

Vanuit zijn ooghoeken ziet hij dat Caroline haar schoenen aantrekt en haar tas pakt. Hij staat op en loopt naar de hal. 'Waar ga je naartoe?'

'Naar buiten.'

'Waarom?'

'Ik ga mijn meisjes zoeken.'

'Kom op, het helpt niet dat je hun namen roepend door de straten rent. We moeten groter denken.'

'Ja, en dat heeft tot nu toe hartstikke goed gewerkt. Ik moet iets concreets doen terwijl jullie hier zitten om een publiciteitsplan te bedenken, alsof het een nieuw spel is dat gelanceerd moet worden. Je weet heel goed dat er nog meer mensen zullen denken dat we schuldig zijn als we op de televisie verschijnen.'

Als Natacha hier niet was, zou hij haar duidelijk maken dat ze te ver gaat. 'Je bent niet goed bij je hoofd, snap je dat? Het is jouw schuld dat we in deze situatie beland zijn.' Gustav stompt tegen de muur achter haar, zodat de schilderijen en de lampjes en alle andere rotzooi waaraan Carro al haar tijd besteedt trillen.

'Wat bedoel je?' Haar gezicht is vuurrood.

'Als je het alarm aangezet had en voor onze kinderen gezorgd had zouden we nooit in deze situatie terechtgekomen zijn.'

'Hoe kun je zoiets zeggen...?'

'Als je niet kalmeert, dan bel ik de politie.'

'O ja? En wat ga je dan zeggen? Dat ze me op moeten sluiten? Dan kun je meteen van de gelegenheid gebruikmaken om te vertellen waar jij was toen ze ontvoerd werden.'

'Ik was op mijn werk, dat weten ze.'

'Dat heb ik eerder gehoord.' Ze knalt de deur zo hard dicht dat de ramen ervan trillen.

Gustav haalt een paar keer diep adem en loopt naar de zitkamer terug.

'Dat ging lekker,' zegt Natacha en ze leunt naar achteren op de bank. 'Ik hoef je er waarschijnlijk niet aan te herinneren dat het ongelofelijk belangrijk is dat jullie eenheid uitstralen?'

Caroline

Ze staat geschokt op de trap te trillen nadat ze binnen is geëxplodeerd. Ze wil teruggaan om haar verontschuldigingen aan te bieden, om alles terug te nemen, maar eerst moet ze zich vermannen. Anders wordt het alleen maar erger en ze weet dat hij dan wraak op haar neemt.
 Wat vindt Gustav nu van haar? Ze heeft hem nodig. Ze moeten samenwerken om Astrid en Wilma te vinden.
 Natacha denkt beslist dat ze volkomen gestoord is. Een heleboel mensen denken dat ze gek is en achter de verdwijning van de meisjes zit.
 Achter de muur hoort ze de journalisten, die op een misstap wachten. Niemand mag haar zo zien. Stel dat iemand heeft gehoord dat ze ruziemaakten.
 Ze loopt snel naar de achtertuin en verstopt zich in het zwembadhuis. De bikini's van de meisjes met ruches en vlinderdessin liggen op de vloer. Het is alsof ze net nog hebben gezwommen.
 Ze pakt ze op en hangt ze zorgvuldig aan de haken bij de deur waar hun badhanddoeken ook hangen.
 Met elke minuut die verstrijkt vermindert de waarschijnlijkheid dat haar dochtertjes weer thuiskomen. Kan het haar schuld zijn dat ze weg zijn? Gustav heeft gelijk, ze had het alarm moeten activeren, waarom heeft ze dat niet gedaan?
 Haar blik blijft hangen op de plaids die opgevouwen op een van de stoelen tegen de muur liggen. Ze zijn speciaal gemaakt voor hun tienjarig huwelijksjubileum van afgelopen juni. Ze strijkt met haar vinger over het geborduurde embleem en in

haar hoofd hoort ze Gustavs liefdevolle toespraak, waardoor alle tweehonderd gasten tranen in hun ogen hadden en jaloers waren. Ze kent de woorden uit haar hoofd.

Ze heeft er lang voor gevochten om de liefde die hij voor haar voelde toen ze elkaar net kenden terug te winnen. Soms denkt ze dat ze alles in de steek wil laten, gewoon wil verdwijnen. Dat durft ze echter niet en waar zou ze naartoe moeten? Het volgende moment wil ze in Gustavs armen kruipen en hem horen zeggen dat hij van haar houdt. Ze haat zichzelf omdat ze zo zwak is.

Ze gaat op een van de ligbedden zitten, trekt de deken om zich heen, staart naar de witte dakbalken en voelt zich opgesloten, geïsoleerd van haar omgeving en ongelofelijk eenzaam. Ze kan niemand bellen om mee te praten. Niemand van hun tweehonderd gasten zou het begrijpen. Het zou zijn alsof ze hen beiden zou verraden, en ze durft de zwakke punten in hun huwelijk niet openbaar te maken.

De schaamte is te groot.

Soms is ze zo wanhopig dat ze haar moeder belt, maar die vrouw is eigenlijk de laatste aan wie ze haar mislukking wil toegeven. Ze heeft echter niemand anders, behalve Ida dan, maar die zou het nooit begrijpen.

Volgens Gustav kan ze niemand vertrouwen en is er niemand die om haar geeft. Sinds ze naar Malmö is verhuisd, is ze steeds eenzamer geworden.

Het is beter alleen te zijn dan in slecht gezelschap, probeert ze zichzelf voor te houden. Maar eigenlijk gaat het erom dat ze het niet verdraagt als anderen te dichtbij komen en het kost haar te veel energie om de schijn op te moeten houden.

Anderen zien haar als een sociale vrouw en ze wordt vaak uitgenodigd voor evenementen en feesten. Dat is voornamelijk om aan een bepaalde cultuurquota te voldoen of omdat ze willen dat ze producten koopt of foto's van de bewuste merken plaatst.

Caroline rekt haar hals om voldoende zuurstof binnen te krijgen.

Gustav vindt zijn geluk in het leiden van het perfecte leven en zij is daar een puzzelstukje van, een mooi stukje dat hij heel eenvoudig voor een ander kan inwisselen. Hoe heeft ze zich zo kunnen verlagen?

Haar gedachten zijn te somber. Ze moet ervoor zorgen dat ze nieuwe pillen krijgt en erover nadenken wie ze kan bellen.

Gustav is geobsedeerd door het bezitten en gebruiken van de juiste spullen en merken, zich met de juiste mensen omringen en overal de beste in zijn. In het begin van hun relatie behandelde hij haar als een prinses. Na een paar jaar vroeg hij haar om te stoppen met werken, daarna wilde hij dat ze een betere moeder, gastvrouw en echtgenote zou worden... Hij klaagde er vaak over dat ze alledaags was, dat hun relatie saai was en dat ze hem verstikte. Ze probeerde het goed te doen, maar het was altijd verkeerd.

Ze geloofde echt in dit sprookje, heeft alles geïnvesteerd om een *happily ever after* te krijgen.

Ze is blijkbaar in slaap gevallen, want ze wordt wakker van het geluid van een auto die door de poort wegrijdt. De werkelijkheid komt langzaam terug en ze wenst dat ze nog zou slapen.

Ze knijpt in haar wangen en vermant zich, waarna ze opstaat en naar het huis teruggaat.

'Gustav?' roept ze als ze de hal in komt.

Ze krijgt geen antwoord en ziet dat zijn portefeuille en sleutels weg zijn.

Ze gaat naar de keuken en belt hem. Ze moet weten hoe zijn humeur is om de spanning te verminderen, maar hij neemt niet op.

Als ze op het display kijkt, ziet ze dat ze een sms van haar schoonmoeder heeft gekregen. Voordat ze het bericht opent probeert ze zich tegen haar gemene opmerkingen te wapenen, maar dat is onmogelijk.

Wat heb je gedaan?

Hoe kan ze zoiets schrijven? Hasiba heeft al die jaren geprobeerd haar weg te krijgen en ze zal het niet opgeven voordat ze haar zoon en kleinkinderen voor zichzelf heeft.

De situatie escaleerde op de dag dat ze na de tweede bevalling uit het ziekenhuis kwam. Hasiba stond ineens onaangekondigd voor de villa en pakte Wilma van haar over. Ze vroeg niet hoe Caroline zich voelde na de traumatische bevalling die in een keizersnede was geëindigd en toen de borstvoeding niet op gang kwam gaf Hasiba haar de schuld daarvan en maakte ze haar aan het huilen met haar gemene opmerkingen dat ze niet deugde als moeder. Gustav vond dat Caroline overdreef en dat ze dankbaar moest zijn dat Wilma een oma had die kon inspringen als zij zich niet goed voelde. Uiteindelijk verloor Caroline haar levenslust en begon ze antidepressiva te slikken.

Gustav heeft beslist een andere telefoon, denkt ze en ze doorzoekt kast na kast in de keuken.

Ze hoort iets in de hal en draait haar hoofd haastig om. Stel je voor dat Astrid en Wilma naar haar toe komen rennen en tegen haar op springen.

'Hallo?' roept ze en ze voelt hoe de haren op haar armen overeind gaan staan.

Alles is stil en ze blijft roerloos staan tot ze gekraak hoort.

Er is iemand in huis.

De angst verspreidt zich als vergif door haar lichaam.

'Wie is daar?' fluistert ze en ze schuift naar de muur, terwijl ze tegelijkertijd probeert haar op hol geslagen hartslag te kalmeren.

The Killer

Aan het eind van de middag is hij in het Juridisch Centrum terug. De anderen zitten zwijgend achter hun bureaus en eten tosti's van Joe & The Juice. Niemand lijkt te merken dat hij binnenkomt. 'Ik heb geprobeerd je te bereiken,' zegt hij terwijl hij naar Leia's bureau loopt. 'Waarom neem je niet op als ik bel?'

'Ik heb het druk gehad,' zegt ze en ze pakt haar half leeggedronken beker vruchtensap op.

Hij kijkt naar haar terwijl ze van de groene brij slurpt en verder typt.

Hun relatie is gespannen, dat weet hij, maar ze moeten verschillend over bepaalde dingen kunnen denken en toch kunnen samenwerken. Tenslotte is het onderzoek het enige wat belangrijk is.

Hij gaat berustend op zijn plek zitten en staart naar het bord om te zien of er iets nieuws bij gekomen is, maar het ziet er nog precies zo uit als toen hij het kantoor verliet.

Maria verschuift moeizaam op haar stoel en houdt haar handen tegen haar onderrug. 'Ik heb... au, verdomme... contact gehad met de artsen die de meisjes na de hersenschudding en de gebroken arm hebben onderzocht. Ik heb morgen een afspraak met een van hen,' zegt ze. Ze lijkt buiten adem.

'Mooi,' zegt Henrik. Hij vermoedt dat het niet lang meer kan duren voordat ze gaat bevallen. 'Onderzoek heel nauwkeurig of ze ook maar de kleinste verdenking hebben gehad dat de verwondingen door mishandeling veroorzaakt kunnen zijn. Verder denk ik dat je zo veel mogelijk rust moet nemen. Je mag je niet te veel inspannen. Hoeveel maanden ben je?' Hij schaamt zich omdat hij het niet eerder heeft gevraagd.

'Zeven.'

'Is dit je eerste kind?'

'Jezus, nee, ik heb twee tieners. Deze kleine rakker was niet gepland, maar is absoluut welkom,' zegt Maria met een glimlach.

Leia pakt haar tas, staat op en loopt naar de deur.

'Waar ga je naartoe?' vraagt hij.

'Ik heb frisse lucht nodig,' zegt ze en ze rukt de deur open.

Hij schudt zijn hoofd en loopt achter haar aan de gang in. Vlak voordat de deuren dichtgaan stapt hij de lift in en gaat naast haar staan.

Zonder naar hem te kijken drukt Leia op de bovenste knop en ze passeren verdieping na verdieping in een ongemakkelijke stilte. Dat is niets voor hem, maar hij weet niet wat hij moet zeggen.

Als ze bij de bovenste verdieping zijn loopt ze naar een deur en haalt haar kaart door de lezer. Hij glipt snel achter haar aan naar het dak.

Het is volkomen windstil en de hemel boven Malmö is felblauw.

Henrik haalt een paar keer diep adem. 'Is alles goed met je?'

'Waarom zou het niet goed met me zijn?'

'Ik weet het niet,' zegt hij. 'Je neemt niet op als ik je bel, dus neem ik aan dat er iets niet is zoals het moet zijn.'

'Ik heb het druk gehad,' zegt Leia schouderophalend.

'Ja, maar...' Hij stopt. Het heeft geen zin om haar uit te leggen hoe belangrijk het is dat ze samenwerken. De klok tikt en dat weet zij net zo goed als hij.

'Vooruit, help me een beetje.' Hij kijkt voorzichtig naar haar. Ze straalt in de zon en er woelen gevoelens binnen in hem waartegen hij geen verweer heeft.

'Waar kijk je naar?'

'Naar jou.'

'Waarom dat?'

'Ik weet het niet. Sorry. Ik wil alleen dat we... overnieuw beginnen. Kunnen we dat? Het spijt me echt dat ik...'

Ze snuift en haalt een pakje sigaretten uit haar tas. 'Wil jij er een?'

'Nee, dank je.'

'Ja, natuurlijk, je bent tenslotte een sportman.'

Ze steekt de sigaret op en kijkt naar de skyline van Malmö.

'Als we buiten beschouwing laten dat ik tegen je gelogen heb en me als een klootzak gedragen heb, dan ben je dus geïrriteerd omdat ik een andere mening over Gustav en Caroline heb. Eerlijk gezegd vind ik mijn analyse neutraler dan die van jou. Ik beschouw Caroline niet als een vrouw, of Gustav als een gangster, ik beschouw ze als mensen. Misschien ben jij degene die je meer moet openstellen voor wat betreft je manier van denken.'

Ze trekt haar wenkbrauwen op en kijkt naar hem alsof hij niet goed bij zijn hoofd is. 'Wie denk je wel niet dat je bent? Heb je weleens over nederigheid gehoord?'

'Sorry?'

'Er is zoveel waarover je helemaal niets weet en wat je niet begrijpt.'

'Het spijt me, maar alleen omdat we verschillende ideeën over het onderzoek hebben...'

'Jij bent een witte bevoorrechte man die zich er niet in kan verplaatsen hoe het is om bij een minderheid te horen of een vrouw te zijn. Op een bepaalde manier kan ik begrijpen wat Caroline bedoelt als ze zegt dat ze zich hier kwetsbaar voelt. De segregatie heeft de stad verscheurd. Er zijn hier twee parallelle werelden die vlak naast elkaar wonen. In Malmö hebben we *the sunny side of the street* en daarnaast *the wrong side of the railroad tracks.*'

'Bij welke kant hoor jij?'

De punt van haar sigaret gloeit als ze een trekje neemt.

'Dat zeg ik niet,' antwoordt ze en voor de eerste keer in lange tijd glimlacht ze naar hem. 'Jij bent profvoetballer geweest en moet helemaal begrijpen dat niet iedereen het even gemakkelijk gehad heeft. Je weet helemaal niets. Je bent gewoon een naïeve klootzak die denkt dat je hiernaartoe kunt komen en gebruik kunt maken van je verdomde analyses die zijn gebaseerd op een klein miezerig speelveld waarop een paar witte, overbetaalde mannen vol testosteron achter een bal aan rennen.'

De woede pulseert onder zijn T-shirt. Ze heeft geen idee waarover ze het heeft en het is zo ongelofelijk pathetisch omdat juist zij is opgegroeid in een bevoorrecht en liefdevol gezin, en hij zijn hele leven heeft moeten vluchten voor de harde klappen van zijn vader. 'Ben je klaar?' vraagt hij met gespannen kaakspieren.

'Ja, zolang je snapt dat je hier niet naartoe kunt komen met het idee dat je weet hoe de vork in de steel zit en je mij niet moet proberen te redden omdat ik een foutje gemaakt heb. Ik heb niemand nodig die voor me zorgt. We zijn collega's, dat is alles.'

Hij wil haar antwoorden, maar Leia gaat al verder. 'Ik heb een gesprek met Gabriella gehad. Ze moet bepalen of je overgeplaatst wordt en je wordt waarschijnlijk geschorst als het onderzoek gesloten is. Hoe heb je zo ongelofelijk stom kunnen zijn om de schuld voor Lukas' zelfmoord op je te nemen?'

'Ik heb mijn verantwoordelijkheid genomen,' zegt hij schouderophalend. Hij begrijpt plotseling waar haar woede vandaan komt.

'Maar je hebt alweer gelogen. Ik heb Lukas gefouilleerd. Jij niet.'

'Het was mijn schuld. Als je me had vertrouwd, dan zou je...'

'Hoe kan ik je ooit vertrouwen? Hoe kan iémand je ooit vertrouwen? Ik hoop dat je vrouw weet dat ze dat niet kan.'

Leia neemt een trekje en inspecteert haar turkooizen nagels.

Hij weet niet wat hij moet zeggen. Zijn huwelijk is ingewikkelder dan dat en hij wil er niet over praten. Tijdens een nacht met veel drank in Barcelona heeft hij een onenightstand met Karin gehad. Toen ze een paar weken later contact opnam om te vertellen dat ze zwanger was, heeft hij zijn verantwoordelijkheid genomen en heeft hij haar gevraagd om bij hem in zijn villa in Sant Just Desvern te komen wonen. Nu hebben ze de twee mooiste dochters van de wereld, van twintig en achttien jaar. Ze hebben het weliswaar goed gehad, maar er is geen dag voorbijgegaan waarop hij zich niet stiekem heeft afgevraagd hoe zijn leven was geweest als hij was getrouwd met iemand van wie hij echt hield, iemand op wie hij hopeloos verliefd was in plaats van alleen zijn verantwoordelijkheid te nemen.

'Weet je, ik trek me er niets van aan dat je een van de beste onderzoekers van Zweden bent, je alom geprezen intuïtie kan me geen moer schelen en ik wil niet eens weten waarom je overgeplaatst bent. Ik heb begrepen dat je mensen hebt die je beschermen en dat je het blijkbaar flink hebt verkloot, want ik weet waarom je gedwongen bent te stoppen met voetballen. Jij en Gustav zijn precies dezelfde klootzakken en dat is waarschijnlijk de reden waarom je hem beschermt. Val dood met jullie verdomde mannenwereld,' zegt ze en ze gooit haar sigaret weg. 'Ik geloof niet dat we veel verder dan dit komen. Ik ga naar binnen.'

'Wacht,' zegt hij. Hij pakt haar arm vast en voelt haar huid gloeien. 'Het spijt me.'

Ze laat hem zonder een woord te zeggen alleen op het dak achter.

Hij zucht hartgrondig, staart naar de gloeiende sigaret en probeert de gevoelens die binnen in hem kolken te onderdrukken. Die mogen de overhand niet krijgen. Hij weet dat ze op een bepaalde manier gelijk heeft, ook al weet ze niets over hem.

Caroline

Het geluid wordt duidelijker en nu ziet ze een schaduw. Haar telefoon is te ver weg om de politie te kunnen bellen.

Stel dat ze hier zijn om haar weer mee te nemen, of dat het Hasiba is.

Haar hart slaat een slag over. 'Ida?' Ze ontspant een beetje als haar vriendin de keuken in komt. 'Waarom sluip je in huis rond?'

'Sorry, ik wilde niet storen, maar de deur stond open en ik hoorde dat je ergens mee bezig bent... Het spijt me. Ik wilde je niet bang maken.'

'Het hindert niet,' zegt Caroline en ze leunt tegen het aanrecht.

'Wat is hier gebeurd?' vraagt Ida. Ze kijkt om zich heen naar de chaos.

Caroline kijkt naar de keukenvloer die is bezaaid met alles wat ze uit de laden heeft gehaald. 'Ik zoek... Ik weet het niet.' Ze wrijft in haar gezicht en is ineens verschrikkelijk duizelig.

'Lieverd,' zegt Ida en ze slaat haar armen om haar heen. 'Luister, ik wilde dat ik je had kunnen redden van wat je hebt doorstaan, maar nu ik ben er voor je. Oké?'

'Dank je.' Caroline knikt en voelt haar hele lichaam trillen.

Ze hebben elkaar in de sportschool leren kennen. Ida werkt bij de receptie, hoewel ze haar hele leven nog nooit heeft getraind. Ze solliciteerde op de baan omdat ze zoveel proteïnerepen als ze wilde mocht eten en onbeperkt naar mannen in strakke sportkleding kon gluren. Ida zocht contact met haar door haar om een handtekening te vragen. In het begin vond Caroline haar vreemd en veel te halsstarrig, maar dankzij

Ida's volharding zijn ze nu bevriend.

'Hoe voel je je?'

'Dat vraagt iedereen me, maar ik weet niet wat ik moet antwoorden.'

'Sorry, dat was lomp van me.'

'Zo bedoelde ik het niet, sorry. Bedankt dat het je iets kan schelen.'

Ze kijkt naar haar vriendin, die een zijden broek en blouse draagt. Ze ziet eruit als een wandelende 7-Eleven. Er gaat geen dag voorbij waarop Caroline zich niet verbaast over Ida's merkwaardige stijl en ze vindt het heerlijk om iemand in haar omgeving te hebben die zich zo eigenzinnig durft te kleden.

'Ik heb sushi meegenomen.'

'Dat is lief van je, maar ik heb geen honger.'

'Je moet proberen iets te eten, Carro. Je bent veel te mager geworden,' zegt Ida. Ze zet de witte piepschuimen dozen naast de post van vandaag op het kookeiland.

Caroline pakt de post op. Als ze ziet dat ze van een aantal deurwaarders zijn stopt ze ze snel in de bovenste lade, in de hoop dat Ida de afzenders niet heeft gezien.

Ze ziet dat er al een paar enveloppen van deurwaarders in de lade liggen, samen met een brief van Noma in Kopenhagen. Ze denkt even na voordat ze hem openscheurt. Het is een betalingsherinnering voor de catering van hun tienjarig huwelijksjubileum in juni.

Waarom heeft Gustav de rekeningen niet betaald? Er stroomt een onaangenaam, maar vertrouwd en bijna intuïtief gevoel door haar lichaam. Ze wankelt.

'Wat is er met je?'

'Ik weet het niet, ik ben een beetje duizelig.'

'Heb je je medicijnen ingenomen?' vraagt Ida terwijl ze een groot glas appelsap inschenkt.

'Ja,' liegt Caroline en ze opent nog een envelop van een deurwaarder. De creditcardrekening van tweehonderdduizend kronen is ook niet betaald.

'Wat is er?' vraagt Ida terwijl ze eetstokjes en sojasaus uit de zak haalt.

'Niets,' antwoordt Caroline en ze blijft de inhoud van de lade discreet bekijken. Meer enveloppen. Meer betalingsherinneringen. Ze legt een hand op haar borstkas. Het zijn er ongelofelijk veel.

'Nu moet je me vertellen wat er is.' Ida komt achter haar staan. Ze bedekt de enveloppen snel met Astrids tekening die ook in de lade ligt.

'Ik weet het niet,' zegt ze en ze gooit de lade dicht. 'Ik voel me gewoon niet goed. Het onderzoek van de politie lijkt vast te zitten, er zijn geen sporen die ergens naartoe leiden. Ik voel me volkomen apathisch en weet niet wat ik moet doen. Het is verschrikkelijk om me niets te kunnen herinneren. Het voelt alsof het mijn schuld is dat we de meisjes niet kunnen vinden.'

'Ik denk dat je een beetje energie moet krijgen. Ik zet thee en dan gaan we buiten in de zon zitten.'

'Ik kom zo, ik ga alleen mijn gezicht met koud water deppen,' zegt Caroline. Ze loopt naar het kantoor, maar ziet meteen dat haar laptop er niet is. Die heeft de politie blijkbaar meegenomen. 'Verdomme,' mompelt ze.

Het lijkt erop dat een deel van haar geheugen langzaam terugkomt. De zeurende ongerustheid voelt bekend, maar ze moet het zwart-op-wit zien, ook al weet ze precies hoe het ervoor staat.

'Wat doe je, Carro?' roept Ida uit de keuken.

Ze heeft niemand over hun financiële situatie verteld omdat ze daardoor als het ware zou bekennen dat Gustav en zij mislukt zijn, terwijl het in stand houden van de façade dat ze een fantastisch leven leiden het enige was waarvoor ze leefden voordat dit allemaal gebeurde.

Caroline gaat naar de keuken, giet de thee die Ida voor haar heeft ingeschonken uit de beker, pakt een fles wijn en schenkt de beker vol.

'Wil jij ook?'

'Nee, dank je.' Ida staart naar haar. 'Vind je het verstandig om nu wijn te drinken?'

'Zeg het niet tegen Gustav.'

'Natuurlijk niet. Waar is hij trouwens?'

'Ik weet het niet,' zegt Caroline schouderophalend.

Ze lopen de brandende zon op het terras in. Na maar een paar seconden breekt het zweet hun uit.

'Waarom voel ik me aangetrokken door mensen die me willen manipuleren en controleren? Het zieke gedrag van mijn broer en mijn familie zou afschrikwekkend genoeg moeten zijn... Het voelt alsof hij hier iets mee te maken heeft.'

'Wie?' Ida kijkt met half dichtgeknepen ogen naar haar.

'Peder.'

'Maar Carro, je broer is dood. Waar heb je het over?'

Ze staart over het strand naar de zee. De wijn brandt in haar lege maag.

'Ik weet het niet. Het voelt alleen zo... vertrouwd. Maar nu vind jij ook al dat ik gestoord klink.'

'Nee, eerder als iemand die in geesten gelooft. Probeer het los te laten. Ik kan me voorstellen dat er veel ellende naar de oppervlakte komt als er zoiets afschuwelijks gebeurt.'

'Waarom wilde ik met je afspreken, Ida?'

Het is minstens de derde keer dat ze de vraag stelt, in de hoop dat Ida iets nieuws te binnen zal schieten, iets wat ze vergeten is te vertellen.

'Je was geschokt en wilde afspreken om te praten, maar ik weet niet waarover,' zegt Ida en ze stopt een nigiri met zalm in haar mond. 'Je zei dat je me nodig had en blij was dat ik je vriendin was. Zoiets.'

'Klonk ik verdrietig?' Caroline drinkt de beker leeg. De wespen zoemen als irritante gedachten om haar heen.

'Eerder vastbesloten. Wil je nog wat wijn? Ik denk dat ik een biertje neem,' zegt Ida en ze staat op.

'Graag.'

Niemand is zo zelfverzekerd en zelfstandig als Ida. Zo wil ze ook zijn, maar ze heeft geen idee wie ze zonder Gustav is. Houdt ze bijvoorbeeld van sushi of eet ze dat alleen vanwege Gustav?

'Klonk ik alsof er iets gebeurd was?'

'Ja,' zegt Ida. Ze staat voor haar in het tegenlicht. 'Ik weet alleen niet wat.'

'Had ik het over een gesprek, iemand die gebeld had?'

Ida schudt haar hoofd. 'Herinner je je echt niets?'

'Nee, helemaal niets.' Ze verbergt haar gezicht in haar handen. 'Wat moet ik doen? Ik ben bang.'

'Kan De Familie ermee te maken hebben? Ik denk bijvoorbeeld aan Gustavs neef die in juni op het feest was.'

'Ik weet het niet. De gedachte is natuurlijk bij me opgekomen, maar waarom zou hij ons kwaad willen doen? We hebben tenslotte geen problemen met De Familie of met Gustavs neef. Ik geloof eerder dat ze ons zouden beschermen.' Caroline bedenkt hoe onbehaaglijk het voelde toen Asif op het feest verscheen. Hij is natuurlijk een familielid van Gustav, maar toch. De mensen praatten erover.

Ida legt haar hand op Carolines schouder. 'Ben je bang voor Gustav?'

'Waarom vraag je dat?'

'Kan het zijn dat hij... Ik weet niet hoe ik het moet zeggen, maar denk je dat Gustav je kwaad wilde doen?'

'Nooit,' zegt ze en ze wordt meteen heel geïrriteerd. Ze had nooit gedacht dat Ida zoiets zou zeggen. 'Hoe kun je me dat vragen?'

'Sorry, ik wilde niet... Je weet dat ik er voor je ben. Je kunt over alles met me praten en ik kan je helpen.'

'Het is waarschijnlijk beter als je vertrekt.'

'Maar...'

'Wat?' Caroline staat op en pakt de lege beker.

'Carro, ik weet dat Gustav niet altijd even lief tegen je is en dat het moeilijk is om over zoiets te praten. Wat er ook gebeurd is, het is jouw schuld niet. Hoor je me?'

'Stop daarmee.' Caroline probeert haar tranen te verdringen, maar dat is niet gemakkelijk.

'Wat hij ook zegt, dit is jouw schuld niet.' Ida slaat haar armen om haar heen en omhelst haar stevig. 'Niets van dit alles is jouw schuld.'

Caroline begint te huilen. Ze snikt en krijgt nauwelijks lucht. Ze droogt haar ogen, bedankt haar en wilde dat ze Ida alles kon vertellen. Carolines leven draait om het ophouden van de schijn, niet alleen zodat hun leven geweldig lijkt ten opzichte van dat van anderen, maar ook omdat ze niet wil of kan toegeven aan zichzelf dat ze bezig is om alles te ruïneren.

Gustav

In de hal merkt hij al dat er iets niet klopt. Hij is net terug van een bliksembezoek aan Kopenhagen. Een paar uur eerder belde Filippa hem om te vertellen dat het bestuur zonder zijn medeweten bijeengekomen was. Toen hij daar arriveerde was de vergadering afgelopen en was iedereen vertrokken. Volgens Filippa ging de vergadering erover dat ze hem wilden ontslaan als voorzitter, maar dat kunnen ze niet doen omdat hij het grootste deel van het bedrijf bezit. Onderweg naar huis heeft hij die klootzakken in het bestuur een voor een gebeld, maar geen van hen nam op.
 Carro staat in de keuken boven een geopende keukenlade. Haar angst is besmettelijk en herinnert hem aan alles wat er verkeerd is gegaan. 'Waar ben je geweest?' vraagt ze terwijl ze de lade met een knal dichtdoet.
 Ze ziet eruit als een wrak. Haar gezicht is lijkbleek en haar wangen zijn ingevallen, maar ze heeft het versleten joggingpak in elk geval verwisseld voor een strakke, lichtblauwe jurk. Het had geen kwaad gekund als ze ook een borstel door haar haar had gehaald en zich had opgemaakt.
 'Op mijn werk.'
 'Waarom nam je niet op? Ik heb je minstens twintig keer gebeld.'
 'Wie belt er twintig keer, Carro?' Hij maakt zijn stropdas los. 'Hoor je niet hoe krankzinnig je klinkt? Bovendien moet je een verkeerd nummer gebeld hebben, want ik heb maar één gemist gesprek van je.'
 'Wat, maar ik belde...'

'Wat zeg je?' Hij zucht en rolt met zijn ogen.
'Niets.'
'Je moet met een psycholoog of zo gaan praten.'
Caroline veegt de tranen van haar wangen. 'Waarom ben je op je werk geweest?'
'Omdat iemand ervoor moet zorgen dat er geld binnenkomt. De wereld blijft niet stilstaan omdat onze kinderen ontvoerd zijn.' Ze is zo verdomd naïef dat hij het nauwelijks kan verdragen. 'Snap je niet dat ik me schaam als je zo tekeergaat en met de deuren slaat? Wat moet Natacha daar verdomme niet van denken, dat ik met de een of andere verdomde *bunny boiler* getrouwd ben?'
'Het spijt me...'
Hij bedwingt de impuls om erop door te gaan. 'Heb je sushi gegeten?' vraagt hij terwijl hij naar de witte piepschuimen dozen kijkt.
'Ida is hier geweest en heeft sushi meegenomen.'
Wat deed zij hier verdomme, denkt hij en hij balt zijn handen in zijn zakken tot vuisten. 'Eerlijk gezegd kan ik het niet verdragen dat er mensen in mijn woning rondrennen die doen alsof dit een of ander jeugdcentrum is. Mijn huis is mijn enige vrije zone en met al die bewaking wil ik niet ook nog eens allerlei vreemden over de vloer hebben.'
'Oké, ik zal het tegen haar zeggen,' zegt Caroline, waarna ze langs hem loopt zonder hem een blik waardig te keuren.
Hij pakt haar arm vast, trekt haar naar zich toe en geeft een kus op de gebarsten lippen. Ze stinkt naar zure wijn. 'Wat wilde Ida?'
'Ze wilde weten hoe het met me is.' Caroline haalt haar tengere schouders nonchalant op.
'Waar hebben jullie over gepraat?'
'Over wat er gebeurd is, over van alles en nog wat, ik weet het niet,' zegt ze terwijl ze zijn blik ontwijkt.
'Herinner je je iets?'
Haar ogen zijn rood van het huilen.

Hij moet proberen met Ida te praten, haar vragen wat Carro heeft gezegd, en trouwens ook wat Ida heeft gezegd.

'Alsjeblieft, Gustav, zet me niet zo onder druk. Ik voel me al ellendig genoeg.' Ze trekt haar arm uit zijn greep en loopt de keuken uit.

'Waar ga je naartoe?' vraagt hij en hij loopt achter haar aan naar de hal. 'Je hebt je omgekleed.'

'Waar zijn mijn sleutels?' vraagt ze ontwijkend. Ze hangt haar tas over haar schouder.

'Waar je ze neergelegd hebt.'

'Ik heb ze hier neergelegd,' zegt ze terwijl ze naar de groene porseleinen schaal op de haltafel wijst.

'Blijkbaar niet, want ze liggen daar niet.'

'Ik weet zeker dat ik ze hier neergelegd heb.'

'Natuurlijk, het is elke keer hetzelfde liedje.' Hij loopt naar de keuken en komt met de sleutelbos in zijn hand terug. 'Ze lagen op de keukentafel. Ik vroeg waar je naartoe gaat.' Hij houdt de sleutelbos buiten haar bereik zodat ze hem niet kan pakken.

'Stop daarmee en geef me mijn sleutels.'

'Ik wil alleen niet dat je weer verdwijnt,' zegt hij en hij geeft de bos aan haar. 'Het is belangrijk dat we elkaar alles vertellen.'

'Ik ga naar de politie,' zegt ze.

***

Gustav start de motor en opent de garagedeur met de afstandsbediening.

Langzaam gaat hij achter hen open en hij kan er niets aan doen dat hij weer verschrikkelijk boos op Carro wordt omdat ze hem die nacht niet op slot heeft gedaan.

Ze ziet eruit als een geestverschijning zoals ze op de passagiersstoel naast hem zit. Hij is absoluut niet van plan om haar zonder meer naar de politie te laten gaan. Bovendien is ze aangeschoten.

Hij pakt haar hand met tegenzin vast. 'Het is belangrijk dat we samenwerken, liefje.'

Ze kijkt hem aan. 'Waarom heb je de rekeningen niet betaald?' vraagt ze zonder een spier te vertrekken. 'Ik heb allemaal onbetaalde rekeningen in de keukenlade gevonden.'

Hij verstijft en laat haar hand abrupt los.

'Ik herinner me dat we problemen hebben, Gustav, maar hoe erg is het?'

'Ik regel het,' antwoordt hij kortaf en hij draait zijn hoofd weg. 'Ik ben ermee bezig.'

Hij doet zijn pet af, strijkt met zijn hand door zijn haar en zet hem weer op.

'Hoe ga je dat doen?'

'Hoe zou jij het verdomme regelen? Waarom heb ik altijd alle verantwoordelijkheid?'

Carro heeft hem nog nooit gesteund als hij dat nodig had, integendeel, ze heeft alles gedaan om ervoor te zorgen dat hij zich klein en mislukt voelde. Het is niet bepaald gemakkelijk om het bestuur, de politie, de journalisten, de bank en alle werknemers die geen salaris krijgen af te wimpelen. Hij zou het allemaal kunnen regelen als iedereen hem maar een klein beetje tijd zou geven. 'Waarom breng jij geen geld binnen?' Hij zet de motor weer uit en drukt op de afstandsbediening zodat de garagedeur dichtgaat.

'Wat doe je?' vraagt Caroline. Ze ziet eruit als een angstig kind.

'We moeten praten, of liever gezegd... jouw kleine bovenklassebrein moet begrijpen dat niets gratis is.'

'We hebben een overeenkomst.'

'Hebben we dat? Dat wist ik niet.' Zijn hartslag bonkt in zijn oren en het enige wat hij wil is ergens keihard met zijn vuist op rammen om de woede kwijt te raken.

'Ik ben thuis en zorg voor de kinderen. Bovendien heb ik al het geld dat ik had in je bedrijf gestopt.' Haar stem is nu vlijmscherp. 'Al mijn geld is naar jou en je projecten gegaan.'

Bedoelt ze daarmee dat hij mislukt is? Hij klemt zijn handen stevig rond het stuur. Hij is verdomme deze keer niet van plan om toe te geven. 'Ik heb je nooit gevraagd om thuis te blijven. Ik wil juist dat je werkt. Ik heb nooit getrouwd willen zijn met een huisvrouw.'

'Loop naar de hel, Gustav. Loop naar de hel. Ik heb mijn carrière en mijn hele leven voor ons opgeofferd.'

Hij is niet van plan om daar commentaar op te geven. Iemand zoals zij heeft geen idee wat het betekent om iets op te offeren.

'Wat zullen de mensen denken als ze erachter komen dat we geen geld meer hebben?' Haar wangen zijn vuurrood.

Het ergste wat ze zich kan voorstellen is dat de façade instort en anderen beseffen wie ze in werkelijkheid is. Hij slaat hard op het stuur. 'Je bent verdomme een verwend kind dat alles gekregen heeft waarnaar je wees. Voor mij is het andersom, ik heb nooit een vangnet gehad, ik heb mijn hele leven hard moeten werken, er is nooit iemand geweest die me onderhouden heeft.'

'Wat bedoel je er verdomme mee dat je me onderhouden hebt? We zijn een gezin.'

'En alle verantwoordelijkheid voor dat gezin ligt bij mij. Mag ik vragen wat dat verdomme voor gezin is?' Ze is niet goed bij haar hoofd. 'Als jij niet zoveel noten op je zang had zouden we nooit in deze situatie beland zijn. Weet je wat je kost? Heb je er enig idee van wat je burnrate is? Denk je dat het gemakkelijk is om jou tevreden te houden? Je bent nooit tevreden. Nooit. Ik heb zo genoeg van je operaties, handtassen, yogaretreats en alle verdomde onzin waarmee je je dagen vult. Ik heb daar verdomme zo genoeg van!'

'Wat bedoel je? Ik heb nooit gevraagd om een groot huis of luxe in overvloed. Jij bent degene die te veel geld uitgeeft, jij bent degene met een minderwaardigheidscomplex die compensatie nodig heeft voor zijn afkomst, of wat je moeder je ook wijsgemaakt heeft.'

'Betrek haar hier niet bij!'

'Dat doe je zelf,' zegt Caroline. 'Hoe weet je dat zij de meisjes niet ontvoerd heeft? Ze hoort bij De Familie, Gustav, net als jij.'

'Hou je kop.' Hij balt zijn vuist. Ze provoceert hem tot het uiterste. 'Mijn moeder heeft de hele tijd gelijk gehad wat jou betreft.' Hij pakt haar dijbeen vast en knijpt er keihard in.

'Het spijt me,' snikt ze en ze legt haar hand op zijn vingers. 'Zo bedoelde ik het niet.'

Hij haalt zwaar adem. Na een tijdje beantwoordt hij haar verzoenende gebaar en verstrengelt haar vingers met de zijne. 'We moeten één lijn trekken, Carro.'

Hij verslapt zijn greep, streelt voorzichtig over de binnenkant van haar dijbeen en laat zijn hand onder haar jurk glijden.

Ze spreidt haar benen een stukje en hij glijdt in haar slipje. Zijn vingers beginnen instinctief in cirkels rond haar droge vagina te bewegen.

Ze doet haar ogen dicht en leunt met haar hoofd naar achteren.

Als hij zijn vingers naar binnen duwt kreunt ze zachtjes.

Hij weet precies hoe hij haar moet laten klaarkomen. Hij maakt zijn vingers nat en streelt haar sneller. Zijn penis wordt hard. Hij buigt zijn vingers, wrijft stevig over haar clitoris en hoort aan haar ademhaling dat ze vlak bij een orgasme is.

Hij gaat door en ze kreunt hard. Na een tijdje stopt ze met trillen en opent haar ogen. Zonder een woord te zeggen kijkt ze naar hem en trekt haar jurk over haar dijbenen.

Gustav blijft doodstil zitten tot zijn hartslag kalmer wordt en start de motor. Hij opent de garagedeur opnieuw met de afstandsbediening en rijdt over het grind naar buiten. Het bloed pulseert in zijn penis.

Carro verbergt haar gezicht in haar handen als ze door de poort naar buiten rijden en de journalisten passeren.

Zwijgend rijden ze door de stad. Hij staat nauwelijks stil voor het Juridisch Centrum als ze het portier al opent.

Hij draait zich haastig naar haar toe en pakt haar arm stevig beet.

Carro hijgt. 'Dat doet pijn, laat me los,' kermt ze en ze slaat op zijn hand.

Hij laat haar arm los, ze verliest haar evenwicht en valt op de grond.

Caroline

Ze komt op haar zij terecht en haar wang schuurt over het warme asfalt. Het onaangename gevoel in haar maag neemt toe en de pijn schiet door haar hele lichaam. Gustav stapt uit. Ze probeert overeind te komen voordat hij bij haar is en pakt het portier vast om zich omhoog te trekken.

Plotseling slaat hij zijn armen rond haar middel en zet kracht. Ze hoest en krijgt nauwelijks nog adem.

Caroline wurmt haar arm tussen hen in en het lukt haar om los te komen uit zijn greep. Ze kijken elkaar aan en Gustav duwt haar woedend tegen het portier. 'Waar ben je mee bezig?' snauwt hij.

De grond onder haar deint en ze doet haar ogen dicht. 'Laat me gaan,' fluistert ze.

'Je bent verdomme niet goed bij je hoofd,' zegt hij en hij laat haar na een paar seconden los.

Caroline slaat het portier dicht, doet een paar stappen naar achteren en loopt met een bonkend hart haastig naar het Juridisch Centrum. Ze heeft het gevoel dat Gustav zich maar een paar stappen achter haar bevindt en durft zich niet om te draaien. Als het haar lukt om de glazen deuren van het politiebureau te bereiken is ze veilig.

Haar wang brandt als ze het gebouw in loopt. Ze houdt haar hand tegen haar wang en haast zich langs de receptie naar de toiletruimte.

In de spiegel ziet ze de paniekerige blik in haar ogen en ze betast de schaafwond op haar wang. Ik zie er verschrikkelijk uit, denkt ze. Ze draait de kraan open, laat het water ijskoud worden, houdt haar handen onder de straal en dept haar gezicht om de zwelling te verminderen. Ze heeft hem geprovoceerd, hoewel ze weet dat ze dat niet moet doen. Ze hoopt dat niemand heeft gezien wat er daarnet is gebeurd. Ze pakt een paar papieren handdoekjes en droogt haar gezicht.

Als ze haar gevoelens weer enigszins onder controle heeft loopt ze naar de receptie om zich aan te melden.

Na maar een paar minuten komt Leia naar beneden om haar op te halen. Ze neemt haar via een smoezelige deur mee naar een kleine vierkante ruimte met lichtbeige muren.

Henrik zit bij de vastgeschroefde tafel en schuift de lege stoel naast zich naar achteren. 'Je mag hier komen zitten.'

Zonder een woord te zeggen doet ze wat hij zegt.

'Hoe voel je je?' vraagt hij met zijn donkere stem terwijl zijn ijsblauwe ogen haar aandachtig opnemen.

Haar maag verkrampt. 'Ik wil niets voelen.' Ze kijkt naar hem en bedenkt dat ze hem niet kan vertrouwen. Volgens Gustav luisteren politieagenten haar telefoon af en hebben ze de media verteld dat zij schuldig kan zijn aan de verdwijning van haar kinderen.

Henrik legt zijn hand op haar rug. Haar lichaam trilt en hoe meer ze haar best doet om niet te hoesten, des te erger wordt het.

'Drink een beetje water,' zegt Leia en ze schenkt een glas voor haar in.

'Bedankt.' Ze neemt een slok en ziet dat haar handen geschaafd zijn door het asfalt. Ze zet het glas snel neer en legt haar handen onder de tafel op schoot.

'Is er iets gebeurd?' vraagt Leia met een onderzoekende blik.

Caroline schudt haar hoofd en hoopt dat haar haar de schaafwond op haar wang verbergt. 'Waar willen jullie over praten?'

'We hebben de man gevonden die je in de haven gevonden heeft,' zegt Henrik met een ernstige gezichtsuitdrukking.

'Wie is het en waarom was het zo moeilijk om hem te vin-

den?' Ze duwt haar nagels in haar handpalmen.
'Hij durfde zijn identiteit niet bekend te maken.'
'Waarom niet?'
'Hij was bang voor je.' Henrik kijkt haar strak aan.
'Wat?' zegt ze. Ze herinnert zich Gustavs bewering dat alle politieagenten twee keer zoveel informatie hebben als ze loslaten.
'Je hebt hem bedreigd en hebt hem gedwongen om je naar de Ribersborgsväg te brengen, waar je vriendin Ida woont.'
'Wat?' Caroline snapt er niets van. 'Hij liegt.'
'Is dat zo?' zegt Leia. Ze houdt haar hoofd schuin en kijkt haar eveneens strak aan.
'Ja. Waarom zou ik dat willen?'
'Volgens de getuige heeft hij je tegen je wil naar het ziekenhuis gebracht. Je hebt hem bedreigd en hebt gezegd dat je hem zou vermoorden als hij iemand vertelde dat hij je had meegenomen en waar hij je moest afzetten. Hoewel je onder het bloed zat en verzwakt was durfde hij niets anders te doen dan je te gehoorzamen. Toen je bewusteloos raakte heeft hij je toch naar het ziekenhuis gebracht.'
'Hij liegt, waarschijnlijk omdat hij zelf iets te verbergen heeft. Ik heb in mijn hele leven nog nooit iemand bedreigd.'
'Waarom wilde je niet naar het ziekenhuis?' vraagt Leia.
'Jezus, ik wilde niets, ik was bewusteloos. Dan kan ik toch niemand bedreigen? Jullie hebben gezien in wat voor toestand ik was.' Waarom herinnert ze zich dat niet? Ze beseft dat de gaten in haar geheugen problemen kunnen veroorzaken omdat ze zich niet kan verdedigen tegen de beschuldigingen die tegen haar zijn gericht.
'Hoe weet je dat hij liegt als je je niets herinnert?' vraagt Henrik terwijl hij haar van opzij bestudeert.
'Omdat ik zoiets nooit zou doen.'
Leia leunt naar achteren en tikt met haar pen op de tafel alsof ze ergens op wacht.
'Hebben jullie hem gevraagd wat hij in het havengebied

deed?' vraagt Caroline. Ze gaat verder zonder het antwoord af te wachten. 'Misschien was dat om de Roemeense meisjes te controleren die in de oude verlaten gebouwen opgesloten gehouden worden. Hij is natuurlijk een mensensmokkelaar en durfde daarom niet naar de politie te gaan. Komt hij in jullie registers voor?'

'Wij stellen hier de vragen,' antwoordt Henrik.

'Het klopt dus, en toch denken jullie dat ik lieg.' Caroline staat op. 'Hoe weten jullie dat hij ons niet ontvoerd heeft?'

'Ten eerste hebben we niet gezegd dat je liegt,' corrigeert Henrik haar. 'En de getuige bevond zich in de nacht waarop jullie verdwenen op een veerboot vanaf Polen... Kun je weer gaan zitten?'

'Jullie zijn zo naïef. Is er meer of kan ik gaan?' Ze kan zich niet langer beheersen, kan de frustratie die door haar heen stroomt niet langer verbergen.

'Nog niet. Kun je gaan zitten?' zegt Leia.

Henrik trekt de stoel weer naar achteren en legt zijn arm op de rugleuning.

Ze doet met tegenzin wat haar gevraagd wordt. 'Misschien durfde ik niet naar huis, was ik bang voor wat ik zou aantreffen. Ik weet het niet, ik speculeer alleen. Ik had tenslotte die afschuwelijke nachtmerrie dat het huis in brand stond gehad.'

'Je was dus nergens anders bang voor?'

'Misschien was ik bang dat de ontvoerders me thuis zouden vinden. Ik had geen idee hoe het met Gustav en de kinderen was.'

'Was je misschien bang voor Gustav?' vraagt Leia. Ze draait het donkere haar rond haar pen.

'Nee. Daar hebben we het al over gehad. Waarom zou ik bang voor hem zijn?'

'Die vraag kun je waarschijnlijk beter aan jezelf stellen. Ben je bang voor De Familie?'

Caroline kijkt naar haar handen. 'We hebben helemaal geen contact met De Familie. Ik heb Gustavs neef tijdens ons tienjarig huwelijksjubileum afgelopen juni voor het laatst gezien. De keer daarvoor was bijna een jaar ervoor tijdens de een of andere familiebijeenkomst bij Hasiba.'

'Hmm,' zegt Henrik. 'Laten we proberen een stukje terug te gaan. Je herinnert je dat je opgesloten was in de silo, maar je herinnert je de man die je gevonden heeft niet?' Hij buigt zich naar haar toe. 'Je geheugen is nogal selectief, nietwaar?'

'Ik weet niet wat ik daarop moet antwoorden,' zegt Caroline moedeloos. 'Het is net een vacuüm, ik voelde paniek en woede toen ik vastgebonden bijkwam in de kofferbak en ik besefte dat er iets ergs gebeurd was...'

'Laten we het anders doen,' zegt Leia. 'Vertel ons het een en ander over Astrid en Wilma.'

'Wat willen jullie weten?' Ze zou urenlang over haar dochtertjes kunnen praten, maar beseft dat de onderzoekers naar iets op zoek zijn en begrijpt niet wat dat is.

'Hoe ben je als moeder?' vraagt Henrik.

'Wat is dat voor vraag? Hoe ben jij als vader? Willen jullie dat ik vertel dat ik genoeg van ze had, ze vergiftigd heb en in de tuin begraven heb? Of willen jullie dat ik mezelf een rapportcijfer geef? Welke criteria zijn belangrijk? Of ze hun vitamine D-druppels kregen, of ik ze vaak genoeg voorlas en hun tanden zorgvuldig genoeg poetste...'

'Oké, ik stel een andere vraag. Vind je het fijn om moeder te zijn?'

'Luister, ik hou van mijn dochtertjes, ik doe mijn uiterste best en denk dat mijn kinderen niets tekortkomen. En voor wat betreft mijn geheugen zou ik willen dat ik weet waarom ik me bepaalde dingen herinner en andere dingen helemaal verdwenen zijn. Vraag het mijn arts, zij kan jullie beslist een medisch verantwoord antwoord geven.'

Misschien is het een overlevingsinstinct en heeft haar hoofd de herinneringen die haar kunnen schaden geblokkeerd. Op een bepaalde manier wil ze alles weten, maar ze is ook doodsbang voor wat er naar de oppervlakte kan komen.

'Goed, we gaan verder. Is het waar dat je de kinderen niet altijd op de eerste plaats gezet hebt?' Henrik staart weer naar haar.

'Sorry?' zegt Caroline. Deze nachtmerrie wordt erger en erger.

'Kun je vertellen over de keer dat je de kinderen van de kleuterschool zou halen, maar niet verschenen bent? Weet je waarover ik het heb?'

Ze doet haar ogen dicht. 'Dat was één keer, en alleen om een punt te maken, zodat Gustav zou begrijpen hoeveel werk ik thuis verzet. Hij wilde dat ik weer ging werken en bood aan om de kinderen van de kleuterschool te halen, maar toen het zover was, was hij natuurlijk in Kopenhagen. Het eindigde ermee dat niemand de kinderen ophaalde, wat heel vervelend was. Anders haal ik ze altijd op, en negenennegentig van de honderd keer ben ik daar op tijd. Dat kunnen jullie bij de kleuterschool navragen.'

'Dat hebben we gedaan,' zegt Henrik. 'Ze zeggen dat je de laatste tijd instabiel bent.'

'Wat? Op welke manier?'

'Je bent afwezig en onvriendelijk tegen de kinderen.'

'Wat een onzin.'

'Gustav vertelt ook dat je de laatste tijd jezelf niet bent.'

'Hij liegt.'

'Jij vindt dus dat je jezelf was?'

'Nee... of ja, of... ik weet het niet. Daar hebben we het al over gehad.' Ze trekt haar schouders op. 'Het is een moeilijke tijd geweest. Ik was zwanger en Gustav werkte veel en ik moest alles thuis regelen, wat zwaar was.'

'Hebben jullie financiële problemen?'

Wat weten ze over onze financiën, denkt ze en ze herinnert zich dat Gustav heeft gezegd dat ze hun telefoons afluisteren, hun mails lezen en hen schaduwen. 'Sorry, maar ik voel me duizelig en moet even pauzeren,' zegt ze en ze hangt haar tas over haar schouder.

'Wat is er met je wang?' vraagt Leia als ze opstaat en weg wil lopen.

'Ik ben met mijn fiets gevallen. Het ziet er erger uit dan het is.' Haar antwoord overrompelt haar. Het is net alsof het ingestudeerd is.

Gustav

De hemel is bloedrood. Hij kijkt naar de zee en neemt een slok koud bier.
Achter de Turning Torso ziet hij de Öresundsbrug en Kopenhagen.
Mijn geliefde Malmö, denkt hij en hij neemt een grote slok.
In de keuken hoort hij zijn moeder en tante Raffi kletsen. Hij hoopt dat ze snel klaar zijn. Hij moet weten waarom zijn moeder tegen hem heeft gelogen dat ze afgelopen donderdag bij Raffi in Landskrona is geweest. En waarom is Raffi nu hier? Hij is ervan overtuigd dat het opnieuw een waarschuwing van De Familie is. Het zal nooit ophouden. Ze zijn nergens veilig, zelfs niet in de strandvilla, hoewel hij daar toch niet kan ademhalen. Misschien heeft het huis hem nooit het geluk gebracht waarover hij als jongetje droomde.
Hij heeft niet meer met Carro gepraat nadat ze naast de auto was gevallen en ze neemt niet op als hij belt. Als ze heeft overdreven en de politie een heleboel onzin heeft verteld, weet hij niet wat hij met haar moet doen. Het was een ongeluk. Alleen al de gedachte aan haar irriteert hem. Dat verwende nest heeft er geen idee van hoeveel het heeft gekost om op de plek te komen waar hij nu is.
'Verdomme,' vloekt hij zachtjes tegen zichzelf. Als hij maar een beetje meer tijd had zou hij zijn succesverhaal kunnen overdoen.
Hij denkt aan de tip die vandaag is binnengekomen. Iemand had de kinderen in Duitsland gezien. De foto was wazig. Heel even had hij hoop, tot hij zag dat het Astrid en Wilma niet

waren. Het gaat deze cynische mensen alleen om de beloning, maar toch kan hij geen kritiek op ze hebben. Hij weet als geen ander hoe het is om geen kroon op de bank te hebben. Toen hij zijn eerste bedrijf verkocht updatete hij zijn bankrekening bij de internetbank elke seconde, net zo lang tot de 123 miljoen er eindelijk op stond. Het was alsof hij de hele fucking wereld bezat. Wat een kick was dat. Hij leefde op adrenaline, kon alle vrouwen krijgen, het was magisch. Hij was toen zo sterk en hij moet die kracht op de een of andere manier zien terug te krijgen.

'Kom binnen, Gustav. Het is buiten koud.'

Hij draait zich om en kijkt naar zijn moeder, die achter de balkondeur staat.

'Koud is een beetje overdreven, je zou naar buiten moeten komen om de tropische warmte te voelen.'

'Je weet dat ik niet naar buiten ga.'

Er is iets wat haar bezwaart, iets wat ze niet wil vertellen. 'Waar is Raffi?'

'Ze is naar huis gegaan.'

'Ik vind dat je niet met haar om moet gaan,' zegt hij terwijl hij de schuifdeur opent.

'Waarom niet? Ze is mijn zus.'

Hij ziet een bezorgde vonk in haar ogen oplichten. 'Heeft ze iets over mij gezegd?'

'Waarom zou ze dat doen? Je mag haar niet onder druk zetten over Asif. Ze weet niet waar haar zoon is. En waarom wil je hem zo wanhopig graag spreken? Ik dacht dat je afstand van hem genomen had.'

'Dat heb ik.' Hij drinkt het flesje bier leeg en zet het op het geborduurde kleed op de glazen tafel. 'Maar ik wil weten of De Familie me kan helpen met het vinden van de meisjes. Ik krijg hem niet te pakken en kan niet bij hem langsgaan omdat hij in de gaten gehouden wordt. De politie zal denken dat ik iets met De Familie te maken heb.'

'Dat heb je ook.'

Hij kijkt haar vragend aan.

'Stop met liegen. Ik weet wat je gedaan hebt,' zegt ze. Haar blik verduistert. 'Ik heb tegen je gezegd dat je geen zaken met je neef moet doen. Ik ben mijn hele volwassen leven bezig geweest om jou bij die wereld vandaan te houden en toch... Hoe kun je me dit aandoen?'

Het heeft geen zin om te liegen, hij beseft dat hij eerlijk tegen zijn moeder moet zijn en het snijdt door zijn hart als hij eraan denkt dat hij haar heeft teleurgesteld. 'Ik had geen keus.'

'We hebben allemaal een keus.'

Zijn moeder heeft haar ziel verkocht zodat hij een echte Zweed kon worden. Ze bedoelde het goed, dat snapt hij, maar je bent gewoon wie je bent. Ondanks alle vermaningen van zijn ouders werkte Gustav stiekem als portier in de cafés en nachtclubs in de stad voor Asif en zijn kameraden. Destijds gaf het hem een goed gevoel, hij was iemand. Hij liet meisjes die eigenlijk te jong waren in nachtclubs binnen. Zijn moeder had hem op die weg door moeten laten gaan. Ze had ervoor moeten zorgen dat hij trots was op zijn afkomst en degene die hij was. Misschien was hij dan niet in deze ellende beland. 'Het is niet zo gemakkelijk. Ik was wanhopig en had geld nodig.'

Haar ogen worden donker en hij schaamt zich verschrikkelijk. Hij heeft alles waarvoor ze heeft gevochten weggegooid. 'Het spijt me...'

'Sst. Ik heb het appartement verkocht,' zegt Hasiba.

'Wat heb je?'

'Jij krijgt het geld zodat je Asif terug kunt betalen, anders vermoordt De Familie je.' Ze kijkt naar hem alsof hij een kleine jongen is.

'Maar mama...' Hij kan wel door de grond zakken.

'Ik heb het nooit prettig gevonden om hier te wonen. Ik verhuis naar mijn nicht in Rosengård. Dat is de plek waar ik thuishoor. Alles is getekend en afgehandeld.'

'Wanneer heb je dat gedaan?'

'Op de dag dat de meisjes verdwenen. Daarom kon ik de telefoon niet opnemen toen je belde. Ik was bij de makelaar en ja, ik heb tegen je gelogen dat ik bij Raffi was. Het kwam allemaal heel ongelukkig uit.'

'Sorry, ik ben een beetje in de war.' Hij pakt haar armen vast en omhelst haar terwijl de tranen in zijn ogen springen. 'Het spijt me, mama, het spijt me zo.'

'Ik huil mezelf elke avond in slaap, Gustav. Ik mis mijn meisjes. Wat ben ik zonder hen? Niets.'

Gustav veegt de tranen van zijn wangen en omhelst haar nog steviger.

'Zoon van me,' zegt ze en ze kijkt naar hem. 'Raffi zegt dat Asif de meisjes niet heeft. Ze zijn niet bij De Familie.'

'Doe niet zo naïef, mama. Raffi heeft geen idee...'

'Ik vertrouw haar en dat zou jij ook moeten doen.'

Gustav snuift en wil haar vertellen over het geluid van de bottenzaag dat Asifs huurmoordenaar hem heeft laten horen, maar hij kan het niet. Het zou haar hart breken.

Ze streelt zijn wang met haar droge hand. 'Ik weet dat je het moeilijk hebt gehad toen je klein was, je vader was niet altijd lief voor je, maar...'

'Ik heb mijn kinderen niet aangeraakt,' antwoordt hij. Hoe kan ze zoiets insinueren?

'Natuurlijk niet, liefje. Natuurlijk niet. Ik herinner me dat Wilma net was geboren en je vrouw niets van haar wilde weten. Kun je je herinneren dat ik Wilma voedde en wiegde?'

'Alsjeblieft, mama, niet nu.' Hij verdraagt het niet om naar haar negatieve geklets over Carro te luisteren, ook al heeft ze misschien wat zijn vrouw betreft de hele tijd gelijk gehad.

'Ik zeg alleen dat ze niet is zoals een moeder tegenover haar kinderen moet zijn. Mijn geld mag niet naar Caroline gaan, hoor je dat? Je hebt haar lang genoeg onderhouden.'

'Dat beloof ik,' zegt hij. Wat hij haar niet kan vertellen is dat het geld voor het appartement niet meer dan een druppel op een gloeiende plaat is en niet eens voldoende is voor de rente die hij De Familie schuldig is.

'Kun je niet een paar dagen bij mij blijven logeren? Je bent hier veiliger. Ik geloof niet dat je in de buurt van Caroline moet zijn. Wie weet waar die vrouw toe in staat is.'

'Het komt allemaal goed, mama,' zegt hij en hij veegt een traan van zijn wang.

Caroline

Om aan de verzamelde pers en nieuwsgierige buren te ontsnappen laat Leia haar achter de poort van de strandvilla uitstappen.
Als ze het achterportier opent draait Leia zich om en kijkt met een ernstige blik in haar ogen naar haar. 'Je kunt hulp krijgen, ik kan ervoor zorgen dat je...'
'Dank je, maar dat is niet nodig,' antwoordt ze kortaf, waarna ze uitstapt.
Tijdens de korte rit vanaf het Juridisch Centrum heeft Leia erover gezeurd dat ze naar een arts moet gaan om de wond op haar wang te laten behandelen, maar dat weigert Caroline. Het is maar een schaafwond.
'Oké, maar je weet me te vinden. Ik neem morgen contact met je op,' zegt Leia vanaf de chauffeursplek. 'Probeer een beetje te slapen.'
'Dat doe ik,' zegt Caroline. Ze slaat het portier dicht en draait zich om. De villa is donker en ziet er dreigend uit in het maanlicht. Gustav is niet thuis, denkt ze opgelucht.
Ze begint naar de voordeur te lopen als ze plotseling iemand haar naam hoort fluisteren. Ze schrikt en draait zich ongerust om. De stem is vertrouwd en ze kijkt naar het perceel van de buren.
'Ik wil je iets vertellen,' fluistert de buurvrouw vanaf de andere kant van de muur.
Caroline heeft de vrouw altijd ontweken, ze lijkt in hun leven te willen snuffelen en staat achter het raam stiekem naar hen te kijken. Toch loopt ze nu naar het deel van de muur dat

lager is en uitzicht biedt op de tuin van de vrouw.

'Hoe voel je je, meisje?' Haar gezicht is nauwelijks zichtbaar in de duisternis.

Caroline haalt haar schouders op. Ze is ervan overtuigd dat niemand echt wil weten hoe ondraaglijk de pijn die ze met zich meedraagt is.

'Ik wil je iets vertellen.'

Caroline kijkt om zich heen met het gevoel dat de grond onder haar beweegt. 'Wat is er?'

'Ik weet niet of het belangrijk is.'

Vertel op, mens, wil Caroline zeggen. Ze is er niet van overtuigd dat ze vandaag nog meer slecht nieuws kan verdragen.

'Je man heeft iets in de vuilnisbak gegooid. Als ik jou was zou ik kijken wat het is.' Ze wijst met haar stok naar de containers. 'Ik wil niet dat je problemen krijgt. Het zit in de groene container.'

'Wat heeft hij weggegooid?'

'Dat moet je zelf maar zien.'

'Wanneer was dat?' fluistert Caroline.

'Eerder vandaag. De container wordt morgen geleegd, dus als je geluk hebt zit het er nog in en misschien kan het je in de juiste richting helpen.'

Het onbehagen klotst in haar maag. 'Heb je meer gezien? Weet je wat er met mij en de meisjes gebeurd is?'

'Helaas niet, maar ik weet dat je voorzichtig moet zijn,' zegt ze terwijl ze op haar stok steunt. 'Ik hoop dat jullie die schattige kleine meisjes vinden. God zij met je.'

'Bedankt voor de bezorgdheid,' zegt Caroline zonder te weten of er een kern van waarheid in het verhaal van de vrouw schuilt, maar misschien is het de moeite waard om het te controleren. Het is tenslotte overduidelijk dat Gustav iets verbergt.

Ze staart zenuwachtig naar de groene container, die een paar meter bij haar vandaan staat. Eerst aarzelt ze, maar dan loopt ze ernaartoe en opent het deksel.

De container is halfvol. Hoe kan ze hem het eenvoudigst legen, en hoe moet ze het aan Gustav uitleggen als hij thuiskomt en haar zoekend tussen het afval aantreft? Maar het moet gedaan worden voor de vuilniswagen morgenochtend vroeg komt.

Ze pakt het handvat beet en trekt de container over het grind naar de garage. Ik moet snel zijn, denkt ze en ze leegt hem op de betonnen vloer. Een zure lucht verspreidt zich als ze de overvolle vuilniszakken verplaatst. Onderin ziet ze wat ondefinieerbare rommel, het blauw-witte politielint en een plastic zak. Ze haalt de zak eruit en kijkt erin.

Het duurt even voordat het tot haar doordringt wat ze ziet.

Haar potjes met pillen. Hoe is dat mogelijk?

Ze legt de zak opzij, gooit alle vuilniszakken weer in de container, zet hem op zijn plek terug en haast zich met de zak onder haar arm het huis in en de trap op. In de slaapkamer verstopt ze de zak snel onder het bed en gaat op de bedrand zitten. Ze probeert het te begrijpen, maar snapt er niets van.

Ze moet hier weg voordat Gustav thuiskomt. Caroline trekt een grijze capuchontrui over haar jurk aan, haalt de autosleutels uit haar tas, loopt op een holletje naar de garage en gaat achter het stuur van haar witte Land Rover zitten. Vervolgens opent ze de poort met de afstandsbediening en rijdt achteruit.

Iets prikt in haar neus en ze hoest. Ze herkent de lucht in de auto van de prop pyjamastof die ze in haar mond heeft gehad en denkt weer aan de pijn in haar longen. De lucht wil haar iets vertellen, maar wat?

In de Gustavsgata opent ze het zijraam om de scherpe stank van uitlaatgassen weg te krijgen.

Waarom heeft Gustav haar medicijnen weggegooid? Het moet een misverstand zijn. Misschien heeft hij het gedaan om haar te helpen. Hij heeft meerdere keren tegen haar gezegd dat ze zich niet goed voelt door die pillen.

Ze slaat af naar het tankstation in Limhamn en parkeert voor de autowasstraat.

Haar wang brandt nog steeds en het voelt alsof er elektrische schokken door haar hoofd gaan. Ze moet Ipren of iets anders kopen om de pijn te verzachten.

Het licht in de winkel is fel en ze trekt de capuchon over haar hoofd om zo onherkenbaar mogelijk te zijn.

Een oudere man staat voor haar in de rij. Ze blijft op een afstand van hem staan terwijl ze op haar beurt wacht en maakt van de gelegenheid gebruik om alle avondkranten uit de stelling te pakken. Op de voorpagina van *Aftonbladet* staat een foto van Gustav en haar die tijdens een liefdadigheidsbal is gemaakt. Vlak daarvoor kreeg ze voor het eerst een vermoeden dat er iets aan de hand was. De gebeurtenis heeft haar dwarsgezeten.

Het was Witte Donderdag. Gustav was gestrest en paste kostuums voor een vergadering waar hij plotseling naartoe moest.

Ze strikte zijn stropdas voor hem, hoewel ze had uitgekeken naar een gezellige avond thuis nadat hij een paar weken op zakenreis in Brazilië was geweest. Plotseling moest hij naar een vergadering en hij leek zenuwachtig en ongerust.

Teleurgesteld herinnerde ze hem eraan dat hij het jaarlijkse miljoen niet aan Hers had gedoneerd. De organisatie had haar er meerdere keren aan herinnerd en het Hers-gala was al over een week. Gustav zei dat hij het geld niet had en dat hij onder druk stond, maar dat hij het zou regelen.

'Wat is er aan de hand? Moet ik mijn trouwring verkopen?' had ze lachend gezegd. 'We hoeven maar een miljoen te doneren.'

'Maar? Hoor je hoe dat klinkt? Ben je vergeten waar ik opgegroeid ben?' zei hij, waarna hij de deur achter zich dichtgooide.

Het was een miljoen, maar het was het eerste teken dat er iets niet klopte, denkt ze en ze ziet zichzelf op het scherm van de bewakingscamera. Eigenlijk zou ze met Filippa moeten praten, misschien kan zij haar vertellen hoe ze er financieel voor staan.

Ze loopt snel achter de stelling met snoep langs en gaat in de dode hoek van de camera staan.

'De volgende,' zegt de man achter de kassa.

Zonder in zijn ogen te kijken legt ze de kranten neer.

'Een pakje Vogue en een doosje Ipren graag.'

'Wil je er een tas bij?'

'Graag,' antwoordt ze en ze haalt haar creditcard door de lezer terwijl ze om zich heen kijkt en hoopt dat ze buiten is voordat er meer klanten in de winkel komen.

'Je kaart werkt helaas niet.'

'Wat? Oké. Wacht, ik probeer een andere kaart,' zegt ze en ze haalt haar zwarte AmEx-kaart tevoorschijn. Ze toetst de code met haar bleke vingers in en doet haar ogen dicht in afwachting van de piep.

'Het spijt me, maar deze doet het ook niet.'

Ineens beseft ze wat er aan de hand is. Ze hebben het absolute dieptepunt bereikt.

Een jong stel komt achter haar staan en wacht tot ze betaald heeft. Ze draait haar hoofd om en ziet vanuit haar ooghoeken dat ze met elkaar fluisteren, ze herkennen haar.

'Het moet een vergissing van de bank zijn. Ik begrijp niet...' Ze wordt rood en stopt de pas terug in haar portemonnee.

'Ik weet wie je bent. Laat mij dit voor je betalen,' zegt de jonge man achter de kassa. 'Zorg goed voor jezelf. Ik hoop dat je dochtertjes snel gevonden worden.'

'Bedankt, dit vergeet ik niet.' Ze glimlacht beschaamd, pakt de tas en loopt haastig naar de auto.

Ze slikt een Ipren zonder water door, geeft gas en rijdt het parkeerterrein af. Doelloos rijdt ze rond totdat ze op het bijna lege parkeerterrein voor het Kallbadhus blijft staan.

Ze doet de portieren op slot, steekt een sigaret op, inhaleert de rook en hoest.

'Willen jullie een ijsje als we thuiskomen?' vraagt ze en ze zoekt Spotify op haar telefoon. 'Jullie mogen om de beurt een nummer kiezen zodat jullie geen ruzie hoeven te maken. Astrid, jij mag eerst.'

Ze draait de achteruitkijkspiegel goed en kijkt naar de lege achterbank.

Dinsdag 18 augustus

The Killer

De ochtendzon is krachtig en hij knijpt zijn ogen half dicht als hij door het panoramaraam over de daken van Malmö uitkijkt.
Hij heeft vannacht niet geslapen. Alles wat er de afgelopen tijd is gebeurd schuurt als een doorligwond. Hoe hij ook gaat liggen, het wordt alleen maar erger.
Henrik zet koffie en haalt de enige beker tevoorschijn die hij tot nu toe heeft uitgepakt.
VOOR DE LIEFSTE VADER TER WERELD, staat erop. Hij heeft hem vorig jaar als vaderdagcadeau van Maja en Ella gekregen.
De rest van zijn spullen zit in de onaangeraakte dozen die opgestapeld in de kamer staan en die waarschijnlijk nooit uitgepakt worden. Vermoedelijk blijft hij hier niet eens het hele jaar wonen, zoals de bedoeling was.
De vier slaapkamers zijn leeg. De zitkamer is te groot en is open tot de nok. Het appartement is eigenlijk veel te groot voor hem, maar het gebouw heeft een pompeuze architectuur. Eigenlijk wilde hij altijd al graag in de stad wonen en dan het liefst in een gebouw van rond de vorige eeuwwisseling. Hun moderne villa op Lidingö is hem nooit bevallen, Karin is degene die van een minimalistische stijl houdt, met ruw beton en rechte lijnen.
De makelaar beweerde dat dit zolderappartement hoog op het wensenlijstje van iedereen stond. Destijds, aan het begin van de zomer, had hij het gevoel dat het een goede doorstart voor hun gezin kon zijn, maar dat was voordat hij erachter kwam dat ze niet met hem mee wilden naar Skåne.
Karin was klaar met hem. Misschien voorgoed deze keer.

Hij doet zijn best om te begrijpen of Leia's interpretatie van hem klopt. Normaal gesproken trekt hij zich niets aan van wat mensen van hem vinden, maar haar woorden hebben zich in hem vastgezet.

Hij schenkt koffie in en neemt de beker en zijn laptop mee naar het dakterras, dat uitkijkt op Malmö en Gamla Väster.

De hemel is felblauw en hij gaat onder de parasol op een van de zonnestoelen liggen die de vorige eigenaar gelukkig heeft achtergelaten. Hij pakt zijn telefoon, scrolt snel langs de diverse nieuwssites en stopt bij de grootste avondkrant van Zweden.

De meisjes zijn nu ruim vijf dagen weg en de kans dat ze levend worden teruggevonden wordt steeds kleiner.

Ellen Tamm heeft een televisieprogramma gemaakt dat gaat over kinderen van allochtonen die al maanden verdwenen zijn. Ze is van mening dat de politie geen vinger uitsteekt om ze te traceren, terwijl er enorm veel middelen worden ingezet om Astrid en Wilma te vinden. Volgens Ellen heeft het met racisme binnen het politiekorps te maken en is het een resultaat van de breder wordende kloven in de samenleving.

Op een bepaalde manier heeft ze gelijk, maar het is zelden zo eenvoudig.

Hij scrolt verder.

De kranten blijven hard voor de ouders. Gustav en Caroline zijn dankbare onderwerpen om over te schrijven. Twee uitgesproken karakters, als in een soapserie. De woorden vloeien in elkaar over tot een onbegrijpelijke brij en hij legt zijn telefoon weg. In plaats daarvan opent hij zijn laptop om de laatste getuigenverhoren die Maria hem heeft gemaild te lezen.

Het interessantste verhoor is dat met de voorzitter van de vrouwenorganisatie Hers, waarvan Caroline jarenlang ambassadeur is geweest. Het gezin Jovanovic doneert een miljoen per jaar aan de organisatie die zich inzet om het geweld tegen vrouwen te verminderen. Dit jaar is hun donatie blijkbaar uitgebleven en ze zijn niet op het jaarlijkse gala verschenen. Volgens de voorzitter kwam dat doordat Caroline zich niet goed voelde.

Hij leest de rest van het materiaal, onder meer Maria's verhoor met Carolines verloskundige, die vertelde dat niets erop wees dat Caroline en haar echtgenoot een gewelddadige relatie hadden. Heeft een verloskundige het juiste vermogen om een dergelijk oordeel te vellen? De krantenbezorger die de avond voor de verdwijning werkte heeft niets ongewoons gezien, zelfs geen rode Audi. Gedurende de nacht is er een getuigenverklaring binnengekomen dat Gustav en Caroline de vorige avond vlak na halfacht ruzie hadden op het parkeerterrein voor het Juridisch Centrum. De getuige heeft Caroline bij de auto zien wegrennen...

Daarom was Caroline de vorige avond dus zo gespannen tijdens het verhoor en het verklaart eveneens haar gewonde handen en geschaafde wang. Wat een klootzak is die Gustav. Toch is de informatie die ze krijgen tegenstrijdig.

Hij heeft veel mannen zoals Gustav ontmoet, niet in het minst op het voetbalveld. Agressieve middenvelders die er niet voor terugschrikken om het been van de tegenspeler te breken teneinde te winnen. Maar kun je daarom denken dat Gustav zijn kinderen heeft ontvoerd en in het ergste geval heeft vermoord?

Zijn laptop plingt. Hij heeft een mail van Leia gekregen waarin ze vraagt wanneer hij naar het bureau komt.

Zijn hart slaat een slag over.

Wil je hiernaartoe komen om te ontbijten? schrijft hij, maar hij wist de tekst meteen weer. Waar is hij in vredesnaam mee bezig? Dit begint een emotionele hel te worden die hij moet verdringen.

Ben er over een kwartier.

Ze antwoordt meteen. *Mooi. De Deense politie heeft de films van de bewakingscamera's van Gustavs kantoor bekeken en er klopt iets niet. Iemand heeft met de bestanden geknoeid, dus hij heeft geen alibi. Hij is hier over drie kwartier voor een verhoor.*

Het lastigste met dit soort mensen is dat ze overal over liegen. Ze kunnen zelfs liegen over wat ze tijdens het ontbijt hebben gegeten om de schijn op te houden. Het is belangrijk om ze op de juiste manier te interpreteren en te begrijpen welke leugens oninteressant zijn en welke belangrijk kunnen zijn.

Henrik gaat naar het document met de laatste sms-conversatie van het stel voor de verdwijning.

Caroline: Wanneer kom je vanavond thuis? Kus.
Gustav: Ik blijf vannacht op het werk.
Caroline: Oké ♥
Caroline: Ik hou meer van je dan van de aarde.
(geen antwoord)
Caroline: Welterusten van ons. We houden van je ♥ *(foto van Caroline die een verhaaltje voor het slapengaan aan de meisjes voorleest).*

Gustav antwoordt niet op de laatste sms van Caroline. Waar is hij die nacht eigenlijk geweest?

Gustav

Het ruikt naar zure koffie in de verhoorkamer en het enige waaraan hij kan denken is hoe hartverscheurend het is dat zijn moeder haar appartement voor hem heeft verkocht en dat hij haar nooit zal kunnen vertellen om welke bedragen het in werkelijkheid gaat.

Hij kon het de vorige avond niet over zijn hart verkrijgen om zijn moeder alleen achter te laten en heeft in de logeerkamer geslapen. Hij maakt zich zorgen om Caroline. Hij heeft nog steeds niets van haar gehoord.

De seconden op het display van het opnameapparaat vloeien samen.

'Kun je vertellen wat er gisteravond op het parkeerterrein voor het gebouw tussen jou en Caroline gebeurd is?' vraagt Henke. Hij spant de spieren van zijn bovenarmen.

'Ach, dat was niets. Gewoon een ongelukje,' zegt Gustav. Hij veegt zijn handen aan de broek van zijn kostuum af. Hij draagt nog steeds dezelfde kleren als de vorige avond. Wat heeft Carro in vredesnaam verteld, denkt hij en hij spant zijn kaken.

'Zou Caroline op een soortgelijke manier antwoorden als we haar dezelfde vraag stellen?' Leia observeert hem met de onaangename beweterige blik die op de bovenbouw misschien werkte.

'Ik neem aan van wel, ze bleef haken toen ze uit de auto stapte en ik probeerde haar alleen overeind te helpen.'

'Echt, denk je dat we die onzin geloven?'

'Het is waar, dus zouden jullie dat moeten doen,' zegt hij en hij bedenkt dat het nu werkelijk vooroordelen regent. 'Jullie

denken toch niet dat ik haar expres heb laten vallen?'
'We hebben een getuige die zegt dat je haar ruw behandelde.'
'Zij of hij heeft het mis, vraag het Carro maar.'
'Dat hebben we gedaan. Waar was je de nacht van 13 augustus?' vraagt Henrik.
Gustav ziet dat Leia boos naar hem kijkt.
'In mijn kantoor in Kopenhagen, dat heb ik al verteld. Waarom herhalen jullie keer op keer dezelfde vragen?'
'Je krijgt een kans om de waarheid te vertellen.'
Gustav trekt zijn schouders op terwijl hij nadenkt over het dreigement van The Killer. Hij kan onmogelijk weten wat er is gebeurd.
'Jullie hebben de opnamen van de bewakingscamera's gezien, wat willen jullie dat ik zeg?'
'De gemanipuleerde bestanden, bedoel je?' Leia houdt haar hoofd schuin en ontbloot haar regelmatige gebit.
Hij denkt eraan wat er gebeurt als je alle leugens opstapelt: uiteindelijk wordt het moeilijk om ze uit elkaar te houden.
'De films zijn in werkelijkheid van twee dagen voor de verdwijning. Er is dus geen bewijs dat je die bewuste nacht in je kantoor geweest bent,' zegt Henrik. Hij stroopt de mouwen van zijn gekreukte lichtblauwe linnen overhemd op.
'Je hebt niet langer een alibi voor de verdwijning.' Leia buigt zich naar voren en zet haar ellebogen op de tafel.
Gustav kijkt om zich heen terwijl hij de stoelrand zo stevig vastpakt dat zijn vingers er pijn van doen. 'Voordat ik antwoord geef op meer vragen wil ik met mijn advocaat praten.'
'Waarom dat?' Leia houdt haar hoofd schuin en kijkt alsof ze een troefkaart in handen heeft.
'Ik word hier heel moe van. Jullie begrijpen niet hoe het is om Gustav Jovanovic te zijn en telkens opnieuw te moeten uitleggen dat jullie het verkeerde spoor volgen.' Hij zucht en concentreert zich. 'Ik was op kantoor, maar toen ons beveiligingsbedrijf de opnamen per ongeluk heeft gewist, wist ik dat jullie me niet zouden geloven en daarom heb ik de datum veran-

derd. Ik moest wel, omdat jullie zo gefocust op mij zijn als hoofdverdachte. Ik deed het om het onderzoek in de juiste richting te leiden.'

'Echt?' Leia grijnst en dat stoort hem.

'Jullie zouden je op Carolines ouders moeten concentreren.'

'Bengt en Birgitta Hjorthufvud?' vraagt Henrik met een opgetrokken wenkbrauw. 'Waarom dat?'

'Kunnen jullie dat ding uitzetten?' Gustav wijst naar het opnameapparaat.

Leia kijkt naar Henrik en maakt een gebaar met haar hoofd. De tijd stopt op 10.35 uur.

'Wat ik jullie nu vertel mag deze kamer onder geen enkele voorwaarde verlaten.'

Henrik knikt en dat moet genoeg zijn.

Gustav vertelt over de sms'jes van de ontvoerders, dat ze gedreigd hebben zijn gezin te vermoorden en dat Carolines ouders geweigerd hebben te betalen.

'Mag ik je telefoon zien?' vraagt Henrik en hij steekt zijn hand uit.

Gustav haalt zijn telefoon uit de binnenzak van zijn colbert, legt hem op de tafel en geeft hun de code.

Henrik gaat naar de sms'jes en Leia volgt elke klik met een gespannen blik.

'Waarom ben je niet eerder naar ons toe gekomen?' vraagt ze. 'Begrijp je niet wat dit betekent? Je hebt je gezin in groot gevaar gebracht.'

'Ik durfde niet, ze hebben gedreigd de meisjes te doden en zeiden dat ze contacten bij de politie hebben, zodat ze het meteen weten als ik contact zou opnemen.'

'Wie zijn "ze"? Ik begrijp het niet goed. Denk je dat Carolines ouders deze sms'jes naar je gestuurd hebben?'

'Nee, maar kunnen jullie me uitleggen hoe het komt dat ze, hoewel ze het geld hebben, weigeren om hun dochter en kleinkinderen te helpen? Ik denk dat daar maar één reden voor kan zijn.'

'Welke dan?'
'Dat de meisjes voor hen al dood zijn.'
De stilte ligt als een dikke deken over de kamer.
'Wie weten de antwoorden op deze vragen? Zijn er meer mensen die de naam van jullie konijn kennen?' vraagt Henke na een tijdje.
'De kinderen, Caroline en ik,' antwoordt Gustav.
'Je schoonouders, de werkster en je moeder niet?'
'Nee.'
'Wat zegt Caroline hierover?'
'Ze weet het niet. Ik heb geprobeerd haar erbuiten te houden, ze is te fragiel.'
'Wat attent van je,' zegt Leia spottend.
'Je kreeg de eerste sms toen Caroline gevangen werd gehouden in de silo. Dan moet ze erbij zijn geweest en antwoord gegeven hebben op je vraag hoeveel je van haar houdt.' Henrik fronst zijn voorhoofd.
'Ze herinnert het zich niet of de kinderen hebben antwoord gegeven, die weten het ook. We zeggen dat de hele tijd. Het is een beetje een ding in ons gezin. Het is moeilijk uit te leggen. En nee, Carro herinnert zich helemaal niets.'
'We moeten de technisch rechercheurs vragen ernaar te kijken. Misschien kunnen ze het nummer traceren.'
'Nee,' zegt Gustav vastbesloten. 'Ik kan het niet riskeren en het lukt jullie nooit ze op te pakken met behulp van mijn telefoon. Ze gebruiken *burners* die op de bodem van de zee eindigen.'
'Je moet ons je telefoon geven,' zegt Leia en ze steekt haar hand uit.
'Word ik verdacht van een misdrijf?'
'Nee.'
'Dan hebben jullie het recht niet om mijn telefoon af te pakken. Ik heb hem nodig.'
'Ik begrijp dat je bang bent, maar we hebben ervaring met dit soort misdrijven en hebben een enorm apparaat dat onder de radar werkt. Je hoeft niet ongerust te zijn.'

'Sorry.'

'Denk je dat De Familie hierachter zit?' Henrik kijkt met een afwachtende blik naar hem.

Hij haalt zijn schouders op. 'Neem contact op zodra jullie een team samengesteld hebben met de besten van het land op het gebied van ontvoeringen. Ik weet heel zeker dat we niet met een stel kwajongens te maken hebben.' Hij staat abrupt op. Hij moet tijd winnen om na te denken of hij ze over de bottenzaag zal vertellen. Voorlopig houdt hij het echter voor zich.

'We moeten een verbinding met je telefoon maken zodat we ze de volgende keer dat ze bellen op kunnen sporen,' zegt Henrik.

'Ik durf niets te doen voordat ik weet dat het veilig is.'

'Oké,' zegt Henrik. 'Mag ik je leren welke antwoorden je moet geven?'

'Je hebt je gezin al in groot gevaar gebracht,' voegt Leia eraan toe. 'Het is tijd om met ons samen te gaan werken, snap je? Onze technisch rechercheurs hebben je telefoon nodig. Als je hem niet vrijwillig geeft, dan nemen we hem in beslag.'

'Maar...'

'Geen gemaar. En ik wil weten waar je de nacht dat je gezin verdween geweest bent. Ik heb heel veel moeite om te geloven dat iemand de films van juist die nacht toevallig heeft gewist.'

Er loopt een huivering langs zijn ruggengraat.

'Ik beantwoord geen vragen meer zonder mijn advocaat en jullie krijgen mijn telefoon niet.'

Caroline

De zonnestralen schijnen tussen de kieren van de gordijnen. Ze wil verder slapen en niet wakker worden, maar het ochtendlicht is koppig. De werkelijkheid prikt als duizend naalden en herinnert haar eraan dat het geen nachtmerrie is.

Deze tijd van de dag is het moeilijkst. De angst is het grootst als ze wakker wordt.

Gustavs kant van het bed is onbeslapen. Ze strijkt met haar hand over zijn kussen en haar maag trekt samen.

Over een paar uur doen ze mee aan de zoekactie van Missing People. Er wordt een record aantal deelnemers verwacht. *Sydsvenskan* houdt tegelijkertijd een kort interview met Gustav en haar.

Ze trekt haar badjas aan en overweegt om iets kalmerends uit de zak pillen onder het bed te slikken om zich iets beter te voelen, maar doet het niet. Het is te gevaarlijk om onder invloed rond te lopen. De enige zinnige verklaring dat Gustav ze heeft weggegooid is dat de pillen een negatieve invloed op haar hebben. Misschien maken ze haar juist verward.

Ze kijkt in de kamer van de meisjes. Gustav is daar ook niet en de bedden zijn opgemaakt. Stel dat hij haar heeft verlaten. Ze overweegt heel even om hem te bellen, maar gaat in plaats daarvan naar de keuken.

Hoewel het ochtend is haalt ze een fles uit de wijnkoeling en schenkt een groot glas in. Normaal gesproken kan ze zich inhouden tot de lunch, maar ze heeft het nodig om haar zenuwen te kalmeren en drinkt het glas achter elkaar halfleeg.

De koude droge wijn glijdt door haar keel en biedt een beetje troost. Met het glas in haar hand loopt ze het terras op en gaat op een van de ligstoelen zitten.

De dauw glinstert op het gras. De hortensia's en de rozen staan in volle bloei. Ze vindt deze tijd van het jaar altijd heerlijk. De zwartebessenstruiken ruiken zongerijpt. De meisjes plukken het fruit altijd uit de tuin, stel dat ze voor die tijd niet thuis zijn…

Ze pakt haar telefoon uit de zak van haar badjas, neemt nog een slok wijn en klikt op de eerste de beste nieuwssite. Ze verslikt zich bijna als ze de foto's van zichzelf ziet.

Het is een slideshow van de vorige dag, toen ze sigaretten bij het tankstation heeft gekocht, vervolgens naar het parkeerterrein bij het Kallbadhus is gereden en daar een sigaret heeft gerookt. Haar hand trilt, ze staart naar de ring en voelt zich volkomen verloren.

DE VELE GEZICHTEN VAN HET VERDRIET.

Ze snuift. Wat is dat voor kop? Ze moet aangifte tegen ze doen. Waarom doen ze haar dit aan? Is het niet voldoende dat de meisjes weg zijn, moet ze dit ook nog verdragen? Ze vraagt zich af of ze het interview van vandaag zal afzeggen, maar tegelijkertijd is het haar enige kans om de dingen recht te zetten en te laten zien dat ze geen monster is.

Haar wangen branden.

Achter de volgende klik vindt ze een interview met Leia, die antwoord geeft op vragen over het onderzoek. Ze bekijkt de nietszeggende antwoorden vluchtig. De journalist lijkt net zo wanhopig als zij zich voelt als ze probeert een zinnig antwoord van de politieagent te krijgen. Het enige wat Leia eigenlijk tussen de regels door zegt is dat Caroline en Gustav nog steeds verdacht worden, maar dat de onderzoekers andere theorieën niet uitsluiten.

Wat wil ze daarmee zeggen? Caroline voelt zich volkomen leeg vanbinnen, het is te onwerkelijk.

Boos klikt ze op de volgende link over De Familie en Gustavs neef Asif.

DE ONTVOERING KAN VERBAND HOUDEN MET DE FAMILIE.
De foto's van de leiders van de organisatie en Asifs naaste medewerkers staan op een rij naast elkaar. Het artikel probeert te bewijzen dat Gustav contacten met de onderwereld heeft en de journalist suggereert dat er een verband is.

Ze bestudeert de kleine portretfoto's en blijft steken bij een van Asifs handlangers, Jovan Zejnik.

Dat is hem! De kaalgeschoren man die haar en de kinderen is gevolgd.

De gedachten tollen door haar hoofd, ze zet haar telefoon uit en knalt het glas zo hard op de kalkstenen dat het breekt. Zonder de scherven op te pakken loopt ze de villa in, rent de trap naar de bovenverdieping op, gaat de badkamer in en doet de deur achter zich op slot.

Haar hoofd is helemaal mistig. Gustav heeft haar krankzinnig genoemd terwijl hij de hele tijd geweten moet hebben dat De Familie haar en de meisjes volgde.

Maar waarom?

Heeft Gustav soms geld van De Familie geleend dat hij niet kan terugbetalen?

Het is de enige verklaring die ze kan bedenken.

De woede stroomt door haar heen. Toch moet ze zo meteen aanwezig zijn bij de zoekactie van Missing People en moet ze het spelletje meespelen.

Niet glimlachen, niet huilen, volkomen neutraal zijn, denkt ze terwijl ze haar wimpers krult. Het lukt haar om de geschaafde wang te camoufleren. Ze is er heel professioneel in geworden om blauwe plekken en verwondingen te bedekken.

Vanuit het niets dreunt er plotseling harde technomuziek uit de luidsprekers. Ze schrikt en opent de deur naar de slaapkamer voorzichtig.

Gustav doet met ontbloot bovenlichaam push-ups op het tapijt. Zijn rug glanst van het zweet.

'Waar ben je geweest?' roept ze om de muziek te overstemmen, maar hij geeft geen antwoord.

Het is alsof hij in brand staat, terwijl zijzelf gedoofd is.
Ze loopt naar de luidspreker en zet de muziek uit. 'Ik vraag waar je geweest bent.'
'Ik heb bij mijn moeder geslapen,' zegt hij hijgend. 'Zet de muziek aan.'
Ze negeert zijn bevel, loopt haar walk-incloset in, zoekt in de zak van het kasjmieren joggingpak, vindt de trouwring en doet hem aan haar ringvinger. Hij glanst prachtig in het licht van de lamp en ze besluit hem om te houden.

Gustav

Gustav houdt Carolines hand met tegenzin vast. Het is belangrijk om te laten zien dat ze een eenheid zijn.
Het strand krioelt van de helden die willen helpen om hun dochtertjes te vinden en dat vervult hem met dankbaarheid, maar ze verspillen hun tijd. Als De Familie achter de ontvoering zit helpt geen enkele zoekactie.
Ze hebben nog niet eens geluncht, maar Carolines blik is al wazig en ze stinkt naar zure oude wijn.
'Caroline, misschien kun je een beetje voor Gustav gaan staan en naar hem opkijken.' De fotograaf van *Sydsvenskan* rent heen en weer en het zand stuift op.
Carro's jurk fladdert in de wind.
'Je ziet er prachtig uit,' zegt hij. Ze heeft zich opgemaakt en heeft haar haar gedaan. 'Je lijkt zo een beetje op Cate Blanchett.'
Caroline glimlacht teder naar hem en vlecht haar vingers door de zijne. Het duurt een paar seconden voordat hij de diamant van vijf karaat aan haar ringvinger voelt.
'Heb je je trouwring gevonden?' Hij draait zijn hand om en staart naar de diamant.
'Ja.'
'Waar was hij?' vraagt hij ongerust.
'In het zwembadhuis, ik ben hem blijkbaar verloren toen ik met de meisjes zwom.' Er glijdt een schaduw van een glimlach over haar gezicht en hij laat haar hand los.
Hoe heeft ze de ring in vredesnaam gevonden en hoe durft ze recht in zijn gezicht te liegen? Wat is dit verdomme voor spelletje?

'Blijf elkaars hand vasthouden,' zegt de fotograaf. 'En glimlach een beetje. Heel goed. Zo ja, fantastisch, en kijk nu allebei in de camera.'

Caroline geeft een kus op zijn wang.

'We zijn klaar, bedankt,' zegt Gustav. Hij laat Carolines hand los en draait haar zijn rug toe. Hij moet proberen te begrijpen hoe ze de ring in zijn zak heeft kunnen vinden en wat dat te betekenen heeft.

Tegelijkertijd vertelt de voorzitter van Missing People hoe de zoekactie in zijn werk gaat. Ze worden in groepen verdeeld en krijgen kaarten.

'Het signalement staat in de flyers die jullie hebben gekregen. Omdat het kinderen zijn moeten we extra zorgvuldig zoeken. Het risico bestaat dat ze zich schuilhouden omdat ze bang zijn, dus moeten we alles doorzoeken: tuinen en afvalruimtes, auto's en zandbakken, alle plekken die groot genoeg zijn voor twee meisjes om zich te verstoppen...'

Hij kan het niet meer verdragen om ernaar te luisteren. Hij moet weg.

Zonder een woord te zeggen verlaat hij het strand en loopt de trappen naar de villa op.

Als hij binnen is laat hij zich ontmoedigd op een van de banken vallen en belt Filippa met zijn tweede telefoon.

'Verbrand al het bewijs,' zegt hij kort.

'Hoe moet ik dat doen?'

'Doe het gewoon. Onmiddellijk.'

'Ik ben bang. Je zei dat je het zou regelen. Ik kan zo niet langer werken, Gustav. Ik heb de afgelopen maanden geen salaris gekregen en kan het me niet veroorloven om gearresteerd te worden...'

'Er is niets om bang voor te zijn zolang je al het bewijs verbrandt. Als ik zeg dat ik het regel, dan doe ik dat. Je kunt me vertrouwen.' Hij rekt zich uit en balt zijn vuist. 'Heb je de notulen van de bestuursvergadering die ze zonder mij gehouden hebben gezien?'

'Nee, maar ik heb net een mail van Rasmussen gekregen dat hij belangstelling voor het bedrijf heeft.'

Die klootzakken zijn achter zijn rug om gegaan. Hij moet bedenken wat zijn volgende zet wordt.

'Wat doe je hier?' vraagt Carro, die plotseling voor hem staat. 'Honderden mensen zoeken onze kinderen en jij verstopt je hier.'

'Ik moet ophangen,' zegt Gustav tegen Filippa en hij verbreekt de verbinding. 'Ik voel me niet goed.' Hij legt de telefoon op de bank. 'De warmte en al die mensen maken me kapot. Het zoeken gaat toch niets opleveren.'

'Geef je het op?' vraagt Carro en ze gaat zitten.

'Nee, maar het is natuurlijk duidelijk dat ze zich niet in een zandbak verstoppen.' Hij ziet dat beide telefoons volledig in het zicht naast hem op de bank liggen.

Hij legt er snel een kussen op en vervloekt zichzelf vanwege zijn slordigheid. Hij maakt anders nooit fouten.

'Weet je iets wat ik niet weet?' Carro staart naar het kussen.

'Nee,' antwoordt hij kort.

'Waarom heb je twee telefoons?'

'Dat is voor het werk...' Hij kijkt naar haar. Ze weet dat hij liegt.

'Je hebt dus een geheime telefoon. Is dat de manier waarop je met De Familie communiceert?'

'Stop daarmee, je weet dat ik de banden met De Familie verbroken heb.'

'Heb je geld van je neef geleend?'

Wat moet hij in vredesnaam zeggen? Hij kijkt berustend naar Caroline, die terugstaart.

'Denk je dat ik niet begrijp hoe het zit?' vraagt ze terwijl ze aan de trouwring draait. 'De man die mij en de kinderen volgde is een van Asifs handlangers, ik heb zijn foto vandaag in een artikel van *Sydsvenskan* gezien. Hoe kon je zeggen dat ik het me verbeeldde? Je wist de hele tijd dat ze het op ons gemunt hadden. Hebben ze de meisjes? Is dat zo, Gustav? Geef antwoord!'

'Je emotionele uitbarstingen hangen me de keel uit. Kun je niet gewoon rustig blijven?!' schreeuwt hij en hij spant al zijn spieren. 'Ik regel het, je hoeft je geen zorgen te maken.'
'Heeft De Familie onze kinderen?' roept ze hysterisch.
'Ik weet het niet,' verzucht Gustav. Hij veegt het zweet uit zijn nek. 'Ik denk het wel.'
'Jezus, Gustav.' Ze staat op en begint voor hem heen en weer te lopen. 'Waarom heb je niets gezegd?'
'Wat moest ik zeggen? Ze willen geld hebben.'
'We moeten met de politie praten.'
'Dat heb ik al gedaan. Kun je gaan zitten? Ik kan het niet verdragen dat je als een kip zonder kop rondloopt.'
'Waarom heb je niets tegen me gezegd?' vraagt ze ontmoedigd en ze gaat naast hem zitten.
'Ze hebben ons bedreigd, Carro, ik ben verdomme doodsbang voor wat ze gaan doen als ze erachter komen dat ik het jou en de politie verteld heb.'
'Maar waarom heb je het me niet verteld?' Ze begint te huilen.
'Het heeft niets met jou te maken. Je was te fragiel, ik heb geprobeerd je erbuiten te houden zodat het niet nog slechter met je zou gaan.' Hij slaat zijn arm om haar heen en trekt haar naar zich toe. Het is belangrijk dat ze kalm blijft. Hij geeft een kus op haar hoofd.
'We hebben het over mijn kinderen, míjn kinderen!'
'Ik weet het, maar ik heb geprobeerd het op te lossen. Ik heb geprobeerd ervoor te zorgen dat je ouders ons helpen, maar ze weigeren de ontvoerders te betalen.'
'Heb je met mijn ouders gepraat?' Ze heft haar hoofd en kijkt hem vragend aan.
'Ja, ze weten niet dat De Familie het gedaan heeft, maar ze hebben de sms'jes over het losgeld gelezen. Ze weigeren te betalen en ik heb ze uitgelegd dat wij geen geld hebben.'
'Om hoeveel geld gaat het?'
'Vijftien miljoen euro.'

Caroline hijgt. 'Wat? Hoe moeten we dat bij elkaar krijgen?'

'Ik weet het niet.' Hij pakt zijn telefoon en laat haar de sms'jes zien.

Ze leest de eisen van de ontvoerders die hij van verschillende telefoonnummers heeft binnengekregen.

De lucht tussen hen vibreert.

Een piep snijdt door de stilte.

'Het is een van jouw telefoons,' zegt ze met een scherpe klank in haar stem.

Gustav buigt zich naar voren en staart naar het scherm. Hij krijgt een brandend gevoel in zijn maag als hij de tekst leest.

'Wie is het?' vraagt ze.

'Henrik.'

'Wat staat er?'

'Dat ze hiernaartoe komen.'

'Waarom dat?'

'Ze vragen of we thuis zijn. Ze willen met ons samen praten.'

Caroline

Caroline draait aan haar trouwring terwijl ze beiden op een barkruk bij het kookeiland op Leia en Henrik wachten.
De sfeer is bedrukt.
Ze wil dat hij iets tegen haar zegt, wat het ook is. Minachtend tegen haar praten, zeggen hoe weinig ze waard is, dat alles haar schuld is.
Hij zegt echter niets. Gustav vertrekt geen spier, hoewel ze zich in een vrije val bevinden.
Ze pakt zijn hand.
Het is alsof alle woede en vijandigheid tussen hen is verdwenen. Wat ze eerder ook tegen elkaar hebben gezegd, op dit moment hebben ze elkaar nodig.
Ze kijken op als de zwarte dienstauto de poort passeert en voor de ingang stopt. Haar hart bonkt hard als ze uitstappen en de trap op lopen.
Als ze de gezichtsuitdrukkingen van Henrik en Leia ziet begrijpt ze meteen wat ze komen vertellen.

Gustav

Ze zitten bij de keukentafel en staren recht voor zich uit. Ergens wil hij dat Henrik en Leia gewoon zeggen wat er is gebeurd, hoewel hij het tegelijkertijd niet wil weten.

'We hebben in de buurt van Ales stenar een auto op de zeebodem gevonden,' zegt Henrik langzaam. 'We vermoeden dat de meisjes op de achterbank zaten toen de auto over de rand van de klif verdween.'

Carro kermt en Gustav pakt haar arm vast zodat ze niet valt.

'De politie en de brandweer zijn begonnen met het bergingswerk. Het hele gebied is afgezet,' zegt Leia verbeten.

'Hoe weten jullie dat de meisjes in de auto zaten?' vraagt Gustav. Hij moet zijn uiterste best doen om niet in te storten.

'Duikers hebben sporen van de meisjes in de auto gevonden...'

'De kans dat ze het overleefd hebben is helaas klein. Heel klein,' zegt Leia. 'Maar we hebben duikers en een helikopter die de hele kust afzoeken. We geven de hoop niet op dat ze nog in leven kunnen zijn. Maar met het oog op het weer, de wind, de hoogte van de val, de watertemperatuur enzovoort... zijn de kansen klein.'

'Jullie mogen het niet opgeven. Ze leven!' Gustav pakt de vaas van de tafel en gooit die met alle kracht die hij in zich heeft tegen de muur. Het glas versplintert en belandt in duizend scherven op de vloer.

Carro slaat haar hand voor haar mond en staart naar de vlek op de muur.

'Luister,' zegt Leia. 'We gaan ervan uit dat ze leven en we doen wat we kunnen om ze te vinden.'

'Van wie is de auto?' vraagt Carro met een snik.
'Daar kunnen we helaas geen antwoord op geven.'
'Waar kunnen jullie dan wel antwoord op geven? Hoe weten jullie dat de meisjes in de auto zaten?'
Gustav werpt een blik op Carro, die met haar hoofd gebogen over de tafel hangt.
Leia haalt haar telefoon tevoorschijn en legt die op de tafel. 'Ik waarschuw jullie…'
Op het display verschijnt een foto van Wilma's Hello Kitty-pop, die ze vanaf haar geboorte heeft gehad. Hij heeft het gevoel dat hij zal breken als hij de aan flarden gescheurde pyjama's van de meisjes ziet.
Caroline geeft een gil en slaat haar handen voor haar gezicht.
'En Astrids konijn?'
'Dat is niet in de auto gevonden.'
'Hoe kan iemand twee onschuldige kinderen in vredesnaam zoiets aandoen?' Gustav schuift de telefoon weg, staat op en loopt naar het raam. 'Waar zijn de meisjes?'
'De ramen stonden open, waarschijnlijk zodat de auto sneller zou zinken. De meisjes zijn vermoedelijk uit de auto gedreven,' legt Henrik uit. 'Er zijn andere gevallen met eenzelfde verloop en helaas wijst niets erop dat het hierbij anders gegaan is.'
'Vermoedelijk?'
'Ik wil er niets meer over horen, alsjeblieft…' snikt Carro, die eruitziet als een klein vogeljong.
'Misschien is het ze gelukt om zelfstandig uit de auto te komen. Binnenkort weten we hopelijk meer,' zegt Leia. Ze legt een kaartje op de tafel. 'Dit is het telefoonnummer van een goede therapeut die we kunnen aanraden. Het zou verstandig zijn om met hem te gaan praten. Jullie moeten hulp krijgen om te verwerken wat jullie doormaken.'
'Zulke onzin hebben we niet nodig. Wat gaat er nu gebeuren?' zegt Gustav. Hij schuift het kaartje weg.
'Het is een moeizame, langdurige klus om in zee naar lichamen te zoeken.'

'Maar Astrid heeft net geleerd om te zwemmen,' zegt Carro snikkend.

'Het is een lastig gebied. De stromingen gaan verschillende richtingen op. Zelfs volwassenen kunnen daar niet zwemmen. De lichamen kunnen al ver meegedreven zijn,' legt Henrik uit.

'Alsjeblieft, gebruik het woord "lichamen" niet,' snikt Carro.

'Hebben jullie niets meer van de ontvoerders gehoord?' vraagt Leia.

'Geen woord,' antwoordt Gustav. 'Waarom hebben ze dit gedaan?'

'Misschien hebben onze ontvoerders dit niet op hun geweten,' zegt Leia. 'Het kunnen personen zijn die hun kans gegrepen hebben.'

'Maar als het de ontvoerders niet geweest zijn, hoe kunnen ze dan weten hoe ons eerste konijn heette?' Carro kijkt op.

'Het kan bluf zijn geweest,' zegt Henrik. 'Iemand die misbruik gemaakt heeft van de situatie en research gedaan heeft.'

'Maar wie dan? Waarom hebben ze onze meisjes vermoord?' vraagt Caroline ontzet.

Gustav legt zijn hand voorzichtig op Carro's hals en trekt haar naar zich toe. Ze mag niet te veel zeggen.

Hij moet nadenken. De meisjes zaten niet in de auto, ze zijn niet op deze manier doodgegaan. De Familie zou zijn kinderen nooit vermoorden. In elk geval niet voordat ze hun geld hebben gekregen.

The Killer

De sfeer in de vergaderruimte is somber. Collega's van het Nationaal Forensisch Centrum, de persafdeling en het onderzoeksteam staan rond de vergadertafel en staren naar de luidsprekertelefoon in het midden, waaruit Gabriella's stem klinkt.

Niemand heeft de rust om te zitten. Ze weten allemaal dat zelfs een getrainde volwassene zich niet uit een dergelijke situatie kan redden.

Ze hebben niet snel en effectief genoeg gewerkt. Het is een enorme mislukking.

'Wat denken jullie? Vinden we de lichamen?' Gabriella's opgewonden stem klinkt blikkerig uit de telefoon.

'Nee,' antwoordt Sölve, het hoofd van het NFC in Malmö, die het forensisch werk leidt.

'Verdomme, dat is niet het antwoord dat ik hebben wil. We hebben de familieleden, de pers en de officier van justitie op onze hielen. We moeten de lichamen vinden om de klootzakken die dit gedaan hebben te kunnen vervolgen.' Gabriella's messcherpe stem snijdt door de kamer.

'We werken zo snel mogelijk, maar onze taak is min of meer onmogelijk en het is de vraag hoeveel middelen we hiervoor moeten gebruiken.' Sölve klinkt gestrest.

'Sorry, het is niet mijn bedoeling jullie onder druk te zetten,' zegt Gabriella. 'We moeten methodisch te werk gaan.'

De telefoon kraakt. 'Geef me een update over wat er bij Branten gebeurt.'

'Het waait met een snelheid van negen meter per seconde. De noordelijke stroming is twee knopen. Het water is warm en het zicht zou goed moeten zijn. We hebben minstens twee man in elk zoekgebied en tot nu toe hebben we een gebied uitgekamd dat net zo groot is als Öland,' antwoordt Sölve terwijl hij het gebied op de kaart omcirkelt. 'Bovendien heeft de kustwacht vijf op afstand bedienbare onderwatervoertuigen ingezet.'

'Wat weten we over de auto?' vraagt Henrik. 'Op wiens naam staat die?'

'Het is een sloopauto zonder kentekenplaten. Met de speciale apparatuur van de kustwacht om sporen veilig te stellen zijn we erin geslaagd om de vingerafdrukken en het DNA van de kinderen op te sporen.'

'Ze hebben zich dus zonder enige twijfel in de auto bevonden?'

'Ja, de vingerafdrukken tonen aan dat ze waarschijnlijk geprobeerd hebben om via het raam naar buiten te komen. We kunnen ook zien dat ze aan de bekleding van de stoelen en de portieren hebben gerukt om los te komen.'

Leia produceert een geluid. 'Sorry,' zegt ze en ze gaat op een van de stoelen rond de tafel zitten. Ze is duidelijk aangeslagen. Misschien heeft ook zij haar grens bereikt.

Henrik probeert zich intussen te verweren tegen de beelden die in zijn hoofd opduiken.

'Zijn er sporen van andere personen aangetroffen?'

'Nee, helaas niet.' Sölve knijpt in zijn neuswortel.

'Hebben we informatie over de route van de auto? Camera's, getuigen?' gaat Henrik verder.

'Nog niet,' zegt Maria. 'We werken eraan en controleren de wegen van en naar Branten, maar daar hangen niet veel camera's.'

'Verdomme. Hebben we de telefoons die zich in het gebied bevonden gecontroleerd? Er kunnen daar niet veel telefoons getraceerd zijn.'

'Er is geen goede dekking in het gebied, maar we hebben natuurlijk alle gegevens die we te pakken kunnen krijgen verzameld. Het is alleen jammer dat beroeps hun telefoons uitzetten.'

'Ja, maar misschien kunnen we getuigen vinden,' zegt Henrik. Hij stopt zijn handen in de zakken van zijn spijkerbroek.

'Als het 's nachts gebeurd is lopen daar niet veel mensen rond.'

Henrik kijkt geïrriteerd naar Maria. Hoe moet hij dat in vredesnaam weten? Hij is er nog nooit geweest. 'Hoe is de auto in het water terechtgekomen?'

'Naar alle waarschijnlijkheid is de GM over de rand geduwd. Daar zijn vermoedelijk meer personen voor nodig geweest.'

'Zijn Gustav en De Familie nog steeds interessant?' Gabriella praat snel en Henrik moet zijn best doen om te horen wat ze zegt.

'We sluiten niets uit,' zegt Leia. Ze klinkt ontmoedigd. 'Als er iemand is die kan weten hoe hun eerste konijn heette, dan is dat waarschijnlijk de neef, of niet soms?'

'Ik heb iets bedacht,' zegt Henrik. 'Het losgeld moest in bitcoins betaald worden, maar ze werken meestal met andere cryptovaluta, die nog moeilijker op te sporen zijn.'

'Bedoel je daarmee dat De Familie hier niet achter zit?' vraagt Gabriella.

'Ik zeg alleen dat het misschien niet zo eenvoudig is. Kunnen Gustav en Caroline dit gedaan hebben om haar ouders te chanteren? Ze hebben tenslotte geld nodig.' Henrik kijkt naar de andere aanwezigen.

'Ze hebben het geld niet gekregen,' zegt Leia.

'Voor zover wij weten,' antwoordt Henrik.

'Misschien is er een heel ander motief dan doekoe,' zegt Karim, die tot nu toe heeft gezwegen.

'Graaf verder,' zegt Gabriella met een krakende stem. 'Er komen enorme hoeveelheden bezoekers naar het vissersdorp bij Ales stenar. We moeten het publiek om hulp vragen. Vendela, kun jij een persbericht samenstellen en mij daar een concept van sturen? De persconferentie is over twee uur. Ik heb voor die tijd iets nodig en we kunnen niet berichten dat ze waarschijnlijk dood zijn. We zoeken twee meisjes die leven. Is dat duidelijk? De ogen van de hele wereld zijn op ons gericht.'

'Yes,' antwoordt de persvoorlichtster, waarna ze Gabriella wegdrukt.

Leia leunt met haar hoofd op de tafel.

'Is alles goed met je?' vraagt Henrik.

Ze knikt, maar hij ziet dat ze zich niet goed voelt. Bij elk nieuw bewijs kruipt het kwaad dichterbij. Uiteindelijk word je immuun of neemt het kwaad alles over.

'We moeten overnieuw beginnen,' zegt Henrik. Hij strijkt met een hand door zijn haar. 'We moeten alles opnieuw doornemen. Elk klein detail. In de huidige situatie moeten we iedereen als verdachte beschouwen.'

'Ik heb net informatie gekregen dat Caroline bij Branten is,' zegt Karim. 'Volgens de commandant ter plaatse zit ze daar al een tijd en de collega's zijn bang dat ze gaat springen. Een paar agenten hebben geprobeerd met haar te praten, maar het is moeilijk om contact met haar te krijgen.'

'Ik rijd ernaartoe,' zegt Henrik en hij haast zich de kamer uit.

**

De zandrug ligt hoog boven de zee en een stukje verderop ziet hij Ales stenar. Hij beseft dat er geen getuigen zullen zijn, de afstand daarnaartoe is te groot. Helemaal boven op de glooiende groene heuvels zit Caroline ineengedoken in het gras.

Als hij dichterbij komt ziet hij hoe gevaarlijk dicht ze bij de rand zit. Achter haar loopt de helling dertig meter steil naar beneden naar de zee. Hij probeert niet omlaag te kijken om niet duizelig te worden.

Alle vragen zonder antwoorden echoën in zijn hoofd. Iedereen liegt, denkt hij, en zij moeten erachter zien te komen waarom dat zo is.

'Mag ik gaan zitten?'

Caroline haalt haar schouders op. Ze steunt met haar kin op haar knieën, het haar waait wild rond haar hoofd en het spijkerjack komt als een zeil achter haar omhoog.

Zijn gewrichten kraken als hij in het gras gaat zitten. Hij is de jongste niet meer en alle jaren met keiharde trainingen hebben hun sporen achtergelaten.

Onder hen zoeken honderden vrijwilligers in oranje hesjes langs de kust.

Zijn radio piept. Elke keer als hij het geluid hoort spannen de spieren in zijn lichaam zich.

'Zoekgebied drie, niets gevonden. Ik herhaal: niets gevonden.'

'Begrepen,' antwoordt hij in de radio terwijl zijn hoop langzamerhand steeds kleiner wordt.

Caroline kijkt hem aan. Haar droge lippen bloeden. 'Worden ze gevonden?'

Hij moet eerlijk tegen haar zijn. 'Ik heb net overlegd met degene die verantwoordelijk is voor de zoekacties. Duikers hebben langs de hele kust gezocht. Afgaande op de stromingen en de wind hebben we berekend waar ze moeten zoeken, maar de foutmarge is enorm. Heel veel vrijwilligers zoeken langs de kust, we hebben lijkhonden die er speciaal op getraind zijn om in het water te zoeken, maar ze hebben nog niets gevonden. Het spijt me. We blijven natuurlijk zoeken, maar als ik heel eerlijk ben…'

'Alsjeblieft, zeg maar niets meer, ik wil het niet horen.' Ze krabt aan haar hals. 'Het is niet te bevatten dat er lijkhonden naar mijn kinderen zoeken. Ze zijn niet dood. Dat weiger ik te accepteren voordat we zekerheid hebben.'

Caroline heeft al meerdere keren verteld wat ze zich herinnert en ze komen niet verder. Elke keer vertelt ze precies hetzelfde verhaal. Als ze een deel ervan verzint, dan is ze een heel goede leugenaar.

'Hoe lang duurt het om te verdrinken? Hoe lang hebben ze voor hun leven gevochten?'

Henrik is niet blij met haar vraag. Sommige dingen kun je beter niet weten.

'Het waarschijnlijkste scenario is dat ze de val niet overleefd hebben...' Hij zwijgt en trekt een paar grassprietjes uit de grond. De waarheid is te wreed, denkt hij terwijl hij met half dichtgeknepen ogen naar de horizon kijkt.

'Over een paar uur ligt de zee weer in het donker,' zegt ze.

Henrik knikt.

De zeemeeuwen krijsen in de verte boven de zee.

'Het technische onderzoek heeft geen bewijs opgeleverd dat je in de kofferbak gelegen hebt.'

'Wat betekent dat?' Caroline kijkt met half dichtgeknepen ogen naar hem.

'Je moet in een andere auto ontvoerd zijn en we doen ons best om die te vinden.' Henrik rekt zich uit. 'Op 5 juni van dit jaar heb je een foto en een filmpje op Instagram geplaatst nadat je hier met Astrid en Wilma was geweest.'

Haar gezichtsuitdrukkingen veranderen te snel om ze te kunnen interpreteren.

'Ja. We komen hier soms. Het stormde en de meisjes schaterlachten toen de wind hen te pakken kreeg en ze dachten dat ze konden vliegen. Het was toen net zo mooi als nu,' zegt ze. 'Ik was volkomen betoverd door het uitzicht.'

'Maar je bent hier eerder geweest. De slotscène van *Saknad* speelt zich hier eveneens af...'

Caroline lacht onverwacht. 'Dat is ruim tien jaar geleden, maar het klopt dat ik van deze plek hou, en dat doen de meisjes ook,' zegt ze en ze doet haar ogen dicht. 'Ze willen hier vaak naartoe.'

'Waarom heb je dat niet eerder verteld?' Het terrein in de buurt van de klif is moeilijk begaanbaar en de plek kan niet toevallig gekozen zijn.

'Ik weet het niet.' Ze begint te huilen en veegt de tranen na een tijdje van haar wangen. 'Omdat het me doodsbang maakt.' Ze haalt diep adem. 'Weet je, ik praat met de kinderen. Soms zie ik ze. Ik ga dit niet volhouden.'

'Dat doe je wel, we zijn sterker dan we denken. Probeer van

dag tot dag te leven, anders wordt het te overheersend.'

'Ik zie het anders,' zegt Caroline. 'Ik moet een plan voor de toekomst hebben. Ik kan hier niet blijven als ze niet gevonden worden, alles hier herinnert me aan de meisjes.'

'Geloof me, vluchten helpt niet… Hoe gaat Gustav hiermee om?'

Ze haalt haar schouders op. 'We praten niet. Ik kan niet omgaan met zijn verdriet en we hebben volkomen andere manieren om datgene wat er gebeurd is te verwerken. Het is alsof de woede, de ongerustheid en het verdriet me het ene moment verlammen en het volgende moment wil ik alleen exploderen.'

'Doet hij dat ook?'

'Wat?' Ze kijkt hem vragend aan.

'Exploderen?'

Caroline geeft geen antwoord en strijkt het haar uit haar gezicht. De ringen glinsteren in de zon.

'Ik zie dat je je trouwring draagt,' zegt Henrik.

Ze schrikt en stopt haar hand in haar zak.

Henrik besluit om de kwestie voorlopig te laten rusten. 'Toen je verdwenen was wilden we je medische dossier bekijken, maar we vonden niets, dus hebben we contact opgenomen met diverse zorgaanbieders die niet aangesloten zijn bij het overkoepelende dossiersysteem.'

'Oké…'

'Je hebt de afgelopen vijf jaar minstens vijftien verschillende artsen bezocht, maar waarschijnlijk waren het er meer. Er lijkt geen overkoepelend zorgplan voor je geweest te zijn, en je hebt artsen gekozen die hun verslagen niet in het algemene systeem plaatsen. Is dat toeval?'

Ze haalt haar schouders op. 'Ik ben de patiënt van niemand.'

'Wie ben je dan?'

'Iemand die probeert te overleven.' Ze gaat in het gras liggen en staart naar de hemel. 'Maar het liefst van alles wil ik slapen en nooit meer wakker worden.'

Caroline

De villa staat vol met boeketten en condoleancekaarten. Uit alle hoeken van de wereld stromen de bloemen binnen. Met elk boeket dat ze aanneemt verspreidt de gevoelloosheid zich verder door haar lichaam.

'Ze zijn niet dood. Waarom sturen mensen ons bloemen?'

Gustav zit zwijgend bij het kookeiland om op adem te komen na zijn training.

Ze rouwen op heel verschillende manieren. Zij heeft de zoekacties bij Branten gevolgd terwijl hij aan zijn spieren werkt. 'Ik weet dat ze leven. De mensen mogen de hoop om mijn meisjes te vinden niet opgeven,' snikt ze, hoewel ze weet dat ze de val niet overleefd kunnen hebben.

Birgitta staat in een zwart mantelpakje bij het aanrecht en snijdt een stukje van de stelen van een bos lelies. Zodra de auto in zee gevonden was, is ze hiernaartoe gekomen om hen te troosten.

Wat Caroline betreft had ze net zo goed op Djursholm kunnen blijven. 'Als jullie de ontvoerders betaald hadden, dan hadden we de meisjes nu bij ons gehad.' Waar haalt haar moeder het lef vandaan om in haar keuken te staan en te doen alsof er niets aan de hand is?

Zonder een woord te zeggen arrangeert Birgitta de enorme lelies in een messing vaas.

'Hoor je me? Zie je me? Hallo!'

Birgitta kijkt zwijgend en beheerst naar haar. 'Dat weet je niet,' antwoordt ze kalm. 'We wilden naar de politie gaan, maar je man heeft ons verboden om dat te doen.' Birgitta werpt een woedende blik op Gustav.

'Dat heeft er niets mee te maken. Alleen al het idee dat jullie niet betaald hebben maakt me kapot. Alles heeft een prijs, dat zegt papa de hele tijd, en blijkbaar zijn wij helemaal niets waard voor jullie.'

'Wat snap je niet? We willen je hier niet hebben.' Gustav staat haastig op en loopt naar Birgitta toe. Hij trekt de witte lelies abrupt uit de vaas en propt ze in de overvolle afvalbak. Daarna haalt hij de witte rozen uit een andere vaas en loopt via de eetkamer naar het terras.

Birgitta en Caroline kijken naar hem terwijl hij de bloemen op de kalkstenen gooit.

'Herinner je je niets, Caroline? Herinner je je echt niets?' fluistert Birgitta tegen haar.

'Hoezo?'

'Ze zijn niet geïnteresseerd in het geld, dat snap je toch wel? Dan hadden ze de meisjes niet over de rand van de klif geduwd. Het is je man.'

'Mijn man?' Caroline perst haar lippen op elkaar.

'Ik denk dat hij geprobeerd heeft ons geld afhandig te maken.'

Caroline schudt haar hoofd en doet een stap naar achteren.

'Zie je niet wat hij met je doet? Nadat je met je broer opgegroeid bent had je moeten weten dat je bij dit soort mannen uit de buurt moet blijven. Hij heeft geen gevoelens voor jou en de meisjes. Jullie betekenen niets voor hem.'

'Hoe durf je Gustav zwart te maken nu we zoveel moeten doorstaan? Ik kan het niet verdragen om nog langer naar je te luisteren. Hou alsjeblieft je mond,' zegt ze. Ze loopt naar de hal, maar heeft geen idee waar ze naartoe moet. Het is te veel, ze kan het niet meer verdragen.

'Caroline!' roept haar moeder.

Ze sluit zichzelf op in het gastentoilet en gaat in een wanhopige poging om alles buiten te sluiten op het toilet zitten, duwt haar handen tegen haar oren en wiegt heen en weer.

Ze slikt haar tranen in en verdringt het gevoel dat ze helemaal alleen is.

Kan haar moeder gelijk hebben?

Plotseling echoën de woorden van de psycholoog in haar hoofd.

Verbreek al het contact, hij geeft niets om jullie, verzamel bewijs.

Voor de eerste keer in heel lange tijd opent ze de gecodeerde bestanden in haar telefoon.

De foto's doen haar niets meer. Ze heeft alle mishandelingen vanaf de eerste keer dat ze bij psycholoog Tove Torstensson is geweest gedocumenteerd omdat hij haar heeft aangespoord om bewijzen te verzamelen. In eerste instantie om de foto's te bekijken als ze zich verward voelt en werkelijkheid en fantasie, nachtmerrie en waarheid niet uit elkaar kan houden, en daarnaast omdat ze het ooit misschien aandurft om al het contact met hem te verbreken.

Ze scrolt naar de laatste foto om te zien wanneer die is genomen en ziet iets waarvan ze zich niet herinnert dat ze het heeft opgeslagen. Het is een WhatsApp-gesprek van 12 augustus dat ze van het scherm van een andere telefoon heeft gefotografeerd.

Langzaam wordt Carolines geheugen helder en ze strijkt met haar hand over haar kin.

De telefoon die overging moest Gustavs tweede telefoon zijn die hij thuis was vergeten.

Ze krijgt een knoop in haar maag.

Ondanks alle klappen die ze heeft gekregen dacht ze dat het beter zou worden. Ze hoopte, hield van hem, hield vol terwijl hij haar vernederde. Ze heeft haar carrière, haar familie, haar aanzien opgeofferd. Ze heeft alles opgegeven voor Gustav. Is dat hoe de liefde moet zijn? Eist die een hogere prijs van de ene dan van de andere partner? En wat heeft Gustav eigenlijk opgeofferd?

Ze haalt de ring van haar vinger. De situatie voelt onaangenaam vertrouwd.

Woensdag 19 augustus

The Killer

Het is rumoerig in de receptie van hotel MJ's. Hij wilde het verhoor met Birgitta het liefst in het Juridisch Centrum houden, maar ze stond erop om in haar hotelkamer af te spreken.

De receptionist loopt met hem mee naar de lift en drukt op de knop voor de vijfde verdieping.

Hij klopt op de deur van kamer 501 en Birgitta doet meteen open, alsof ze aan de andere kant op hem heeft gewacht.

'Ik ben zo vrij geweest om thee en scones te bestellen. Ik hoop dat je daar geen bezwaar tegen hebt,' zegt Birgitta terwijl ze hem binnenlaat.

'Helemaal niet,' zegt hij en hij kijkt naar de tafel die is gedekt met porselein met blauwe bloemen, versgebakken broodjes met geklopte boter en zoet ruikende jam.

'Ga zitten,' zegt Birgitta terwijl ze plaatsneemt op een van de gebloemde fauteuils en thee voor hen inschenkt. 'Melk?'

'Nee, dank je.' Henrik gaat op de fluwelen bank zitten.

De suite is groot, met grijsbeige muren en paars kamerbreed tapijt.

'Hebben jullie nog iets van de ontvoerders gehoord?' vraagt Henrik.

'Wij hebben nooit contact met ze gehad. Gustav heeft ons alleen hun sms'jes laten zien.'

'Denk je dat hij gebluft heeft?'

'Eerlijk gezegd geloof ik dat hij overal toe in staat is, maar ik weet het niet. We vonden het niet juist om te betalen en wilden naar de politie gaan, maar dat liet hij niet toe.'

'Waarom hebben ze hem gehoorzaamd? Zijn ze ook bang

voor Gustav, vraagt hij zich af. Hij vindt de hele situatie schuren. 'Ik wil je opnieuw vragen waar je was in de nacht waarop Caroline en de meisjes ontvoerd zijn.' Hoewel hij weet dat Birgitta's telefoon in Stockholm is getraceerd toen Caroline belde, wil hij haar antwoord horen.

Haar gezicht verstrakt. 'We waren thuis. Ik heb 's avonds met Caroline gebeld en daarna zijn mijn man en ik naar bed gegaan. Ik heb die nacht niet veel geslapen. De ongerustheid hield me wakker.'

'Heb je helemaal niet overwogen om de politie te bellen?'

'Die gedachte is heel vaak bij me opgekomen, maar ik was bang voor wat hij met haar zou doen. Ik durfde haar daar niet aan bloot te stellen.'

Hij zucht. Mishandeling in persoonlijke relaties is moeilijk. Het is vreselijk dat familieleden de politie niet durven te bellen omdat het geweld kan escaleren en de maatschappij vrouwen niet beter kan beschermen. 'Heb je vandaag met Caroline gepraat?'

'Ik was gisteren bij haar.' Birgitta houdt het kopje vast alsof ze deel uitmaakt van het Britse koningshuis.

'Hoe voelt ze zich?' vraagt hij.

'Het is een tragedie. Ik weet niet hoe Caroline hierdoorheen moet komen. Gustav redt het altijd, maar mijn Caroline... Ik maak me zoveel zorgen om haar...'

'Waarom dat?' Hij stopt in één keer een hele scone in zijn mond.

'Ze is gebroken. Volgens Gustav doet Caroline alles fout en ze gelooft hem. Niets wat ze doet is goed genoeg. Caroline heeft zichzelf uitgeput om de perfecte vrouw te zijn. Begrijp je wat ik bedoel?'

Hij knikt. Psychische mishandeling laat vreselijke sporen achter die voor de buitenwereld niet altijd zichtbaar zijn. De vraag is waar die Caroline toe gedreven kunnen hebben.

'Ze kan haar pijn en haar tranen uitermate goed verbergen. Gustav weet precies waar hij moet slaan zodat de buitenwereld niet ziet wat er aan de hand is. Caroline is zo eenzaam. Hij heeft haar van alles en iedereen geïsoleerd.'

'Slaat hij haar? Heb je daar bewijs van?'

'Nee, maar een moeder weet zoiets. Een ezel stoot zich in het gemeen niet twee keer aan dezelfde steen, maar dat geldt niet voor een mishandelde vrouw. Die blijft, komt terug en voelt zich aangetrokken tot personen met een soortgelijk gedrag.'

'Zoals haar broer?'

Birgitta trekt haar wenkbrauwen op en zet het kopje op het schoteltje.

'Ik heb met de Franse politie over de kwestie gepraat. Zijn dood wordt als een ongeluk beschouwd, maar degene die onderzoek naar de zaak deed vond een aantal omstandigheden merkwaardig. Peder was gezond, had geen verwondingen, had geen alcohol of andere drugs in zijn bloed en verdronk in jullie zwembad. Hij heeft bovendien geen afscheidsbrief achtergelaten. Niets.'

'Het was verschrikkelijk,' zegt Birgitta. Ze verstrengelt haar handen op haar schoot.

'Wie waren er aanwezig toen het gebeurde?' vraagt hij, hoewel hij het antwoord weet.

'Alleen wij. Caroline was naar een vriendin in een naburig dorp gegaan.'

'Hoe zit het met Carolines broer en de littekens die ze op haar lichaam heeft?'

Birgitta neemt een slok thee. Het is te merken dat ze er een heel leven op heeft geoefend om geen gevoelens te tonen. Hij herkent dat van Caroline.

'Peder was... Tja, hoe moet ik het zeggen... Toen hij drie of vier jaar was merkte ik al dat hij koud was en geen enkele empathie toonde. Hij reageerde... Ik weet niet hoe ik dit moet zeggen. Het spijt me, ik vind het moeilijk om erover te praten.'

'Dat begrijp ik.'

'Toen Caroline geboren werd, escaleerde zijn gedrag. Ik moest hem voortdurend in de gaten houden zodat hij zijn zusje geen kwaad deed, maar het was onmogelijk om hem dag en nacht te bewaken. Hij heeft Caroline zoveel afschuwelijke dingen aangedaan. Niet alleen fysiek, maar ook psychisch. Hij onderdrukte haar, isoleerde haar en hield haar in zijn greep. We slaagden er niet in om zijn gedrag te veranderen, hij reageerde niet op straf. We hebben een paar keer gedacht dat hij haar zou vermoorden.'

'Hebben jullie geen hulp gezocht?'

'Het was een andere tijd. Tegenwoordig is er zoveel meer bekend over de verschillende soorten persoonlijkheidsstoornissen, maar toen was hij gewoon anders. We schaamden ons en probeerden zelf een oplossing te vinden, maar dat was natuurlijk onmogelijk. Nu zou ik willen dat ik anders gereageerd had, maar achteraf is het uiteraard altijd gemakkelijk praten.'

'Ik wil je een directe vraag stellen. Kan Caroline iets met Peders dood te maken gehad hebben?'

'Wat bedoel je?' Er glinstert iets in haar ogen. 'De politie zei dat het een ongeluk was...'

'Je weet dat insuline uit het lichaam verdwijnt en dat er geen bewijs achterblijft...'

'Jazeker,' zegt Birgitta. 'Maar ik weet niet op welke manier dit relevant kan zijn.'

'Ik wil begrijpen waartoe Caroline in staat is.'

'Jullie moeten je op Gustav concentreren,' antwoordt ze met een harde klank in haar stem. 'Ik heb vanaf de eerste dag geweten dat hij mijn dochter kwaad zou doen, maar de kinderen... Dat had ik nooit achter hem gezocht.'

Gustav

De bestuurskamer is de laatste plek waar hij op dit moment wil zijn, maar hij heeft geen keus.

Op het bord dat hij voor zich heeft ligt een gegrild stuk kalfsvlees dat er precies zo uitziet als hij zich voelt. Hij prikt met zijn vork in de groene asperges. De umamidressing maakt hem misselijk en hij legt zijn bestek neer.

Iedereen rond de tafel heeft hem verraden.

Hij legt zijn hand langzaam rond het glas en neemt een slok water. De bubbels branden in zijn keel. Als hij het glas nu niet neerzet, versplintert het in zijn hand.

Rasmussen wil in zijn idee investeren en is bereid om tweehonderd miljoen bij te dragen, maar eist dat Gustav in ruil daarvoor aftreedt en zijn aandelen verkoopt.

'Jullie kunnen me het recht als tekenbevoegde manager niet ontnemen. Deze beslissing is genomen zonder de steun van een bijeengeroepen vergadering,' zegt hij en hij zet het glas met een klap neer.

Die klootzakken hebben besloten dat hij wordt afgezet. Vanwege wantrouwen, wat is dat voor onzin? GameOn is niets zonder hem.

Hij kijkt naar zijn advocaat Mats, die eveneens aanwezig is bij de vergadering. 'Heeft het bestuur de wet aan zijn kant als het zo handelt? Kunnen de bestuursleden me zonder mijn instemming afzetten als eigenaar van het bedrijf? Ik bezit tenslotte het grootste deel van de aandelen.'

'Het bedrijf bestaat alleen uit schulden,' antwoordt Mats. 'Maar je hebt gelijk dat de bestuursleden het recht niet hebben om jou eigenmachtig uit te sluiten van de bestuursvergaderingen. In dit geval doe je er echter het verstandigst aan om het te laten rusten.'

'Je hebt ernstige fouten gemaakt,' zegt Stephan, die de peetvader van Wilma is en al tien jaar lang zijn naaste zakenpartner.

'Dat is niet bewezen. Jullie hebben alleen aanwijzingen.'

'Als je onze eis niet accepteert doen we aangifte bij de politie. Er ontbreekt geld,' zegt een van de idioten rond de tafel. 'Enorme bedragen.'

'Die onderweg zijn...'

'Ik denk niet dat je een alternatief hebt, Gustav. Als je advocaat raad ik je aan het voorstel te accepteren.'

'We hebben de salarissen niet aan het personeel kunnen betalen en de ontwikkeling staat stil,' zegt Stephan. 'Zo gaat het niet langer. We bewijzen je een gunst.'

'Een gunst?' Gustav lacht.

'Je riskeert een gevangenisstraf... Moet ik meer zeggen?' zegt de financieel manager.

Ze had de baan nooit moeten krijgen, denkt hij.

'Gustav, er is kracht voor nodig om iets op te geven en dat is niet hetzelfde als stoppen. Je staat weer op. Dat doe je altijd.'

Hoe kan Stephan verdomme zoiets zeggen als je bedenkt wat hij op dit moment doormaakt...

'We hebben een persbericht voorbereid,' zegt Stephan. Hij trekt zijn schreeuwerige stropdas recht. 'De officiële versie is dat je het bedrijf vanwege persoonlijke redenen verlaat. Iedereen zal dat begrijpen, nu je je kinderen net verloren bent.'

'Ze zijn niet dood,' zegt Gustav. Hij opent het bovenste knoopje van zijn overhemd.

'We begrijpen dat het moeilijk is, maar dit is het beste, zowel voor het bedrijf als voor jou.'

Hij staart naar de verkoopmanager, die hij verdomme zelf heeft aangenomen. Destijds zag hij zichzelf in hem terug, een jongere Gustav Jovanovic. Verdomde judas, denkt hij en hij staat op.

Hij had ze nooit moeten vertrouwen. Ze zouden hier geen van allen gezeten hebben als hij er niet was geweest.

Hij heeft te veel tegenslag, de bergen zijn te hoog. Dat stimuleerde hem altijd om harder te vechten, maar de laatste tijd wordt het hem allemaal te veel. Hij is te diep gezonken, maar hij moet het oplossen. Hij gaat het oplossen. Hij haat deze verdomde idioten die denken dat ze hem dit kunnen aandoen.

Zijn blik gaat naar de ingelijste omslagen en zijn vingers glijden met een nostalgisch gevoel over de oude mahoniehouten tafel; het eerste meubelstuk dat hij kocht toen hij het kantoor in Nyhavn huurde.

Ik zal het ze laten zien, denkt hij terwijl hij tegelijkertijd begrijpt dat dit het moment is waarop hij alles kwijt is.

Game over.

Donderdag 20 augustus

Caroline

De bliksem verlicht de kamer heel even. De daaropvolgende donderslag laat de ramen trillen. Alsof het onweer haar woede voelt.

Nu ze de gecodeerde bestanden op haar telefoon heeft geopend, begrijpt ze hoe de vork in de steel zit.

De regen klettert op het dak en ze voelt een vreemde kalmte. Ze heeft een etmaal in bed gelegen om alles voor te bereiden en het moment is nu aangebroken.

Ze zet haar voeten op het zachte kamerbrede tapijt en staat op. Haar lichaam voelt nog steeds zwak en ze trilt een beetje als ze naar haar walk-incloset loopt, een weekendtas tevoorschijn haalt, zich bedenkt en in plaats daarvan haar grote koffer pakt.

Voor het eerst in lange tijd voelt ze dat ze alles onder controle heeft.

Ze heeft niets meer te verliezen, ze hoeft niemand te beschermen, maar ze weigert de schaamte met zich mee te dragen. Dat gevoel moet op de plek terechtkomen waar het thuishoort.

Ze legt kleding, sieraden en schoenen voor een week op het bed, bukt zich en haalt de zak met medicijnen die Gustav heeft weggegooid onder het bed vandaan, waarna ze Gustavs laden opent en pakt wat ze nodig heeft. Ze stopt alles in de koffer en zet die in haar walk-incloset terug.

De regendruppels stromen langs het raam. De hemel boven de zee is aardedonker.

De meisjes waren altijd bang als het onweerde. Ze gingen in de oranjerie zitten, staken kaarsen aan, kropen onder plaids en keken naar de bliksemflitsen boven de zee terwijl ze telden tot de donderslag volgde. Ze vertelde over Thor en zijn hamer en wat de mensen vroeger over het onweer dachten.

Gustav staat met een gebogen hoofd op het strand onder de villa. Binnenkort berichten de kranten dat hij GameOn de rug heeft toegekeerd. Zijn vechtlust, die ze altijd zo heeft bewonderd, is verdwenen.

Verbreek al het contact, hij geeft niets om jullie, verzamel bewijs.

Er is zoveel wat ze hem wil vragen, maar ze durft niet. Niet alleen omdat ze bang is voor wat hij met haar zal doen, maar ook voor hoe ze zal reageren op zijn antwoorden. Eigenlijk is het beter om het niet te weten, de antwoorden zullen te veel pijn doen. Bovendien heeft ze een plan en haar gevoelens mogen haar niet tegenhouden om dat uit te voeren.

Caroline pakt haar telefoon en ziet dat ze een sms van haar moeder heeft gekregen. Birgitta biedt haar aan om in hotel mj's te logeren om bij Gustav uit de buurt te zijn. Ze heeft blijkbaar al een kamer gereserveerd. Caroline snuift, dit is een nieuwe poging van Birgitta om voor haar te beslissen.

Ze antwoordt niet en zoekt in haar contactenlijst naar het nummer van een oude schoolvriendin van het gymnasium met een moeder die veel onroerend goed in Stockholm bezit. Hoe heet ze ook alweer? Moa. Moa West. Ze is getrouwd met een vrouw uit de vs en werkt voor haar moeder.

Moa neemt na maar twee keer overgaan op. 'Carro? Dat is lang geleden...'

'Ja...' Ze weet niet goed wat ze moet zeggen. Ze hebben elkaar niet meer gesproken sinds ze naar Malmö is verhuisd en zijn nooit goede vriendinnen geweest.

'Hoe is het met je? Ik heb zoveel aan jullie gedacht. Heb je de bloemen gekregen die we gestuurd hebben?'

'Ja, ontzettend bedankt. Het betekent veel voor ons dat jullie aan ons denken. Het is afschuwelijk, maar als ik heel eerlijk ben kan ik er niet over praten. Ik bel eigenlijk om je te vragen of je me ergens mee kunt helpen. Sorry dat ik recht op mijn doel afga.'

'Natuurlijk, wat kan ik voor je doen?'

'Ik heb een appartement in Stockholm nodig. Het maakt niet uit in welke wijk en het hoeft niet groot te zijn. Iets waar ik kan wonen tot ik alles weer op de rit heb.'

'Natuurlijk,' zegt Moa. 'Als je even blijft hangen, dan kijk ik voor je... Maar je man dan? Denk je dat het goed voor je is om hier nu naartoe te komen, zo snel al? Kun je niet beter wachten?'

'Sorry, ik weet dat je het goed bedoelt, maar ik moet hier onmiddellijk weg.'

'Ik begrijp het. Ik zie dat ik inderdaad een appartement op het Fridhemsplan heb, in de oude chocoladefabriek. Ik kan je foto's sturen als je dat wilt. Het is een tweekamerappartement dat we eigenlijk alleen aan bedrijven verhuren.'

'Staat het leeg?'

'Ja. Het is een appartement dat we voor bezichtigingen gebruiken, dus je kunt het gemeubileerd huren.'

'Perfect, ik neem het. Ik regel de reis meteen en arriveer over een paar dagen.'

'Oké, ik bereid de papieren voor en zeg het vooral als ik meer voor je kan doen.'

'Nee, dank je, je hebt meer dan genoeg gedaan.'

Caroline verbreekt de verbinding.

Het volgende telefoongesprek is naar haar agent. 'Met Carro, ik weet dat het lang geleden is, maar ik kom volgende week naar Stockholm en vraag me af of we een afspraak kunnen maken. Ik wil weer aan het werk.'

'Meisje, hoe voel je je? Het is zo verschrikkelijk wat...'

'Ik wil er liever niet over praten. Kunnen we voor volgende week afspreken?'

'Ben je er echt klaar voor om...'

'Ja, ik kan hier niet blijven zitten. Ik moet iets doen om er niet aan te hoeven denken. Kun je dinsdag om tien uur? Ik kan naar je kantoor komen.'

'Eh... oké, dat kan. Ik schrijf het in de agenda.'

'Fantastisch, dan zien we elkaar dinsdag,' zegt ze en ze verbreekt de verbinding voordat hij meer kan zeuren over wat ze wel en niet moet doen. Ze weet exact wat ze doet.

Ze gaat naar de website van de Zweedse Spoorwegen, reserveert een ticket naar Stockholm en kiest ervoor om via een factuur te betalen omdat haar bankpas niet werkt.

Stap voor stap doet ze wat ze moet doen. Ze herhaalt haar mantra om haar focus niet kwijt te raken.

Verbreek al het contact, hij geeft niets om jullie, verzamel bewijs. Verbreek al het contact, hij geeft niets om jullie, verzamel bewijs.

Een nieuwe bliksemflits verlicht de zitkamer en ze denkt aan de nachtmerrie.

Ze kijkt naar het schilderij dat in haar droom een grote scheur in het doek had. Het is alsof de herinnering haar een aanwijzing geeft. Gustavs tweede telefoon.

Ze heeft hem achter het Ali-doek verstopt.

Ze loopt snel naar het schilderij toe, tilt het een stukje op en voelt met haar hand langs de lijst. Ze krijgt een steek in haar maag als ze de telefoon in een hoek van de lijst voelt.

Zonder erover na te denken toetst ze het jaartal van de wedstrijd van de eeuw in.

Hij is zo voorspelbaar.

Gustav

De golven rollen woedend het strand op. De wolken zijn zwaar en de regen komt met bakken uit de lucht. Hij is doornat, maar trekt zich daar niets van aan. De bliksemflitsen verlichten de donkere hemel en de donderslagen zijn vlakbij. Zijn vader zei over onweer altijd dat het gewoon de natuur was die een beetje opruimde. Gustav is nooit bang geweest, maar natuurlijk, als het precies boven je knalt is dat best eng.
    De honderd miljoen is geen probleem meer. Hij stapt uit het bedrijf zonder verlies te lijden, maar de leegte is verschrikkelijk. Zo had het niet moeten eindigen. Hij is de verliezer.
    Hoe heeft het in vredesnaam zo verkeerd kunnen gaan? Hij is nu een rijke man die arm is, niets meer en niets minder. En hij is zijn neef nog steeds dertig miljoen plus rente schuldig, maar zonder het bedrijf kan hij geen geld verdienen. Zijn levenswerk is opgekocht en hij heeft nul fucking kronen op zijn bankrekening staan. Ze zullen hem vermoorden.
    Hij bukt zich, pakt een steen en keilt die over het water. Een Jovanovic stopt nooit met vechten, denkt hij en hij pakt nog een steen op. 'Jezus, waar kom jij vandaan?' zegt hij verbaasd als Leia naast hem opduikt.
    'Sorry, het was niet mijn bedoeling je te laten schrikken.'
    Ze strijkt een natte haarlok achter haar oor en zet de capuchon van haar donkergroene regenjack op.
    Ze is mooi. Dat heeft hij altijd gevonden. Helaas is ze zich veel te bewust van haar schoonheid en dat is niet aantrekkelijk.
    'Hoe voel je je?' vraagt ze met haar blik op de zee gericht.

'Ik zou me beter voelen als iedereen zou stoppen me dat te vragen.'

Ze kijkt naar hem. 'Ik heb het persbericht van je bedrijf net gelezen. Stop je ermee?'

'Ja, ik kan de energie niet meer opbrengen.' Hij haalt zijn schouders op. Alle woorden lijken overbodig. 'Hebben jullie iets gevonden?'

'Helaas niet.'

'Ik ben niet van plan te accepteren dat ze dood zijn voordat de lichamen gevonden zijn.' Hij begint langzaam naar de villa te lopen en Leia loopt met hem mee.

'We moeten alle sms'jes tussen jou en de ontvoerders zien,' zegt ze.

'Oké...'

'Hebben ze geen contact meer opgenomen?' Ze moet haar pas versnellen om hem bij te houden.

'Nee.'

'Vind je dat niet vreemd?'

'Als ik eerlijk ben, dan is alles wat er de afgelopen tijd gebeurd is verdomd vreemd, vind je ook niet?' zegt Gustav.

'Dat klopt, of misschien zijn er nooit ontvoerders geweest.'

'Wat bedoel je daar verdomme mee? Dat ik alles gewoon verzonnen heb?' Gustav draait zich naar haar om.

'Dat zeg ik niet, maar...' Ze doet een stap naar achteren. 'Het is vreemd dat het telefoonnummer in de buurt van je kantoor in Kopenhagen is gepeild, vind je niet?'

Hij draait zich om en begint weer naar de villa te lopen. 'Ik kan het niet meer verdragen.'

'Ik begin ook genoeg te krijgen van alle leugens en we hebben hulp nodig om de schuldigen op te pakken. Dat moet toch ook in jouw belang zijn? Als De Familie erbij...'

'Sorry,' zegt Gustav en hij blijft vlak voor Leia staan. 'Zie ik eruit alsof ik volkomen gestoord ben? Denk je in alle ernst dat ik van plan ben jullie te helpen om De Familie op te pakken? Ze hebben mijn kinderen ontvoerd en misschien vermoord.

Hoe lang denk je dat Carro en ik in leven blijven als we je informatie geven die jou kan helpen om promotie te maken, of waar je ook op uit bent?'

'Denk je dat dit om mijn carrière gaat? Waarom wil je degenen die je gezin dit aangedaan hebben niet achter slot en grendel hebben?' Ze slaat haar armen over elkaar.

'Geloof me, ik wil ze allemaal vermoorden, mijn haat is groter dan de verdomde zee, maar ik ben niet van plan mijn eigen graf te graven. Het is het niet waard. En als je me nu wilt verontschuldigen, dan ga ik naar binnen om me te bekommeren om mijn vrouw, die al een etmaal niet uit bed gekomen is. Dát is mijn realiteit.'

'Als je niet kunt vertellen waar je de nacht waarin je gezin verdween geweest bent en ons je telefoon niet geeft, dan neemt de officier van justitie een beslissing die niet gunstig voor je is.'

Hij geeft geen antwoord. Er is niets meer te zeggen.

Leia blijft op de trap staan terwijl hij naar de terrasdeuren loopt. 'Ga naar huis om tapijten te knopen,' zegt hij en hij doet de deuren achter zich dicht.

Hij trekt het natte jack in de keuken uit, pakt een Red Bull uit de koelkast, neemt een paar slokken en loopt de trap op als hij Carro in de badkamer hoort. Hij opent de deur op een kier en ziet verbaasd dat ze opgemaakt is en een spijkerbroek met een glittertopje draagt. Ze lijkt verdomme wel een discobal.

'Is er iets gebeurd?'

'Nee, moet dat?' vraagt ze en ze draait haar hoofd langzaam naar hem om.

'Waar ben je in vredesnaam mee bezig?' Ze maakt hem bang. Naast de wastafel staat een halfleeg glas rode wijn.

'Zie ik iets over het hoofd?' vraagt hij verder. Hij gaat op de drempel van de badkamer staan en bestudeert het schouwspel.

'Nee, ik ga gewoon naar Ida,' zegt ze en ze borstelt haar haar.

'Je bent een etmaal niet uit bed gekomen en nu ga je heel plotseling naar je vriendin? Het spijt me als ik het niet kan volgen.'

'Ik doe mijn best. Kun je me niet gewoon steunen? Me een beetje aanmoedigen?' Ze brengt rouge op de smalle, ingevallen wangen aan.

'Ik breng je,' zegt hij. Hij kijkt op zijn horloge en ziet dat het bijna zeven uur is.

'Fantastisch, ik ben over twee seconden beneden,' zegt ze op ijskoude toon.

Ze is zo verdomd onaangenaam.

The Killer

Doornat slaat hij af naar de Slottsgata. Het stinkt er naar wiet en goedkoop bier. De muziek uit de gettoblasters dreunt tussen de bomen van het Slottspark. De jongeren lijken zich niets van de regen en het onweer aan te trekken.

Hij toetst zijn portiekcode in en betreedt het mooie trappenhuis. De honderd jaar oude lift brengt hem moeizaam naar de bovenste verdieping.

De deur slaat achter hem dicht en de eenzaamheid verspreidt zich door zijn lichaam. Instinctief wil hij onmiddellijk weer naar buiten. Misschien moet hij tussen de verslaafden en de jongeren in het park gaan zitten. Hij beseft echter dat hij moet leren om de situatie prettig te vinden. Hij trekt zijn natte sweatshirt uit, legt het op het kookeiland en pakt een koud biertje uit de koelkast.

Omdat hij geen echte lampen heeft, doet hij de lamp van de plafondventilator aan.

Op dat moment wordt er aangebeld. Wie kan dat in vredesnaam zijn, denkt hij. Het laatste wat hij nu wil is vriendelijk doen tegen de een of andere nieuwe buur. Hij loopt met tegenzin naar de deur en tuurt door het kijkgat.

Het is Leia.

Hij aarzelt heel even voordat hij de deur opendoet. 'Is er iets gebeurd?' vraagt hij terwijl hij in haar grote, donkere ogen kijkt.

'Mag ik binnenkomen?' vraagt ze en ze trekt haar regenjack uit.

Hij knikt en houdt de dikke veiligheidsdeur open.

'Ik ben het portiek binnengelaten door je buur met de teckel.'

Ze trekt haar schoenen niet uit en loopt de woning in.
'Zal ik je jack aannemen?'
'Dat hoeft niet,' zegt ze. Ze legt het op de vloer en loopt naar het raam. 'Ik heb gepraat met een vriend van me die tevens een oude collega van je uit Stockholm is.'
'O ja?' Hij verstijft.
'Ik weet nu waarom je naar Malmö overgeplaatst bent,' zegt ze en ze draait zich naar hem om.
'Wat je ook hebt gehoord, het is niet het hele verhaal.' De gebeurtenis van afgelopen voorjaar is het laatste waarover hij op dit moment wil praten.
'Hoe is het met je dochter?' Ze slaat haar armen over elkaar.
'Leia, alsjeblieft...'
'Ik zou hetzelfde gedaan hebben,' onderbreekt ze hem.
Hij kijkt haar vragend aan, maar kan haar gezichtsuitdrukking niet duiden.
'Als iemand mijn dochter had verkracht en er was niet voldoende bewijs om de klootzak die het gedaan heeft veroordeeld te krijgen, dan had ik het recht ook in eigen hand genomen. Ik vind het goed dat je die klootzak half vermoord hebt.'
'Ik wil er liever niet over praten,' zegt hij, waarna hij naar de keuken loopt.
Het was natuurlijk alleen een kwestie van tijd voordat ze erachter zou komen wat er was gebeurd.
Maar ze heeft gelijk. Hij heeft er geen spijt van. Afgelopen voorjaar heeft hij de weerzinwekkende kerel die zijn Maja heeft verkracht in elkaar geslagen, maar hij heeft nog nooit geweld gebruikt tegenover iemand die het niet verdiende. Niet dat hij zijn gedrag daarmee kan verdedigen, maar er was geen enkele kans dat hij passief zou toekijken nadat het rechtssysteem de verkrachter vanwege gebrek aan bewijs vrijsprak. Hij denkt aan zijn dochter, die ernstig getraumatiseerd en bang is, en beseft dat hij het opnieuw en opnieuw zou doen. Hij wist al die tijd dat Maja de waarheid vertelde, ook al twijfelde de rechtbank aan haar verhaal.

'Hoe is het met haar?' Leia loopt naar het kookeiland en leunt er met haar ellebogen op.

'Slecht. Mijn vrouw wil het liefst dat ik geen contact meer met mijn kinderen heb. Volgens haar ben ik te ver gegaan.'

'Ze zou trots op je moeten zijn.' Leia glimlacht mild.

Natuurlijk, hij heeft er geen spijt van, maar voor Karin was het de laatste druppel. Ze weigert om nog een keer te verhuizen omdat hij zijn woede niet kon beheersen.

'Ik heb Gabriella verteld dat ik Lukas gefouilleerd heb. Het is mijn schuld dat hij zelfmoord kon plegen. Gabriella neukt met het hoofd van de afdeling Veiligheid, Integriteit en Klachten en blijkbaar zijn er geen getuigen die kunnen ondersteunen dat ik verkeerd gehandeld heb. De officier van justitie sluit het onderzoek hoogstwaarschijnlijk. In het ergste geval word ik overgeplaatst of krijg ik een tijdlang bureaudienst, wat eerlijk gezegd vrij aantrekkelijk klinkt. Ik kan het niet meer verdragen dat er nooit een eind aan komt. Het maakt niet uit wat we doen, als we er één achter de tralies stoppen komen er drie nieuwe voor terug. Mag ik ook een biertje?'

Hij opent de koelkastdeur en geniet een paar seconden van de koelte voordat hij twee biertjes pakt, de doppen er met zijn hand af draait en een flesje aan Leia geeft.

'Bedankt.' Ze neemt een slok en kijkt in een verhuisdoos.

Hij observeert haar. Ze is zo verdomd mooi.

'Bekers. Heb je die serieus hier mee naartoe genomen?'

'Geen commentaar.' Hij leunt tegen de koelkast en neemt een slok bier. De spanning verdwijnt langzaam uit zijn lichaam.

Het is een opluchting om eindelijk hardop te kunnen praten over wat er is gebeurd.

'Ik haat voetbal, maar ik heb begrepen dat je heel goed was. Debuut in de eredivisie bij Djurgården op je achttiende, daarna Ajax, Juventus, Milaan, Barça en de rest. Je hebt ook aan het wereldkampioenschap in 1994 meegedaan,' zegt ze en ze gaat naast hem staan. 'The Killer met het enorme rechtspathos die zijn temperament niet kan beheersen. Ben je zo niet beschreven?'

'Opnieuw geen commentaar,' zegt hij lachend. 'Je hebt je huiswerk heel goed gedaan.'

'Is het waar dat je geen pijn kunt voelen?' Ze raakt zijn arm voorzichtig aan.

Zijn huid brandt onder haar vingers.

'Het is eerder dat ik ervoor kies om geen fysieke pijn te voelen.'

Een bliksemflits snijdt door de hemel. Vlak daarna volgt de donderslag.

'Ik ben gek op onweer,' zegt ze en ze gaat dichter bij hem staan.

Een paar seconden staan ze doodstil te wachten op de volgende bliksemflits die de hele woning verlicht.

Hij wil haar vasthouden, maar doet het niet. Hij wil iets zeggen, maar weet niet wat. In plaats daarvan drinkt hij het flesje leeg.

'Nog een?' vraagt hij en hij houdt zijn lege flesje omhoog.

'Nee, dank je, ik ga naar huis. Ik wil het risico niet lopen dat ik eruit gegooid word zoals de laatste keer,' zegt ze met een plagerige glimlach.

'Sorry daarvoor. Ik gedroeg me als een klootzak, maar ik ben...'

'... getrouwd. Je hoeft niets meer te zeggen.' Ze legt haar hand voorzichtig op de zijne. De lichte aanraking verwart hem. Hij begint te trillen, en zij ook. Hij kijkt recht in Leia's grote, donkere ogen en er gebeurt iets binnen in hem, iets waar hij niet op voorbereid was.

'Je draagt alleen een T-shirt onder je jack. Wil je een trui lenen?' vraagt hij terwijl hij naar de vloer kijkt.

'Dat zou fijn zijn.'

Hij haalt een grijze hoody uit een van de tassen en geeft die aan haar. 'Hij is waarschijnlijk een paar maten te groot.'

Ze lacht en trekt hem aan. Het ziet eruit alsof ze erin verdrinkt.

'Tot morgen dan...' zegt hij en hij opent de deur.

Ze knikt, maar aarzelt nog even. Ze opent haar mond alsof ze iets wil zeggen, maar trekt in plaats daarvan haar regenjack aan, zet de capuchon op en loopt de trappen snel af.

Hij doet de deur achter haar dicht. Er stroomt een warm gevoel door zijn borstkas. Hij kan ervoor kiezen om geen pijn te voelen, maar hij heeft meer moeite met weerstand bieden aan wat Leia met hem doet.

Caroline

In de lift naar de derde verdieping in de Ribersborgsväg ziet ze zichzelf in de spiegel. Het vreselijke licht onthult alle details. Ze ziet er meer dood dan levend uit en probeert zichzelf op te knappen met lichtroze lipgloss. Daarna strijkt ze door haar haar, dat plat en kroezend is geworden door de regen.

Ze kan natuurlijk niet uit Malmö vertrekken zonder afscheid van Ida te nemen.

Ze heeft expres niet gezegd dat ze op bezoek zou komen, omdat Ida er anders te veel werk van zou maken. Dat zou veel te riskant zijn, denkt ze terwijl ze op de bel drukt.

Na maar een paar seconden gaat de deur open. 'Carro!'

De gele tuniek bedekt haar gezicht en ze krijg bijna geen lucht meer als Ida haar tegen zich aan trekt.

Ze ruikt sterk naar zoete, verstikkende vanille en Caroline beseft hoe vertrouwd die geur is.

Op hetzelfde moment beseft ze waarom ze de man die haar voor de silo heeft gevonden in haar volslagen verwarring heeft gevraagd om haar hiernaartoe te brengen. Hersenen werken soms merkwaardig.

'Ik ben zo blij om je te zien,' zegt Ida en ze doet een stap naar achteren. 'Je ziet er goed uit.'

'Nee, ik zie eruit als een wrak,' zegt Caroline en ze houdt haar de geopende fles wijn voor. 'Châteauneuf-du-Pape.'

'Heerlijk, kom binnen.'

'Sorry, ik kon me niet inhouden en heb er thuis al een glaasje van gedronken.' Caroline trekt haar leren jack uit, hangt het aan een haak in de hal en zet haar tas op de vloer. 'Ik weet

dat je liever bier hebt, maar dat had ik niet.'
'Ik vind rode wijn ook heerlijk. Hoe voel je je, meisje?'
Caroline haalt haar schouders op en loopt het kleine appartement met het lage plafond in. 'Je hebt het hier zo gezellig.'
Het is een beetje decadent en Boheems, met donkere stoffen en houten meubels, een bank met zebrastrepen en handgeweven kleden aan de muren. Het is een heerlijke kitscherige combinatie die heel ver af staat van Carolines stijl, maar ze heeft zich altijd prettig gevoeld bij Ida. Het appartement geeft haar op de een of andere manier een heel veilig gevoel.
'Ik verhuis naar Stockholm en ga ook klein wonen,' zegt ze en ze loopt de functionele keuken met de omhoogklappende turkooizen kastdeurtjes binnen.
'Wat? Neem je me in de maling?' vraagt Ida. Ze zet twee wijnglazen op de kleine keukentafel.
'Nee. Ik heb een prachtig tweekamerappartement op het Fridhemsplan gevonden dat ik kan huren. Wil je de foto's zien?'
'Ja, natuurlijk wil ik dat, maar wanneer heb je dat besloten?' vraagt Ida verbaasd. Ze zet muziek van haar gebruikelijke afropoplijst op.
'Het is heel snel gegaan. Waar is je telefoon? Dan kan ik je de foto's laten zien. Mijn batterij is leeg.'
'Hij ligt aan de lader op de vensterbank van het raam dat op het balkon uitkijkt. Blijf je eten? Ik maak *pasta pomodoro*, zal ik voor jou ook maken?'
'Graag.' Ze heeft honger. Het klinkt goed, denkt ze en ze loopt de zitkamer in.
De regen klettert tegen het raam.
Ida's telefoon ligt tussen de plantenpotten op de vensterbank. De zelfgemaakte schaal met kralen in alle mogelijke kleuren ziet eruit als iets wat de meisjes gemaakt zouden kunnen hebben. Misschien is het een cadeautje van een van hen geweest.
'Wat is je code ook alweer?'
'1971!' roept Ida uit de keuken.
Uiteraard, denkt ze.

'Wil je de saus een beetje heet hebben, of zal ik er maar geen chili in doen?'

'Doe maar wel, klinkt lekker...'

Caroline toetst de code in en opent de sms'jes, maar vindt niets belangrijks. Voor WhatsApp geldt hetzelfde. Ida heeft alles natuurlijk gewist.

Ze opent Safari en toetst de naam in van het bedrijf waarvan ze het appartement gaat huren. 'Je moet bij me op bezoek komen, kijk hier eens... Ze hebben het gebouw prachtig gerenoveerd. Het is klein, maar voor mij is het voldoende,' zegt ze tegen Ida, die de keuken uit komt.

Ida pakt de telefoon en scrolt tussen de foto's. 'Het is prachtig, Carro. Maar Gustav dan?' Ze kijkt van onder haar dikke pony naar haar.

'Ik ga daar alleen wonen...' Caroline aarzelt voordat ze verdergaat. 'Ik denk dat hij een ander heeft. Dat dacht ik al een tijdje, maar nu weet ik het zeker.'

'Ben je daar echt zeker van?' vraagt Ida. Ze kijkt haar ontzet aan.

'Ja, ik weet het volkomen zeker en ik kan het bewijzen.'

'Je weet dus wie het is?'

'Ik denk het wel, maar eigenlijk wil ik er niet over praten,' zegt Caroline. Ze slaat haar armen om zichzelf heen alsof ze het koud heeft.

'Wat een klootzak. En dat terwijl je al zoveel meegemaakt hebt.' Ida legt een troostende hand op haar schouder.

'Ik heb niets meer,' zegt Caroline schouderophalend.

'Zeg dat niet, Carro, je hebt mij.' De kookwekker in de keuken piept. 'De pasta is klaar, ik moet hem alleen afgieten.'

Ida verdwijnt in de keuken en Caroline kijkt naar de straat. Gustav zit in de Porsche voor het portiek op haar te wachten. Hij is zo ongelofelijk controlerend. Wat een idioot, denkt ze. Ze maakt een foto van hem met Ida's telefoon, waarna ze hem tussen de plantenpotten teruglegt. Ze haalt diep adem en loopt naar de keuken terug.

'Ida, heb je misschien witte wijn? Rood is zo zwaar en op het moment ga ik erdoor huilen. Neem jij de rode maar,' zegt ze en ze gaat op een van de twee houten stoelen bij de tafel zitten.

'Ja hoor,' zegt Ida en ze pakt een fles riesling uit de koelkast. 'Gaat het echt goed met je? Wil je praten over wat er gebeurd is?'

'Nee, alsjeblieft niet. Ik wil gewoon een tijdje aan iets anders denken en alle ellende vergeten voordat ik mijn volgende huilbui krijg.'

'Natuurlijk.' Ida zet een grote schaal pasta met tomatensaus, mozzarella en verse basilicum op tafel.

'Het ruikt heerlijk,' zegt Caroline. Ze schept pasta op haar bord en neemt een slok van de koude wijn. 'Het is gewoon heel fijn om thuis weg te zijn. Mijn moeder werkt me op de zenuwen, ze is zo controlerend. Ik geloof dat ze voelt dat het slecht gaat tussen Gustav en mij en het als een kans beschouwt om weer over me te kunnen beslissen.' Ze zucht hartgrondig. 'Gustav is ijskoud, waarschijnlijk had hij gewild dat ik dood was gegaan in die silo.'

'Natuurlijk niet, jullie staan op dit moment allebei onder een enorme druk. Ik kan me niet eens voorstellen wat jullie moeten meemaken. En de meisjes...'

'Denk je dat ze nog leven?' fluistert Caroline bijna onhoorbaar.

Ida legt haar hand op die van Caroline. 'Ik weet niet wat ik moet zeggen, Carro. We mogen de hoop niet opgeven, dat mag gewoon niet.'

Caroline kan er nauwelijks naar luisteren. 'Sorry, ik zou er niet over praten. Het eten ziet er heerlijk uit,' zegt ze. Ze strooit flink wat Parmezaanse kaas over de pasta en draait de tagliatelle om haar vork. Ze heeft al heel lang niet meer zo'n honger gehad. 'Luister, Ida, alles is zo snel gegaan en ik heb nog niet met Gustav over de andere vrouw of mijn verhuizing kunnen praten, dus ik zou het fijn vinden als je het nog even voor je houdt.'

'Natuurlijk, alles wat we bespreken blijft tussen ons. Zo is het altijd geweest.'

Caroline neemt een grote slok wijn. Eigenlijk zou ze niet zoveel moeten drinken, maar het is heel moeilijk om ermee te stoppen. De alcohol verdooft en verspreidt een heerlijke warmte in haar lichaam. 'Ida, mag ik je iets vragen?'

'Natuurlijk.' Ida kijkt weer van onder haar pony naar haar.

'Beloof je me om eerlijk te zijn?'

'Je weet dat je me kunt vertrouwen.'

'Dat weet ik, ik heb je altijd vertrouwd.'

De lucht in de kleine keuken staat stil. Het enige wat beweegt is de bonkende afrobeat op de achtergrond.

Caroline slaat haar glas wijn achterover en bereidt zich voor. 'Hoe lang ga je al met mijn man naar bed?'

Vrijdag 21 augustus

Caroline

De wekker gaat om zes uur en ze kijkt verward om zich heen. De eerste zonnestralen schijnen al tussen de gordijnen door en tekenen grote strepen op de slaapkamervloer. Een golf van angst overspoelt haar en ze knijpt haar ogen dicht in een poging zich te focussen.

Gustavs kant van het bed is leeg. Toen ze de vorige avond thuiskwam sliep hij al in de kamer van de meisjes.

Vlak na tien uur had hij zijn bewaking voor het flatgebouw van Ida opgegeven. Hij verdroeg het blijkbaar niet om nog langer te wachten.

Als ze aan het verraad van Gustav en Ida denkt gaat ze kapot. Ze mag niet denken aan de liefdesboodschappen die ze op Gustavs tweede telefoon heeft gevonden en alles wat er tussen die twee is gezegd. Het is onmogelijk om te beseffen dat ze wilden dat ze alles kwijtraakte. Onmogelijk. Zij moeten achter de verdwijning van de meisjes zitten, ook al beweerde Ida dat ze hun nooit kwaad zou doen.

Iedereen liegt.

Ze kijkt naar het nachtkastje en bestudeert de prachtige foto in de messing lijst die op de kleuterschool van de meisjes is gemaakt. Hun neusjes zitten vol sproeten en ze hebben warme, liefdevolle blikken in hun ogen. Ze zien eruit alsof ze volkomen geborgen zijn. Het is onmogelijk zich voor te stellen dat iemand hun kwaad zou willen doen. 'Waar jullie ook zijn, ik hoop dat jullie weten dat ik alles voor jullie doe,' fluistert ze, waarna ze een kus op de foto geeft.

Haar dochtertjes stralen kracht en rust uit. Ze kunnen bijna alles aan, denkt ze en ze haalt diep adem voordat ze de messing lijst terugzet.

Haar hoofd bonkt. Ze had gisteren niet zoveel wijn moeten drinken, maar ze kan haar paniek op dit moment niet met een paar pillen dempen. Haar hersenen moeten scherp zijn om te onthouden wat ze allemaal moet voorbereiden.

Haar benen trillen als ze naar de badkamer loopt om haar tanden te poetsen en de belangrijkste dingen in haar toilettas te stoppen. Het lukt haar nauwelijks om rechtop te staan en ze wil niet in de spiegel kijken, bang om te zien in wie ze is veranderd.

Ik ga later douchen, denkt ze en ze loopt haar walk-incloset in, waar ze snel een korte jeansrok en een wit shirt aantrekt.

Nu hoeft ze alleen het laatste nog te regelen voordat Gustav wakker wordt. Daarna is het tijd om afscheid te nemen van de villa en de droom over haar leven hier.

Er is zoveel gebeurd tussen deze muren. Ze kijkt een laatste keer om zich heen. Hier is ze een echtgenote en een moeder geworden. Hier zou alles fantastisch worden, hier zouden al haar dromen uitkomen. Ze heeft een brandend gevoel in haar borstkas door de nederlaag.

Het wankele en flinterdunne kaartenhuis dat Caroline heeft geprobeerd te bouwen staat al heel lang op het punt om omvergeblazen te worden. Op het moment dat het begon te wankelen had ze het moeten opgeven.

Ze sluipt de trap af naar de hal om Gustav niet wakker te maken en stuurt haar moeder een sms dat ze de kamer in het hotel neemt. Ze moet Birgitta's spel meespelen, ook al staat het haar tegen. Birgitta zal denken dat ze weer alles voor haar kan bepalen.

Er is niet veel tijd meer. Het is bijna alsof ze de korreltjes in een zandloper naar beneden ziet stromen.

Als ze klaar is tilt ze de ingepakte koffer op, loopt haastig naar haar witte Land Rover en legt hem op de achterbank. De onaangename geur slaat haar tegemoet.

Ze moet nog een paar dingen doen voordat ze kan vertrekken. Eerst moet ze de laatste details in Gustavs auto regelen. Ze opent de bagageruimte van de Porsche en strijkt met haar handen over de bekleding van de bodem. Kan ze hier gelegen hebben? Dat is moeilijk te zeggen, de herinneringen zijn heel onduidelijk, heel moeilijk op te halen. Ze slaat het deksel dicht, loopt om de Porsche heen en gaat in haar auto zitten.

Als alles volgens plan gaat kan ze voor het eerst in heel lange tijd ontspannen. Ze draait de zonneklep naar beneden en rijdt door de poort. Het is te vroeg voor de journalisten en fotografen, zodat de straat verlaten is.

Ze stopt bij de enorme hoeveelheid beren, speelgoed, ballonnen, kaarten, kaarsen en bloemen, en krijgt een steek in haar hart. Ze hoopt dat de meisjes weten hoe erg ze gemist worden en hoeveel hun moeder van hen houdt.

Ze drukt het gaspedaal in, maar komt niet verder dan de eerste kruising voordat de tranen over haar wangen stromen. Ze zet haar zonnebril op, haalt diep adem en rijdt de stad in.

Op het Stortorget zijn voldoende parkeerplaatsen en ze parkeert op de eerste de beste plek in de buurt van het hotel.

Ze maakt haar veiligheidsgordel los en pakt haar tas. Het is te laat om spijt te krijgen. Alle belangrijke beslissingen zijn al genomen. Ze moet nu doorzetten.

Als ze opstaat glijdt haar telefoon uit haar tas tussen de stoelen.

'Verdomme,' zegt ze en ze schuift haar hand naar beneden. Helemaal onderin voelt ze iets zachts. Ze moet er meerdere keren aan trekken voordat het haar lukt het tevoorschijn te halen.

Het is Astrids knuffeldier, het konijn dat ze altijd bij zich heeft. Astrid nam het zelfs mee naar de badkamer omdat ze niet zonder kon.

Hoe komt dat hier terecht, denkt ze. Ze houdt het knuffelkonijn instinctief tegen zich aan en ruikt de scherpe geur die ze ook in de auto en aan het stuk pyjama dat als een prop in haar mond zat had geroken. Ze hoest en probeert een paar keer diep adem te halen als ze een flits in haar hoofd krijgt. Maakt de stank dat mogelijk? Gaat ze daardoor terug in de tijd en ziet ze de meisjes plotseling op de achterbank van de auto zitten?

Ze doet de auto snel op slot, stopt het konijn zorgvuldig in haar tas en neemt de moeite niet om parkeergeld te betalen. De koffer hobbelt over de straatstenen terwijl ze haastig naar hotel MJ's loopt en via de glazen deuren naar binnen gaat.

Het inchecken verloopt soepel, haar moeder heeft al betaald en ze krijgt de sleutel van kamer 401.

Ze haast zich de lift in, wil haar moeder of iemand anders die haar misschien herkent en haar veroordelende blikken toewerpt niet tegenkomen.

De kamer is groot en somber en kijkt uit op de Mäster Johansgata.

Ze trekt de zware fluwelen gordijnen dicht. De inrichting is merkwaardig, met robuuste rustieke meubels en moderne fotokunst aan de donkerbruine muren. Ze doet een paar van de messing lampen in de vorm van palmbomen aan. De badkamer is kitscherig ingericht met messing kranen en een grote roze flamingo die op de rand van het ligbad zit.

In een kast vindt ze de minibar, die vol staat met drank. Er is een enorme keuze en ze heeft moeite om een beslissing te nemen. Het is veel te vroeg voor alcohol, maar wat maakt dat nog uit? Uiteindelijk valt haar keus op een koude witte chablis en ze schenkt een groot glas in. Ze neemt een voorzichtige slok, waarna ze het glas in één keer leegdrinkt.

Langzaam voelt ze hoe ze kalmeert.

Caroline gaat op het tweepersoonsbed liggen en klopt het kussen onder haar hoofd op.

Op het moment dat ze ontspant komen alle leugens echter weer boven: de woede-uitbarstingen, alle nachten dat ze alleen was, de makelaar die belde en dacht dat ze de strandvilla zouden verkopen... Misschien hadden Gustav en Ida hun plannen toen al in werking gezet?

Ze had de hele tijd gehoopt dat het beter zou worden, dat ze elkaar weer zouden vinden. Hoe had ze in vredesnaam zo stom kunnen zijn? Ze is al heel lang dood voor hem geweest.

Ze drinkt de fles in één keer leeg, pakt Astrids konijn vast en kruipt onder de dikke fluwelen sprei.

Gustav

Wilma's *glow in the dark*-sterren aan het plafond staren naar hem. Hij wrijft in zijn ogen en kijkt op zijn horloge. Het is al negen uur. Hij kan zich niet herinneren dat hij de laatste tijd zo lang heeft geslapen.

Hij komt met een ruk overeind en gaat op de bedrand zitten. Slaapdronken ziet hij dat hij dezelfde kleding als de vorige dag draagt. Hij is blijkbaar in slaap gevallen toen hij de vorige avond van Ida thuiskwam. De werkelijkheid overvalt hem als een klap met een voorhamer.

De bestuursvergadering van de vorige dag heeft zich in elke spier vastgezet en Carro... Zijn geheugen komt langzaam op gang. Waar is Carro in vredesnaam? Hij heeft haar de vorige avond niet horen thuiskomen.

Hij heeft tot iets na tien uur voor het flatgebouw van Ida gewacht voordat hij het opgaf en naar huis ging. Carro is waarschijnlijk naar huis gelopen, of heeft een taxi genomen, als ze al thuisgekomen is.

Hij komt overeind en loopt haastig naar hun slaapkamer. Het bed is opgemaakt en het licht in de badkamer is uit.

Zijn ongerustheid neemt toe. Haar heftige stemmingswisselingen maken hem doodsbang. Wie verandert er zo volkomen van de ene dag op de andere? Zoals zo vaak vraagt hij zich af wat er in haar zieke brein omgaat.

Hij pakt de telefoon en wil haar net bellen als hij een auto over het grind voor de villa hoort rijden. Hij kijkt door het raam en ziet de zwarte politiedienstauto langzaam door de voortuin rijden en voor de ingang stoppen.

Na maar een paar seconden wordt er aangebeld. Hij trekt de kleren van de vorige dag snel uit en doet een korte broek en een schoon T-shirt aan.

Een gevoel van onbehagen kruipt langs zijn armen als hij de trap af loopt en de voordeur opent. Hij heeft inmiddels geleerd dat deze politieagenten nooit met positief nieuws komen. In plaats daarvan gaat het altijd om wantrouwen tegenover hem, beschuldigingen en verborgen bedreigingen.

Leia zet haar grote witte zonnebril af en kijkt met half dichtgeknepen ogen naar hem. Henrik staat vlak achter haar.

Hij ziet meteen dat het erger is dan de andere keren.

Zijn hart klopt in zijn keel. 'Hebben jullie de meisjes gevonden?' is het enige wat hij kan uitbrengen.

'Waar was je gisteravond?' vraagt Henke met een harde klank in zijn stem.

Gustav krabt op zijn hoofd. 'Thuis. Wat is er gebeurd?'

'Mogen we binnenkomen?' Leia zet haar voet op de drempel.

'Als jullie vertellen waarover het gaat,' zegt hij zonder opzij te gaan.

'We hoopten dat jij ons dat kunt vertellen.'

'Gaan we weer duizend raadsels spelen? In dat geval is het een beetje te vroeg voor me.'

'Vanochtend kregen we een tip dat er iets aan de hand was in het appartement van Ida Ståhl,' zegt Leia met haar voet nog steeds op de drempel. 'Toen de surveillancewagen op het adres arriveerde troffen de agenten haar dood aan. Vermoord.'

'Is Ida dood?' Gustav merkt dat hij met zijn mond halfopen naar hen staart. Kan de nachtmerrie nog erger worden dan die al is? Hij laat de deur los, loopt met slepende tred door de hal naar de zitkamer en laat zich in een fauteuil vallen. Ida dood? Dat kan niet kloppen.

'Is Caroline thuis?' vraagt Henrik als hij in de zitkamer is. Hij kijkt om zich heen.

'Nee, ik weet niet waar ze is. Ik wilde haar net bellen. Ze is gisteren bij Ida geweest.'

Henrik fronst zijn voorhoofd en kijkt naar de bovenverdieping. 'Waar is ze?'

'Ik weet het niet, zeg ik toch. Ik weet niet eens of ze gisteravond thuisgekomen is. Ik heb in de kamer van de meisjes geslapen.'

'Staat haar auto hier?'

Gustav staat op van de stoel en loopt met Leia op zijn hielen naar de garage.

De witte Land Rover is weg. De enige verklaring die hij kan bedenken is dat Carro thuisgekomen is en de auto heeft opgehaald nadat ze bij Ida geweest is.

Wat heeft dat te betekenen? Hij probeert na te denken en loopt naar de zitkamer terug. 'De auto staat er niet, ze is waarschijnlijk boodschappen doen of zoiets.' Hij moet tijd winnen om te proberen te begrijpen wat er allemaal gebeurt.

'Kun je haar bellen?' Henrik staat maar een paar centimeter bij hem vandaan.

'Ja... natuurlijk.' Hij haalt zijn telefoon uit zijn zak en belt Carro. 'Haar telefoon staat uit,' zegt hij en hij verbreekt de verbinding.

'Is het goed als we rondkijken?' Leia is al in de keuken voordat hij antwoord kan geven. 'Je zult beslist begrijpen dat we niet uit kunnen sluiten dat alles met elkaar te maken heeft. De ontvoering, de verdwijning van jullie kinderen en nu Ida.'

Henke staat vlak naast hem.

'En wat gaan jullie daar nu aan doen?' vraagt Gustav. 'Dit is gebeurd omdat jullie je werk niet gedaan hebben. Zo meteen vermoorden ze Carro en mij ook nog.'

'Ze?' Henke omcirkelt hem, als een roofdier dat zich voorbereidt op de aanval.

'Ja, degenen die achter dit alles zitten.' Gustav moet zijn hoofd eerst naar links en vervolgens naar rechts draaien om Henrik in zijn blikveld te houden.

'Is er iemand die kan getuigen dat je gisteravond thuis was en vannacht hier geslapen hebt?'

'Nee, of ja, Carro, toen ze thuiskwam van Ida. Zij kan dat getuigen. Kun je stoppen met de hele tijd om me heen draaien?'

Henke knikt, maar blijft langzaam om Gustav heen lopen. Ineens blijft hij recht voor hem staan en kijkt hem strak aan. 'Ik wil dat je meegaat naar het Juridisch Centrum,' zegt hij.

'Waarom?'

'Een verhoor.'

'Nee, dat weiger ik. Ik ga nergens met jou naartoe. Als je wilt dat ik meega, moet je me arresteren.' Hij weet dat ze geen bewijs hebben, want dan hadden ze hem aangehouden zodra hij de deur had geopend. 'Ik heb niets met Ida's dood te maken.'

Caroline

Caroline zit op het hotelbed met een nieuwe fles chablis tussen haar benen en Astrids konijn tegen haar borstkas gedrukt.
 Haar keel brandt en ze neemt een slok wijn. Het besef dat Astrid en Wilma niet levend gevonden zullen worden is langzaam maar zeker tot haar bewustzijn doorgedrongen. Ze weigert het te accepteren, maar kan er niet langer tegen vechten.
 Het is tijd om in de tegenaanval te gaan.
 De telefoon ligt op de groene fluwelen sprei en zoemt. Sinds ze hem een paar minuten geleden heeft aangezet gaat hij onafgebroken over. Ze staart naar het scherm. Gustav en Henrik bellen om de beurt. Telkens weer, alsof er een leven van afhangt. Als ze het uiteindelijk opgeven legt ze het konijn neer, pakt haar telefoon en belt Gustav.
 Hij neemt onmiddellijk op.
 'Waar ben je verdomme?' Zijn stem doet denken aan een gefluisterde schreeuw.
 'Sst, ik kan op dit moment niet praten… maar ik weet wat er met de meisjes gebeurd is. Kom om twaalf uur naar mj's.'
 'Waar heb je het over?'
 'Ik kan nu niet praten. Kamer 401. Maar zeg het tegen niemand. Je kunt hier over twintig minuten zijn.'
 Ze verbreekt de verbinding voordat hij vragen kan stellen. Daarna zet ze de telefoon weer uit, komt moeizaam uit bed, drinkt de lauwe wijn rechtstreeks uit de fles en wankelt als ze het balkon op loopt om een sigaret te roken. De rook komt tot diep in haar longen. Ze hoest en gaat aan één kant van het balkon staan zodat ze niet te zien is.

Gustav heeft vrouwen die roken altijd gehaat, denkt ze. Er is zoveel wat hij altijd heeft gehaat. Maar hij haat niets zo erg als haar.

Ze neemt een paar snelle trekjes, dooft de sigaret op de balustrade, loopt naar binnen, trekt de gordijnen dicht en gaat weer op het bed liggen.

Als ze haar ogen dichtdoet zijn de gezichten van de meisjes het eerste wat ze ziet. Haar gevoelens vloeien in elkaar over. Hoewel ze alle details heeft doorgenomen, is ze zenuwachtig, maar de rust in de kamer voelt bevrijdend. Ze is veilig. Niemand kan haar nog kwaad doen. Het ergste is al gebeurd. Eén keer heeft ze een poging gedaan om aangifte tegen Gustav te doen, waarna ze die meteen weer heeft ingetrokken omdat ze doodsbang was dat ze de kinderen zou kwijtraken. Ze kon de meisjes niet alleen bij hem achterlaten.

This too shall pass.

Ze kijkt op de klok. Over een paar minuten zou hij hier moeten zijn. Ze heeft haar hele leven gehoopt dat alles beter zou worden. Toen ze uit huis ging, toen ze vijf kilo afviel, toen ze haar maagdelijkheid verloor, toen ze moeder werd, toen ze die filmrol kreeg, toen Gustav zijn bedrijf verkocht, toen Gustav stopte…

'Verbreek al het contact, hij geeft niets om jullie, verzamel bewijs,' fluistert ze tegen zichzelf.

Er wordt op de deur geklopt.

Precies volgens plan, denkt ze en ze staat op. Ze trekt haar shirt recht, sluipt naar de deur, leunt met haar hoofd tegen het deurkozijn en luistert naar het kloppen dat steeds agressiever wordt.

'Carro, doe verdomme open!'

Bij elke bonk schrikt ze.

'Waar ben je verdomme mee bezig, Carro? Doe verdomme open!' Hij schreeuwt nu zo hard dat de andere gasten het beslist horen. Zijn gebonk op de deur is zo eenvoudig te sturen. Het helpt niet om te antwoorden als hij tegen haar schreeuwt.

Dan wordt het nog erger, precies zoals het altijd is geweest.
 Zo meteen forceert hij de deur en stormt de kamer in, denkt ze. Ze is er klaar voor, heeft alles voorbereid. Ze hoeft alleen een foto te maken en die op Instagram te plaatsen.

The Killer

Het wemelt van de collega's in Mormors baggeri, het smerissencafé in de buurt van het Juridisch Centrum, maar het lukt hem om een lege tafel bij het raam te bemachtigen en een kop koffie met een broodje kaas te bestellen.

Ze hadden Gustav vanochtend in de villa moeten arresteren, denkt hij terwijl hij zijn laptop opent. Hoewel ze niet voldoende bewijs hadden om hem op dat moment aan te houden, hadden ze anders moeten reageren. Hij opent de map met de inhoud van Ida's telefoon en ziet haar laatste bericht aan Gustav, dat niet is verstuurd.

Je maakt me bang, Gustav. Verdwijn. Ga je mij nu ook vermoorden?

Ze heeft een foto bij het bericht gevoegd waarop Gustav in zijn auto voor haar portiek in de Ribersborgsväg zit.

Henrik doet zijn ogen dicht. Ondanks het geroezemoes in het café is het alsof het doodstil wordt.

Het beeld van Ida in het ligbad weigert te verdwijnen. Ze heeft meerdere klappen op haar hoofd gehad, maar de doodsoorzaak is vermoedelijk verdrinking en waarschijnlijk is ze ook vergiftigd en gedrogeerd. Ze moeten alleen het definitieve autopsieverslag afwachten voordat ze volkomen zeker zijn van de doodsoorzaak.

Er zijn nog steeds een hoop draden die in verschillende richtingen lopen en er is veel wat nog niet duidelijk is, maar hij is er volkomen van overtuigd dat Gustav betrokken is bij Ida's dood.

Hoe hebben ze in vredesnaam over het hoofd kunnen zien

dat Gustav en Ida een verhouding hadden? Het bevond zich recht onder hun neus en ze hadden er helemaal geen vermoeden van gehad.

Het is alsof deze hele zaak druipt van de dingen die ze lang geleden al hadden moeten zien. Het is onbegrijpelijk dat hij dit heeft kunnen missen. Toch weten ze nog steeds niet wat er is gebeurd.

Gustav was dus van plan om Caroline in de steek te laten voor Ida. Ze planden een leven samen achter Carolines rug om. Maar wat betekent dat voor de zaak? Natuurlijk, Gustav is ijdel en heeft narcistische en psychopathische trekken. Natuurlijk, hij is voortdurend op zoek naar bevestiging en is nooit tevreden. Maar Ida? Ze lijkt Gustavs type helemaal niet. Het komt niet overeen met het beeld dat hij van Gustav heeft. Of was het zo eenvoudig dat Ida Gustav bewonderde en Caroline dat nooit had gedaan? En wat nog meer voor de hand ligt: had hij ervoor gekozen om ontrouw te zijn met Ida omdat hij wist dat hij Caroline daarmee maximaal zou kwetsen?

Henrik bekijkt de gesprekslijst van de avond waarop Caroline en de kinderen werden ontvoerd.

Ida had naar een prepaidnummer gebeld, maar had geen antwoord gekregen. Daarna stuurde ze een sms naar hetzelfde nummer. Henrik neemt aan dat het het nummer van een prepaidtelefoon van Gustav is.

18:30 – *Ida: Ik heb net ingecheckt.*
18:43 – *Ida: Wanneer kom je naar het hotel?*
19:10 – *Ida: Waar ben je? Ik mis je.*
19:15 – *Ida: Ik droom van de tijd waarin jij en ik samen zijn.*

Meerdere dingen zijn verwarrend. Waarom antwoordde Gustav niet als de sms'jes naar hem zijn gestuurd?

Ineens ziet hij Carolines nummer op de lijst. Om 19.32 uur heeft Caroline naar Ida gebeld. En om 22.02 uur begint Ida sms'jes naar Gustavs officiële nummer te sturen.

22:02 – *Ida: Lieverd, stop met werken en kom hiernaartoe. Carro heeft me gebeld, ze wil morgen met me praten...*

22:30 – *Gustav: Zo meteen, ik moet nog een paar dingen regelen. Als je slaapt als ik er ben, dan maak ik je wakker.*
23:14 – *Ida: Haast je* ♥
23:15 – *Gustav:* ♥
04:55 – *Gustav: Ik vertrek nu.*

Henrik leest zijn aantekeningen door. Volgens de buurvrouw hoorde ze 's nachts tussen drie en vier uur kinderen huilen. Gustav heeft voldoende tijd gehad om in een geleende auto terug te rijden.

Volgens het Nobis Hotel was de kamer geboekt door Gustavs bedrijf en werd de factuur naar het bedrijf gestuurd. Dat het hotel de bewakingsfilms maar achtenveertig uur bewaart maakt de bewijsvoering er niet gemakkelijker op.

Henrik klapt de laptop dicht. Hij blijft opnieuw met dezelfde vragen zitten. Wat is er in vredesnaam gebeurd? Kreeg Gustav ook genoeg van Ida? Of verdacht ze hem van de ontvoering van Astrid, Wilma en Caroline? Of had Caroline hen betrapt en was ze van plan om het aan de grote klok te hangen?

Hoe hij het ook bekijkt, hij kan alleen maar tot de conclusie komen dat Caroline zich in groter gevaar bevindt dan ooit.

Hij kijkt door het raam en ziet Leia zich naar het café haasten. De bel rinkelt als ze de deur opent. Ze loopt snel langs de toonbank, zwaait naar een paar collega's die verder weg zitten en neemt tegenover hem plaats.

'Gustav is bij verstek aangehouden. Hij wordt verdacht van moord. De technisch rechercheurs hebben de bestanden op Carolines telefoon gedecodeerd. Het zijn foto's die bewijzen dat iemand haar heeft mishandeld met zorgvuldig geplaatste klappen zodat de verwondingen niet zichtbaar zijn. Ik heb Carolines psycholoog Tove Torstensson ermee geconfronteerd. Zij is de TT in haar agenda.'

'Heb je iets uit haar gekregen?'

'Ja, uiteindelijk wel. Of eigenlijk niet, je weet hoe het zit met de zwijgplicht. Ze wilde niet eens bevestigen of Caroline haar patiënt was, hoewel we daar duidelijk bewijs voor hebben.

Maar met een hypothetische gedachtewisseling heb ik toch voldoende uit haar gekregen.'

Henrik balt zijn vuist.

'Het is volkomen duidelijk dat Gustav Caroline regelmatig mishandelt. Ze durfde niet bij hem weg te gaan omdat ze bang was dat ze de voogdij over de kinderen niet zou krijgen en het geweld zou escaleren. Caroline was zelfs bang dat hij zowel haar als de kinderen zou vermoorden.'

Wat een smerige klootzak, denkt Henrik. Hij krijgt de neiging om zijn laptop tegen de muur te smijten.

'Caroline vreesde afgelopen zomer voor haar leven en stond op het punt om aangifte tegen hem te doen.'

'Maar dat durfde ze niet?'

Leia knikt berustend. 'Inderdaad, ze was bang voor represailles.'

'En wantrouwde de politie...' Hij wordt woedend op zichzelf en het systeem dat niet werkt. Dat slachtoffers geen aangifte durven te doen is een ongelofelijke mislukking van hun kant.

Hij heeft het onaangeroerde broodje kaas in zijn hand en legt het uiteindelijk weer op het bord.

'Het begint heel duidelijk te worden,' zegt hij en hij kijkt naar Leia. 'We moeten Gustav vinden voordat hij Caroline ook vermoordt.'

Gustav

Zijn knokkels doen pijn. Waarom doet ze niet open? Hij hoort dat ze in de kamer is.
Hij doet een stap naar achteren en bonkt nog harder op de deur. Met elke klap denkt hij aan Ida. Hij kan niet geloven dat ze dood is. Het is onbegrijpelijk en zo verdomd verkeerd. Hij rukt aan de klink en schopt tegen de deur.
Plotseling gaat de deur op een kier open en zonder erover na te denken slaat hij hem met een enorme knal open, recht in Carolines gezicht.
Ze gilt en legt haar hand op haar voorhoofd.
Het bloed stroomt over haar oog en druppelt op het witte shirt.
Verdomme, denkt hij, maar het is haar eigen schuld dat ze achter de deur stond en hem dichthield.
'Waarom doe je verdomme niet open? Jij wilde toch dat ik hiernaartoe kwam? Ik sta al een uur op de deur te bonken.'
Hij pakt haar magere arm vast en boort zijn vingers in de huid.
'Vertel over de kinderen!' Hij laat haar arm los en kijkt om zich heen. De kamer lijkt op een somber bordeel en stinkt naar rook. De donkere fluwelen gordijnen zijn dicht en het enige licht is afkomstig van een paar goudkleurige lampen in de vorm van palmbomen.
'Kalmeer,' zegt ze met een dubbele tong. Ze veegt het bloed van haar voorhoofd en strompelt naar de minibar in de grote houten kast. 'Wil je iets drinken? Witte wijn? Of misschien een whisky?'
'Ben je dronken?' Hij heeft tegen haar gezegd dat ze niet

moet drinken. 'Ik wil weten waar mijn kinderen zijn,' zegt hij en hij kijkt in de kamer rond. Het bed is niet opgemaakt, de donkergroene fluwelen sprei ligt op de vloer.

'Weet je dat niet?' zegt Caroline hatelijk en ze houdt hem een kristallen glas met whisky voor.

Hij ziet Astrids knuffelkonijn tussen de kussens liggen. 'Verdomme!' Hij duwt haar weg en pakt het vieze, kapot geknuffelde konijn. Hij duwt het tegen zich aan en houdt het bij zijn neus om Astrids geur te ruiken, maar het konijn ruikt niet naar Astrid, het ruikt naar uitlaatgassen. 'Wat heb je verdomme gedaan?' schreeuwt hij. Hij loopt naar haar toe, grijpt haar stevig vast en schudt haar hard door elkaar. 'Wat heb je met de meisjes gedaan?' Hij wist het. Hij heeft de hele tijd geweten dat ze zo gestoord is dat ze zijn kinderen van hem heeft afgepakt. 'Heb je ze vermoord?'

'Ik heb ze niet aangeraakt,' snikt ze. 'Ik heb het konijn in de auto gevonden. Ik weet niet hoe het daar terechtgekomen is.'

De adrenaline stroomt ongecontroleerd door zijn lichaam. Het enige wat hij wil is haar keel dichtknijpen.

'Laat me los,' sist ze en ze laat het glas op de vloer vallen. Haar gezicht is rood en het bloed van de wond op haar voorhoofd is over haar rechteroog gestroomd. 'Ik krijg geen lucht...'

Hij kan het niet verdragen om haar lelijke smoel te zien en knijpt nog harder. Hij is er zo dichtbij om gewoon een einde aan deze ellende te maken, maar laat haar los als haar ogen wegdraaien.

Ze valt op de vloer en kruipt in foetushouding.

Verdomme, hij moet zich beheersen. Hij deinst naar achteren en haalt een paar keer diep adem.

'Ze hebben me verkracht,' fluistert ze.

'Wat zeg je?' Hij bukt zich om haar te verstaan.

'Ze hebben me verkracht toen ze me gevangenhielden. Ze waren met meer...'

'Waar heb je het over?' De woede krijgt opnieuw vat op hem. 'Wie heeft je verkracht?'

'Degenen die me ontvoerd hebben. Ze zeiden dat ik je de groeten moest doen.'
'Laat het me zien!' schreeuwt hij en hij trekt haar op het bed. 'Laat me zien wat ze gedaan hebben.'

Hij gaat schrijlings op haar zitten, met zijn knieën op haar armen zodat ze zich niet kan bewegen. Hij legt zijn vinger onder haar kin en draait haar hoofd naar zich toe.

'Au, je doet me pijn,' zegt ze hijgend.

Hij wilde dat hij ervoor kon zorgen dat ze haar kop houdt.

Hij trekt zijn korte broek naar beneden en duwt zijn penis in haar mond.

Ik vermoord ze verdomme, denkt hij terwijl hij zijn lid in haar mond voelt opzwellen.

Hij heeft één hand nog steeds op haar keel, terwijl hij de andere onder haar rok schuift. Ze kermt en hij laat haar los, gaat iets naar achteren, rukt haar rok omhoog en pakt haar hoofd weer vast. Ze kreunt als hij bij haar binnendringt.

Hoe meer ze kreunt, des te harder stoot hij. Hij duwt een kussen op haar gezicht. Caroline probeert het weg te trekken, maar ze heeft geen enkele kans.

Hij doet zijn ogen dicht en kreunt hard als hij klaarkomt.

Zijn spieren ontspannen langzaam en hij gaat op zijn rug liggen.

Ze trekt het dekbed om zich heen, kruipt aan de rand van het bed als een bal in elkaar en haalt zwaar adem. 'Hield je van haar?' zegt ze hijgend.

'Wat?'

'Betekenen de meisjes en ik niets voor je?'

'Waar heb je het in vredesnaam over?'

'Dacht je aan Ida als je seks met mij had?'

'Neem je me in de maling?' Hij heft zijn hoofd en staart naar haar.

'Ik wil dat je vertrekt.' Ze pakt de fles wijn en neemt twee slokken.

Ze is verdomme niet goed bij haar hoofd, denkt hij. Hij had

haar lang geleden al moeten vermoorden.

'Als je niet vertrekt, dan bel ik de politie,' zegt ze. Ze leunt tegen het hoofdeind van het bed.

'Wat wilde je over de kinderen vertellen?'

'Geloofde je dat echt?' Ze grijnst. 'Ik wil dat je vertrekt.'

'Je bent gestoord,' snauwt hij en hij geeft haar een harde klap in haar gezicht.

Ineens begrijpt hij het.

'Heb jij Ida vermoord?' Hij balt zijn vuist en wil haar lelijke kop tot moes beuken. 'Jaloerse kleine bitch. Ben je tevreden nu je alles van me afgepakt hebt? Is dat zo?' Hij heft zijn hand.

'Als je me nog één keer aanraakt, bel ik de politie,' zegt ze hatelijk. 'Ik wil dat je vertrekt.'

'Weet je wat?' zegt hij terwijl hij opstaat. 'Ik hield van Ida. Ze was levendig en echt, niet zo verdomd hoogdravend en weerzinwekkend als jij.' Hij trekt zijn korte broek aan, schraapt zijn keel en spuugt recht in haar gezicht. 'Verdomde kut. Heb je de meisjes ook vermoord? Heb je dat gedaan? Zeg op!'

'Ga weg,' zegt ze koud.

'Dit ga ik je verdomme betaald zetten!' roept hij, waarna hij de kamer uit loopt en de deur hard achter zich dichtslaat.

Caroline

Ze ligt in foetushouding onder het dekbed. Het sperma loopt langs haar dijbeen op het laken. De pijn in haar hoofd is afschuwelijk, maar toch glimlacht ze even omdat hij zo ongelofelijk voorspelbaar is. Ze heeft hem precies laten doen wat ze gepland heeft.

Eer betekent alles voor Gustav en vanwege zijn enorme meerwaardigheidsgevoel was het niet moeilijk hem te beledigen. Hij was recht in haar val gelopen. Ze had op precies de juiste knoppen gedrukt om ervoor te zorgen dat hij zou worden gearresteerd en voor altijd achter de tralies zou verdwijnen.

De fysieke pijn raakt haar niet, maar hoe kon Gustav geloven dat ze de meisjes had vermoord? Ook al is ze het gewend dat hij ongelofelijk gemeen is, voelde het alsof hij een mes recht in haar hart stak door haar te verdenken.

Ze zou haar meisjes nooit kwaad doen. Nooit.

Ze houdt het konijn stevig vast en doet haar best om niet te huilen.

Het moment is aangebroken.

Haar benen trillen als ze opstaat van het bed en naar de koffer loopt. Daarin zit alles wat ze nodig heeft. Langzaam en methodisch haalt ze er voorwerp na voorwerp uit en plaatst alles strategisch in de kamer.

Helemaal onderin zitten de slaaptabletten die Gustav in de vuilcontainer heeft gegooid.

Ze neemt het konijn, de potjes medicijnen en de fles wijn mee naar de badkamer. Astrids konijn zet ze naast de flamingo op de badrand, waarna ze de messing kranen opendraait om het bad te laten vollopen.

Ze kijkt in de spiegel naar haar naakte lichaam. Haar wang brandt. De roodheid heeft zich verspreid en ze ziet de plekken van zijn handen rond haar keel. In haar voorhoofd zit een snee die gehecht moet worden.

Dat is echter niet belangrijk. Ze zal haar blauwe plekken nooit meer hoeven te camoufleren of smoesjes moeten bedenken dat ze tegen een deur is gelopen of over een kleed is gestruikeld. Ze veegt Gustavs sperma met een handdoek weg en laat die op de vloer vallen.

Voorzichtig strijkt ze met haar hand over haar buik, gaat met haar vingers over de littekens van de keizersnede en de borstimplantaten, de littekens van Peder, de littekens van Gustav. De sporen op haar lichaam vertellen haar hele levensverhaal.

Het is onmogelijk om te stoppen met huilen.

De deksels van de pillenpotjes zitten stevig dicht en ze moet kracht zetten om ze open te draaien. Daarna schudt ze de pillen in haar hand en stopt er een paar in de bijna lege fles wijn. Zonder te aarzelen slikt ze de resterende pillen door met een paar slokken chablis.

Het lukt niet meer om haar innerlijke stem het zwijgen op te leggen. Niemand kan de verantwoordelijkheid voor wat ze heeft gedaan op zich nemen, maar ze haat iedereen die haar tot dit punt heeft gedreven en daardoor haar lot heeft bepaald. Ze is gevangen en weet dat dit de enige manier voor haar is om vrij te zijn.

Ze probeert naar haar buik te ademen en telt tot vijf voordat ze zich naar achteren laat vallen en haar hoofd tegen de tegels slaat. Het wordt zwart voor haar ogen en ze wankelt. De pijn dreunt als harde muziek in haar hoofd.

Het hete water omringt haar als ze in het bad stapt en ze laat haar lichaam aan de temperatuur wennen. Langzaam zakt ze naar beneden, doet haar ogen dicht en wacht tot de pillen hun werk doen. Ze ziet de huilende gezichten van Astrid en Wilma

voor zich. Ze hoeven niet bang te zijn. Mama is bijna bij ze.
De kamerdeur gaat open.
'Hallo,' zegt Caroline en ze doet haar ogen open.
Ze hoort geluiden in de kamer en naderende voetstappen.
'Caroline?'
Ze duwt haar lichaam tegen de natte badrand en verstijft.

Birgitta

Ze staat op de drempel naar de badkamer en kijkt naar haar dochter. De angst in Carolines ogen maakt haar verdrietig. Het was niet de bedoeling geweest dat hun relatie zo zou zijn.

'Hoe ben je binnengekomen?' Caroline trekt haar benen op en maakt zich klein in het water.

'Ik heb een sleutel omdat de kamer op mijn naam staat. Dat is toch niet zo vreemd?' Birgitta kijkt naar de wastafel en vervolgens naar Caroline. 'Wat is dit?' vraagt ze en ze raakt het potje slaappillen aan. De lege wijnfles ligt op de vloer. 'Hoeveel heb je er geslikt?'

Caroline geeft geen antwoord en haalt haar schouders langzaam op.

Heel even overweegt Birgitta om een ambulance te bellen, maar ze besluit het niet te doen. Wat zou ze daarmee bereiken?

Birgitta krijgt tranen in haar ogen en gaat op de badrand zitten.

Het verdriet drukt zwaar op het magere, fragiele lichaam van haar dochter. Er is alleen een omhulsel van haar Caroline over.

Het is niet de eerste keer dat ze probeert zelfmoord te plegen. De laatste keer dat het gebeurde was nog maar een paar dagen geleden.

'Ik dacht dat je het aanbod van deze hotelkamer aannam omdat je bij Gustav weg wilde en weer bij papa en mij wilde komen wonen.'

'Verdwijn,' snauwt Caroline. 'Je zult nooit meer over mij en mijn leven beslissen. Ik ga nog liever dood.'

'Liefje, hoe kun je dat zeggen?' Birgitta recht haar rug. 'Ik heb alles voor je gedaan. Ik heb je tegen je broer in bescherming genomen.'

'Je bedoelt dat je hem vermoord hebt?'

'Peder luisterde niet, er was iets in hem wat ervoor zorgde dat hij zich niet kon beheersen. Er was iets mis met die jongen.'

Caroline lacht. 'Je kon hem niet controleren zoals je bij mij deed, dus vermoordde je hem. Daarna probeerde je Gustav kwijt te raken, want je kon voor hem ook geen beslissingen nemen. Snap je niet dat ik hem nodig had om aan jou te ontsnappen?'

Birgitta voelt haar irritatie groeien. De irritatie die eigenlijk veel erger is dan het verdriet.

Sinds de nacht van 13 augustus is Caroline dood voor haar.

'Ja, dit is waarschijnlijk toch het beste,' zegt Birgitta. Ze denkt aan de meisjes. 'Ik heb al die jaren gehoopt dat het op een andere manier kon eindigen... Je ziet er moe uit. Dat begrijp ik, liefje, ik begrijp het.'

Birgitta vraagt zich af hoe lang het duurt voordat de pillen ervoor zorgen dat Caroline haar bewustzijn verliest. Dat zouden hoogstens een paar minuten moeten zijn.

'Ida en Gustav... hebben de meisjes ontvoerd,' zegt Caroline met een dubbele tong.

'Je herinnert je dus niet wat er met jou en de meisjes gebeurd is?' vraagt ze terwijl ze haar hand in het hete water houdt.

Caroline mompelt iets onverstaanbaars.

'Misschien herinner je het je inderdaad niet, hoewel dat eigenlijk niet mogelijk zou moeten zijn. Misschien is het alleen een boze droom, waarin sommige dingen waar zijn en andere verzonnen.' Birgitta droogt haar hand af aan een handdoek. 'Je hebt ons die avond gebeld. Je was ontroostbaar en het lukte niet om je te kalmeren. Papa en ik hebben het allebei geprobeerd, maar het ging gewoon niet. Je zei dat hij de kinderen nooit zou krijgen, dat je alles voor hem opgeofferd had en dat je op de ergst mogelijke manier wraak zou nemen. Dat waren je exacte woorden.'

Caroline staart naar haar en probeert overeind te komen, maar haar spieren lijken niet te werken.

Ja, het klopt waarschijnlijk, denkt Birgitta. Hoogstens nog een paar minuten. Ze mag nu niet sentimenteel worden, Caroline heeft er zelf een puinhoop van gemaakt en dit zijn de consequenties van haar gedrag. 'We hebben geprobeerd je over te halen om geen domme dingen te doen,' gaat ze verder. 'Maar je was volkomen hysterisch en er viel niet met je te praten. We stapten in de auto en reden naar Malmö. Als we daar een minuut later waren gearriveerd, waren we te laat geweest.'

'Was je bij ons thuis... in de strandvilla?' vraagt Caroline met hangende oogleden.

Daar is het weer, denkt Birgitta. Het gevoel van verdriet. Een traan glijdt over haar wang.

'We hebben jou en de meisjes in de Land Rover in de garage gevonden. De tuinslang was aan de uitlaat gekoppeld. Caroline, je probeerde jezelf en de meisjes te vergassen om wraak op Gustav te nemen. Op het dashboard stond een videocamera. Je filmde alles zodat Gustav kon zien hoe jij en de meisjes stierven.' Ze recht haar rug opnieuw. 'Lieve Caroline, je begrijpt toch wel dat ik het niet kan tolereren dat je mijn kleinkinderen vermoordt?'

'Dat is niet waar.' Caroline kermt en doet haar ogen even dicht. Het is duidelijk dat ze bezig is het bewustzijn te verliezen, ook al schokken haar armen alsof ze probeert haar spieren te sturen. Dat lukt niet, ze is niet in staat om overeind te komen of zich te verzetten en blijft op haar rug in het water liggen.

Birgitta ziet het konijn op de badrand staan. 'Ik ben zo blij dat ik Astrids knuffel zie,' zegt ze. 'Ze mist hem zo verschrikkelijk. Ze zal dolblij zijn als ze hem terugheeft.'

'Wat?' Caroline probeert haar ogen open te houden. 'Wat bedoel je?'

'Ik zal Astrid en Wilma vertellen hoeveel je van ze hield en dat je de meest fantastische moeder ter wereld was. Ze zullen nooit te weten komen wat je geprobeerd hebt hun aan te doen.'

'Leven ze?' Caroline trilt, het is nauwelijks meer dan een lichte beving. 'Zeg dat ze leven, mama.'

'Ze leven en het gaat goed met ze,' zegt Birgitta. 'Papa en ik gaan voor ze zorgen, dus je hoeft je geen zorgen te maken. Gustav en jij mogen nooit meer bij ze in de buurt komen.'

'Waar…?'

'Ze zijn bij ons op zolder in Djursholm. Kim en papa zijn nu bij ze.'

'Ik wil ze zien.'

'Het is te laat.'

'Nee, help me.' Caroline slaat met haar handen op het water terwijl haar lichaam een stukje zakt. 'Ik moet ze zien.' Ze vecht om boven water te blijven. 'Bel een ambulance, mama. Help me…'

'Zodra het mediacircus verdwenen is, nemen we ze mee naar Frankrijk. Ze gaan daar naar school en we zorgen ervoor dat ze een veilige jeugd krijgen.' Birgitta draait haar ringen.

Caroline vecht met wat haar laatste krachten lijken te zijn om boven water te blijven.

'Ik had geen keus, Caroline. Het was de enige manier om de meisjes te redden. Toen we je uit de auto trokken kwam je bij en ging je zo tekeer dat we je handen en voeten moesten vastbinden en tape op je mond moesten plakken. Papa heeft je in de kofferbak van onze auto gestopt en het lukte me om de ademhaling van de meisjes weer op gang te krijgen. We verwijderden alle sporen van wat je geprobeerd had te doen en maakten alles schoon. En we hebben die weerzinwekkende opname gewist.' Birgitta slikt haar tranen in en gaat verder. 'Je praatte in de camera en vertelde Gustav dat je wilde dat hij zou zien hoe hij kwijtraakte wat het belangrijkst voor hem was. Daarna zag je hoe de meisjes vochten om zuurstof binnen te krijgen en los te komen. Ze huilden en smeekten je om…'

'Hou op…' kermt Caroline. 'Ik zou mijn kinderen nooit kwaad doen. Jij bent degene die ervoor gezorgd heeft dat ik dit gedaan heb, jij bent degene die… Ik zou nooit…'

Ze herinnert het zich, denkt Birgitta.

'We hebben de kinderen in de auto gezet en zijn bij de villa weggereden. We wisten niet waar we naartoe moesten en reden kriskras over kleine weggetjes. Het was puur toeval dat we het autokerkhof vonden en papa herinnerde zich dat de silo in de haven niet meer gebruikt werd... Ik weet niet wat we dachten, het enige wat we wisten was dat Gustav en jij nooit meer in de buurt van de kinderen mochten komen.' Ze zucht berustend. 'De meisjes wilden naar Branten rijden. We duwden de auto van het autokerkhof van de helling terwijl de meisjes in onze auto zaten en op mijn telefoon naar *Heidi* keken. We deden het voor jou en de meisjes...'

'Help me...' Carolines mond is open en haar ogen zijn glazig.

'Het is tijd om te gaan slapen, liefje van me. Dat is uiteindelijk het beste, of niet soms?'

Ze duwt Caroline met een lichte beweging onder water. Haar dochter verzet zich een paar seconden, maar is te zwak om echt weerstand te bieden.

Birgitta's lippen trillen licht, maar ze is vastberaden. De meisjes zijn nu het belangrijkst.

'Slaap lekker, liefje,' zegt ze en ze houdt haar hand op Caroline tot ze roerloos blijft liggen. 'Dit is je straf voor wat je de meisjes aangedaan hebt. Mijn straf, omdat ik geen betere moeder voor je ben geweest, is dat ik gedwongen ben om te zien hoe je sterft.'

Het leven verdwijnt langzaam uit Caroline en haar haar waaiert als een aureool rond haar nu vredige, mooie gezicht.

Deel 3
Zaterdag 22 augustus

The Killer

Nadat ze twee deuren zijn gepasseerd met behulp van een pasje en een code, staan ze bij de ingang naar het cellenblok, een witte garagedeur waar hun collega's de verdachte hebben afgeleverd. Leia loopt een paar stappen voor hem uit door de kale gang tussen de cellen en de verhoorkamers.

Caroline is een etmaal geleden vermoord. Ze hebben nu drie dagen de tijd om een bekentenis te krijgen. Deze keer zijn ze in het voordeel. Het NFC en hun collega's hebben keihard gewerkt om voldoende bewijs te verzamelen.

Hoewel het om de moorden op Ida en Caroline gaat, wil hij ook een bekentenis met betrekking tot de meisjes van hem loskrijgen.

Henrik weet dat hij bekendstaat vanwege zijn intuïtie, die in principe altijd juist is en een uitstekende onderzoeker van hem heeft gemaakt. Hij heeft het maar zelden zo bij het verkeerde eind gehad als in deze zaak. Hij is te veel afgeleid geweest, denkt hij terwijl hij naar Leia's lange donkere haar kijkt dat ze in een paardenstaart draagt die heen en weer wiegt terwijl ze loopt. Het T-shirt hangt los over haar heupen en de spijkerbroek zit strak rond haar billen.

Hij moet zijn uiterste best doen om niet afgeleid te worden door haar, maar hij voelt zich goed in haar nabijheid. Veel te goed. Ze saboteert zijn beoordelingsvermogen. Zijn privéleven heeft nog nooit invloed gehad op zijn werk, maar wat er de afgelopen tijd is gebeurd heeft hem minder scherp gemaakt. Zijn intuïtie is diffuser geworden, het resultaat is slechter.

Bijna exact een dag geleden alarmeerde hotel mj's de politie omdat een van hun gasten was overleden. Daarna duurde het niet lang voordat ze beseften dat het om Caroline ging. Toen Henrik en Leia bij het hotel arriveerden was alles al afgezet en heerste er paniek onder het personeel en de gasten. Na de eerste verhoren ter plaatse was het al snel duidelijk dat alles in één richting wees.

Voor de meeste deuren van het cellenblok knipperen blauwe lampen. Dat kan betekenen dat de arrestant naar het toilet wil of met iemand wil praten. Achter de veiligheidsdeuren klinkt gekerm.

Een vermoeide bewaker komt naar hen toe lopen en brengt hen naar de verhoorkamer. Tijdens het korte stuk slaagt de bewaker erin te klagen over de warmte, de werkomstandigheden en het feit dat hij al vier uur overwerkt.

Henrik negeert hem en hoort gezoem in zijn zak.

'Wacht heel even,' zegt hij en hij haalt zijn telefoon tevoorschijn.

Op het display verschijnt een sms van Maja en er stroomt een warm gevoel door zijn borstkas. Hij opent de sms enthousiast.

Papa, ik heb je in Aftonbladet *gezien. Ik ben trots op je. Zorg dat die klootzak in de gevangenis terechtkomt en kom daarna naar huis. Ik mis je.*

De opluchting stroomt door hem heen. Hij zucht diep en drukt op *antwoorden*. Hij heeft naar dit sms'je verlangd sinds hij naar Malmö is gekomen. Hij kan ermee leven dat zijn vrouw genoeg van hem heeft, maar hij redt het niet lang zonder iets van zijn kinderen te horen.

'Wat is er?' vraagt Leia ongeduldig.

'Niets,' zegt hij en hij begint een antwoord te schrijven.

Dank je wel, Maja. Ik hou van je. Zeg tegen je zus dat ik jullie mis.

Hij glimlacht en knikt vervolgens naar de bewaker dat hij de deur naar de verhoorkamer kan openen.

Hij is er klaar voor.

Henrik en Leia gaan naast elkaar zitten en leggen hun papieren op de tafel.

Gustav zit tegenover hen.

Leia zet het opnameapparaat aan en spreekt het dossiernummer en het identiteitsnummer in.

'Ik heb niets met hun dood te maken,' zegt Gustav vastberaden.

Hij is zichtbaar nerveus, maar heeft zichzelf wijsgemaakt dat hij de situatie in de hand heeft en geen advocaat nodig heeft.

Ze informeren Gustav over zijn rechten en hij ontkent elke betrokkenheid.

'We hebben gegronde redenen om je te verdenken van de moorden op Caroline Hjorthufvud Jovanovic en Ida Ståhl,' zegt Henrik. 'Begrijp je de ernst hiervan?'

Gustav staart naar de tafel.

'Je hebt het recht op de aanwezigheid van een advocaat bij het verhoor, maar je ziet dus af van dat recht?' Leia haalt haar versleten notitieboekje tevoorschijn.

'Ik ben onschuldig,' zegt Gustav. 'Ik heb geen advocaat nodig.'

'Weet je,' zegt Henrik terwijl hij naar achteren leunt op zijn stoel. 'Iedereen die in deze kamer verhoord wordt is onschuldig.'

Gustav haalt zijn schouders nonchalant op.

'We hebben voldoende bewijs om je voor twee moorden in verzekerde bewaring te stellen en we denken bovendien dat je meer levens op je geweten hebt.'

Gustav haalt zijn schouders opnieuw op.

'Je bevond je aantoonbaar op beide plaatsen delict op de tijdstippen van de moorden,' constateert Henrik. 'Bovendien zijn je vingerafdrukken en je DNA op beide plekken aangetroffen. Het ziet er somber voor je uit, Gustav.'

'Dat is fucking bullshit, ik heb niets met de moorden te maken.' Gustav struikelt over zijn woorden. 'Waarom zou ik mijn vrouw en Ida vermoorden? Dit is een val, snappen jullie?'

'Een... val?' Henrik kan het niet laten om het op een sarcastische toon te zeggen.

'Iemand probeert me erin te luizen,' gaat Gustav verder.

'We hebben getuigen en bewakingscamera's die kunnen bevestigen dat je in hotel mj's was op het tijdstip waarop Caroline vermoord is. We hebben ook beelden van je voor Ida's flatgebouw op de avond waarop ze vermoord is. Op welke manier is dat een... val?'

'Wat zijn dat voor beelden? Ik heb ze niet vermoord.' Gustav slikt. 'Carro heeft me gevraagd om naar het hotel te komen.'

'Waarom dat?'

'Ze wilde praten.'

'Waarover?'

'Dat herinner ik me niet.'

'Dat herinner je je niet? Snap je hoe verkeerd dat klinkt?'

Gustav haalt zijn schouders opnieuw op. 'Wat haar betreft verbaast niets me nog. Ze belde me. Ik zweer dat ze nog leefde toen ik uit de hotelkamer vertrok.'

'Meerdere gasten hebben jullie horen ruziemaken. Waar ging dat over?' vraagt Leia.

'Ik flipte toen ze de deur niet opendeed terwijl zij me had gevraagd om daarnaartoe te komen en daarna gedroeg ze zich verdomd vreemd.'

'Waarom wilde ze dat je naar het hotel zou komen?'

'Ze zei dat ze iets over de meisjes wist.' Gustav schudt zijn hoofd.

'Je herinnert het je dus wel?'

'Ja, maar ze wilde me dus te grazen nemen. Ze heeft dit allemaal gepland.'

'Waarom ben je zo lang gebleven?'

'Dat ben ik niet.'

'Volgens de bewakingscamera's ben je precies zesenveertig minuten gebleven. Dat vind ik vrij lang om niets te doen.'

'Omdat dat precies was wat ze wilde...'

'Wat ze wilde? Denk je dat ze verkracht en mishandeld wilde worden? Vermoord?' Het wordt zwart voor Henriks ogen. Hij overweegt om het verhoor aan Leia over te laten voordat hij iets doet waar hij spijt van krijgt. Hij denkt aan Maja's sms, beheerst zich en haalt een document uit een van de plastic mappen die op de tafel liggen.

'Je sperma is op het laken en op Carolines lingerie aangetroffen. De sporen van een wurggreep op haar keel zijn van jouw handen, de snee op haar voorhoofd heeft ze waarschijnlijk opgelopen toen je de deur tegen haar gezicht sloeg.'

Henrik legt twee foto's op de tafel.

Gustav draait zijn hoofd weg.

'Kijk naar de foto's,' zegt Henrik. Hij slaat met zijn hand op de tafel.

Gustav kijkt met tegenzin naar de foto's van de dode lichamen van Caroline en Ida.

'Beiden zijn op precies dezelfde manier vermoord,' zegt Henrik. 'Ze hebben harde klappen op hun hoofd gehad, ze hebben puntvormige bloedingen in het gezicht en de ogen, wat betekent dat ze ademnood gehad hebben. Bij beiden is dezelfde hoeveelheid van het slaapmiddel zopiclon aangetroffen en ze zijn beiden in bad verdronken.'

'Je vingerafdrukken staan op de pillenpotjes,' voegt Leia eraan toe.

'Dat is onmogelijk. Ik heb die troep nog nooit aangeraakt.' Gustav masseert zijn slapen. 'Jullie denken dat ik ze vergiftigd en mishandeld heb en ze vervolgens verdronken heb?' Hij lacht. 'Dat kunnen jullie verdomme toch niet serieus menen?'

'Ik weet niet wat het ergste is,' zegt Henrik terwijl hij naar Gustav staart. Het liefst zou hij zijn vuist in zijn smoelwerk rammen. 'Dat je de ernst van de beschuldigingen tegen je niet begrijpt, of dat je zo gestoord bent dat je denkt hiermee weg te kunnen komen.'

'Wat deed je bij Ida?' vraagt Leia.

'Ik heb Carro naar haar toe gebracht,' verzucht Gustav.
'Hoe laat was dat?'
'Om een uur of zeven denk ik.'
'Dit is een screenshot van Ida's telefoon,' zegt Leia en ze legt een nieuwe foto op de tafel. 'Op de avond waarop ze vermoord is stond ze op het punt om je een sms te sturen. "Je maakt me bang, Gustav. Verdwijn. Ga je mij nu ook vermoorden?" Dat was vlak voor tien uur dezelfde avond, maar Ida heeft de tijd niet gehad om op *verzenden* te drukken. Ik neem aan dat je haar voor was.'
'Dit bedoel ik als ik zeg dat iemand me erin probeert te luizen. Carro heeft Ida's telefoon blijkbaar te pakken gekregen. Ze is de hele avond bij Ida geweest. Ida zou me nooit zo'n bericht sturen.'
'Weet je dat zeker?' vraagt Leia droog. 'Ik vind eerder dat ze bang voor je lijkt.' Leia draait de volgende foto om. 'Dit hebben we in Ida's telefoon gevonden. Ze heeft een foto van je gemaakt terwijl je de avond dat ze werd vermoord in je auto voor haar flatgebouw stond.'
'Maar jezus... Ik heb Carro naar Ida gebracht, ze heeft gewoon een foto van me gemaakt... Jullie nemen me in de maling.'
'Om zeven uur zei je toch? Er zijn twee foto's van je in de auto. De ene is vlak na zeven uur gemaakt, maar deze foto is van kwart over negen 's avonds. Waarom zit je twee uur later nog steeds voor haar flat in je auto?' Leia's vraag blijft in de lucht hangen.
Gustav zucht. 'Eerlijk gezegd maakte ik me zorgen. Ik was bang dat Caroline erachter was gekomen dat Ida en ik een verhouding hadden en dat ze wraak op Ida wilde nemen. Caroline gedroeg zich die dag heel vreemd en ze is, of was, jaloers.'
'Terecht, lijkt me...'
'Ze wist niet dat Ida en ik een verhouding hebben... of hadden... Of misschien wist ze dat wel.' Er ontvlamt iets in zijn ogen. 'Misschien heeft ze Ida daarom vermoord. En wacht! Ik

durf te wedden dat ze de meisjes meegenomen heeft om wraak op me te nemen.'

'Je bedoelt dat Caroline jullie kinderen meegenomen heeft, zichzelf ontvoerd heeft en Ida daarna vermoord heeft?'

Gustav geeft geen antwoord.

'We hebben in verband met de verdwijning van je dochtertjes een paar keer met Ida gepraat,' zegt Leia. 'Tijdens al die gesprekken heeft ze aangegeven dat ze ongerust was dat jij iets met de meisjes gedaan hebt. Waarom was dat, denk je?' Leia houdt haar hoofd schuin.

'Ik heb verdomme geen idee. Iedereen lijkt volkomen gestoord te zijn.'

'We hebben je Porsche opgehaald voor technisch onderzoek,' zegt Henrik en hij slaat zijn armen over elkaar. 'Gaan we daar iets in vinden?'

'Nee, waarom zou dat zo zijn?'

'Gaan we sporen van Caroline in je kofferbak vinden?' voegt Leia eraan toe terwijl ze het haar achter haar oor strijkt.

'Ik ben niet eens van plan daar antwoord op te geven.'

'Ik vraag het je opnieuw,' zegt Henrik. Hij spreidt zijn benen. 'Waar was je de nacht van 13 augustus, toen je zwangere vrouw en jullie twee kleine kinderen verdwenen?'

Gustav heeft zweetdruppels op zijn voorhoofd en zijn gezicht wordt bleek.

Hij voelt zich in het nauw gedreven, denkt Henrik.

'Gustav,' zegt Leia met een vriendelijke klank in haar stem. 'We zijn hier niet om spelletjes met je te spelen. We willen gewoon weten wat er gebeurd is.'

Gustav frunnikt aan het tafelblad.

'Kun je vertellen wat er gebeurd is? Vanaf het begin.'

'Ik heb alles verteld wat ik weet. Ik ben onschuldig. Er is niets meer te zeggen.'

'Weet je, we zijn dat punt allang gepasseerd. Alles wijst in jouw richting. Er zijn geen alternatieven meer. Het is tijd om je hart te luchten.'

Leia legt nog twee foto's op de tafel. Deze keer zijn het Astrid en Wilma die naar hem glimlachen. 'Dit zijn je dochters. Je hebt geen traan gelaten sinds ze verdwenen zijn.'

'Wat helpt het verdomme als ik hier zit te grienen. Ik hou van mijn kinderen en begrijp niet wat jullie proberen te zeggen.'

'Maar ze zijn niet meer bij je. Je kunt ze geen verhaaltjes voor het slapengaan meer voorlezen, kunt niet meer met ze in het zwembad spelen...'

'Hoor je wat ik zeg? Ik hou van Astrid en Wilma. Kinderen krijgen is het beste wat me overkomen is.'

'Toon dat dan, vertel wat je met ze gedaan hebt.' Henrik probeert te begrijpen wat er in Gustavs hoofd omgaat. Hij heeft zelden iemand tegenover zich gehad die zo moeilijk te peilen was.

Er flitst iets in Gustavs ogen en hij rekt zich uit. 'Carro had Astrids knuffelkonijn in de hotelkamer, hoe is dat mogelijk? Hoe weten jullie dat Carro niet iets met de verdwijning van de meisjes te maken heeft?'

Henrik roept de hotelkamer in zijn geheugen op. Het duurt maar een seconde, maar hij is volkomen zeker van zijn zaak. 'Er was geen knuffeldier in de hotelkamer,' zegt hij. Voor alle zekerheid bladert hij snel door het verslag van de technisch rechercheurs. 'Er is geen konijn in kamer 401 aangetroffen. Helemaal geen knuffeldier trouwens. Hoe kom je daarbij?'

'Ik zweer dat het konijn er was. Hij rook vreemd, naar uitlaatgassen of zo, maar het was Astrids konijn.'

'Heb je het meegenomen nadat je Caroline vermoord hebt?'

'Er is zoveel verkeerd aan die vraag dat ik er niet eens antwoord op geef.'

'Jij zegt het,' zegt Leia. Ze houdt haar telefoon zo dat Gustav het scherm kan zien.

'Wat denk je dat Caroline met dit bericht bedoelde?' vraagt Henrik en hij laat de foto zien die Caroline op Instagram heeft geplaatst toen Gustav het hotel in kwam. 'Ze wist de hele tijd dat je haar zou vermoorden.'

Gustav

De haren op zijn armen gaan overeind staan als hij Carro's bericht op Instagram ziet.
Help. Hij gaat me vermoorden.
Hij leest de tekst meerdere keren en begint te beseffen dat Carro dit al een tijdlang van plan is geweest. Nu is hij in de ogen van iedereen schuldig. Dit stempel zal nooit meer verdwijnen, ongeacht hoeveel bewijs ze hebben. Hij is veroordeeld – levenslang.
Hoe kunnen zijn vingerafdrukken in vredesnaam op de potjes met pillen staan? Dat is onmogelijk... als het niet dezelfde potjes zijn die hij heeft weggegooid en Carro dat heeft gezien. Hij probeert de gedachte van zich af te schudden. Zo berekenend kan ze niet zijn.
Leia en Henrik zitten tegenover hem en observeren elke beweging die hij maakt. Ze hebben hem precies waar ze hem vanaf de eerste dag wilden hebben. Ze zijn zo overtuigd van zijn schuld dat het niet uitmaakt wat hij zegt. Ze hebben besloten dat hij schuldig is aan de moorden op Caroline en Ida en aan de verdwijning van zijn dochtertjes.
Hoe moet hij ze in vredesnaam laten snappen wat Carro heeft gedaan, als hij het zelf nauwelijks kan bevatten en niet heeft gemerkt hoe ziek ze was?
Hij dacht de hele tijd dat De Familie zijn dochtertjes had ontvoerd bij wijze van onderpand voor de lening, maar hij begint er steeds sterker van overtuigd te raken dat Carro ze van hem heeft afgepakt.
Zo nu en dan voelt het alsof iemand hem in de maling neemt.

Dat alles wat er de afgelopen tijd is gebeurd een bijzonder slechte grap is en dat zijn kameraden een deur zullen openen en in lachen zullen uitbarsten omdat hij erin getrapt is. Als hij tenminste nog vrienden overheeft.

'We weten dat jij achter de chantage zit,' zegt Henrik. 'Je dwong Filippa om prepaidtelefoons te kopen en instrueerde haar hoe ze de sms'jes naar je moest versturen, zodat jij je schoonouders het losgeld afhandig kon maken.'

'Dat klopt niet,' zegt Gustav.

'Alle informatie is bevestigd en we hebben de telefoons die Filippa gebruikte gezien. Dus als je wilt liegen, dan moet je dat beter doen.'

Verdomme, hij wist dat hij dat wijf niet kon vertrouwen en dat ze vroeg of laat zou doorslaan.

'Heb je je eigen kinderen ontvoerd omdat je geld nodig had?'

Gustav schudt zijn hoofd.

'Waren er geen andere alternatieven toen Bengt en Birgitta weigerden te betalen?'

'Waar hebben jullie het in vredesnaam over?'

'Ben je uit de auto gesprongen vlak voordat hij over de rand verdween en in zee viel? Of heb je hem over de rand geduwd?'

Henrik staart naar hem.

'Waar halen jullie dat in godsnaam allemaal vandaan?'

'Waren ze bang?' vraagt Leia.

'Jullie weten verdomme niet waar jullie over praten,' zegt hij. Hij wil er niets meer over horen dat Astrid en Wilma in de auto zaten toen die naar de zeebodem zakte. Hij kan het niet verdragen.

'Hebben de kinderen om hulp geroepen?'

Het verstandigste wat hij nu kan doen is geen antwoord op hun vragen meer geven. Dat snapt hij, want wat hij ook zegt, hij graaft zijn eigen graf alleen maar dieper en dieper. Als zijn advocaat hier was geweest, zou die hem allang opgedragen hebben om zijn mond te houden, maar Gustav kan het niet verdragen om te zwijgen en de beschuldigingen onbeantwoord te laten. Vroeg of laat zullen ze beseffen wat Carro heeft gedaan, en de politie moet naar Astrid en Wilma blijven zoeken. Hij is hun vader en kan ze niet in de steek laten.

'Heb je de auto zien zinken?' gaat die verdomde Henrik verder.

'Hou je bek!' schreeuwt Gustav. Zijn geduld is op. 'Ik ben verdomme niet van plan om nog langer naar deze onzin te luisteren.' Hij staat haastig op. 'Het is alsof jullie de naffer uit Rosengård bewust verkeerd willen begrijpen. Dat zou verdomd goed voor jullie uitpakken. Twee moorden afgevinkt in de statistieken, en jullie krijgen een gouden medaille, of waar jullie ook op uit zijn. Ik ben de gedoodverfde dader voor jullie, maar Carro is degene die hierachter zit. Jullie zijn verdomd slechte politieagenten, weten jullie dat?'

Hij wil over de potjes met pillen, de trouwring en al het andere vertellen, maar durft het niet. Ze zouden het tegen hem gebruiken.

'Luister, we hebben voldoende bewijs om je levenslang achter de tralies te krijgen. Als je net zo onschuldig bent als je beweert, dan zijn we op dit moment je beste vrienden. Ga zitten,' zegt Leia kalm terwijl ze nog een paar papieren op tafel legt.

Gustav blijft een paar seconden roerloos staan voordat hij doet wat ze zegt.

Hij is niet van plan om nog een woord te zeggen.

'Op 13 augustus om 1.55 uur…' begint Leia, '… de nacht waarin Caroline en de meisjes verdwenen… stuur je een sms naar Ida waarin je schrijft dat je van haar houdt en haar een nieuwe start belooft als de situatie tot rust is gekomen.'

'Mag ik kijken?' Gustav pakt het vel papier en leest. 'Dit is mijn nummer niet.'

'Het is een van je nummers, je hebt meer telefoons en Ida en jij hebben altijd via dit nummer met elkaar gecommuniceerd.'

'Het klopt niet. Die telefoon had ik thuis in de villa verstopt. Carro moet hem gevonden hebben en heeft deze sms verstuurd.' Het begint Gustav duidelijk te worden. Carro heeft alle sms'jes van hem en Ida gezien, maar waarom heeft ze niets gezegd? Waarom deed ze daarna alsof alles normaal was? Heeft ze daarom haar ring afgedaan? Als een boodschap aan hem... Hij doet een laatste poging om zijn gedachten te ordenen, er moet iets zijn wat Carro verkeerd heeft gedaan, iets wat zijn onschuld bewijst en hem in de richting van de meisjes kan leiden.

Hij buigt zich over de tafel naar voren. 'Carro heeft dit allemaal bedacht om wraak op me te nemen. Ze is een actrice. Ik heb deze sms niet gestuurd. Ik zweer het. Carro moet dit...' Hij kan het nauwelijks hardop zeggen. 'Carro wilde wraak op me nemen. Daarom heeft ze Ida vermoord en heeft ze besloten om mij voor alles te laten opdraaien.'

'Of het is als volgt...' zegt Henrik met een verbeten klank in zijn stem. 'Je bent een manipulatieve, zieke narcist die zijn gezin vermoord heeft en nu probeer je je vrouw de schuld te geven. Je dode vrouw. Die je dus zelf vermoord hebt.'

'Snappen jullie niet dat Caroline dit allemaal in scène gezet heeft? Zien jullie dat niet?' Gustav raakt geïrriteerd als hij de smekende klank in zijn stem hoort.

'Bedoel je dat ze haar eigen dood in scène gezet heeft?' vraagt Leia. 'Kun je in dat geval uitleggen waarom Caroline zelfmoord gepleegd zou hebben als ze er alles aan gedaan heeft om aan je te ontsnappen? Haar moeder heeft haar geholpen door een hotelkamer voor haar te boeken om bij je uit de buurt te komen voordat je haar vermoordde. Ze had een appartement in Stockholm gehuurd en had een afspraak met haar agent. Waarom heeft ze een koffer ingepakt en een treinticket naar Stockholm gekocht? Ze was bang voor je, Gustav. Dat is ze jarenlang geweest. Ze wilde zichzelf en de kinderen redden.'

'Jullie zijn zo vol van jullie eigen ideeën dat jullie het niet snappen,' zegt Gustav met een diepe zucht. 'Ik was juist bang voor Caroline, niet andersom. Ze was stapelgek. Het was alleen een kwestie van tijd voordat ze zichzelf iets aandeed. Ze bedreigde me. Ik was altijd bang dat ze de kinderen kwaad zou doen.'

Ze zwijgen alle drie een tijdje. Het is alsof Henrik en Leia het niet serieus nemen dat hij bang was voor Caroline.

Er wordt op de deur geklopt en er komt iemand binnen die Henrik een vel papier geeft, dat hij eerst zelf leest en vervolgens aan Leia geeft.

Ze kijken elkaar aan en knikken.

'Hoe verklaar je dat we sporen van Caroline in je kofferbak gevonden hebben?' vraagt Henrik.

Gustav schudt zijn hoofd zwijgend.

'Heeft ze zichzelf misschien bewusteloos geslagen voordat ze in de kofferbak van je auto ging liggen?' gaat Henrik verder.

Gustav laat zijn armen langs zijn lichaam hangen.

'Het is moeilijk om je ogen te sluiten voor al het bewijs,' gaat Henrik verder. 'Is het niet beter als je gewoon vertelt hoe het echt is gegaan?'

Gustav kijkt weg, hij haat de zelfvoldane blik in Henriks ogen. Hij denkt dat hij alles weet, maar hij weet helemaal niets.

'Zullen we de situatie samenvatten, Gustav?' stelt Henrik voor terwijl hij met zijn pen op de tafel tikt. 'Jouw DNA is op beide plaatsen delict en op beide slachtoffers aangetroffen. We hebben je financiële situatie gedetailleerd doorgenomen. Je zit tot over je oren in de schulden. Je hebt de bewakingsfilms aantoonbaar gewist om te verbergen waar je geweest bent. Je hebt meerdere keren gelogen. Als je ons nu niet helpt, kan ik je meteen vertellen dat je voor een dubbele moord achter de tralies verdwijnt. En we hebben dit.'

Henrik opent zijn laptop, klikt naar een flink aantal foto's en draait het scherm naar Gustav toe.

'Dit zijn de gecodeerde bestanden die we in Carolines telefoon gevonden hebben. Bewijsstuk 123 voor het protocol.'

Henrik blijft op foto na foto klikken. 'Je vrouw heeft haar verwondingen vastgelegd en ik begrijp waarom ze bang voor je was.'

Gustav staart naar de foto's op het scherm. Henrik klikt op de ene na de andere foto van Caroline in alleen een onderbroekje met grote blauwe plekken.

Hij wendt zijn hoofd af.

'Kijk naar de foto's!' schreeuwt Henrik en hij blijft klikken.

'We hebben Carolines autopsieverslag binnengekregen.' Leia begint voor te lezen. 'Carolines inwendige organen zijn aangetast, ze heeft scheuren in haar ribben en heeft verwondingen aan het skelet en de schedel. Wil je dat ik verderga?'

'Ik heb haar nog nooit mishandeld,' fluistert Gustav. 'Jullie hebben geen idee hoe het was om met Caroline te leven. Jullie begrijpen niet hoe ze me onder druk zette om voldoende geld te verdienen voor de levensstijl die ze eiste. Het was vanaf het eerste moment een hel.'

'En daarom heb je je van haar ontdaan?'

Gustav geeft het op. Het is alsof hij met zijn hoofd tegen een muur loopt. Hij heeft zijn hele leven een moeizame strijd geleverd en hij kan niet meer. De snelheid van het licht is niet langer zijn enige beperking. Hij doet zijn ogen dicht alsof alles daardoor zal verdwijnen, hij het kan laten stoppen. Hij hoort een suizend geluid in de kamer, als een ventiel dat een stukje openstaat. Het ruikt zuur. Hij weet niet of hij zelf naar zweet stinkt of dat het immense verdriet zo stinkt.

Henrik verbreekt de stilte. 'Gustav Jovanovic. Je wordt aangeklaagd voor de moorden op Ida Ståhl en Caroline Hjorthufvud Jovanovic.'

Hij heeft het gevecht verloren. Iemand zoals hij krijgt geen tweede kans. Hij moet de prijs betalen. Het kan niemand iets schelen wie er echt schuldig is als de perfecte zondebok is gevonden.

En De Familie krijgt hem toch wel te pakken, of hij nu wordt veroordeeld of niet. Het geluid van de bottenzaag echoot in zijn hoofd.

Dinsdag 25 augustus

The Killer

Henrik slaat zijn laptop dicht en kijkt om zich heen. Hij is de enige die is overgebleven op de afdeling Ernstige Misdrijven. Alle anderen zijn aan het vieren dat de rechtbank een paar uur geleden heeft besloten om Gustav voor de moorden op Ida Ståhl en Caroline Hjorthufvud Jovanovic in hechtenis te nemen.

'Waterdicht,' heeft een collega de officier van justitie horen zeggen.

Henrik weet dat hij het als een overwinning moet beschouwen, maar het zit hem dwars dat Astrid en Wilma nog steeds verdwenen zijn en hun zaak niet is opgehelderd. Hoewel alles erop wijst dat Gustav achter hun verdwijning zit, kunnen ze de zaak niet sluiten zolang de lichamen niet zijn gevonden.

Er wordt geklopt en Gabriella kijkt om de hoek van de deur. 'Ik zag licht branden,' zegt ze. 'Ik dacht dat je in de pub zou zitten om samen met de anderen bier achterover te slaan.'

Henrik haalt zijn schouders op, hij heeft er geen goed antwoord op.

'Ik ben blij dat je er nog bent, want er zijn een paar dingen die ik met je wil bespreken.' Gabriella doet de deur achter zich dicht. 'Je hebt uitstekend werk verricht.'

'Nee,' zegt hij hoofdschuddend. 'Ik was mezelf niet. Mijn focus was vanaf het begin verkeerd en ik bleef vasthouden aan een spoor dat verkeerd bleek te zijn. Dat is niets voor mij.'

'Stop ermee zo hard voor jezelf te zijn. Je hebt de zaak opgelost en het is alleen een kwestie van tijd voordat we kunnen bewijzen dat hij de verdwijning van de kinderen ook op zijn geweten heeft. We moeten alleen de lichamen vinden,' zegt Gabriella. Ze legt een hand op zijn schouder.

Hij knikt, maar voelt zich allesbehalve overtuigd. Ondanks uitgebreide zoekacties hebben ze geen enkel spoor van de kinderen. Ze hebben weinig middelen, omdat het zoeken naar de stoffelijke overschotten geen prioriteit heeft.

Gabriella gaat op de lege stoel achter Leia's bureau zitten. 'Ik wil eigenlijk alleen zeggen dat ik het interne onderzoek naar de zelfmoord van Lukas Bäck gesloten heb. Niets wijst erop dat een van jullie de veiligheidsregels overtreden heeft.'

'Dat is mooi,' zegt Henrik en hij slaat zijn armen over elkaar. Lukas Bäck voelt als zijn kleinste probleem en is iets waar hij zich de afgelopen etmalen geen zorgen over heeft gemaakt, wat ook niets voor hem is.

'Iets anders. Hoe gaat het tussen Leia en jou?'

Gabriella's vraag komt zo plotseling dat hij nauwelijks kan verbergen hoe verbaasd hij is. 'Wat bedoel je?' vraagt hij.

'Als jullie meer dan collega's zijn, dan moeten jullie me dat vertellen,' zegt ze. Ze duwt tegen het koningin Elizabeth-poppetje op Leia's bureau.

Henrik stopt zijn telefoon in zijn zak en trekt het sweatshirt aan dat hij op een stoel heeft gegooid.

'Als dat zo is, dan kunnen jullie namelijk niet meer samenwerken omdat het invloed op jullie oordeel kan hebben. Er kunnen verkeerde beslissingen worden genomen en...'

'Ik weet het. Bedankt, Gabriella, maar er is niets tussen Leia en mij. Ik ben getrouwd en...'

'Ja, ja... Mooi, dan vertrouw ik daarop.' Gabriella staat op van de stoel. 'Je weet dat ik heel blij ben om je hier te hebben. Je bent een van de beste onderzoekers van het land en ik wil je heel graag hier houden...'

Hij hoort aan Gabriella's stem dat er iets achter de complimentjes zit.

'Maar... je zult aan je woedeaanvallen moeten werken.'

Hij weet het. Gabriella klinkt precies als zijn vrouw.

'Ik heb je opgegeven voor een cursus *anger management* die maandag begint.'

'Luister, ik heb al ik weet niet hoeveel van die cursussen gevolgd. Ik ben niet van plan...'

'Fijn, dan weet je wat de bedoeling is. Ik eis dat je eraan deelneemt. Ik mail je de informatie.'

'Kom op...'

'Weet je, de volgende keer kan de laatste zijn. Je moet hier eens en voor altijd iets aan doen, voordat je de een of andere stommiteit uithaalt. Ga mee, dan gaan we nu naar de anderen,' zegt ze en ze houdt de deur open.

'Ik kan niet, ik rijd naar Stockholm terug.'

'Nu?'

'Ja, ik mis mijn kinderen en moet een aantal zaken regelen. Ik ben maandag terug.'

'Oké, verder niets?'

'Nee, dat is alles.' Hij ontwijkt haar blik en besluit niet te vertellen over zijn deelname aan *Nyhetsmorgon* omdat hij dan het risico loopt dat ze hem tegenhoudt. Hoewel hij de woordvoerder van de zaak niet is, heeft hij ingestemd met een kort interview met Ellen Tamm. Normaal gesproken doet hij geen uitspraken over de misdaden waaraan hij werkt, maar hij weigert om het leven van deze vrouwen te laten marginaliseren.

Het dodelijke geweld tegen vrouwen is de grootste mislukking van de gelijkgestelde samenleving. Ze moeten leren om preventief te werken en slachtoffers de steun te geven die ze nodig hebben. Als Caroline aangifte had durven te doen, dan was dit misschien nooit gebeurd. Het is een catastrofale mislukking.

Als Gabriella de deur achter zich heeft dichtgedaan blijft hij nog even zitten. In de rechterbovenhoek van zijn computerscherm ziet hij een plakbriefje dat is opgehangen toen hij op de afdeling begon.

THE KILLER, staat er met grote letters op.

Hij kijkt naar het briefje en bedenkt dat het onmogelijk lijkt om die bijnaam kwijt te raken. Hij denkt aan zijn opvliegendheid en de belachelijke cursus die hij moet volgen, maar ook aan het killerinstinct waarom hij bekendstaat, maar dat hij volledig is kwijtgeraakt tijdens dit onderzoek. Leia heeft de hele tijd gelijk gehad over Gustav. Haar killerinstinct heeft de afgelopen weken heel veel indruk op hem gemaakt. Het is iets in haar blik, de manier waarop ze zich gedraagt, hoe ze denkt, beslissingen neemt, optreedt.

Hij staat op, trekt het briefje los, loopt naar Leia's computer en plakt het op haar scherm. Ze is een betere killer dan hij ooit is geweest.

Op Leia's bureau liggen twee plastic mappen waarvan hij niet zeker weet of Leia of hij die bekeken heeft. Hij opent de ene, wat een onbelangrijk getuigenverslag van een gast in het hotel blijkt te bevatten. In de andere zit het autopsieverslag van de foetus die is aangetroffen op de plek waar Caroline gevangen is gehouden. Hij heeft het al vluchtig bekeken, maar nu hij het weer ziet valt hem een woord op.

Koolmonoxide.

De foetus had een onverwacht hoog koolmonoxidegehalte in het bloed. Uitlaatgassen?

Hij loopt verward naar zijn eigen bureau terug, zet de computer aan, haalt Carolines autopsieverslag op, scrolt door het document en ziet dat meerdere symptomen die Caroline vertoonde toen ze werd gevonden het gevolg van een koolmonoxidevergiftiging kunnen zijn.

Een onbehaaglijk gevoel verspreidt zich door zijn borstkas.

Kan iemand geprobeerd hebben hen tijdens de ontvoering te vergiftigen, of kunnen er uitlaatgassen binnengedrongen zijn in de kofferbak waarin Caroline lag? Wat betekent dit, denkt hij. Er moet een verband zijn, maar wat is dat?

Hij bekijkt de foto's van de zaak en scrolt langs pagina na pagina tot hij de foto's ziet van de voorwerpen die in de auto bij Branten zijn gevonden. Hij vergroot de foto van de roze stoffen pop net zo lang tot die bijna het hele scherm vult en leest vervolgens dat de technische recherche sporen van koolmonoxide op het knuffeldier heeft aangetroffen, net als op de pyjama's van de meisjes.

Bevatte de motor van de auto die over de rand is geduwd sporen die erop kunnen wijzen dat er gasontwikkeling in de auto was? Hij scrolt door het rapport maar vindt niets.

Als hij de puzzel op de juiste manier in elkaar past moeten Caroline, de pop en de pyjama's dus blootgestaan hebben aan uitlaatgassen voordat de meisjes in die auto terechtgekomen zijn.

Henrik is onzeker welke puzzel hij probeert op te lossen en kijkt naar de diverse alternatieven die op het bord staan.

Na een tijdje belt hij ongeduldig naar Sölve van het NFC. Hij heeft informatie nodig. Volgens Leia is hij dag en nacht bereikbaar. Zijn telefoon gaat twee keer over voordat hij opneemt.

'Hallo, Sölve, met Henrik. Je stuurt natuurlijk een definitief rapport over de Porsche en de Land Rover die we in de zaak-Caroline Hjorthufvud Jovanovic in beslag genomen hebben, maar is er iets wat je nu al kunt vertellen?'

'Ja, wacht even... In de Porsche hebben we niets meer gevonden dan we jullie al verteld hebben. We zijn net klaar met de witte Land Rover en daarin... hebben we een hoog gehalte aan deeltjes van onder meer koolmonoxide aangetroffen, en de luchtgaten tonen aan dat er een hevige gasontwikkeling in de auto heeft plaatsgevonden.'

'Kan die tot vergiftiging geleid hebben?'

'Die conclusie moeten jullie trekken. Wacht, er zijn restanten van tape op de uitlaat gevonden.'

'Heb je vingerafdrukken op de tape gevonden?'

'Ja, twee.'

'Twee?'

'Een ervan is van Caroline.'

Henrik hapt naar adem. 'En de andere?'

'Die was helaas niet duidelijk genoeg.'

Henrik zucht. 'De witte Land Rover had geen prioriteit,' gaat Sölve verontschuldigend verder.

'Ik weet het,' zegt Henrik. Hij vervloekt zichzelf omdat hij zich opnieuw op het verkeerde spoor heeft geconcentreerd en belangrijke details over het hoofd heeft gezien die naar een heel andere conclusie van wat er is gebeurd leiden. Misschien zelfs naar een andere dader.

Het is volkomen onbegrijpelijk. De taperestanten kunnen maar naar één ding wijzen. Iemand heeft Carolines uitlaat dichtgeplakt of ze heeft het zelf gedaan. Wilde Caroline samen met de meisjes zelfmoord plegen? Maar de tweede vingerafdruk wijst erop dat er iemand anders bij betrokken was. Heeft iemand haar tegengehouden voordat ze zelfmoord kon plegen en heeft diegene haar vervolgens in de silo opgesloten? Dat klinkt volkomen onwaarschijnlijk, maar is dat de reden waarom er niets lijkt te kloppen aan deze zaak?

Henrik schrikt op uit zijn gedachten als hij Sölves stem hoort. 'Hallo, ben je er nog?'

'O, sorry, Sölve. Bedankt voor de informatie. Het heeft waarschijnlijk niets te betekenen, dus vergeet het maar. Fijne avond.' Hij verbreekt de verbinding en blijft met de telefoon in zijn hand zitten. Wat betekent dit voor Astrid en Wilma?

Hij probeert opnieuw een mogelijke keten van gebeurtenissen door te nemen. Als Caroline op de avond van 12 augustus Gustavs geheime telefoon heeft gevonden en besefte dat haar man een verhouding had met haar beste vriendin, kan haar leven ingestort zijn. Uit pure frustratie en woede wilde ze wraak nemen en de kinderen werden haar werktuig daarvoor. Of ze zag de dood als haar enige mogelijkheid om aan Gustav te ontsnappen.

Hij staat op en omcirkelt Carolines naam op het bord en constateert dat zij in elk geval het middelpunt van het drama is. Precies zoals hij vanaf het begin heeft gevreesd. Hij had niet aan zijn instinct moeten twijfelen. Er is iets aan haar wat volkomen irrationeel is.

Hij gaat naar Instagram en kijkt naar Carolines laatste geposte bericht.

'Wat heb je gedaan?' fluistert hij. Ineens ziet hij iets lichts en pluizigs in een hoek. Hij zoomt in en beseft meteen dat er een knuffeldier in bed ligt. Dat moet het knuffelkonijn van Astrid zijn dat Gustav in het verhoor noemde en waarvan hij beweerde dat het naar uitlaatgassen rook.

Henrik zoomt nog verder in en kijkt naar de lange konijnenoren.

Volgens de technisch rechercheurs hebben ze geen knuffeldier in de hotelkamer gevonden.

De enigen die in de kamer zijn geweest voordat de politie bij het hotel arriveerde waren Gustav en Birgitta. Birgitta heeft 112 gebeld. Birgitta heeft haar dochter dood aangetroffen. Zij heeft het knuffeldier meegenomen, omdat Gustav het nooit tijdens het verhoor genoemd zou hebben als hij het had meegenomen. Maar wat wilde Birgitta met het konijn? Wilde ze het bij wijze van herinnering houden? Dat gelooft hij niet. En waarom had Caroline het konijn in het hotel bij zich?

Kan het zo zijn dat degene die Caroline ontvoerd heeft de meisjes eigenlijk heeft gered? Maar waarvan? Van hun eigen moeder?

Eindelijk is het alsof zijn hersenen weer op gang komen, de hersenen die patronen zien die voor anderen verborgen blijven, de hersenen die nadenken over ketens van gebeurtenissen die anderen als ongeloofwaardig beschouwen.

Caroline kan geprobeerd hebben haar kinderen mee te nemen in de dood, maar werd tegengehouden. Als dat waar is, kan ze overal toe in staat zijn geweest. Kan Gustav gelijk gehad hebben over haar, kan ze haar eigen dood in scène gezet hebben en... Het heeft geen zin om daar nu dieper in te graven, denkt hij. Caroline is dood en Gustav zal waarschijnlijk een heel lange tijd in de gevangenis doorbrengen. Ze krijgen beiden hun straf.

Epiloog

De villa van de familie Hjorthufvud in Djursholm lijkt eerder op een Frans chateau dan een woning in een buitenwijk van Stockholm.

Een vrouw, waarschijnlijk de huishoudster, opent de deur en brengt hem via grote zalen naar een salon met uitzicht op de tuin.

Aan één kant van de kamer staat een antiek bureau waarop een foto van Caroline in een messing lijst staat. Ernaast staat een brandende kaars. Het valt hem op dat er geen foto's van de meisjes zijn. Het kan zijn dat ze nog hoop hebben dat ze leven, maar anders klopt zijn vermoeden misschien inderdaad.

Hij luistert naar geluiden, iets wat zijn theorie kan bevestigen.

'Wil je thee?'

Hij draait zich abrupt om en ziet Birgitta. Ze draagt een wit linnen pak zonder kreukels en haar haar ligt in perfecte golven rond het smalle gezicht.

'Graag,' zegt hij.

Ze lijkt niet verrast door zijn onaangekondigde bezoek. Misschien vermoedde ze dat hij vroeg of laat bij hen langs zou gaan.

Ze nemen op een van de zithoeken plaats en de huishoudster serveert thee met *biscotti*.

Birgitta zit als een koningin op de bank tegenover hem. Ze legt haar handen vol ringen op haar schoot en kijkt hem afwachtend aan. 'Ik heb alles verteld wat ik weet,' zegt ze.

Het is te merken dat ze niet enthousiast is over zijn bezoek.

Hij knikt en haalt zijn notitieboekje en een pen uit zijn binnenzak. In het boekje heeft hij al zijn gedachten en ideeën van de afgelopen weken over de zaak opgeschreven, maar voordat hij zijn eerste vraag kan stellen begint Birgitta al te vertellen.

'Het lichaam lag onder water,' zegt ze met een verbeten klank in haar stem. 'Ik probeerde het boven water te krijgen... maar er was geen hartslag meer. Het was te laat.'

Birgitta opent de bovenste knoop van haar colbert en verschuift haar halsketting.

Henrik knikt. Het is bijna woord voor woord wat ze tijdens het eerste getuigenverhoor zei.

Ze lacht zenuwachtig.

'Ik begrijp dat dit lastig voor je is,' zegt Henrik.

'Het spijt me,' zegt ze en ze perst haar lippen op elkaar. 'Er komen zoveel gevoelens naar de oppervlakte. Het verdriet komt en gaat en doet met me wat het wil. Ben jij weleens een naaste kwijtgeraakt?'

Hij schudt zijn hoofd en neemt een slok van de muntthee uit het gebloemde kopje met de gouden rand.

'Weet je dat ik te midden van het peilloze verdriet en de geschoktheid een verbazingwekkende opluchting voel? De ongerustheid is weg. Dat klinkt in jouw oren waarschijnlijk merkwaardig, maar het ergste wat kon gebeuren is gebeurd.' Ze haalt haar smalle schouders op. 'Vanaf het moment dat Caroline Gustav ontmoette heb ik gewacht op de dag dat jullie zouden bellen om me te vertellen dat hij haar vermoord had.' Ze slaat haar hand voor haar mond en het ziet eruit alsof ze haar tranen inslikt. 'Nu kan hij haar geen kwaad meer doen. Het spijt me.' Ze pakt haar servet en veegt de tranen van haar wangen. 'Er zijn alleen zoveel gevoelens, ik heb moeite om alles een plaats te geven...'

'Gustav krijgt hoogstwaarschijnlijk levenslang,' zegt Henrik. Hij stopt het notitieboekje in zijn binnenzak.

'Wat volkomen terecht is. Voor mij is hij dood. Het is goed dat hij zijn straf krijgt, maar mijn kind en mijn kleinkinderen krijg ik er niet mee terug.' Ze zegt het zonder verbittering, eerder als een constatering.

'Ik begrijp het.' Henrik kijkt naar het wuivende gebladerte achter het gewelfde raam. Onder de grote eik ziet hij twee schommels. Ze bewegen zachtjes heen en weer in de wind.

'Ik wil dat je weet dat we naar Astrid en Wilma blijven zoeken, ook al is het op kleinere schaal.'

'Ik ben niet van plan om een oude vrouw te worden die hier zit te wachten tot er een wonder gebeurt.' Er klinkt ineens een onmiskenbare energie in haar stem. 'Ik weet hoe het verhaal eindigt.'

'Denk je dat ze het beter hebben op de plek waar ze nu zijn?' Hij kijkt voorzichtig naar haar.

'Dat hoop ik.' Birgitta ontwijkt zijn blik.

'Zolang niemand het weet,' zegt Henrik kalm.

Ze trekt haar blonde wenkbrauwen op. 'Ik begrijp het niet. Wat bedoel je?'

Henrik drinkt het kopje leeg en zet het voorzichtig op het schoteltje terug.

Birgitta kijkt naar hem, maar nu op een volkomen andere manier. Verbaasd, of misschien eerder bezorgd, het is moeilijk te bepalen wat het is.

'Ik moet gaan, maar je hebt mijn telefoonnummer voor als je nog iets bedenkt... Je mag de groeten van me doen,' zegt hij en hij staat op.

'Wie moet ik de groeten doen?'

'Bengt natuurlijk, wie dacht jij dat ik bedoelde?'

Een lichte blos verspreidt zich over haar gezicht.

Op de stoel waarop hij heeft gezeten laat hij met opzet een kleine stoffen tas achter. Daarin zit een splinternieuwe stoffen Hello Kitty-pop.